19세기 서얼 지식인의 대안적 글쓰기,
『삼한습유』

조혜란(趙惠蘭, Cho, Hae-Ran)은 이화여자대학교 국문학과를 졸업하고 동 대학원에서 문학박사학위를 받았으며, 현재 경희대학교 후마니타스칼리지 객원교수로 재직 중이다. 고전소설이 지닌 미학적 특징을 고찰하고 고전 작품을 여성적 시각에서 읽는 작업에 매력을 느끼며 동시에 고전문학을 대중화하는 일 역시 중요하다고 생각한다. 현재는 국문장편소설의 서사 세계를 밝히는 데 주력하고 있다. 대표적인 논문으로는 「『삼한습유』 연구」, 「소현성록 연작의 서술과 서사적 지향에 대한 연구」, 「삼대록계 국문장편소설에 나타난 추모 연구」 등이 있으며 『옛소설에 빠지다』와 같은 저서와 『삼한습유 역주』, 『소현성록 1』(공역), 『임씨삼대록 5』(공역)와 같은 번역서들이 있다.

19세기 서얼 지식인의 대안적 글쓰기, 『삼한습유』

초판 인쇄 2011년 9월 20일 **초판 발행** 2011년 9월 25일
지은이 조혜란 **펴낸이** 박성모 **펴낸곳** 소명출판 **출판등록** 제13-522호
주소 서울시 서초구 서초동 1621-18 란빌딩 1층
전화 02-585-7840 **팩스** 02-585-7848 **전자우편** somyong@korea.com **홈페이지** www.somyong.co.kr

값 16,000원
ISBN 978-89-5626-618-3 93810
ⓒ 2011, 조혜란

19세기 서얼 지식인의 대안적 글쓰기, 『삼한습유』

Alternative Writing of Intellectuals in 19th Century

조혜란

소명출판

책머리에

오랫동안 해야 한다고 생각하면서, 한두 번은 교정을 시작한 적도 있으면서, 그러나 막상 마주하면 이렇게 저렇게 해야지 하는 생각만 무궁하게 키우다가 결국은 덮고 또 덮고 했던 원고를 드디어 손질했다. 어쨌든 후련하다. 예전에 받았던 박사논문의 문장을 다듬고 그동안 새로 나온 연구사를 반영하고, 또 새롭게 얻게 된 김소행 관련 자료들을 보충하면서 예전의 논의를 다시 검토해 봤다. 그 과정에서 집중해서 살핀 것은 여전히 이 논의가 유효한가 여부였다. 이 논문의 목적은 『삼한습유』의 서사적 매력을 가시적으로 분석해 내는 데 있었다. 그때만 해도 『삼한습유』를 읽은 사람들이 많지 않았는데 이제는 몇 권의 번역서가 출간되어 있으며 연구사가 꽤나 축적되었다. 하지만 여전히 고전문학 전공자들 사이에서만 잘 알려진 작품으로 남아 있다.

고전소설의 서사 세계에 매료당한 것은 아마도 박사과정 들어와 『삼한습유』라는 작품을 알게 되면서부터인 듯싶다. 안동 김씨 가문의 서출인 김소행의 『삼한습유』는 그 이전까지 알던 고전소설과는 매우 차별화된 서사 세계를 보여주는 작품이었다. 번역이 안 된 상태라 더디게 읽혔지만 『삼한습유』에서는 방각본 소설들과는 다른 지적인 유희가 느껴졌고, 작가의 개인적인 체취가 묻어났다. 작가 미상, 창작연대 미상인 작품들을 대하는 것과는 전혀 다른 경험이었다. 『삼한습유』에는 19세기 서얼 지식인의 불우, 그 울울함의 정조가, 그의 기개와 강한 정신이, 그리고 유머와 위트가 팽팽한 서사적 긴장을 유지하고 있었다. 조선시대에 열녀 정려를 받은 평민 여성 향랑을 소설 속에서 굳이 재가시키고 여의(如意)한 삶을 살도록 한 작가의 선택이 돋보였다. 체제순응적인 문제 해결과 행복한 결말이 빈번하게 확인되는 고소설 가운데서 파란 불꽃같은 냉정함을 잃지 않은 문제의식을 마주하는 것은 진진한 즐거움이었다. 김소행의 소설 쓰기는 서얼이기에 제대로 써 볼 곳 없었던 자신의 문장을 펼쳐내는 방법으로 선택되었다는 의미에서, 그리고 서사를 통해 당대 조선을 옭죄었던 경직된 이데올로기가 아닌 제3의 방법을 모색하고자 했다는 이중적 의미에서 대안적 글쓰기이다.

　조선의 19세기는 장편소설의 시대라고 감히 말하고 싶다. 물론 한편에서는 방각본 소설들이 활발하게 유통되었지만 19세기에 이르면 자신의 이름을 밝힌 지식인들이 한문으로 장편소설을 내놓고 지식인 독자들이 생겼으며, 한글소설의 경우도 가문소설이라 불리는 대하장편소설들이 한 흐름을 이룬다. 19세기 소설사에 대한 총체적인 안목이 확보된 후 『삼한습유』를 본다면 이 작품의 고유한 서사 세계가 더욱 선명하게 드러날 것으로 보인다. 조선시대 타자들의 다양한 목소리가 섞여 있으며 창작 기법 역시 혼성 모방과 패러디를 연상시키는 『삼한습유』는, 19세기 초의 작품이지만 내용과 형식면에서 21세기의 문제의식과도 맞닿아 있어 다시금 차후 연구의 새로운 장으로 연결될 것 같다는 생각이 든다.

　『삼한습유』는 여전히 문제적인 작품이다.『삼한습유』의 작품 세계를 총체적으로 드러내는 데 집중한 연구들은 많지 않기에 예전 논문을 다듬어 책으로 묶었다. 전공자들은 물론 조선시대 소설에 관심 있는 독자라면 찾아 읽기 쉽도록 말이다. 소박한 논의이지만 이 책이 독자들을 19세기 조선, 어느 '까칠한' 소설의 매력으로 이끌 수 있다면 행복하겠다. 이에 더하여 함께 공부하는 분들께 감사의 말씀을 전하고 싶다.『삼한습유』를 이해하는 데 필요한 19세기 조선 및 문학에 대한 관련 논의들과『삼한습유』의 후속 연구 덕분에 혼자 힘으로는 해결하지 못 했던 부분들에 대해 더 밝히 알 수 있었다. 그리고 삼대록계 국문장편소설 현대역과 같은 큰 작업을 흔쾌히 출판해 주시고 또 보잘 것 없는 이 원고도 선뜻 맡아 주신 소명출판에도 감사를 전한다.

2011년 그리 덥지 않은 여름에

저자 씀

차례

제1장

들어가는 말

김시습의 『금오신화』 이후, 조선 시대 소설문학을 주도했던 것은 국문소설이라고 해도 과언이 아니다. 『홍길동전』, 『숙향전』, 『사씨남정기』 등 소설들이 본격적으로 장편화되기 시작한 17세기 이후 국문소설은 영웅 일대기 구조에 의한 작품들 외에 가문 서사를 다루는 국문장편소설, 판소리 연희에서 비롯한 판소리계 소설 등 다양한 성격의 작품들을 생산하며 꾸준하게 발전하였고, 서사문학에 대한 관심의 증대 속에 비록 단편 서사체의 형식을 취하기는 하나 전기소설(傳奇小說)과 전계(傳系) 소설들이 창작되었다. 그러나 현실을 중요시하는 유교 이념이 강하게 자리 잡았던 조선 시대의 사대부들은 허구적 상상력의 소산인 소설을 문학의 한 장르로서 인정해 주지 않았다. 소설 독서와 패관소품체 문장을 배척하는 것이 조선조 사대부들의 공론(公論)이었으며, 이러한 태도가 정치적 입장에서 정책적으로 강화된 사건이 정조(正祖) 대의 문체반정(文體反正)이다.

문체반정 이후 19세기 소설사의 특징은 방각본의 출간이 활발하며,『삼한습유(三韓拾遺)』를 선두로『옥수기(玉樹記)』,『육미당기(六美堂記)』,『옥루몽(玉樓夢)』,『옥선몽(玉仙夢)』,『쌍선기(雙仙記)』,『한당유사(漢唐遺事)』등 작가와 창작 연대를 알 수 있는 장편소설이 많이 창작되었다는 점이다. 소설은 초기부터 김시습이나 김만중 등 지식인 작가가 참여한 장르이기는 하나, 19세기는 장편소설의 창작이 현상적으로 파악된다는 점에서 특징적이다. 비교적 강력하게 시행된 문체반정으로 소설 독서와 패사소품체의 사용을 금했음에도 불구하고 국문소설도 아닌 한문소설의 창작이 많이 이루어졌다는 사실은 흥미롭다. 한문소설의 창작은 한문을 자유롭게 구사할 수 있는 지식인 계층, 즉 소설에 대해 부정적인 입장을 취해 왔던 사대부 계층을 포함하며 이루어지기 때문이다. 이는 문체반정이 소설 독서를 전혀 불식시키지 못 했음을 의미하는 것이고, 오히려 사대부까지도 소설의 독자로, 작가로 참여하게 할 정도로 소설의 세가 커졌음을 말해 주는 것이다.

사대부 계층이나 이에 준하는 지식인들이 한문으로 소설 창작에 참여한다는 사실은 19세기에 이르러 소설에 대한 인식이 새롭게 변하면서 가능해진 일일 것으로 판단된다. 또 한문으로 썼다는 사실은, 지식인 계층이 지식인 계층을 대상으로 하는 소설을 썼다는 점에서 국문소설과 비교해 볼 때 작품의 성격이 달라졌을 것이라는 추측이 가능하다. 실제로『삼한습유』나『육미당기』뒤에 첨부된 서발을 보면, 서발의 작가가 당대의 고문가(古文家)로 추앙받는 문장가들이거나 혹은 상층 사대부로, 이들은 소설에 대해 고무적인 평가를 하고 있다.[1] 이로 미루어 소설이 더 이상 서민이나 부녀자

---

1   이에 대한 논의는 장효현(1993),「김소행, 서유영의 소설」,『고소설사의 제문제』, 서울 : 집문당; 김경미(1994),「조선 후기 소설론 연구」, 이화여대 박사논문 참고.

만의 문학이 아니라 사대부 지식인들에게로 확대되었음을 알 수 있다. 또한 이 작가들은 전대의 고소설에 비해 잘 다듬어진 소설을 쓰겠다는 의지를 갖고 소설 창작에 임했다. 그러므로 심능숙은 『옥수기』를 쓸 때 퇴고(推敲)한 흔적을 남기고 있고, 서유영은 『육미당기』 서문에서 전대 소설의 지리번쇄한 말을 가다듬었다고 밝히고 있다. 즉 그들은 고급한 문학을 지향하며 소설을 창작했는데,[2] 그들의 소설이 본격적인 문예물의 범주에 진입한 것인지 여부는 논의되지 않았다.

19세기 장편소설은 1990년대에 들어서면서 본격적으로 연구되기 시작했으며,[3] 『삼한습유』는 19세기 초반에 나온 작품으로 19세기 장편소설의 실상을 파악하기 위해서는 반드시 먼저 살펴야 될 작품이다. 또 이 작품은 당대 고문가들의 서발(序跋)과, 작가의 창작 후기에 해당하는 「지작기(誌作記)」가 첨부되어 있어 작가의 작품 세계와 작가 의식을 연구하는 데에 도움이 되고 있다. 같은 19세기 장편소설이라 할지라도 『육미당기』나 『옥선몽』은 국문소설과의 친연성이 강한 반면, 『삼한습유』는 기존의 국문소설과는 확연히 다른 면모를 보여 준다. 『삼한습유』는 작품의 형식, 내용, 창작 배경 등에 있어서 개성이 뚜렷한 작품으로서, 본고는 『삼한습유』의 작품 세계에 대한 관심에서 비롯하였다.

본 논문의 대상은 1814년 김소행(金紹行)에 의해 쓰인 『삼한습유』이다. 이 작품은 김태준이 "중국의 『공작동남비(孔雀東南飛)』에 버금가는 작품"[4]이라고 평한 뒤 지속적으로 중요한 소설로서 주목받아 온 작품이다. 『삼한

---

2 김종철(1993), 「심능숙의 『옥수기』」, 『고소설사의 제문제』, 서울 : 집문당, 827~828쪽.

3 김종철(1985), 「옥수기 연구」, 서울대 석사논문; 김종철(1985), 「19세기 중반기 장편영웅소설의 한 양상」, 『한국학보』 40호, 서울 : 일지사; 장효현(1988), 『서유영 문학의 연구』, 서울 : 아세아문화사.

4 김태준(1939), 『조선소설사』, 서울 : 학예사, 166쪽.

습유』에 대한 기존의 논의는『삼한습유』에 대한 전반적 언급, 향랑 설화를 소재로 한 한문전의 소설화 과정, 그리고『삼한습유』의 작품 구조에 대한 관심 등 크게 세 가지 경향으로 정리될 수 있다. 우선 작품에 대한 기본적인 논의이다.[5] 김태준의 논의는『삼한습유』에 대한 단편적 언급이고, 김기동의 "삼한습유"는『삼한습유』전반에 걸친 기본적 연구로, 이 둘은 이 작품에 대한 본격적인 연구라고 말하기는 어렵다. 두 번째는 주로 향랑고사에 관련하여 배경설화를 집중적으로 다룬 논문들로,『삼한습유』에 대한 연구는 아니며 소재원천인 향랑고사와 이를 수용한 한시, 한문전 등에 대한 고찰이다.[6] 이 연구들은 향랑을 입전한 한문전 중 이안중(李安中)의 작품이 작품의 직접적 원천이 될 가능성이 높다고 지적하였다. 세 번째는 소설『삼한습유』자체를 대상으로 한 논의이다.[7] 이 논문들은 작품의 구조와 의미를 중점적으로 고찰하여, 구조면에서 기존 소설과의 관계 양상을 살피고 그것을 토대로 작품 구조의 근거가 된 세계관과 죽계의 현실인식에 대해 고찰했다. 이 연구들은 작품 자체에 대한 분석과 논의를 시도했다는 점에서는 의의가 있으나, 구조 연구에 치중한 결과 작품의 실상을 제대로 드러내지 못했으며, 작가의식에 대해 충분한 논의를 전개시킨 것은 아니라는 한계가 있다. 그리고 박일용의 논문[8]은 주로 작가의식에 대한 연구로, 작가의 새로

---

5   위의 책; 김기동(1981),「삼한습유」,『한국고전소설연구』, 서울 : 교학사.

6   박옥빈(1982),「향랑고사의 문학적 연변」, 성균관대 석사논문; 정맹섭(1987),「삼한습유의 연구」, 계명대 교육대학원 석사논문; 박교선(1987),「향랑전기의 삼한습유로의 정착」, 고려대 교육대학원 석사논문; 이춘기(1991),「삼한습유에 끼친 배경설화의 영향」,『한양어문연구』9집.

7   이춘기(1983),「삼한습유 연구」, 한양대 석사논문; 이남미(1989),「삼한습유의 구조와 그 의미」, 고려대 석사논문; 안정심(1992),「삼한습유의 구조적 특성 연구」, 덕성여대 석사논문; 이병직(1992),「삼한습유 연구」, 부산대 교육대학원 석사논문.

8   박일용(1985),「삼한습유를 통해서 본 김소행의 작가 의식」,『한국학보』42호, 서울 : 일지사.

운 예관(禮觀)을 고찰하고, 작가가 서출이라는 신분적 한계로 인해 조선 사회의 구조적 모순을 직접 경험하고 비판했다고 했으며, 장효현의 논문[9]은 소설에 대한 관심이라기보다는 김매순의 서(序)를 중심으로 다루면서 소설론에 대한 관심을 나타낸 논문이다.

『삼한습유』에 대한 기존의 논의는 소설의 원천이 된 한문전들과 소설의 상관성에 대한 고찰과 작품의 구조 파악에 치중하고 있음을 알 수 있다. 이 논의들은 『삼한습유』의 전반적인 모습을 드러내는 데에는 성공했으나, 작가의식이나 작품의 개성을 잘 드러내지는 못 한다는 한계가 있다. 설화와 소설의 관련에 대한 논의에서는 작품의 원천을 찾는다는 의의는 있으나, 설화와는 전혀 다른 소설의 실상을 부각시키는 데에 주력하지 않았다. 또 보편성이 강조되는 구조 논의로는 김소행 고유의 작가 정신이 드러나기는 어려울 것으로 보인다. 그런데 『삼한습유』의 개성과 특징은 작중 인물들의 의론적 대화를 통해 전개되는 백과전서적 지식의 내용에 크게 의존하는 것으로 생각되는 바, 작가의 개성이나 의식을 파악하기 위해서는 이 부분에 대한 상세한 고찰이 반드시 전제되어야 한다. 『삼한습유』는 작가가 「지작기」를 통해 자신의 창작 태도를 밝히고 있다는 점에서 김소행은 자신의 작품에 대해 작가로서의 책임과 자부를 느끼는 근대적인 작가의식의 소유자일 가능성이 있으며, 당대의 고문가들에게 긍정적인 평가를 받았다는 점에서 이 작품이야말로 소설이 본격적인 문예물로서 인정받는 시작이 되었을 가능성도 아울러 가지고 있는 작품이다.

소설 작가로서 자신의 작품에 대한 자부는 수준 높은 작품을 창작하려는 의지와도 연관되므로, 이는 곧 문예물로서의 소설 창작을 가능하게 하는

---

9   장효현(1993), 「김소행, 서유영의 소설」, 『고소설사의 제문제』, 서울: 집문당.

중요한 요소가 된다. 문예물로서의 소설 창작은 단지 소설이 양적으로 많이 유통되었다는 점에서만이 아니라 소설이 문학의 중심 장르로 진입함을 작품으로 입증하는 것이라 하겠다. 이런 의미에서『삼한습유』에 대한 면밀한 작품론이 이루어져야 할 필요가 있다고 본다. 그러므로 본고는 19세기 소설의 위상을 살피는 일환으로『삼한습유』에 대한 작품론을 시도하고자 한다.[10]

『삼한습유』의 이본 중 완본은 모두 5종으로 다 한문필사본이며, 이본을 대조해 본 결과 소설 본문, 지작기(誌作記), 서발(序跋), 죽계선생행(竹溪先生行) 등의 구성 내용에 있어 거의 차이가 없다. 이 외에 한국학중앙연구원에

---

[10] 1994년에 본 논문이 발표된 후 지금까지『삼한습유』에 대한 연구사는 꾸준히 축적되고 있다.『삼한습유』의 기존 연구사는 박혜민(2008)의 석사학위 청구논문에 자세하게 정리되어 있으므로 여기에서 다시 반복하는 대신 그 논의를 참고하기로 한다. 조혜란의 본 논문(1994)은『삼한습유』의 전모를 드러내고자 한 본격적인 작품론이었으며, 곧이어 나온 원승연의 논의는 연세대학교 도서관 소장본 중 외부에게 공개하지 않았던 홍길주 자료를 더하여 작가 김소행을 이해하는 데 도움이 되는 논의를 펼쳤다. 이후 서신혜는 두 번의 학위논문 및 소논문을 통해『삼한습유』에 대한 논의를 전개하는데 서신혜의 연구는 작품에 삽입된 문헌의 출처 및 수용 양상, 섬세한 이본고 등으로 문헌 작업에 심도를 기하였다. 이러한 작업들을 토대로 하여 후속 논의들도 꾸준히 나왔는데 이기대의 논의는 특히 삼한에 대한 작가의 역사인식을 상세하게 고찰하고 있으며, 이승수(2003), 박미혜(2008), 이기대(2010) 등의 논의는 인물 형상화와 서술 기법에 대해 분석하고 있다. 최근에는 최원오(2011)가 향랑의 개가를 중심으로 벌어지는 논쟁 및 대결의 양상에 주목하여 이를 통해 다문화주의를 인문학적으로 성찰하는 방편으로 삼는 논의를 전개하기도 하였다. 이 각주에 언급된 논의들의 서지 사항을 순서대로 열거하면
박혜민(2008),「삼한습유의 인물 형상과 서술 기법」, 고려대 석사논문, 3~8쪽.
원승연(1994),「삼한습유의 서사체계와 작자의식」, 연세대 석사논문.
서신혜(1998),「삼한습유 연구」, 한양대 석사논문.
＿＿＿(2003),「삼한습유의 문헌 수용 양상과 변용 미학 연구」, 한양대 박사논문.
이기대(2002),「삼한습유에 나타난 김소행의 삼한 인식」,『동방한문학』22, 동방한문학회.
＿＿＿(2010),『19세기 조선의 소설가와 한문장편소설』, 서울 : 집문당.
이승수(2003),「삼한습유의 기술 방식 세 가지」,『고소설연구』15, 한국고소설학회.
최원오(2011),「다문화주의 개념에 대한 인문학적 성찰」,『민족연구』46, 한국민족연구원.

는 한문으로 필사된 낙질본『삼한습유』이본이 하나 더 있다.

① 서울대 일반도서관본『삼한습유』: 3권 2책으로 되어 있으며, 총 299
면이며, '誌作記'라고 명기되어 있다. 이 이본은「필사본 고전소설전집(筆
寫本 古典小說全集)」[11]과「한국한문소설전집(韓國漢文小說全集)」[12]에 재수록
되어 있다.

② 서울대 가람문고본『삼한습유』: 3권 1책으로, 총 74면으로 되어 있으
며, 책 말미에 1933년 김병업(金炳業)이라는 사람이 필사했다는 필사기(筆
寫記)가 첨부되어 있다.

③ 서울대 일사문고본『삼한열녀전』: 권수 표시 없이 2책으로 되어 있으
며, 총 247면[13]이다.

④ 고려대 중앙도서관본『삼한습유』: 3권 3책으로 되어 있으며, 총 144
면이다. 책 말미에 6대손인 화진(和鎭)이 썼다는 기록이 있다.

⑤ 한국학중앙연구원 장서각본『삼한습유』: 3권 2책으로 되어 있으며
총 177면이다. 이 책의 필사기에는 필사연도와 필사자 등에 대한 정보가 적
혀 있는 것이 아니라 이 소설을 필사해서 제본하는 데 든 비용을 밝히는 명
세표와 같은 내용의 필사기가 있다는 점이 특이하다.

⑥ 한국학중앙연구원 장서각 낙질본『의열녀전 상(義烈女傳 上)』: 44면 1
권으로, 낙질본이다.

---

11 김기동 편(1980),『필사본 고전소설전집』권 일, 서울 : 아세아문화사.
12 임명덕 편(1980),『한국한문소설전집』권 사, 대북 : 중국문화대학 출판부. 서신혜(2003)
    의 논의에 의하면 임명덕 본은 가람문고본에 가깝다고 한다. 서신혜(2003), 16쪽.
13 일사문고본과 고려대본의 면수 및 낙질본에 대한 면수 정보는 서신혜의 논의를 따랐
    다. 서신혜(2004),『김소행의 글쓰기 방식과 삼한습유』, 서울 : 박이정, 27~29쪽.

『삼한습유』의 이본들은 이 작품이 한문장편소설임에도 불구하고 거의 오자나 탈자가 없을 정도로 정치하게 필사되어 있어, 그 이본의 계열이 작품 해석에 영향을 미칠 정도로 유의미하지는 않다.[14] 이는 고소설 필사 관행에 비추어 볼 때 드문 일이다. 고소설은 필사 과정에서 필사자의 취향에 따라 일부 내용이 생략되거나 부연되거나 하는 일이 비일비재하기 때문이다. 『삼한습유』의 필사가 이렇게 정교한 이유로는 우선 이 소설이 김소행의 후손에 의해 필사되었다는 점과 관련이 있을 것으로 보인다. '육대족손(六代族孫)'이니 '김병업(金炳業)'이니 하는 기록들은 이것이 후손의 손에 의해 필사되었으므로 조상의 글을 중시한다는 입장에서 매우 조심스럽게 필사되었으리라는 짐작을 가능하게 한다. 또 ⑤의 한국학중앙연구원본과 같은 경우는 돈을 받고 직업적으로 필사해 주는 사람에게서 필사한 이본이므로 필사가 정교했던 것이다. 이는 『삼한습유』가 개인의 작품으로서 존중되었음을 의미할 수 있다. 김소행은 문집을 남기지 않았는데, 『삼한습유』에 들어 있는 내용은 개인 문집에 비견하리만큼 방대한 내용으로 되어 있어 이를 토대로 작가의 문재(文才)나 지식, 사상적 경향 등을 추정할 수 있다. 본고는 이 중 가장 널리 알려진 이본인 『필사본 고전소설전집』에 수록된 이본을 연구의 저본으로 삼기로 한다.

본고는 『삼한습유』의 작품론을 시도하고 이를 통해 작가의식을 추출할 것이며, 『삼한습유』의 문예물로서의 가치 여부를 논함으로 19세기 소설사에서 『삼한습유』가 차지하는 위상을 고찰하고자 한다. 본고는 다음과 같은 방법으로 진행할 것이다.

---

14 그런데 서신혜(2004)는 글자 단위로 이본들 간의 비교를 시도하여 섬세한 차이를 드러내었다. 이 작업을 통해 비록 완결된 형태는 아니나 장서각본 낙질본이 서울대 일반도서관본에서 문맥이 명확하지 않았던 부분을 이해하는 데 도움이 되는 이본임이 밝혀졌다. 서신혜(2004), 26~49쪽 참고.

제2장에서는 『삼한습유』가 출현하게 된 문학적 배경과 작가의 저작 동기를 살피고자 한다. 여기에서는 18, 19세기의 문학적 현상은 어떠한 것이 있으며, 이것이 『삼한습유』의 창작에 어떻게 관여하고 있나를 살피고, 교유 관계를 통해 김소행의 삶을 추정할 것이며, 「지작기(誌作記)」에 나타난 작가의 소설 창작 태도를 살필 것이다. 이 부분을 통해 그가 과연 근대적인 작가 의식을 지닌 작가인지 여부를 가늠하게 될 것이다.

제3장에서는 『삼한습유』의 소설화 방식과 작품 세계에 대해 고찰하고자 한다. 여기에서는 향랑고사를 소재 원천으로 한 한문전, 한시와 『삼한습유』와의 차이점을 드러내고, 이 작품의 소설화 과정과 장편화 방식에 대해 살필 것이다. 또 기존 서사 구조들과 『삼한습유』를 연관지어 그 문학적 역량을 논하고, 이 작품을 구성하는 중요한 요소인 백과전서적 지식의 전개 양상을 살펴 그 의미를 추출할 것이다. 그리고 이 작품의 문체적 특징과 인물 형상화의 방법, 그리고 의론적 대화의 쓰임에 대해서도 고찰하고자 한다.

제4장에서는 제3장의 내용을 토대로 하여 작가의식과 소설사적 위상을 살필 것이다. 본 장에서는 김소행이 『삼한습유』를 통해 과연 어떤 작가의식을 노정하고 있으며, 이러한 『삼한습유』가 19세기 소설사에서 어떤 의미를 지니는 작품인가가 논의될 것이다.

이를 통해 그동안 제대로 드러나지 않았던 김소행이라는 작가와 『삼한습유』의 작품 세계가 구체적으로 밝혀져서 작품의 실상에 대한 이해가 가능해지며, 또한 19세기에 소설이 점하고 있었던 위상이 보다 분명하게 조명될 것으로 기대한다.

제2장
19세기 조선의 문학과 작가 김소행

1. 『삼한습유』의 출현과 19세기 조선의 문학적 지형도

1) 기존 문학 양식들의 소설적 경사

조선 후기는 주로 서민층에서 향유되면서 구비 전승되던 설화들이 상층의 문인에 의해 『청구야담』, 『계서야담』, 『동야휘집』 등 한문야담집으로 편찬되는가 하면, 『춘향전』을 다시 쓴 『수산광한루기』의 경우처럼 판소리가 한시로, 한문소설로 다시 써지기도 하는 등 기층의 문화가 상층 양반들에게 수용, 활발하게 전개되는 양상을 보인다. 뿐만 아니라 『종옥전』의 경우는 설화의 소설화가 한글 방각본 소설만이 아니라 한문소설로도 시도되었음을 보여준다. 즉 기층문화에 대한 상층 문인의 관심이 설화, 판소리 등의 구비문학을 한문으로 정착시키거나 경우에 따라서는 개인의 창의를 더하여 작품화하는 추세를 보이게 된 것이다. 그러면서 설화나 판소리 등이 한문 문학의 전통에서 다루어져 문화의 습합 현상이 나타나기 시작하며, 판소리의 경우는 19세기 후반에 드디어 궁중으로까지 그 향유층을 넓히게 된다.

『삼한습유』도 실제 이야기가 창작의 근원이 된 작품 중 하나이다. 한문 장편소설 『삼한습유』의 소재원천이 된 향랑고사(香娘故事)는 조선 숙종대 실제 있었던 일로, 향랑이라는 평민 여성의 비극적 일생에 대한 이야기이며, 향랑이 죽음에 임박해서 불렀다고 전해지는 〈산유화가〉라는 노래는 조선 후기에 널리 분포했던 민요이다. 평민여성이 정려를 받은 일을 소재로 한 이 설화는 당시 양반 문인들의 정서에 잘 부합했을 것이며, 그 결과 향랑고사를 소재로 한 많은 한시와 한문전들이 지어졌다. 『삼한습유』의 발문(跋文) 중 하나인 무태거사(無怠居士)의 글을 보면, 『삼한습유』의 창작 과정을 짐작하게 하는 내용이 들어 있다. 김소행(金紹行)이 비 때문에 길이 막혀 이웃집에 체류하던 중, 무태거사 자신이 향랑의 일을 이야기해 주며 기문(奇文)을 지어달라고 부탁하였다는 것이다. 김소행은 처음에는 거절하다가 좌중이 다 청하자 단숨에 소설을 써 내려갔다고 한다.[1] 무태거사가 향랑의 일을 이야기했다고 하나 김소행이 이 설화를 여기에서 처음 들었던 것은 아니라고 생각된다. 단숨에 소설을 써내려갔다고 할 정도라면 그 이전에 이미 이 설화에 대해 알고 있었을 것으로 판단되기 때문이다. 작가 죽계(竹溪) 김소행(金紹行)은 안동 김씨 집안의 서출로서 당대에 문장으로 인정받았던

---

1   김기동 편(1980), 무태거사, 「의열녀전후발(義烈女傳後跋)」, 『삼한습유』, 『필사본 고소설전집』, 서울 : 아세아문화사, 295~297쪽.

인물이다. 그러므로 김소행도 사대부 계층에 준하는 교양을 갖춘 지식인이었음이 분명하다. 『삼한습유』는 향랑고사와는 별개의 전혀 다른 이야기로 환골탈태한 한문장편소설이 되었으나, 상층에 준하는 지식인이 기층의 설화를 수용, 작품화했다는 점에서는 조선 후기의 문학적 경향과 유관하다고 여겨진다.

또한 조선 후기는 소설이 중심 장르로 그 세를 확보함에 따라 기존 장르들도 소설화되는 경향을 나타내는 시기이다. 소설 장르는 유학자들의 소설에 대한 부정적 인식과 문체반정 등의 강한 억압 속에서도 꾸준한 성장을 거듭했다. 19세기에 들어서면서 방각본의 출간이 활발해지고, 국문장편소설인 가문소설류가 세책(貰冊)의 형태로 유통되는 등 고소설이 다양한 성격의 이야기로 독자를 확보해 간다. 19세기에 들어서면서 시작되는 한문장편소설의 창작은 소설 독자층의 확대라는 점에서 의의가 있으며, 이 작품들의 국문 번역은 한문을 모르는 다수 독자들에게 한문장편소설의 작품 세계를 경험할 수 있는 기회를 제공했다는 점에서 의의가 있다. 이러한 과정을 통해 고소설이 점차 본격 문학 장르로 자리를 잡으면서 기존의 여러 장르들도 소설로 경사(傾斜)되는 현상을 보이는데, 다른 문학 장르가 소설적인 경향을 나타내는 현상은 위에서 언급한 문화의 습합 현상과도 무관하지 않을 것으로 보인다. 왜냐하면 조선시대의 소설은 주로 서민과 부녀자를 대상으로 하던 주변 장르였던 반면, 소설화 현상이 두드러지게 나타나는 한문전(漢文傳)이나 서사적(敍事的) 한시(漢詩), 가사(歌辭) 등 기존 장르들은 거의 사대부들이 향유하던 문학 장르였기 때문이다. 즉 전이나 가사, 혹은 한시 등의 소설화 경향은 상층의 중심 장르가 기층 장르이자 주변 장르였던 소설로 견인되는 현상인 것이다. 비교적 장르 의식이 뚜렷한 한문 문학과, 시가(詩歌)로 분류되는 가사 문학이 소설화된다는 사실은 그만큼 소설이 문학

장르로서의 힘이 커졌음을 의미한다고 볼 수 있다.[2]

『삼한습유』의 출현은 이러한 당대의 문학적 경향 속에서 창작된 작품이다. 이 작품은 기존의 소설과 비슷한 점이 있으면서도 현저히 다른 면모를 지니고 있다. 기존의 소설과 비슷한 점으로는 천상계와 지상계가 설정되어 있다든지 군담이 등장한다든지 혹은 전기소설(傳奇小說)이나 몽유록(夢遊錄)을 연상시키는 부분이 있다든지 하는 점 등을 열거할 수 있다. 그러나 『삼한습유』의 구조는 기존 서사 구조인 영웅 일대기 유형이나 적강구조(謫降構造), 혹은 몽유구조(夢遊構造) 중 어느 하나로는 파악되지 않는다는 특징이 있다. 이는 앞에서 언급한 기존 서사 양식이 『삼한습유』의 문학적 배경이 되었으면서도, 이 작품이 결코 단선적으로 구성되지 않았음을 의미한다. 『삼한습유』는 기존의 여러 서사 구조들을 자유롭게 수용하면서, 그것을 그대로 원용한 것이 아니라 동시에 작가의 창의를 발휘하여 전혀 새로운 이야기로 만들어 낸 작품인 것이다. 『삼한습유』는 또 우리나라의 소설만이 아니라 중국소설의 독서도 바탕으로 하여 창작된 작품이다. 『삼한습유』에서 보이는 신마적(神魔的) 군담(軍談)의 전개는 특히 중국소설의 영향을 가늠하게 해 주는 부분이다. 『삼한습유』의 창작에는 이렇게 여러 가지 문학적 전통이 함께 어우러져 있다. 또 『삼한습유』는 고소설에서는 보기 드물게 역동적인 상상력을 바탕으로 한 매우 환상적인 이야기이다. 이러한 『삼한습유』는 이미 다양한 성격의 이야기군이 형성되어 있던 국문소설의 문학적 전통을 배경으로, 이를 한문 서사의 영역 속에서 장편으로 소화해 낸 본격적인 19세기 장편소설이다.

---

2 가사의 소설화 현상은 최원식(1977), 「가사의 소설화 경향과 봉건주의의 해체」, 『창작과비평』 통권 46호 참고.

2) 중심 장르로 부상하는 소설

　'괴력난신(怪力亂神)은 말하지 않는다'라는 공자(孔子)의 『논어』 구절과
더불어, 사실에 입각한 질박한 표현을 선호하던 문이재도(文以載道)의 유교
적 문학관으로 인해, 조선의 식자층들은 허구적 상상력의 소산인 소설을
부정하였다. 그러나 주지하는 것처럼 소설을 배척하는 분위기 속에서도 소
설은 지속적인 성장을 해 왔다. 19세기까지도 소설에 대한 공식적인 입장
은 소설 부정론이 우세를 점했으나 『옥선몽(玉仙夢)』의 저자 탕옹(宕翁)이
나 『제일기언(第一奇諺)』의 번역자인 홍희복(洪羲福) 등이 소설의 교화적 측
면만이 아니라 오락적 기능까지도 긍정하는 등 소설 긍정론은 계속 강도를
더해가며 새롭게 개진된 반면, 소설 부정론은 전대의 태도를 답습하는 수
준에 머무를 뿐이었다. 이는 곧 소설이 실제적으로 우위를 점해갔음을 의
미하는 것이다. 조선 후기 소설의 성행은 패사소품체라는 문체(文體)의 문
제와도 연관된다. 연암을 비롯한 사대부들이 패사소품체(稗史小品體)를 구
사하게 되는데, 이를 사기(士氣)의 퇴락과 기강의 해이, 정학(正學)의 실종
등에 기인한 일시적이고 우연적인 현상으로 파악한 정조(正祖)는 문체반정
(文體反正)을 시도한다. 그러나 패사소품체의 수용은 단지 명청소설(明淸小
說)의 유행이라는 취향의 문제에서 기인한 것이 아니라 화이관(華夷觀)의
변모와 같은 사유방식의 변화[3]나 새로운 시대 분위기의 모색 등에서 기인
한 것이다. 이는 조선 후기에 이르러 소설이 긍정적으로 수용될 수 있는 요
인으로 세계를 인지하는 인식 방법이 절대주의적 인식 방법에서 상대주의
적 인식으로 전환함과 이에 따른 문학관의 변모를 거론하는 것과 궤를 같이

3　정민(1989), 『조선후기 고문론 연구』, 서울 : 아세아문화사, 50쪽.

한다.[4] 그러므로 조선 후기에 이르러 소설이 중심 장르로 부상하는 것은 필연적인 결과였던 것이며, 평민들의 문학이 대거 상층으로 확대되고 전이나 가사가 소설화되는 현상은 바로 조선 후기 사회의 변화와 이에 따른 사대부들의 세계관의 변화에서 기인하는 현상으로 파악될 수 있음을 의미한다.

『제일기언』의 홍희복이나 『옥선몽』의 탕옹처럼 소설의 독서가 주는 즐거움 자체를 옹호하면서 소설에 대해 긍정적인 견해를 표명하는 경우도 있으나, 대개는 소설의 황탄함에 대해 경계하면서 부분적으로 인정하는 태도를 보인다. 특히 고문가들은 정조 당대에는 물론이고 정조가 죽은 후에도 여전히 소설에 대해 적극적인 지지를 보내지는 않았다. 이런 그들이 김소행의 『삼한습유』나 서유영의 『육미당기』 등에 자기의 이름을 밝히면서 서발문을 써 주고, 소설의 독자로서 활발한 교류를 한다는 것은 19세기 소설사에 있어 주목할 만한 현상이다. 이는 당대의 문장가, 그것도 고문가들이 소설문학을 진지한 논의의 대상으로 삼고 있음을 의미한다.

한 예로, 김매순의 경우는 "삼한의열녀전서(三韓義烈女傳序)"라는 글에서 고금(古今)의 문장의 변화를 논하면서 자신의 문장론(文章論)을 펴고 있다. 그는 또한 소설인 『삼한습유』를 '기문장(奇文章)'으로 평가하면서 누가 문장체용(文章體用)의 변화를 잘 모르고 이 작품을 비설(鄙褻)하거나 궤탄포려(詭誕抛戾)하다고 한다면 자신이 나서서 변론하겠다[5]라고 하여 이 작품에 대해 적극적으로 옹호하고 긍정하는 태도를 보인다. 홍석주의 경우도 김소행의 『삼한습유』를 천하의 기이한 문장으로 평하면서 자신이 어찌 그 사이에 글자 하나라도 더할 수 있겠느냐고 반문한다.[6] 이는 소설을 작가의 개성

---

4 김경미(1993), 「조선 후기 소설론 연구」, 이화여대 박사논문, 10~27쪽.
5 김매순, 「삼한의열녀전서」, 『삼한습유』.
6 홍석주, 「서의열녀전후」, 『삼한습유』, 287쪽.

이 존중되는 정통 문학의 하나로 인정하는 태도라고 할 수 있다. 그런데 홍석주에게는 김소행이 향랑을 환생시켜서 효렴과 혼인시킨 것이 내내 마음에 꺼려지는 부분이었다.[7] 그럼에도 불구하고 그는 이 작품에 글자 하나라도 더하지 않겠다고 하였다. 필사자의 취향에 따라 임의대로 고치면서 필사하는 것이 가능했던 고소설의 유통 관행에 비춰 볼 때, 우리는 글자 하나라도 더하지 않겠다는 홍석주의 태도에서 작가의 개성을 존중하는 그의 태도를 읽을 수 있다. 이는 그가 김소행의 소설을 문예물로 간주했음을 의미한다.

조선 후기 소설사의 전개를 볼 때, 정조가 문체반정을 통해 패사소품체 및 소설 독서에 대해 강경한 정책을 폈으나 이는 정조 당대에 그치는 현상으로 보인다. 1814년에 창작된 『삼한습유』에 김매순, 홍석주, 홍길주 등을 비롯한 당대의 고문가들이, 또 『육미당기』의 경우에 윤정현, 임백경 등을 비롯한 당대의 고위 관료들이 서발문을 통해 소설의 가치를 긍정하는 양상을 나타내는 것만 보아도 그러한 사정을 짐작할 수 있다.

김시습의 『금오신화』 이후 『홍길동전』을 비롯한 국문소설의 출현, 중국소설의 유입과 번역, 방각본의 간행, 국문 장편서사의 성행 등을 통해 꾸준히 양적으로 성장해 온 소설문학이 19세기에 이르면 질적인 발전도 함께 병행된다. 이 시기에 오면, 소설 창작은 더 이상 상업적인 이윤 추구나 유교적인 덕목의 교화를 위해서가 아니라 어느 개인의 사고와 개성을 표현하는 장으로 선택되는 것이다. 그러기에 소설의 작가도 자신의 이름을 명시하고 더 이상 익명성을 고집하지 않으며 작품을 통해 자신의 창의가 돋보이도록 시도하였다. 물론 이 시기에도 상업적 영리를 중요시하는 방각본의 출간은

---

7   위의 글, 282~285쪽.

여전히 활발했으며, 특정한 작가 의식을 논하기 어려운 작품들도 여전히 창작되었을 것이다. 그러나 이러한 흐름 가운데 비록 소수의 작품이기는 하나 작가의 개성이 드러나는 소설이 창작되었다는 것은 의의가 있다고 하겠다. 19세기 장편소설의 한 특징은, 그 이전의 고소설과 비교해 볼 때, 작가를 알 수 있는 작품이 상대적으로 많다는 점과 상층 지식인들이 소설 창작에 대거 참여한다는 점이다. 이러한 소설의 작품 세계는 익명성 하에서 지어진 소설과는 다른 양상을 보일 것으로 짐작된다. 19세기에 창작된 장편소설 중 비교적 그 창작 연대가 이른 김소행의 『삼한습유』도 이러한 작품 중의 하나이다.

2. 작가 김소행의 삶과 글쓰기

1) 가계(家系)와 그의 가족들

『삼한습유』의 작가인 죽계 김소행은 문집을 남기고 있지 않으며, 또한 그에 대한 기록도 남아 있는 것이 드물어 김소행의 생애를 구체적으로 재구하는 것은 거의 불가능한 실정이다.

그러나 그는 대산(臺山) 김매순(金邁淳), 연천(淵泉) 홍석주(洪奭周) 등 19세기 고문(古文) 확립에 있어 주도적인 위치를 점했던 당대 고문가들과 교유하며, 이들에게서 뛰어난 문장으로 인정받은 인물이다. '연대문장(淵臺文章)'이라 일컬어질 정도로 19세기 문단에서의 비중이 컸던 대산(臺山)과 연천(淵泉)의 문집에는 김소행에게 보낸 편지나 시, 혹은 그에 대한 일화 등이 실려 있어서 김소행의 대체적인 면모를 짐작하게 한다. 그리고『삼한습유』에 부기된 김매순, 홍석주 등을 비롯한 홍길주, 홍현주 등의 서발(序跋)을 통해서도 김소행의 교유관계나 작가의 면모에 대한 추정이 어느 정도 가능하다.

본 절에서는 안동(安東) 김씨(金氏) 가문에 대한 기록과 기타 문집의 기록들, 그리고『삼한습유』에 첨부된 서발 등을 통해 작가와 그의 교유관계에 대해 고찰하고자 한다. 또한 그의 소설『삼한습유』는 가히 하나의 문집이라고 하기에 부족함이 없을 만큼 다양하고 풍부한 내용을 두루 갖추고 있다.『삼한습유』의 방대한 서술은 여러 가지 소재를, 경우에 따라 시(詩), 서(書), 론(論) 등 다양한 장르를 통해 다루고 있다. 그러므로『삼한습유』에 드러난 작가의 다양한 관심을 추적하면, 그의 학문 경향에 대한 추정도 가능하리라고 본다.

안동 김씨의 서출(庶出)인 김소행의 호(號)는 죽계(竹溪)이며, 자(字)는 평중(平仲)으로, 영조(英祖) 을유년(乙酉年)인 1765년에 태어나 철종(哲宗) 기미년(己未年)인 1859년에 죽기까지 95세를 누려, 장수(長壽)로 첨지중추(僉知中樞)라는 벼슬을 추증 받았다. 김소행은 김상헌파(金尙憲派)에 속하며, 그의 증조부는 안동 김씨 광찬(光燦)의 서출이었던 벽오당(碧梧堂) 김수징(金壽徵)으로, 적성현감(積城縣監)을 지냈으며,『벽오당문집』을 남겼다.[8][9]

---

8   「죽계선생행(竹溪先生行)」,『삼한습유』, 298~299쪽.
9   그런데 김학수의 논의에 의하면 이들이 서얼이 된 과정이 기가 막히다. 족보에 따르면 김광찬의 자식 중 수징, 수응, 수칭, 수능과 허견에게 출가한 딸은 서출로 기록되어 있는데 이들은 억울하게 서출이 된 경우라고 한다. 계축옥사로 인해 김제남 가문이 화를 당하자, 김광찬은 연안 김씨와 강제 이혼당하고 수징 남매의 생모를 부인으로 맞이하였다고 한다. 그런데 인조반정으로 인해 김제남 가문이 복원되자, 연안 김씨 또한 김광

김소행의 아버지는 김식겸(金軾謙)으로, 자(字)는 자첨(子瞻)이며, 사호(賜號)는 동파(東坡)로서, 사람됨이 강개하고, 문장에 능하였다고 한다. 영조(英祖)가 일찍이 그를 등용하고자 했으나 어떤 이유에선지 한 번도 과거에 응시한 적이 없었다. 동파(東坡)라는 호는 영조가 그를 중국의 소동파(蘇東坡)에 비겨 내린 것이다. 김식겸의 문집으로는 『동파집(東坡集)』이 있다. 그의 부인이자 김소행의 어머니인 이씨(李氏) 역시 시를 잘 지었다고 한다. 경행(絅行)은 김소행의 형으로 자(字)는 미중(美中)이며, 형 역시 문장으로 이름이 있다.[10] 김소행이 속했던 안동 김문(金門)은 김창협(金昌協), 김창흡(金昌翕), 김매순(金邁淳) 등 도문일치(道文一致)를 주장하는 가학(家學)의 전통 속에서 조선 후기 학풍과 문풍을 주도해 나가는 당당한 문인들을 많이 배출했을 뿐만 아니라, 서얼인 김용행(金用行) 또한 서화(書畵)로 유명했으며, 이덕무(李德懋), 박제가(朴齊家), 유득공(柳得恭) 등과 함께 연암(燕岩)을 추종하며, 서울의 학계에서 활동한 것으로 알려져 있다.[11] 이러한 분위기 속에서 김소행의 경우도 그 일가가 시문에 능했음을 알 수 있다. 참고로 김소행이 속한 안동 김씨 족보의 계통도를 소개하면, 다음과 같다.[12]

찬 부인으로서의 지위를 회복하게 되었고, 일부일처제의 원칙에 따라 수징의 생모는 후실이 되고, 그 자녀들은 서출로 전락하고 말았다. 김소행이 안동 김씨 서출로서 평생 울울하게 살아야 했던 것을 생각해 본다면 그 조상대의 기막힌 운명의 뒤바뀜이 더욱 기막히게 다가온다. 김학수(2005), 『끝내 세상에 고개를 숙이지 않는다』, 서울 : 삼우반, 67~68쪽.

10 『안동김씨문헌록(安東金氏文獻錄)』「인(人)」, 「계편(癸編)」 권지일(卷之一), 785쪽. "軾謙 字子瞻. 懸監壽徵孫. 爲人慷慨 能文章. 英祖 嘗欲登庸而一未赴擧. 賜號東坡. 用東坡故事也. 夫人李氏 亦善詩. 二子 絅行, 紹行 又有文章."

11 유봉학(1991), 「18~19세기 연암과 북학사상의 연구」, 서울대 박사논문, 151쪽.

12 안동김씨 대일보(大日譜) 간행위원회(편)(1982), 『안동김씨세보』, 대전 : 회상사, 182~183쪽.

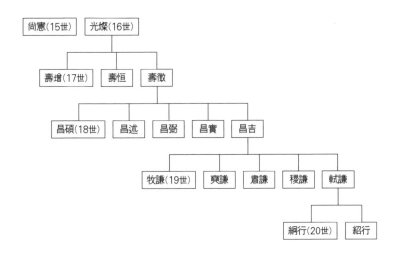

　홍석주의 『학강산필(鶴岡散筆)』에 보면, 김소행과 그의 형인 김경행에 대한 일화들이 기록되어 있다. 대개는 간단한 언급으로, 삼연(三淵) 김창흡(金昌翕) 선생이 객주집에 머물렀을 때 들은 시구(詩句)를 김소행이 전해 준 일,[13] 홍석주가 자신의 혈기가 쇠해 젊은 날의 지기(志氣)를 아쉬워하자, 김소행이 이것이 소위 항우도 죽고 유방 또한 늙는다는 말이라고 우스갯소리를 하던 일,[14] 김경행이 부학(副學) 김여인(金汝仁)이 광진(廣津)에서 은거할 때 그 집에 묵어 간 일,[15] 피곤하여 가기 싫다고 한 산행(山行)을 김경행이 굳이 우겨 따라갔던 일[16] 등이 그것이다. 이를 통해 볼 때 홍석주는 김소행뿐만 아니라 김경행과도 친밀한 사이였던 것으로 짐작된다. 다음의 자료들은 이들 형제에 대한 전기적 사실을 고찰하는 데 도움이 될 구체적인 기록들을 열거한 것이다.

13　홍석주, 『학강산필』 권지삼, 16 상면(上面).
14　위의 책, 55 상면~55 하면.
15　위의 책, 15 하면~16 상면.
16　위의 책, 16 상면~16 하면.

①김경행 미중은 평중의 형이다. 체격이 건장하고 키가 크고 기개가 있었으며, 담론을 잘 했다. 어려서부터 뛰어난 재주가 있어 겨우 오륙 세에 말을 하면 번번이 사람을 놀래켰다. 늙도록 불우하여 곤궁하게 죽었는데, 죽었을 때의 나이 육십칠 세였다. 내가 어려서 일찍이 그를 좇아 과체시를 익혔는데, 그의 말을 들으면 감탄하지 않음이 없었다. 그러나 더욱 잘 하는 것은 면전에서 다른 사람의 잘못을 힐책하는 일이어서, 다른 사람의 잘못을 보면, 조금이라도 너그럽게 봐 주지를 못했다. 사람들은 이 때문에 또한 그를 헐뜯는 자가 많았다. 오랫동안 충주와 여주에서 살았는데[金絅行 美中者 平仲之兄也 魁梧長身 有氣崖 善談論 幼有雋才 甫五六歲 出語輒驚人 旣老不遇 卒以困窮 死時 年六十七 余幼嘗從之 習科體詩 聞其語 未嘗不聳 然尤善面折人 見人過 不能少涵容 人以此亦多訾謷者 久居忠驪間].[17]

②미중은 자못 스스로 재략이 있다고 여겼으나 늙도록 불우하여 그 능함을 펴 볼 곳이 없었다. 사람들은 많이들 그를 허망한 자라고 비웃었다. 그런데 일찍이 사람들과 함께 행주에 놀러 갔다가, 원수 권율의 싸움터에 들른 적이 있었다. 어떤 선비가 한 높은 언덕을 가리키니 미중이 그 위에 올라가 사방을 둘러보더니 전쟁을 하기에 적당한 요지가 아니라고 말하고는, 구불구불한 길을 걸어가 한 곳을 바라보며 말하기를, 이 곳이 가히 진을 칠 만한 장소라고 했다. 이르러 보니 과연 백사 이항복이 쓴 전승비가 있었으니 또한 그가 재주를 품은 선비임을 볼 수 있다[美中頗自許才略 旣老不遇 無所試其能 人多笑其妄者 然嘗與人游幸州 訪權元帥戰地 士人爲指一阜 美中登其上 左右周視曰 非用武地也 透迤歷步 望見一所曰 此可陣矣 旣至 果得白沙

---

17 홍석주, 『학강산필』 권지이, 11 상면.

30 19세기 서얼 지식인의 대안적 글쓰기, 『삼한습유』

所撰戰勝碑 亦可見其有蘊抱也].[18]

①의 기록에 의하면, 형인 경행은 우뚝하니 키가 크고, 기개가 있었으며, 담론을 잘 하였고, 면전에서도 타인의 실수를 지적하는 매우 직선적인 성격의 소유자로 보인다. 어려서부터 큰 재주를 품어, 겨우 오륙 세에 말만 하면 사람들을 놀라게 했으나 그의 삶은 불우하여 67세의 나이로 곤궁하게 생을 마쳤다. 이를 통해, 훗날 고문가로 이름을 날린 홍석주에게 과체시를 가르칠 정도로 문재(文才)가 뛰어났으나 김경행 또한 서출로서 곤궁하게 생애를 보냈음을 짐작할 수 있다. ②의 기록은 김경행이 문장뿐 아니라 병법(兵法)에도 능했음을 보여준다. 스스로 재주 있는 사람으로 자부했으나 그 재주를 인정받지 못 하고, 다른 사람들로부터 거짓되고 망령된 사람으로 치부되었으니 그 괴리감으로 인해 더욱 울울한 일생을 보냈던 것으로 짐작할 수 있다. 김소행의 생애도 그의 형인 경행의 삶에서 멀리 벗어나지는 않았으리라고 여겨진다.

또한 이 기록에 의하면, 김경행은 충주(忠州)와 여주(驪州) 사이를 오가며 살았던 것으로 보이며, 김소행도 충주의 한적한 시골에 자리 잡고 살았으므로[19] 이들은 주로 충주를 중심으로 한 충청권에서 살았던 것으로 보인다. 그런데 김소행의 형편은 넉넉하지 않았던 것 같다. 김운순의 문집 「도헌유고」[20]에는 김소행의 것으로 전해지는 산문 한 편과 시 세 편이 들어 있다. 이 중 아내를 생각하며 쓴 『산중한화』라는 글에는 '가난한 생활 30년에 떨어진 옷을 지어 입고 거친 밥으로 연명하면서도 늘 마음에 달게 여기며 천

---

18 위의 책, 11 하면.
19 김철범(1992), 「19세기 고문가의 문학론에 대한 연구」, 성균관대 박사논문, 139쪽.
20 김운순, 김석진 역(1966), 『도헌유고』, 대전; 안동김씨도헌공가집. 이 자료에는 페이지 수가 표시되어 있지 않다. 도헌(道軒)은 김운순(金雲淳)의 호이다.

하고 괴로움을 잊었다.'는 구절이 있는데 이를 보면 젊었을 때의 김소행은 집밖으로 나가 돌아다녔던 시간이 많았고 집 안팎을 돌보는 일은 모두 그 아내 몫이었음을 알 수 있다.

　김운순은 김소행의 작품을 수록한 후 김소행에 대해 약간의 정보를 남겼다. 그런데 김운순은 김소행의 호를 죽계 대신 석계(石溪)로 기록하고 있다. 호 외의 다른 정보들은 김소행의 다른 전기적 사실들과 부합하므로 김운순의 이 자료는 일정 정도 신뢰할 만하다고 여겨진다. 김운순은 김소행이 청풍 능강동에 살았고 자신에게는 삼종조(三從祖)가 된다고 하면서, 『산중한화』는 삼종조모 내외가 산중에 은거하면서 지은 글이라고 하였다. 그는 김소행이 날 때부터 총명했고 네 살 때 이미 시를 잘 지었으며 열 살 때에는 문장을 이루었다고 하면서 그의 형 경행의 문장 또한 훌륭하다고 하였다. 그는 또 김소행이 사람들의 간청에 못 이겨 『향랑전』이라는 소설을 반나절 만에 지었는데, 당시 조야의 선비들이 이 소설을 큰 문장으로 일컬었고 중국 사신이 가져가서 중국 사람에게 보였는데 중국의 문장 대가들이 그 소설을 은전 300냥을 주고 사갔다는 일화도 소개하고 있다. 이 글에 의하면 김소행은 낡은 베옷을 입고 세상을 떠돌며 부귀영화에 얽매어 사는 이들을 조롱하였는데 누구 하나 감히 상대를 하지 못하고 김소행의 비난하는 말을 들었다고 한다. 그리고 육십 세 이후에는 은거해서 사는 삶을 택했던 것 같다. 김운순은 12살 때 김소행을 직접 만났는데 8척 정도의 키에, 비범하게 생겼으며, 소리 또한 웅장하였다고 기억한다. 이를 토대로 보면 그는 체격이 건장하고 용맹과 힘도 뛰어났으며 대단한 기개를 지닌 문인이었을 것으로 보인다. 김운순은 조상 중에 이런 인물의 이름이 전해지지 않는 것을 애석하게 여겨 이런 글을 넣었다고 기록의 이유를 밝히며 글을 끝맺는다. 「도헌유고」의 번역문에는 번역자 김석진이 첨가했을 것으로 보이는 각주가 있는

데 이 중에 김소행의 다른 글에 대한 언급이 있다. 그는 어려서부터 어른들로부터 김소행에 대해 들었다면서 『향랑전』뿐 아니라 『박오문(縛烏文)』과 『축묘문(逐猫文)』 등 신비한 글과 재미있는 일화가 많이 전한다고 하였다. 안동 김씨 집안의 문집인 『도헌유고』의 정보는 김소행의 삶을 이해하는 데 도움이 될 만하나 책의 형태가 개인적으로 인쇄한 것이어서 정교하지 못하다는 점이 아쉬운 점이라 하겠다.

다시 『학강산필』로 돌아가 보자. 『학강산필』에 보이는 김소행에 대한 기록은 형 경행에 비해 오히려 소략한 편이나 그 중 비중 있게 기록된 것은 다음과 같다.

③ 요즘 사람들은 사람을 논할 때 술과 여자 문제는 논외로 해야 한다고 말하는 사람들이 대체로 많다. 그런데 이 말은 전기(傳記)에서는 보이지 않으니 누가 만든 말인지 알 수 없다. 그러나 인재를 사랑하고 아껴, 흠을 버리고 옥을 취하는 경우라면 이 말이 진실로 가하다. 그러나 만약 이를 욕심대로 하여 거리낌이 없는 자가 입에 올리는 구실로 삼는다면 그 해악이 또한 적지 않을 것이다. 내가 젊었을 때에 일찍이 사람들과 더불어 이 문제에 대해 말한 적이 있었다. 내가 말하기를 '옛말에 사람을 논할 때는 술과 여자 문제는 제외하고 하라는 말이 있는데, 이것이 어찌 일찍이 자기 자신을 논할 때 술과 여자 문제를 제하고 논하라고 말한 것이겠습니까?' 하니 김평중 소행이 마침 그 자리에 있다가 무릎을 치며 말하기를 명언이라고 하였다. 평중은 또 일찍이 말하기를 사람 중에 색을 범한 사람이 있다면 나는 실로 끝까지 버리지 못 할 것이다. 그러나 만약 스스로 학문을 하는 선비라고 하면서 이에 삼가지 않는다면 나는 그 나머지는 또한 족히 다시 볼 것도 없다고 여긴다고 하였다今人率多言論人於酒色之外者 此言不見于傳記 未知其

誰所俑也 然爲愛惜人才 棄瑕採瑜者 言固可也 若以是爲縱欲無憚者 藉口之
者 則其流毒 亦不細矣 余少時 嘗與人 言及于此 余曰 古語云 論人于酒色之
外 曷嘗曰論己于酒色之外乎 金平仲紹行 時在坐擊節 曰 名言也 平仲又嘗曰
人有犯色戒者 吾固不能盡棄也 若自命爲學問之士而不謹于是 則余餘亦不
足復觀矣][21]

④나는 시에 있어서는 타고난 바탕이 매우 둔하여 어려서부터 익혀도 끝
내 능히 공교롭게 쓸 수가 없었다. 이십여 세쯤 되었을 무렵 김평중 소행과
더불어 문장에 대해 논하여 편지로 왕래한 적이 있었대余於詩 才性甚鈍 少
而習之 終不能工也 二十餘 與金平仲 論文章 以書相往服][22]

③에서는 다른 이들에게는 관대하나 학문을 하는 사람, 즉 스스로에게는
엄격했던 김소행의 면모가 드러난다. 김소행의 경우, 주색 자체가 문제가
되기보다는 그 주체가 누가 되느냐에 따라 평가가 달라지는 것이다. 이 기
록을 통해 볼 때, 홍석주가 이 글을 쓸 당시의 일반적인 견해는 학문하는 사
람이라도 주색은 크게 문제 삼지 않는 분위기였던 것으로 보인다. 그러나
김소행은 올곧은 자세를 견지하고 있었던 것으로 볼 수 있다. 이는 또한 학
문하는 사람에 대한 그의 기대를 엿볼 수 있게 한다. 김소행과 홍석주는 이
러한 면에서 의견을 같이 하는 지기(知己)였을 것으로 짐작된다.

④의 서신 왕래를 통해 문장을 논한 것은 대략 1795년 이후의 일로 볼 수
있다. 영조 50년인 1774년에 태어난 홍석주(1774~1842)가 이십여 세 무렵
이라면 대개 1794년에서 그 후의 한 오 년 정도의 기간에 해당되며, 김소행

---

21 위의 책, 권지이, 10 하면~11 상면.
22 홍석주, 『학강산필』 권지사, 18 하면.

은 1765년생이므로, 그의 나이 서른 정도에 있었던 일이다.

홍석주가 김소행에게 보냈던 것으로 보이는 편지가 홍석주의 문집인
『연천집(淵泉集)』에 실려 있다.

홍석주는 인사드립니다. 사흘 밤의 아름다운 대화는 생각해 보니 꿈만
같습니다. …… 저는 어리석고 재주가 없어 그대에게 가르침을 받은 지 이
제 팔년이 되었습니다. 큰 종이 소리를 낼 때는 채에 부딪치는 것을 사양
하지 않고 홑옷을 겉에 입어 안을 아름답게 한 비단은 숨어 있는 듯해도 해
와 같이 나타나니 그대의 문장을 이에서야 얻어 볼 수 있었습니다. 대개
그 넓고 망망한 것을 포용한즉 큰물과 바다와 같이 툭 트였고, 도도하고도
사나움을 떨쳐 폄은 우레와 바람같이 위엄이 있어, 서 있는 것은 치솟은
산과 같이 우뚝 하고, 가는 것은 강이 터져 세차게 흐르는 것과 같습니다.
시(詩)는 이백(李白)과 두보(杜甫) 같으며, 부(賦)인즉 굴원(屈原)과 가의
(賈誼) 같고 문장은 사마천(司馬遷), 장자(莊子)와도 같습니다. 제가 이에
당황하여 보니 마치 동정(洞庭)에서 함지악(咸池樂)[23]을 듣는 것과 같고
…… 가만히 그대의 글을 보니 거의 도에 가깝습니다. 글이 곧 말이 되고
말이 곧 마음이어서 겉과 안에 두 모습이 없고 꽃과 열매에는 두 뿌리가 없
습니다. 이런 까닭으로 제가 그대의 글을 아는 것은 그대의 글을 가지고서
가 아니라 그대의 말을 가지고 아는 것이며, 그대의 말을 가지고서가 아니
라 그대의 마음을 가지고서입니다. 이 같은즉 그대를 안다고 말할 만합니
까? …… 가만히 그대의 사람됨을 보니 그 타고난 바탕이 우뚝하여 진실로
다른 사람보다 나은 점이 있습니다만 다만 비근(卑近)한 학문에 있어서는

---

23 요(堯) 임금의 음악. 일설에는 황제(黃帝)의 음악이라고도 함.

다 실천하지 못하는 것 같습니대某拜 三宵佳話 追想如夢 …… 愚蒙不佞
得奉誨於君子 八年於玆矣 洪鍾之應 不辭莛撞 尙絅之錦 闇然日章 君子之
文章 於是乎 可得而見矣 蓋其渾涵汪茫 則竝濶於河海 蹈厲奮發 則同威於
雷風 立者嶽峙 行者江決 其詩則 李杜 其賦則 屈賈 其文則 司馬子長莊子休
也 愚於是 惝怳却顧 若聽洞庭咸池之樂 …… 竊觀足下之文 幾乎道矣 以其
卽文卽言 卽言卽心 而表裏無二形 華實無二本也 是以愚之知足下之文也 不
以足下之文 而以足下之言 不以足下之言 而以足下之心 如是則可謂知足下
已乎 …… 竊觀足下之爲人 其天資超卓 誠有過人焉者 獨於下學之地 似有
未盡踐焉].[24]

이 편지의 내용을 보면, 홍석주가 십여 세 무렵부터 김소행에게 문장에
대해 지도를 받았음을 알 수 있으며, 홍석주는 김소행의 시(詩), 부(賦), 문
(文)을 중국의 대표적 문인들과 비견할 만큼 그를 높이 평가했다. 그의 문장
은 울려 소리를 내는 좋은 종과 가려도 드러나는 비단의 광택과도 같이 뛰
어 나며, 탁 트이고 도도한 기상이 있고, 동정산(洞庭山)에서 황제(黃帝)가
연주한 음악과도 같다고 했으니 극찬이라 하겠다.

홍석주의 문장론은 '즉심위문(卽心爲文)'으로 설명된다. '사람의 마음은
그 본질 속에 지극한 진리인 도를 갖추고 있기 때문에, 마음에 즉하여 문장
으로써 이 마음을 형상화할 때, 문장의 형상 속에는 자연히 이 도를 담게 되
는 것이'[25]라는 주장이 그의 문장론의 골자이다. 위 예문에서 그는 김소행
의 문장은 거의 도에 가깝다고 하면서 자신이 그의 문장을 아는 것은 다름
이 아닌 그의 마음을 가지고서라고 하였다. 이는 그가 김소행을 마음에 도

---

24 홍석주,『연천집』「서(書)」「답김평중논문서(答金平仲論文書)」, 77쪽.
25 김철범(1992), 69쪽.

를 갖추고 있는 사람으로 여겼음을 보여 준다. 이렇듯 홍석주와 김소행의 관계는 지기(知己)로서의 사귐이었다. 그런데 이 예문을 보면, 김소행이 하학(下學)은 잘 실천하지 못 했다고 한다. 하학(下學)은 대체로 비근지학(卑近之學)이라고도 하여, 인사(人事)와 같이 일상생활 가운데서 지켜야 할 덕목이나 쉬운 학문 등을 가리킨다. 이로 미루어 김소행의 행동거지에는 아마도 방외인적인 면모가 있지 않았는가 하는 생각이 든다. 또한 홍석주와 함께 운명에 대해 논쟁을 벌인 것도 제법 일화거리가 되었는데, 김소행은 평소 궤변과 희어(戲語)를 좋아하였고, 농담 안에 진정(眞情)을 드러내는 인물이었다.[26]

2) 김소행과 그의 벗들

앞에서 거론한 홍석주의 『연천집』, 『학강산필』, 김매순의 『대산집』, 홍길주의 『항해병함(沆瀣丙函)』 등의 문집에는 김소행과의 사귐에 대한 글들이 실려 있어, 김소행이 이들과 교유했음을 알 수 있다. 김소행과 이들과의 사귐이 소설 『삼한습유』의 서발로 나타난 것이다. 본 절에서는 이 자료들을 대상으로 김소행의 교유 관계에 대해 서술하고자 한다.

우선 『삼한습유』 서발의 제목과 작자를 소개하면 다음과 같다.

① "서의열녀전후(書義烈女傳後)" : 연천(淵泉) 홍석주(洪奭周)(1774~1842)
② "의열녀전서(義烈女傳序)" : 항해(沆瀣) 홍길주(洪吉周)(1786~1841)

---

26 위의 책, 139쪽. 이 내용은 홍길주의 『항해병함』에서 인용한 것으로 여겨진다. 홍길주의 이 기록에 대해서는 '2) 김소행과 그의 벗들'에서 다시 논의될 것이다.

③ "제향랑전후(題香娘傳後)" : 해거(海居) 홍현주(洪顯周)(1793~1865)

④ "삼한의열녀전서(三韓義烈女傳序)" : 대산(臺山) 김매순(金邁淳)(1776~
1840)

⑤ "의열녀전후발(義烈女傳後跋)" : 무태거사(無怠居士)

⑥ "죽계선생향랑전서(竹溪先生香娘傳序)" : 홍관식(洪觀植)

무태거사를 제외하고는 모두 자신의 이름을 명기하고 있어서 정보가 구체적이다. 이 중 무태거사의 발문을 보면, 그가 바로 『삼한습유』 창작의 직접적인 동기를 제공한 인물임을 알 수 있다.

내가 어렸을 때 공부할 시기를 놓쳐 세속의 문장에 대해서도 그 버릴 것과 취할 것을 잘 살피지 못하니 하물며 문장이 크고 기이하며 변화가 무궁한 자에 대해서임에랴! 그러나 문장을 좋아하는 마음은 일찍이 가슴에 서려 있지 않은 적이 없었다. 일찍이 죽계의 문장에 대해 듣고 십여 년 동안 쫓아다녔으나 얕고 짧은 소견으로는 끝내 그 끝을 엿볼 수가 없었다. 갑술년(1814) 봄에 죽계가 비 때문에 이웃집에서 머무르게 되었을 때 내가 그에게 한 편의 기이한 글을 지어달라고 부탁하면서 향랑의 의열한 행동에 대해 대강 갖추어 이야기했다. 그랬더니 죽계가 사양하면서 '전기(傳奇)는 지괴(誌怪)에 가까우니 나는 하지 않겠다'라고 하였다. 이때 그 자리에 있던 사람들이 모두 한 목소리로 힘껏 거들었고 나도 굳이 청하기를 마지 않으니 죽계가 이번에는 글씨를 잘 쓸 수 없다며 사양하였다. 내가 기꺼이 붓을 잡고 나아가 말하기를 余少而失學 其於世俗之文 亦不能審其取舍 則況乎文章之大而奇而變化無窮者哉 然而好文之心 未嘗不油然于中矣 曾聞竹溪之文 從遊十餘年 淺短之見, 終未能窺其涯涘矣. 粤在歲甲戌春 因竹溪之滯雨

隣舍 余請作矣 一部奇文 而具道香娘義烈事 若干言 竹溪辭曰 傳奇之文 近
於誌怪 吾不爲之矣 於是 滿座同聲力替而 余固請不已 竹溪乃辭以不能書 余
欣然秉筆而進曰.[27]

　무태거사가 누구인지는 정확하게 알 수 없으나, 그가 죽계를 알게 된 동
기는 죽계의 문장에 대한 소문을 듣고서였다. 사귄 지 십여 년쯤 되었을 때
우연히 기회를 얻어 기이한 일, 전기 한 편을 써 달라고 부탁을 하였고, 김
소행은 마지못해 이 소설을 쓴 것으로 보인다. 김소행은 처음에는 사양했
으나 일단 시작하자 잠시 생각하는 기색도 없이 십수만 언에 이르는 말을
단번에 완성했다.
　서발을 써 준 이 중 무태거사의 경우를 제외하고는 모두 당대의 벌열가
문에 속하는 인물들이다. 홍석주, 홍길주, 홍현주, 홍직필 등은 풍산(豊山)
홍씨(洪氏) 가문의 일원으로, 앞의 세 사람은 형제 사이이다. 김매순은 안동
김씨로서 김소행과는 한 집안 사람이었다. 특히 홍석주, 김매순, 홍길주 세
사람은 조선 후기를 대표하는 고문가로 이름이 있어, 기존의 논의에서는
당대의 고문가들이 소설의 서발을 써 주었다는 사실에 주목하여 이들의 소
설관을 살피기도 했다.[28]
　홍석주와 김매순은 상당한 교분이 있었다. 홍석주는 정조의 문화 정책에
의해 그의 나이 22세인 1795년에 초계문신이 되었는데, 이들이 교유하게
된 것은 초계문신이 되어 규장각에 출입하면서부터일 것으로 추정된다. 이
들은 오랜 세월 지기(知己)로 지내며, 학문과 문장을 논하며 자신들의 이론

27　무태거사, 「의열녀전후발」, 『삼한습유』, 295～296.
28　김철범(1992), 「19세기 고문가의 문학론에 대한 연구」, 성균관대 박사논문, 139～145.
　　이 논문은 19세기 고문가인 홍석주, 김매순, 홍길주의 문학론에 대해 연구하였으며, 이
　　세 사람의 교유관계에 대해 자세히 다루고 있다.

적 기반을 확고히 했다. 홍길주는 홍석주의 동생으로, 형을 스승으로 삼아 학문과 문장을 익힌 사람이다. 그는 형을 학자로서 매우 존경했으며, 형과 김매순의 우정을 동경하였다. 홍석주와 김매순은 연배가 비슷하여 김소행 보다 대략 10년 정도 연하이며, 홍길주, 홍현주와 김소행과는 각각 21년, 28 년의 차이가 난다. 김소행은 이들 중 가장 연배가 높은데, 어떤 연유로 서로 내왕이 있었는지는 모르겠으나, 일찍부터 홍석주의 사랑을 출입했던 것으 로 보인다.[29]

홍석주는 그의 문집에 시(詩) 두 편과 서(書) 한 편 등 김소행에 대한 작품 을 몇 수 남기고 있다. 『연천집』 시 부분의 맨 처음 작품인 "증김평중(贈金平 仲)"에서는 스스로를 속세의 선비라고 칭하면서, 문장에 대한 토론이 미처 끝나기도 전에 이별해야 하는 아쉬움을 노래하기도 했다.[30] "동죽계영춘설 잉위별(同竹溪詠春雪仍爲別)"도 이별을 안타까워하는 내용인데, 교유관계를 짐작하게 해 주는 구절이 있어 인용하기로 한다.

> ……그대를 보며 젊었을 때를 생각하니
> 던져 놓은 시마다 모두 구슬 같아
> 대륙이 은쟁반 같다는 아름다운 시구는
> 지금도 빛을 발하며 눈앞에 무늬져
> 사마장경이 붓을 적시니 썩은 붓 끝이 부끄럽고
> 추양(鄒陽), 매승(枚乘)[31]이 감히 우열을 다툴까……
> (…중략…)

---

29 위의 글, 27쪽.
30 홍석주, 『연천집』 시, 「증김평중」, 1쪽.
31 추양과 매승은 모두 한대의 문학가로 양왕의 빈객이 된 사람임.

40   19세기 서얼 지식인의 대안적 글쓰기, 『삼한습유』

…… 이제 그대를 만나 노래를 들으니

맑게 갠 집에 운연(雲煙) 없고 신령한 소매 넓은데

그대 오직 백성만 생각함에 느꺼운데

부럽기는 그대 늙었음에도 오히려 강개한 것

정은 긴데 재주는 짧으니 내 어찌 하리오

그대 노래에 답하고자 해도 곡조를 못 이루네

그대 떠나려 할 때 잠시나마 붙잡는 것은

 얼음 설핏 얼고 길이 미끄러워서가 아닐세

그대와 나 모두 백발이 되었으니

한 번 헤어지면 다시 만날 기약 없어 ……

…… 對君翻憶少壯時 咳唾落地皆瓊屑

大陸銀盤占驪珠 至今光怪眼猶纈

長卿濡筆羞腐毫 枚叟鄒生敢爭列

豈知蹉跎五十載 瑤獎不能療苦渴……

(…중략…)

…… 此時逢君聽君歌 霽宇無氛靈襟豁

感君一念在蒼生 羨君老氣猶勃鬱

情長才短奈吾何 欲和君歌不成闋

君行欲發更少留 不緣氷澌與泥滑

共君俱是白頭人 一別未知相逢日……[32]

32 앞의 책, 「동죽계영춘설잉위별(同竹溪詠春雪仍爲別)」, 53쪽.

이는 홍석주와 김소행이 모두 나이 들어 만났다가 헤어지면서 읊은 시이다. 시 본문에는 '대륙은반(大陸銀盤)'이라는 구절 밑에 "一片銀盤大陸圓 竹溪 少年時 詠春詩也"라는 주(註)가 있다. 홍석주의 '대륙은반'이란 구절은 김소행이 어렸을 때 지은 영춘시의 한 행을 따서 만든 표현이었다. 이 시의 끝 부분인 '感君一念在蒼生'에서는 김소행이 이때 읊은 시의 내용이 백성을 생각하는 것이었음을 짐작하게 한다. 김소행의 노년은 19세기 전반에 해당한다. 주지하듯이 19세기의 정치 경제적 상황 속에서 일반 백성의 삶은 더욱 고달팠을 것이고, 이런 상황에서 백성을 생각하면 자연 가슴이 답답하게 막혀 올 수밖에 없었을 것이며 이것이 비분강개한 어조로 표현되었던 것으로 보인다. 이 시를 보면 이들의 만남이 어린 시절부터 비롯된 것임을 알 수 있다.

김소행과 홍석주의 교유는 홍길주의 글에서도 확인되며 홍길주 역시 이들과 함께 교유하였다. 홍길주에 의하면 홍석주는 김소행의 아름다운 구절들을 곧잘 원용하였으며, 경우에 따라서는 격렬한 토론도 벌였던 것으로 보인다. 하루는 '김소행이 『명(命)의 근원을 밝힌다[原命]』는 글을 짓자 홍석주가 『명이란 없다는 것에 대한 변론[無命辨]』을 지어 김소행의 설을 꺾'기도 하였는데, 명(命)에 대해서는 두 사람이 지속적으로 토론을 벌였던 것으로 보인다. 김소행의 입장은 명(命), 즉 운명이란 없다는 쪽이었다. 김소행은 말을 잘 했는데, 일부러 반어를 즐겨 사용했다고 한다. 홍길주는 홍석주에게 말하기를, 김소행이 웃음을 섞어 이야기하는 것은 진정이자 정론이지만 정색을 하고 목소리를 높여 이야기하는 것은 장난으로 하는 말이라고 하였다. 홍석주도 이에 동의하고 이 내용을 김소행에게 전했는데 김소행은 정곡을 들켰기에 싫어하는 기색이 있었다고 한다.[33] 홍길주가 김소행의 말하기에 대해 이만큼 분석할 정도면 홍석주와 김소행만이 아니라, 비록 나이는 어리나 홍길주와 김소행의 교유도 어느 정도의 깊이를 지녔다고 하겠다. 사람들을 놀라게 할 정도의 반어를 짐짓 사용하고, 진정과 정론은 웃으며 이야기하고 장난스러운 이야기는 정색하고 열심히 말했다는 김소행은 위트와 유머를 아는 문인이었을 것 같다.

그런가 하면 김매순은 『대산집』에 김소행에 대해 시 두 편을 싣고 있다. 두 편 다 시의 내용에서 김소행에 대한 구체적 언급이 드러나는 것은 아니다. 그런데 시 제목을 보면 교유관계를 드러내는 바가 있다. 하나는 "죽계가 작년에 광진에서 보여 준 주고받은 절구에 가슴에 품은 말이 보여 운에 부쳐 화답하다(竹溪過歲于廣津寄示唱酬絶句有見懷語依韻和之)[34]"라는 칠언절구(七言絶句) 석 수로, 경자(庚子)라는 간기가 붙어 있다. 김매순은 1776년 병신생(丙申生)으로, 1780년 경자해는 그가 다섯 살에 지나지 않으므로, 이 시는 바로 그가 죽은 해인 1840년에 쓰였다. 그보다 일년 전인 1839년에 김매순이 광진에서 김소행을 만나 시를 주고받았음을 알 수 있다. 다른 하나는 "죽계가 홍상서에게 왔다가 마침 검선이 있어 강으로 나갔다 돌아오는 길에 자리를 돌며 율시 하나를 지어 죽계와 연천에게 보여 주다(竹溪來會淵泉洪尙書適以檢船出江上歸路歷訪席散得一律示竹溪仍淵泉)[35]이라는 긴 제목의 시로 오언율시(五言律詩)이다. 상서(尙書)는 대체로 판서(判書)의 별칭으로 쓰이는데, 김매순이 홍석주를 '상서'로 표기하는 것으로 미루어, 이 시가 쓰인 것은 홍석주가 1829년 56세의 나이로 형조판서가 된 이후의 일일 것으로 보인다. 김소행이 홍석주에게 왔다가 마침 검선이 있어 이를 타고 강에

---

33 김소행과 홍석주의 교유에 대한 홍길주의 기록은 박무영 외 역(2006), 홍길주, 『항해병함』, 서울 : 태학사, 40~43 참고.

34 김매순, 「죽계과세우광진기시창수절구유견회어의화지(竹溪過歲于廣津寄示唱酬絶句有見懷語依韻和之)」, 『대산집』.

35 김매순, 「죽계래회연천홍상서적이검선출강상귀로력방석산득일률시계잉연천(竹溪來會淵泉洪尙書適以檢船出江上歸路歷訪席散得一律示溪仍淵泉)」, 『대산집』, 권삼.

나갔다가 돌아오는 길에 김매순이 자리를 돌며 시 하나를 지어 이를 김소행과 홍석주에게 보여 준 것이다. 이를 통해 김매순도 노년이 되도록 김소행, 홍석주와 교유했음을 알 수 있다.

김소행에 대한 김매순의 태도가 잘 드러난 글은 『삼한습유』에 실린 "삼한의열녀전서(三韓義烈女傳序)"이다.

> …… 우리 집안사람인 죽계는 천하의 기이한 선비이고, 그가 지은 『삼한의열녀전』은 천하의 기이한 문장이다. 죽계는 약관의 나이에 문장을 이루었으나, 늙어 머리가 희도록 때를 만나지 못 했다. 그가 이 책을 쓴 것은 대개 장주, 굴원, 태사공의 무리와 같은 대열에서 선두를 다투고자 함이고, 한유 이하는 논하지 않았으니 그 뜻이 비장하다. 애석하구나! 내 학문이 죽계의 덕을 돕기에 부족하고 내 힘이 죽계의 재주를 천거하기에 부족하니, 나는 죽계에게 무엇이란 말인가? 다만 이 책을 읽는 세상 사람들이 고금 문장의 체용(體用) 변화를 궁구하지 않고, 비루하다, 허탄하다, 어그러졌다는 등의 의론만 분분하다면 내 비록 보잘 것 없는 문장이지만 오히려 썩 나서서 죽계를 위해 변론할 것이[吾宗竹溪子 天下之奇士也 所撰三韓義烈女傳 天下之奇文也 竹溪子弱冠成文章 老白首無所遇 其爲此書 蓋欲與莊周屈原太史公之徒 幷驅爭先 而韓愈以下不論也 其志悲矣 惜乎 吾之學不足以輔竹溪之德 吾之力不足以擧竹溪之才 吾與竹溪何哉 惟世之讀此書者 不究乎古今文章體用之變 而鄙褻詭誕抛戾之是議焉 則吾雖不文 尙能爲竹溪辯之].[36]

---

36 김매순, 「삼한의열녀전서」, 『삼한습유』, 『필사본고소설전집』 1, 서울 : 아세아문화사, 295쪽.

이 글에서 김매순은 김소행이 재주가 있는데도 불우하게 일생을 보내는 것과 그런 김소행을 위해 자신이 해 줄 수 있는 일이 없음을 안타까이 여기고 있다. 그러므로 그는 소설에 대한 서(序)를 써 주면서 의례적인 내용이 아니라 자신의 문론(文論)을 진지하게 전개하여 결국 김소행의 글을 옹호하고 있는 것이다. 김매순은 당대의 존경받던 고문가로서 그가 펴는 문장론은 곧 당대 문풍의 흐름을 좌우할 수도 있는 것이다. 김소행의 문장이 아무리 '천하의 기문'이라 해도 그런 김매순이 아직 정통 장르로 편입되지 못한 소설을 위해 이런 글을 썼다는 사실은 김소행을 위하고자 하는 그의 마음에서 비롯된 것이라 하겠다. 다른 서발에서도 김소행의 문장이 장주, 굴원 등에 못지않은 것으로 그것이 얼마나 뛰어난 문장인가를 알리기 위해 많은 표현을 동원하고 있다. 그러나 홍석주는 "서의열녀전후"에서 향랑과 효렴의 결혼과 관련, 작품의 주제에 대해 회의하는 모습을 보이고, 홍현주는 "제향랑전후(題香娘傳後)"에서 이 글을 읽고 나서 자신이 세운 뜻을 실천하지 못한 것이 모두 다 마왕 때문임을 깨달았다는 내용으로 일관하고 있어 부분적으로 부정하거나 긍정하는 면이 있는 반면, 김매순의 경우는 김소행의 소설을 전적으로 평가한다는 점에서 차이가 있다. 이 글을 통해 같은 집안사람으로서, 재주는 있으나 신분으로 인해 좌절한 김소행을 바라보는 김매순의 시선이 감지된다 하겠다.

안동 김문의 서출로서 불우한 일생을 살아야 했던 김소행은 그의 뛰어난 문재로 인하여 김매순, 홍석주, 홍길주 등 당대의 고문가들과 교유관계를 유지하면서 자신의 학문을 다듬어 간 것으로 보인다. 이렇듯 그의 재주를 아끼는 많은 고문가들과, 무태거사와도 같이 그의 문장을 사모해 주변에 모여 든 사람들로 인해 김소행은 장편 거질인 『삼한습유』라는 소설을 남길 수 있었던 것이다.

3) 김소행의 학문 경향

김소행의 집안인 안동 김씨 문중은 청음(淸陰) 김상헌(金尙憲)(1570~1652), 농암(農巖) 김창협(金昌協), 삼연(三淵) 김창흡(金昌翕)(1653~1722) 등의 대학자들을 배출하면서 한 집안 내에서 당대를 풍미하는 학풍을 형성, 농암가학(農巖家學), 혹은 농연가학(農淵家學)이라는 명칭을 얻게 된다. 조선 중기 사림(士林)의 문학관이 도문일치(道文一致)를 주장, 문(文)을 도구적인 의미로 축소시킨 반면, 김창협, 김창흡 등은 도문일관지지(道文一貫之志)를 주장하여, 문장의 의미를 중요시한다는 점에서 차별화된다. 18, 19세기에 이르러 조선 학계는 경향분기(京鄕分岐) 현상이 뚜렷해지는데, 노론학계 내에서도 김창협, 김창흡은 서울을 중심으로 한 경화거족적 관료학자가 중심이 되는 경화학계의 시조가 되며, 이 학풍은 그 후손인 김원행(金元行), 김매순(金邁淳)에게 계승, 발전된다.[37]

경학과 문장이 합하여 하나가 되는 것은 오직 우리 집 여러 선조들께서 그러하셨다. 이는 정히 뒤를 계승하는 자들이 마땅히 본받을 바이다[經學 文章合而爲一者 惟吾家諸祖爲然 此正爲後承者 所宜籃法].[38]

담헌 홍대용, 연암 박지원 등은 같은 노론(老論)으로, 농암, 삼연 이래의 낙론(洛論)과 밀접한 관계를 맺고 있으며, 홍대용은 김소행과 동렬인 김원행(1702~1772)의 제자이다. 김원행은 상수학(象數學) 연구의 필요성을 인정, 장려한 인물로, 그의 문하에서는 역학(易學), 율려(律呂) 등 상수학 연구

---

37 유봉학(1991), 15~27쪽.
38 김매순, 「답족질사심(答族姪士心)」, 『대산집』 권 5.

가 활발했다.[39]

경화학계 내에서는 신분, 적서, 당색을 뛰어 넘는 학문 교류의 분위기가 성립하고 있었으므로 서얼인 이덕무, 박제가, 유득공, 김용행 등과 소론 출신인 홍석주와도 학문적 연대를 같이 했다. 그리하여 김매순, 홍석주, 이정리 등이 홍현주, 홍길주 등의 학자를 길러 내게 되며, 그 결과 이들도 연암 일파의 학문적 동반자가 되었다.[40] 이들의 학문적 경향은 의리지학(義理之學)을 비롯, 사장지학(詞章之學)과 박학적(博學的)인 명물도수지학(名物度數之學), 수리천문연구(數理天文硏究), 경제지학(經濟之學) 등이다.

비록 지방에 거처한 서얼이었으나 김소행도 이러한 가학(家學)의 전통 안에 있었을 것으로 짐작된다. 뿐만 아니라 그가 교유한 김매순, 홍석주, 홍길주, 홍현주 등이 모두 연암파의 학풍을 이어 받은 인물이므로 그들과의 교유를 통해 김매순 또한 박지원 학풍의 영향을 받았을 가능성도 있다.

김소행의 학문 경향을 짐작할 수 있는 충분한 자료는 없으나 『삼한습유』를 놓고 볼 때, 그에게도 실학의 영향이 농후했을 것으로 추정된다.『삼한습유』에는 다양한 제재에 대한 논의가 개진되는데, 구체적인 내용을 언급하면 다음과 같다. 1권 앞부분에 나오는 귀신에 대한 논의, 천지도수에 대한 논의, 중국의 역대 여인들에 대한 평가와 서열 정하는 문제,『시경』, 『서경』등 경서의 자재로운 구사, 마귀의 존재에 대한 논의, 이기심성론에 대한 논의, 전법에 대한 논의, 남녀 음양의 이치, 수태의 이치, 신체 구조 등에 대한 설명 등 소설 속에서 작가는 자신의 다양한 관심을 펼쳐 보인다. 그런데 이 관심들이 단지 흥미 위주로 임의적으로 서술된 것이 아니라 중국과 자국의 역사, 그리고 경서에 대한 정확한 지식, 천체의 운행에 대한 과학적

---

39 위의 글, 72~75쪽.
40 위의 글, 34~41쪽.

지식, 이기심성론, 귀신론, 음양의 문제 등 성리학의 기본적 지식을 바탕으로 한 내용 등 비교적 정치한 논의를 진행시킨다는 점에 주목하면, 김소행의 지식의 폭을 가늠해 볼 수 있다. 이는 이덕무, 이규경 등 백과전서적인 지식을 추구하던 이들의 학문 경향과도 맥이 닿아 있는 것으로, 이러한 김소행의 학식에 대해서는 홍길주의 서문에서 확인된다.

> 그 학식은 천지, 일월, 성신의 궤도, 성명이기(性命理氣)의 자취, 예악, 병법, 충의, 효열의 성대함, 인물, 귀신, 신선, 부처, 요마(妖魔)의 사정에서 따오지 않은 것이 없고, 그 사건은 요임금, 순임금과 하, 은, 주 이래로 역대 제왕, 후비(后妃), 성철(聖哲), 현능(賢能), 충신(忠臣), 정녀(貞女), 지사(智士), 맹장(猛將)의 자취에서 모으지 않은 것이 없으며, 그 문장인즉 육경, 세 역사서, 백가(百家)의 글과 무릇 시소(詩騷), 사곡(詞曲), 민간에서 떠돌아다니는 이야기와 배우, 우스갯소리 하는 예인들의 이야기에서 싸안지 않은 게 없다. 무릇 몇 권의 책을 가지고 한 여자의 일을 지었는데, 그 망라한 바가 이와 같으니 진실로 천하의 기이한 재주이다[其學 則天地日月星晨之度 性命理氣之蹟 禮樂兵戎 忠義孝烈之盛 人物 鬼神 仙釋 妖魔之情 未不搆 其事 則堯舜三代以來 帝王 后妃 聖哲賢能 忠臣貞女 智士猛將之績 未不輯 其文 則六經三史 百家之言 與夫詩騷詞曲 委巷鄙俚之言 俳優謔笑之談 未不苞 夫 以數卷之篋 述一女之事 而其所網羅也如此 信天下奇才也].[41]

홍길주가 열거한 김소행의 지식의 나열을 보면, 의리지학(義理之學), 사장지학(詞章之學)에서부터 명물(名物), 도수(度數), 수리(數理), 천문(天文), 역사

---

3 홍길주, 「의열녀전서」, 『삼한습유』, 289쪽.

(歷史) 등 소위 연암파의 학풍과 유사함을 알 수 있다. 평소 이러한 분야에 관심을 가졌던 작가의 학문 경향이 소설 속에 삽입된 것이라 하겠다. 물론 작품 속에 반드시 철학이나 전문적인 지식이 들어가야 좋은 작품이 되는 것은 아니나, 문재(文才)와 더불어 사고의 깊이까지 갖춘 작가의 작품이 좋으리라는 것은 자명한 일이다. 작가의 학문이나 사상이 작품의 근간을 이루면서 문학적으로 잘 형상화된 예로는 박지원의 한문 단편들을 들 수 있다. 그 중 특히『호질(虎叱)』은 우화(寓話) 같은 이야기의 진행 속에 '인물성동론(人物性同論)'에 입각한 작가의 주제 의식이 탄탄하게 결구되어 있는 경우이다.[42]

　그런데 박지원의 한문 단편들은 고소설의 전통 속에서 나온 작품이라 기보다는『사기(史記) 열전(列傳)』등 한문전의 전통으로부터 소설로 발전한 경우라 하겠다. 이에 비해, 김소행의『삼한습유』는 한문 교양과 한글 소설의 문학적 전통에서 배태되어 나온 작품으로, 한문으로 쓰인 본격적인 소설이라 할 수 있다. 대부분의 고소설은 당대 지식인의 사상이나 학풍과는 무관하게 이야기를 전개하는 특징이 있다. 이는 조선시대 고소설이 문예적인 개인 창작물로 유통되지 않았다는 점에 기인하며, 그러므로 익명의 작가가 고소설의 관습에 의거해 비교적 손쉽게 다량의 작품을 생산해 냈을 가능성을 배제할 수 없다. 국문소설이든 한문소설의 형태이든 조선시대의 고소설은 널리 읽히면서 교훈과 즐거움의 제공이라는 양 면에서 성공하고 있다. 그러나 많은 작품들이 유형성을 지니고 있어 개성과 독창성의 면에서 부정적인 평가를 면하기 어렵다. 그런데『삼한습유』의 경우처럼 작품 속에 작가의 사유와 지적 취향이 반영되었다는 사실은 곧 고소설 작품 속에서도 작가의 사상과 개성을 기대해 볼 수 있는 지표로 간

42　조동일(1992),『문학사와 철학사의 관련 양상』, 서울 : 한샘출판사.

주될 수도 있다는 점에서 주목할 만 한 것이다.

4) 「지작기(誌作記)」에 나타난 소설 창작 태도

「지작기(誌作記)」는 김소행이 『삼한습유』를 창작한 뒤, 자신의 소설 창작 동기 및 작품의 주제 의식에 대해 거론한 글이다. 이 글은 『삼한습유』의 창작 동기 및 작가 의식을 밝히는 데에 있어 중요한 자료일 뿐만 아니라 조선 후기 소설을 연구하는 데에 있어서도 중요한 자료적 가치를 지닌다. 작가나 연대가 분명하지 않은 작품이 많은 고소설의 경우에도 필사자들의 필사 후기나 간기(干記)가 첨부되어 있는 경우를 흔히 볼 수 있다. 「지작기」는 필사 후기가 발전한 형태로, 작가가 자신의 소설 창작 행위에 대해 직접 언급한 기록이다. 소설 창작 행위가 정통 문학행위로 인정받지 못하던 조선 시대의 소설 작가들은 대개 작품 후기나 서발을 통해 자신의 창작 행위를 정당화하는 데에 주력하고 있다. 이에 비해 김소행의 「지작기」는 자신의 소설 창작에 대해 구체적으로, 그리고 당당한 어조로 논하고 있다는 점에서 주목할 만하다. 작가 의식을 소유한 소설 작가의 출현은 소설 장르가 문예물이 될 수 있는 최소한의 기반을 마련하기 때문이다. 김소행이 「지작기」를 쓴 것은 스스로 『삼한습유』를 쓰는 자신의 정체성에 대해 더 이상 이야기꾼이 아니라 개인 창작물이 분명한 문학 작품을 창작하는 문인이라는 인식을 분명히 한 것이라 하겠다.

「지작기」의 내용은 크게 세 부분으로 나뉜다. 향랑의 비극과 배우자 선택의 중요성에 대한 거론, 자신의 소설 창작에 관한 언급, 그리고 천도(天道)와 보응(報應), 인정(人情)에 대한 견해가 그것이다. 「지작기」는 그 자료적 가치로 인해 일찍이 연구자들의 주목을 받아 왔으나, 이를 전반적으로 다루기보다는 주로 창작 동기에만 국한하여 주목하고 있다. 본 절에서는 「지작기」 본문 전체의 고찰을 통해 김소행이 소설로는 미처 다 못 한, 작가로서 하고 싶었던 이야기에 대해 살펴보고, 그의 소설 창작 동기에 대해서도 살피기로 한다.

(1) 작가의 경험적 세계관과 향랑의 비극

「지작기」 첫 부분은 '香娘之事 冤矣 甚矣'로 시작한다. 작가가 『삼한습유』라는 장편소설을 저술하고, 그 중에서 가장 강조하여 형상화하고자 했던 바는 아마 향랑의 원통한 죽음과 그 비극성의 극복일 것이다. 이 비극성은 환생한 향랑과 효렴과의 결혼을 위해 없어서는 안 될 전제조건이 된다. 여성의 정절 이데올로기가 절대적인 가치로 추앙받던 조선 후기에, 그 사회적 통념을 뛰어 넘는 작품의 결구를 윤리적으로 정당화하기 위해서는 그에 합당한 대가를 치러야만 했다. 그러므로 소설에서의 향랑은 향랑고사에서의 향랑의 삶보다 한층 더 그 비극성이 강조되어 있다. 「지작기」에서 언급하는 향랑은 숙종 대에 실재했던 인물 향랑이 아니라 『삼한습유』의 향랑, 즉 소설화된 향랑을 가리킨다. 향랑의 일이 슬프고 원통한 것은 그가 '어진 배우자를 선택할 수 있는 밝은 지혜와 명철을 가졌음에도 불구하고 부모의 뜻을 중히 여겨 결국은 깊은 물에 빠져 죽는 것을 면하지 못하였기'[43] 때문이다. 김소행은 '배우자의 사랑은 부자간이나 군신 간에서는 얻을 수 없는 것'[44]이라고 말하면서, 행복한 결혼 생활을 위해서는 배우자의 선택이 중요함을 강조한다.

---

43 『삼한습유』, 「지작기」, 272쪽. "香娘重父母之意 以其明智賢哲 而不免於沈淵而死 吁可悲矣"

44 위의 글. "妃匹之愛 父不能得之於其子 君不能得之於其臣"

그런데 그는 배우자는 하늘도 미리 정할 수 없는 것이라고 하여, 고소설에서 항용 등장하는 천정인연에 대해 부정적인 입장을 취한다.[45]

작가가 말하는 어진 이란 '능히 인의(仁義)를 행할 수 있는 사람'인데, 이상적인 배우자인 어진 이에 대한 김소행의 견해는 관념적인 도덕론에 의거한 것이 아니라 현실적인 경험론에 바탕하고 있다. 그는 '부자는 모두 음란하고 가난한 자라고 모두 재주있다고 말할 수는 없다'[46]고 하면서도 결혼에 있어 어진 배우자란 어떤 인물의 타고난 천품이라기보다는 경제적으로 부족한 사람이 될 확률이 높다고 여기기 때문이다. 왜냐하면 대개 부유한 자는 편안함에 젖어 언제나 옷과 음식으로 다른 사람들에게 교만하게 굴면서 사람의 도리가 있음을 알지 못하고, 예쁜 여자를 사랑하고 재물을 좋아하는 마음으로 욕심을 부려서 한 부인에게 장경과 같은 미모와 반희와 같은 어짊이 갖추어지기를 바라는 반면, 스스로 부엌일을 해야 할 정도로 가난한 남자는 아내를 고르지 않고 얻기 때문이다.

대개 부자는 방탕하고 편안한 데 익숙하고 옷과 음식으로 사람에게 교만하게 굴면서 사람의 도리가 있음을 알지 못한다. 무릇 예쁜 여자를 기뻐하고 재화를 좋아하는 마음으로, 그 형세는 족히 널리 구하여 그 뜻을 맞추기에 힘쓴다면 끝이 없어 보이는 대단한 욕심이라도 채울 수 있다. 대개 사람의 도리가 있는 것을 모르고 욕심을 채우려는 마음을 한 여자에게서 다 만족시키려고 한다면 비록 미모는 장강(莊姜)과 같고 어질기는 반희(班姬)와

---

45 『삼한습유』에서 김소행은 환생한 향랑과 효렴과의 혼인은 이들의 천상에서의 인연을 이루기 위한 것이라고 설명했다. 그러나 김소행은 실제로 천정인연(天定因緣)을 긍정하지는 않았다. 그러므로 작품에서 등장하는 패향옥녀와 관화동자 때의 인연은 단지 소설적인 장치에 지나지 않음을 알 수 있다.

46 앞의 글, 271쪽. "吾敢豈曰 富者皆淫而 貧者皆材乎"

같다 할지라도 스스로 보전할 수 있는 사람이 드물진데, 하물며 그보다 못한 사람인 경우에랴? 옛 사람들이 말하기를, '가난하면 아내를 고르지 않는다'고 했고, 또 '손수 물 긷고 절구질 하면 아내를 고르지 않고 장가든다'고도 했으니, 이는 그 형편이 그런 것이다. 형편이 있는 곳에서 사정이 생기는 것이다大抵 富者習於淫逸 常以衣食驕人 而不知有人道 夫以悅色好貨之心 其勢足以廣求 而務適其意 則谿壑可盈 夫不識人道 而充慾爲心 求備於一婦人 則雖美如莊姜 賢如班姬 鮮能自保 況其下者乎 古人有云 貧不擇妻 又曰 親操井臼不能擇妻而娶 其勢然也 勢之所在情實生之.[47]

　　김소행은 부자보다 가난한 남자가 좋은 남편이 될 수 있는 것은 본디 타고난 성품의 문제라기보다는 그 형세가 사람을 그렇게 만드는 것으로, 형편에 따라 그 나름의 사정이 생기게 되는 것이라고 파악한다. 즉 착한 남자라도 부자라면 욕심을 채우려 하고, 평범한 성품의 남자라도 가난하면 자신의 아내에게 만족하고 살 수밖에 없는 것이 현실이라고 판단한 것이다. 즉 현실적으로 가난한 남자가 '어진' 배우자가 될 확률이 높다는 것이다. '부자는 모두 음란하고, 가난한 자라고 모두 재주 있다고 말할 수는 없다'는 문구를 삽입하여 유보 조항을 두고는 있으나, 김소행은 부유한 남자는 어진 배필이 되기 어렵다는 것을 현실 세계의 경험에 입각해 서술하고 있다. 부유한 배우자를 선택하는 것이 경험론에 의한 것일 수 있는 것처럼, 가난한 자를 선택하는 것도 경험론에 의거한 것일 수 있다. 문제는 가치를 어디에 두는가 하는 것이다. 배우자 선택의 기준이 물질적인 편안함에 있다면 부자를 선택할 것이고, 마음의 편안함에 있다면 가난한 자를 선택해야 하는

것이다. 김소행은 후자의 경우에 속한다. 그러므로 그는 향랑이 올바른 선택을 할 수 있는 판단력을 가졌음에도 불구하고 부모의 오판으로 인해 불행해졌음을 지적한다.

「지작기」 처음에서 김소행은 배우자 선택의 중요성과 이상적인 배우자에 대해 거론한다. 배우자 선택에 있어 향랑은 가난하나 재주 있는 자를 원하고 부모는 부자를 원한다. 그러나 위와 같은 이치를 모르는 부모의 강권으로 말미암아 결국 향랑의 결혼이 부를 좇아 이루어지는 데에서 그녀의 비극이 비롯되는 것이다.

(2) 적극적인 소설 창작 태도

조선시대에 자신의 이름을 밝히고 소설을 쓴 작가도 드물었지만 그 소설에 대해 자신이 문재를 기울여 창작했다는 기록을 남긴 작가는 더욱 찾아보기 어렵다. 물론 『옥수기』의 작가 심능숙(沈能淑)의 경우, 작품을 구상할 때 장회(章回) 제목(題目)에 고심한 듯한 흔적을 보이는 초고(草稿)와 삽입시에 대한 기록 등이 남아 있으며,[48] 『육미당기』의 서유영(徐有英) 역시 자서(自序)에서 기존 소설의 지리번쇄(支離煩瑣)한 것은 제거하고 신어(新語)를 더하여 파적지필(破寂之筆)로 『육미당기』를 창작했다[49]고 한다. 이런 기록들을 참고하면, 고소설 작가들이 문학적인 노력을 기울여 작품을 썼을 것임을 짐작할 수 있음에도 불구하고 그러한 내용을 문면에 드러내 놓는 경우는 드물다. 『옥수기』나 『육미당기』는 고소설의 일반적인 유형성에서 크게 탈피하고 있지는 않으나 분량이 만만하지 않은 장편소설(長篇小說)이다. 그럼에도 불구하고 심심파적으로 한 번 써 본 것이라는 태도를 보이는 것은 단

48　김종철(1985), 「옥수기연구」, 서울대 석사논문, 13∼16쪽.
49　서유영, 『육미당기』, 「육미당기소서(六美堂記小序)」, 『필사본고소설전집』 1.

순한 겸사(謙辭)가 아니라 고소설 작가들이 자신의 소설을 하나의 문학작품으로서 자부하지 않았기 때문이라 할 수 있다.

이에 비해, 김소행은 「지작기」에서 자신의 소설이 백가(百家) 위에 솟아있어, 어긋난 말과 황탄한 글인 향랑의 일을 진실로 하나의 잘된 역사가 되게 했다고 자평하고 있다.

> 외우고 들은 게 넓고 넉넉하고, 변론이 밝고 바르고, 문장이 성하고 우아하며, 신이한 문채(文彩)가 흐르고, 체제가 긴밀하며, 용사가 정밀하고, 뜻이 확 트이고, 필력이 군세고 힘 있는 것이 또 백가 위에 우뚝 뛰어나 천지를 세우고 귀신에게 대답할 만하다. 글이 다만 이에 있어 그 아득하게 잘못된 말과 황당한 문장으로 진실로 만고에 기이한 볼거리요, 삼한(三韓)의 역사 기록 외에 한 부의 좋은 역사가 되었다(記聞之博洽 辯論之明正 辭華之繁麗 神彩之流動 體制之縝密 用事之精功 旨意之通暢 筆力之雄强 又超出百家之上 建天地 質鬼神而 文但在玆 以其悠謬之說荒唐之辭 眞成萬古奇觀 一部良史).[50]

김소행은 자신의 소설에 대해 '문장이 다만 여기에 있을 뿐'이라고 말할 정도로 대단한 자부심을 갖고 있었다. 풍부한 지식, 명쾌하고 바른 변론, 아름다운 수사, 문채의 흐름, 체제의 긴밀함, 용사의 정밀하고 공교함, 탁 트인 주제의식, 웅장하고 강한 필력 등 작품의 내용과 형식에 대한 구체적이면서도 본격적인 언급은 여타의 고소설 비평에서는 보기 드문 것으로, 작가가 자신의 소설 창작에 대해 적극적인 평(評)을 하는 부분이다. 이는 김소

---

50 『삼한습유』, 「지작기」, 273쪽.

행이『삼한습유』를 진지한 작가 정신으로 창작했음을 보여주며, 또한 자신의 소설이 주제 면만이 아니라 용사나 문채, 수사나 체제 면에서도 잘 갖추어지도록 배려했음을 보여 준다.

재도지문(載道之文)이 아니면 문장으로 대우받기 어려웠던 조선시대 문풍 속에서 야담집과 소설은 적극적인 진지한 작가 의식을 표방하며 등장하기 어려웠다. 그러므로 이런 장르에 속하는 저술을 할 경우에는 대개 파적지필(破寂之筆)의 태도를 취하고 있으며, 이러한 태도는 작가가 은연 중 저술과정에서 자신의 의도를 가리도록 하는 작용을 하여 결국은 작가의 의식이나 사상이 첨예하게 드러나는 작품의 출현은 기대하기 어렵게 했다. 이에 비해, 김소행은 진지한 작가 의식을 지니고 적극적인 태도로 소설을 창작했음을 표방하고 있다. 적극적인 작가의식을 지닌 작가가 드문 고소설 창작의 현실에 비추어 볼 때, 이같은 태도로 작품의 창작에 임했던 김소행의『삼한습유』는 본격적인 개인 창작물로서의 소설 작품이 될 수 있는 조건을 갖췄다고 하겠다.

뿐만 아니라 김소행은 '마음에 하고 싶은 바를 좇아 해도 일의 시작과 마침이 있고, 끝과 도끼를 댄 흔적이 없이 매끄러우며, 전후 맥락이 잘 연결되어 전생과 후생의 한 몸이 나란히 행하여 어그러짐이 없도록 했다'[51]고 서술했는데, 이를 통해『삼한습유』의 구성이 치밀하게 계획된 것임을 알 수 있다. 그런데 그가 이렇게『삼한습유』의 창작에 골몰한 것은 작가로서 마음이 홀로 괴로워서[52]이다. 김소행은 스스로를 '양공(良工)', 재주가 있는 장색이라고 칭하였다. 즉 그는 장인의식(匠人意識)을 가지고 소설 창작에

51　『삼한습유』,「지작기」, 272쪽. "從心所好 有始有卒 斧鑿無痕 金聲而玉振之 前後一身 竝行不悖 …… 自是良工 心獨苦也"
52　위의 주 참고.

y

56　19세기 서얼 지식인의 대안적 글쓰기,『삼한습유』

임했던 것이다. 좋은 문학 작품이 주제와 기법 면에서 작가의 독특한 개성이 잘 드러나는 작품이라고 한다면, 장인의식이란 좋은 작품을 산출해 내는 기반이 된다. 그런데 김소행이 이렇듯 진지한 태도로 작가라는 의식을 가지고 문재를 다해 소설을 창작하게 된 것은 그의 소설 창작 동기와도 밀접한 관련을 가진다.

(3) 불우(不遇)의 문학적 표출로서의 소설 창작

조선 후기의 한문소설들은 대개 현실적으로 크게 현달하지 못한 작가들의 손에서 나왔다. 『옥수기』, 『옥루몽』, 『육미당기』 등의 작가들이 그러하며, 『쌍선기』의 작가 한은규는 작품 후기에서 소설 창작 이유를 밝혔다. 그는 재학이 있었으나 때를 만나지 못하여 여러 번 과거에 낙방하고 또 세상에서 알아주는 사람이 없자 사대부로서의 청운의 길이 멀어졌다고 판단하고는 자신의 이름을 후세에 유전하는 방법으로 소설 창작을 선택했다고 한다. 그런데 이들이 보여주는 작품세계는 상층 사대부 이념의 전형을 형상화한 것이어서 '소설은 현실적 실현이 차단된 사대부 이념의 방수로'[53]라는 평을 듣기에 이른다. 이들의 경우, 소설은 자신들의 이상을 펼치는 대리만족의 장으로서의 의미를 지닌다.

그런데 『삼한습유』는 그 경우가 다르다. 『삼한습유』에는 대리만족 이상의 작가의 문제의식이 존재한다. 『삼한습유』의 서두는 삼한에는 기이한 일이 많은데 그 일들이 유실될까 하여 이 작품을 기록한다는 작가의 말로 시작한다. 이러한 기록의식(記錄意識)도 일견 『삼한습유』의 창작 동기인 것처럼 보이나 이는 작품 시작을 위한 형식적인 도입부일 뿐이다. 소설 속

---

53 김종철(1985), 「19C 중반기 장편영웅소설의 한 양상」, 『한국학보』 40집, 서울: 일지사, 92~93쪽.

의 향랑의 일은 순전한 허구이기 때문이다. 김소행의『삼한습유』는 작가의 불우함에서 비롯된 문제의식이 작품 세계를 관류하는 주된 흐름을 형성하고 있다. 그는 작품을 창작할 때부터 이러한 점을 분명히 인식하고 있었으며, 자신의 현실을 그대로 직시하려는 치열한 정신이 한시문과 같은 정통 문학 장르가 아닌 소설 창작을 선택하도록 했다고 볼 수 있다. 김소행은 아예 문면에서 자신의 불우(不遇)와 소설 창작을 다음과 같이 직접적으로 연관시켜 말하고 있다.

 스스로 굉변박식하다고 자부해도 세상에 그 재주를 시험해 볼 데가 없으니, 가슴 속에 품은 기이함을 한 번 토해 내어 보고 싶어서 이에 의열녀를 잠시 빌려, 천하를 놀라게 하고 만세에 드러내고자 하여 지금까지 있었던 적도 없고 능히 이룰 수도 없는 일을 한 것이다. 천지만물을 만들어 내는 조화를 희롱하고, 원기(元氣)를 눈 아래로 보며, 위아래를 흔들어 대고 고금을 진동시키니 전도되지 않은 것이 없다. 한 여자의 일에 달릴 듯 나아가 그 큰 역량과 큰 지혜를 드러내고 몸소 하늘의 깃털이 되어 만물 위에 높이 솟아 바람을 아래에 둔즉 이는 자기 자신을 위한 계획이지 의열녀를 위해 지은 것이 아니다[自負宏辯博識 而無所試其才於世 欲思一吐出胸中之奇 乃假託於義烈女 將以駭天下表萬世 行未始有莫能成之事 戱造物傲元氣 波蕩上下 震動今古 莫不顚倒 移走於一女子之事 以顯其大力量大智慧 身作雲霄一羽 高出萬物之上 而風斯在下 則乃其自爲計也 非爲義烈女而作也].[54]

---

54 『삼한습유』,「지작기」, 273쪽.

김소행은 스스로 굉장한 변론과 박식함을 갖추었다고 자부하여도 세상에 그 재주를 시험해 볼 곳이 없었다. 그래서 가슴속에 품고 있던 기이한 포부를 한 번 뱉어 내어 그것을 의열녀의 일이라고 가탁하여서 장차 천하를 놀라게 하고 만세에 드러내어, 일찍이 있은 적도 없고 능히 이룰 수도 없었던 일을 행하여 조물주를 희롱하고 원기를 업신여기고 위아래를 어지럽히고 고금에 진동하여 전도시키지 않음이 없었는데, 이는 한 여자의 일에다 옮겨서 자신의 큰 역량과 큰 지혜를 보이고자 한 것이다.

여기에 김소행이 『삼한습유』를 창작한 동기가 분명하게 드러나 있다. 스스로 굉변박식이라고 자부하였으나 세상에 펼쳐 보일 수 없었던 그의 울울함이 쌓여 결국 소설을 창작하게 한 근본적인 동기가 되었던 것이다. 현실에 대한 불만과 이로 인한 억눌린 감정은 창작을 유발하는 진지한 동기가 된다. 평정하지 않은 자신의 감정을 억제할 수 없어서, 분을 이기지 못해 작품을 쓸 수밖에 없는 태도는 바로 사마천이 언급한 '발분저서(發憤著書)'에 해당한다. 『삼한습유』의 창작은 바로 발분저서에서 비롯한 것이다.

발분저서의 경우, 소설 창작의 동기가 작가 개인의 불우(不遇) 및 사회적 불안에서 비롯되며, 조선 후기에 들어 구체화되어 나타난다고 한다.[55] 고소설의 창작이 개인적인 동기에서 비롯된다는 사실은 중요하다. 고소설 중에는 설화 구조를 지닌 작품이 상당수 존재하며, 향유 방식에서도 강담사의 구연과 같이 일정 정도 구비적인 요서가 존재한다. 그리하여 서사 구조에도 영웅의 일대기, 가족 갈등 등 어느 정도의 유형성이 나타나며, 향유층의 대부분이 부녀자 및 서민층으로 집약되는 등 계층성을 수반하고 있다. 그런데 소설 창작 동기가 작가 개인의 차원에서 시작된다면 이는 고소설이

---

55 김경미(1993), 「조선 후기 소설론 연구」, 이화여대 박사논문, 106쪽.

더이상 집단의 이념을 위해 봉사하는 문학이 아닌 개인의 문학으로 자리잡아 가기 시작했음을 의미한다고 하겠다. 김소행의『삼한습유』도 마찬가지이다. 작가는「지작기」에서 이 소설의 창작은 '스스로를 위한 것이지 의열녀를 위해 지은 것이 아니라'고 밝히고 있다. 여기에서 우리는 두 가지 사실을 알 수 있는데, 하나는『삼한습유』는 결코 향랑의 정절을 기리기 위한 열녀전의 입전 의식으로 저술된 소설이 아니며,[56] 다른 하나는 이 작품은 단지 작가 스스로를 위해 지은 것이어서 효용론에 입각한 교화나 감계 등과는 거리가 멀다는 사실이다.

전(傳)의 창작 동기는 인물에 대한 평가, 즉 어떤 인물의 생애를 일정한 관점에서 포폄(褒貶)하려는 의식에서 출발한다.[57] 그런데 김소행은 '의열녀를 위해 지은 것이 아니라'고 하니 그녀의 열절을 기리려는 의도에서 쓰지 않았다는 것은 명백하다. 홍석주가 "서의열녀전후"에서 이 소설을 적극 옹호하면서도 끝내 못마땅해 했던 점이 바로 이것으로, 그는 김소행이 소설 속에서 열녀를 결국 재가시켜 그녀의 열절에 누가 되게 했다고 지적한다.[58] 즉 홍석주는 향랑의 정절을 기리고자 하는 입장, 전(傳)을 대하는 태도를 지닌 반면, 김소행의 관심은 향랑의 일대기에 대한 포폄에 있지 않았기 때문에 이러한 견해 차이가 발생한 것이다. 작가는 또한 누구를 가르치거나 삶의 교훈을 주기 위해 이 소설을 창작한 것도 아니다. 세교(世敎), 명교(明敎) 등을 내세우며 그 존재 기반을 확보하려는 고소설 작품이 많은 것을 상기해 볼 때, 다른 무엇도 아니라 자신을 위해 이 소설을 창작했다는 작가의 태도는 거의 냉소적이기까지 한 것 같다.

---

56 『삼한습유』의 경우와 비교해 볼 때, 같은 향랑고사를 소재로 한 한문전들은 평민인 향랑의 정절을 기리기 위해 향랑을 입전하고 있다.
57 박희병(1992),『한국고전인물전연구』, 서울 : 한길사, 9쪽.
58 홍석주,「서의열녀전후」,『삼한습유』, 284~287쪽.

형인 김경행이 기개와 재학을 겸비했어도 결국 어리석고 망령된 사람이라는 비웃음을 샀듯이, 김소행도 당대 고문가들과 비견할 만한 실력을 갖추고도 결국은 자신의 포부를 펴 보지 못한 채, 일사(逸士)로 생을 마쳐야 했다. 김소행이 향랑의 일을 부연하여 소설을 창작한 것은 자기 자신을 위함이다. 자신의 내부에 가득 찬 모순된 감정, 감추려고 해도 저절로 배어 나오는 그의 문재, 당대 사회에 대한 심각한 문제의식 등이 어우러져『삼한습유』라는 소설의 형태로 발현된 것이다.『삼한습유』의 창작 동기는 작가의 불우함에서 기인하며, 그 울울함과 굉변박식이 만나 작품을 형성하였기에 그 작품 세계 역시 안온한 상층 사대부의 세계를 구현하는 여타의 한문소설과는 다른 양상을 노정하고 있는 것이다.

제3장

『삼한습유』와 향랑고사,
그 공통점과 차이점

1. 『삼한습유』의 서사 전개

『삼한습유』에 대한 연구사는 어느 정도 축적된 데 비해 작품 자체는 여전히 몇몇 연구자를 제외하고는 낯선 편에 속한다. 이 항목에서는 『삼한습유』의 구성과 전개를 순차 단락에 따라 서술하는 방법으로 제시하기로 한다. 이는 앞으로의 논의의 진행을 위한 전제 작업이기도 하다.

『삼한습유』권지일

1) 조선(朝鮮)이라는 국호에 대한 설명, 단군을 비롯한 건국 신화 소개, 그리고 기자 조선에 대한 인정(認定) 등 역사에 대한 관심을 피력한 후, 삼한(三韓)에는 이적이 많은데 그 중 향랑의 일을 선택하여 입전한다고 함.

2) 의열녀 향랑은 신라 일선군(一善郡) 양가의 딸로, 태어나자 방 안에 신이한 향기가 가득하여 이름을 향랑이라 함.

3) 무열왕 7년에 원광법사가 향랑의 일에 대해 예언.

4) 향랑은 어려서부터 영오하고, 자색이 뛰어나 많은 사람이 청혼함.

5) 그 중, 가난하나 행동이 바른 동쪽에 사는 청년과, 부유하나 칭찬할 만한 것이 없는 서쪽집 청년이 구체적인 상대자로 등장.

6) 향랑의 아버지는 우유부단한 태도를 보이며, 결정은 부인에게 미룸.

7) 향랑의 어머니는 물질적인 가치관을 지닌 사람으로, 가난하면 예(禮)조차 지키기 어렵다고 하며 부자에게로 시집갈 것을 종용.

8) 향랑은 사람의 됨됨이는 빈부의 문제에 있는 것이 아니라며 어머니와 반대 입장에 서나 결국은 어머니의 뜻을 따름.

9) 향랑이 고시(古詩) 변조(變調)를 한 수 읊으며 '봉황이 까마귀를 따라가니 오래 살지 못할까 두렵다'는 내용의 시로 자신의 슬픔을 토로.

10) 신랑은 첫날밤부터 술에 취해 초례(初禮)도 못 이루고, 다음날 아침 시비의 손목을 잡고 희롱을 함.

11) 시어머니는 향랑의 혼수가 부끄럽다고 가난함을 구박하고 남편도 향랑을 함부로 대함.

12) 향랑은 힘을 다해 부도(婦道)를 행하나 시어머니와 남편의 구박은 날로 더해가고 부엌 출입도 못 함.

13) 향랑이 자살을 결심했다가 마음을 돌이키고 자도시(自悼詩) 두 수를 지음.

14) 하루는 남편이 술이 취해 낮에 친압하려 하자 향랑은 예의가 아니라고 거절하며 자신이 생각하는 도(道)에 대해 이야기하니, 남편은 화를 내고 시어머니는 향랑에게 시집오기 전 정을 통하던 남자가 있었을 것이라고 하며 향랑을 쫓아냄.

15) 향랑이 친정에 돌아 온 지 일 년도 안 되어 부모 모두 돌아가시니 외종조숙모집에 의탁하며 삼년상을 지냄.

16) 삼년상을 마치자 그 집에서 재가를 권했는데 향랑이 칼로 자결하려 하니 주변사람들이 놀라 만류하고, 향랑은 혼자 기처(杞妻)나 난녀(蘭女)가 물에 빠져 죽은 것을 기리며 감회시 한 수를 지음.

17) 여종이 상자 속에 든 시를 그 집의 어른에게 보이니 향랑의 뜻을 알고 다시는 혼인말을 안 꺼냄.

18) 같은 군의 조가자(趙家子)는 거만(巨萬)의 재산을 가진 부자로서 향랑에게 청혼함. 향랑의 친척은 거절했으나 조가자는 자기 집안의 부(富)와 형제들의 관직(官職)을 들먹이며 관에 소송하고 조정에 말해 성사시키겠다고 협박함.

19) 사정을 안 향랑이 순순하게 그러마고 응답하니 집안사람들은 향랑이 그의 부귀에 마음이 변했다고 생각함.

20) 밤이 깊자 향랑이 혼자『산유화(山有花)』를 지어 합에 넣고 날이 밝자 오태지에 가서 근처의 여자들에게 자신의 심정을 두보의 시와 자작시를 통해 전달하고 투신자살함.

21) 갑자기 하늘이 어두워지고 벼락이 치고 집이 연달아 불붙는 등의 사건이 일어나자 마을 사람들이 향랑의 원통한 죽음으로 하늘이 노하셨다고

하고, 향랑의 죽음을 곧이 듣지 않고 폐백을 가지고 온 조가자는 갑자기 피를 토하며 죽게 됨.

22) 하루는 태수의 꿈에 오태지의 신(神)이 나타나 원통하게 죽은 시신을 찾아 예를 갖춰 장사지내라 함.

23) 태수의 주도 아래 사흘 동안 못의 물을 퍼내니, 거북이가 시체를 지고 연꽃잎 위에 앉아 있음.

24) 관에서 온갖 예를 갖춰 일리천(一利川)에 장사지내고, 태수가 향랑의 의열을 자사에게 보고하였으며 자사는 조정에 청해 그 못가에 사당을 짓고 세세토록 받들게 함.

25) 죽계선생이 그 묘를 지나가다 시를 짓고, 백제, 고구려, 일본, 탐라에서도 듣고 향랑의 죽음이 갖는 의미를 논함.

26) 향랑의 시댁은 자신의 부를 믿고 가난한 사람들을 능멸하는 데다가 향랑의 일까지 겹치자 동네 사람들이 상종 안 함.

27) 시어머니는 오래된 그릇을 잃어버리자 종을 의심해 태형을 가하다 죽이고, 남편도 그 일에 연루되어 감옥에 감.

28) 태수의 부인에게 뇌물을 써서 해결하고자 했으나 실패하였고 옥리(獄吏)들에게 뇌물 쓰다가 집안은 망하고 향랑의 남편은 일 년 뒤인 10월 그믐에 저자에서 사형 당하게 됨.

29) 갑자기 공중에서 음악 소리 나고 한 미인이 내려오니 지주(地主)는 선녀인 줄 알고 재배하는데, 여자가 말하기를 나는 사형수의 부인인데 그대 둘째 아들의 목숨을 연장시켜 줄 터이니 사형수를 살려 달라고 청함.

30) 남편이 자신의 어리석음을 뉘우치고 사당을 지어 제사 지내겠다고 하니 향랑이 자신의 원한을 토로하고 남편의 잘못과 신의 없음을 지적한 뒤, 살아서 부부의 인연이 끊어졌으니 제사를 받을 이유가 없다고 거절.

31) 그 후 남편의 집은 시어머니가 베를 짜서 연명하고 첩은 도망가고 온 집이 부끄러워 두문불출하다 모두 그 곳에서 죽었음.

32) 동가지자(東家之子)는 감문(甘文) 여자와 결혼했는데 일찍이 상처하고 자식도 없이 지내다가, 향랑의 고생과 자살에 대해 듣고 마음이 아파 사당에 가서 조문(弔文)을 지어 위로함.

33) 그 날 밤 그에게 한 미인(향랑)이 두 시녀의 부축을 받고 나타나, 자신이 남편을 구함으로써 부부의 의를 다하고 원한 맺힌 업은 사라졌으며, 그대를 생각하면 마음이 불붙는 듯했었는데 조문을 통해 마음이 서로 같음을 알게 되어 그대와 더불어 못다 한 인연을 맺고 싶다고 함.

34) 효렴이 이를 듣고 놀라고 기뻐하나 음양이 달라 하룻밤의 인연 뒤 이별의 슬픔에 잠길 것이 두렵다고 하니, 향랑이 자신이 이미 상제에게 군자를 배필로 얻을 것을 허락받았다고 함.

35) 효렴이 향랑에게 귀(鬼)의 존재 유무와 불교의 윤회 여부, 또 낭자가 신(神)이 될 수 있었던 방법에 대해 물으니, 향랑이 사람이 신(神)이 된 방법에 대해 자세하게 대답해 준 후, 새로이 육례(六禮)를 정하고 날을 잡아 친영하러 오실 것을 기다리겠으니 어떻게 생각하느냐고 하자 효렴도 동의함.

36) 효렴은 본래 강직한 성품으로 귀신을 안 믿었으나 귀신을 믿게 되고, 하늘에서도 날짜를 택하는가 물어 봄. 향랑은 사람이 오행(五行)의 주관자이며 관혼상제(冠婚喪祭)는 인간의 대사이기에 비, 바람 등 재앙의 원인이 되는 것을 피하고자 함이 본뜻이었다고 하며 떠나려 하는데, 효렴이 해와 달, 별자리의 운행 등 천지도수(天地度數)에 대해 가르침을 청하니 향랑이 이에 대해 자세히 설명하고 떠남.

37) 효렴이 감회가 깊어 절구 한 수를 짓고 잠들었는데, 아침에 보니 향랑이 보낸 것으로 보이는 글과 시가 책상 위에 놓여 있어 효렴이 이를 기뻐함.

38) 향랑이 후토부인에게 나아가 인간 세상에서 결혼하고 싶다고 청하면서 그러나 만약 죽은 전 남편과 새 남편이 한 동네에 있어 사람들로 하여금 웃음거리가 되는 방법이라면 자신은 원하지 않는 바라고 덧붙임.

39) 이에 후토부인이 지부(地府) 시왕(十王)과 원로들을 청하여 물으니, 지장왕은 찬성하고, 관음보살은 진신(眞身)의 몸을 왜 수고로운 인간의 몸으로 바꾸느냐고 걱정하며, 염귀왕은 향랑을 시집보내지 말고 이곳으로 효렴을 불러 데릴사위를 삼자고 제안함. 염귀왕의 말을 들은 향랑이 효렴을 죽여서 결혼하지는 않겠다고 함.

40) 후토부인이 이 문제를 세 원로의 결정에 맡기니, 섭제목모(攝提木母), 천태신고(天台神姑), 북해선모(北海仙母)가 나이 겨루기를 하며, 자신들이 이렇게 오래 살았으나 들어 본 적이 없는 일이니 예(禮)에 합당하지 않다고 대답함.

41) 이에 후토부인이 향랑을 데리고 천제(天帝)에게 올라가 말하니 천제가 향랑의 혼인 말은 내가 한 말이니 자신이 성사시켜 주겠다고 하며 인간과 하늘의 여러 성인, 신선, 스님, 유자, 묵자들을 불러 변론을 하게 함.

42) 장손흘(臧孫紇)은 남편을 따르는 예를 다하여야 한다고 하고, 묵자(墨子)는 중한 예는 일에서 나오며, 일은 경우에 따라 달라지는 것이니 일에 따라 예도 달라져야 한다고 하며 향랑의 청을 들어 주자고 함. 그러나 양주(楊朱)가 남을 위해서는 꿈짝도 안 하겠다고 하니, 묵자가 일부러 궤변으로 양주의 입을 막음. 태상노군(太上老君)은 자신이 주례(周禮)에 대해서는 아는데 환생하여 인간 세상에서 혼인했다는 것은 들어보지 못 했다고 하며 반대함. 금율여래(金栗如來)는 자신이 윤회를 주관하기는 하나 향랑을 다시 윤회에 빠뜨리고 수행의 공덕이 가득한 동가지자(東家之子)를 다시 아내 지옥, 자식 고랑에 묶는 일은 차마 못 하겠다고 함.

43) 향랑이 오백 겁이 지나 부부가 된 불존의 매화인연(賣花因緣)은 미담이 되는데 자신에게는 이 일이 왜 허락도 되지 않는가 반문함.

44) 남화노선(南華老僊)이 말하기를 인정(人情)이란 그칠 수 없는 것이어서 성인도 막을 수 없는 것인데 정(情)을 잃은 우리 무리들이 이 일을 논하는 것 자체가 적당하지 않다고 하며 성인이란 인륜의 지극한 바이니 공자(孔子)에게 물어 보자고 함. 자공(子貢)이 가서 공자에게 물으니 공자가 이는 예에 합당하다고 하여 모두 기뻐함.

45) 장자(莊子)가 도가(道家)에 대한 변론을 하며 유가(儒家)의 책에 있는 것은 교(敎)이지 도(道)가 아니라고 함.

46) 천제가 각 관리들을 나누어 법도대로 빨리 시행토록 함.

47) 이 날 저녁, 효렴이 보니 마을 사람들이 열 명의 딸을 낳아 별명이 십여모(十女母)인 사람의 집으로 달려 감. 십여모는 나이 60여 세에 임신을 하여 36달 만에 아이가 오른쪽 옆구리를 통해 나왔음.

48) 아이는 나면서부터 신령하였고 스스로 자기의 이름을 말하는 등 여느 아이와는 달랐음.

49) 효렴은 아이의 모습인 향랑을 보고는 언제 성인이 되기를 기다려 혼인할 것인가를 생각하며 슬퍼함.

50) 그러나 향랑은 세상에 나온 지 7일 만에 규중처녀의 모습이 됨. 부모도 향랑을 자식으로 여기기보다는 신명으로 받듦.

51) 하루는 여자가 목욕재계하고 뜰에 앉아 있으니 하늘에서 선인들이 내려오는데 보화천존(普化天尊)이 선인(仙人)들로 하여금 향랑의 몸을 문지르게 하고 자신도 문지르니 손이 닿는 곳마다 향랑의 몸이 변하여 아주 아름다운 여자의 모습이 되었고 여러 가지 장식으로 단장을 해 줌.

52) 오태지 근처에 살던 여자가 마침 그 자리에 있다가 울면서 말하기를

뜻하지 않게 3년 뒤에 의열낭자를 이곳에서 다시 보게 되었다고 하니 향랑도 그 여자를 알아 봄.

53) 잠시 후, 향랑은 한 쌍의 흰 봉황을 타고 부모님께 인사를 하고는 떠남.

54) 이때, 대각간 김유신은 그 이름이 중국과 변방에까지 알려진 인물인데, 하루는 그에게 상제의 사자(使者)가 와서 향랑의 혼사를 주관해 줄 것을 부탁하고는 돌아감.

55) 김유신이 향랑의 죽음과 신이에 대해서는 이미 알고 있었기에 왕에게 상제의 사자가 왔던 일과 향랑의 사적을 모두 아뢰니, 왕이 부마도위 김흠운(金歆運)으로 하여금 혼인을 치를 건물을 짓게 함.

56) 혼인 날짜가 임박해지자 많은 백성들이 일리천에 모여 들어 장사진을 이루고 왕도 친행하고자 하나 김유신이 여러 가지 이유를 들어 친행은 불가하다고 만류함. 왕이 김유신에게 효렴을 맞아 와서 호위하도록 함.

57) 이보다 앞서 향랑과 같은 군에 매우 아름답고 정숙한 여자가 있었는데, 그 마을의 부잣집 아들과 혼약이 되어 있는 상태였음. 그녀는 달성 선비의 외거노비의 딸이었음.

58) 그 무렵 선비가 와서 보더니 그 여자를 취할 마음이 생겨, 여자의 부모와 친척, 약혼자가 애걸하며 만류하여도 선비라는 신분과 주인으로서의 위세를 떨치며 협박하고는 데려가고자 함.

59) 그 여자가 선비의 말에 순순히 따르니 선비는 안심하고 잠이 듦.

60) 여자의 부모는 밤새 사람을 모아 선비를 죽일 모의를 하는데 딸이 이를 알고는 자기 일로 부모를 죄인 되게 할 수는 없다며 자결을 시도하며 만류하니, 부모는 주인의 명에 따르기로 했다는 딸의 뜻을 듣고는 모의를 철회함.

61) 다음날 선비가 그 여자를 데리고 떠나니 사람들이 모두 여자를 불쌍

히 여기고 약혼자도 나와 전송함.

(62) 낙동강에 이르러 배를 타고 가는데 여자가 물을 보며 감회를 시로 읊조리고 같이 탄 이웃 노파에게 배 안에서의 일을 후에 반드시 기억해 달라는 말을 하고는 얼마 있다가 물에 뛰어 들어 자살함.

(63) 같은 배에 탄 사람 중 경전(經傳), 역사, 노래에 두루 달통한 남쪽에서 온 선비가 그 여자가 읊조리는 소리를 듣고 투신의 의도를 알아차려 구하고자 했으나 이미 늦었음. 사람들이 어떻게 미리 알았냐고 묻자 그 여자가 읊조린 글과 행동거지가 바로 자신의 죽음을 모형화한 것이었음을 설명함.

(64) 사람들이 그 여자의 죽음을 애도하기 위해 모여들고, 그 시는 입에서 입으로 전파되어 〈산유화〉와 함께 온 나라에 불렸는데, 이는 남쪽 선비인 요량자가 한 일임.

(65) 조정에서 이 일을 듣고 정의녀(貞義女)라는 칭호를 내렸음. 그 여자가 죽은 것은 향랑이 핍박을 받던 때이며, 정려는 향랑과 함께 받아 세상에서는 이를 일선군의 두 열녀라고 불렀음.

(66) 향랑은 자신이 환생하게 되자 후토부인에게 정의녀와 함께 환생하기를 원한다고 청함.

(67) 그러나 정의녀는 부부란 살아서 의식주 문제를 해결하기 위한 것이며, 산다는 것은 나그네이고 죽음은 돌아가 쉬는 것으로 나는 지금 쉬고 있는데 왜 다시 피곤해지겠느냐고 하며 거절함.

(68) 향랑이 동반자를 얻기 위해 절강에서 조아(曹娥)를 만나 설득했으나 조아는 자신은 효자(孝子)라는 이름으로 족하고 혼인은 생각도 없다고 하며 거절함.

(69) 이에 향랑이 남쪽에 가서 의녀(義女) 사씨(史氏)를 만나 대화하는데, 향랑이 마음에 맺힌 정 때문에 인간으로 환생함을 이야기하니 사씨는 자신

은 마음에 간직한 추억이 없으므로 그런 정도 없다고 하면서 부모에게서 받은 몸을 바꾼 것은 욕된 일이라고 하니 향랑이 사씨의 죽음이 원통함을 환기시켜 함께 환생하도록 하고자 함. 사씨는 남자는 의가, 여자는 예가 중요하다고 하며 자신의 깨끗한 몸을 인간 세상에서 더럽힐 수가 없다고 하며 거절함.

70) 향랑이 포기하고 돌아오니, 후토부인이 같은 여자이나 동녀(童女)와 부인(婦人)은 그 정에 있어 차이가 있다면서 그들이 환생을 거부한 이유를 설명함.

71) 혼인날이 15일 앞으로 다가왔는데, 경신일(庚申日) 한밤중에 삼시(三尸)가 상제에게 아뢰기를, 향랑이 효렴을 만나고부터 세 여인을 설득하기까지의 일에 대해 천하가 모두 향랑을 괴이한 귀신이고 미친 여자라고 손가락질하는데 폐하만 모르고 계신다고 주달함.

72) 이에 상제가 노하여 사마천에게 물으니, 사마천은 향랑의 사적을 낱낱이 들며 그녀가 충(忠), 효(孝), 의(義), 절(節), 예(禮), 신(信), 정(貞), 인(仁)을 갖춘 사람임을 피력함.

73) 상제가 듣고 삼시를 저자에서 죽이라 하고 사마천의 뛰어남을 치하하니 사마천이 자신은 책을 쓴 뒤 한이 없는데 다만 자기 부부는 이름만 부부일 뿐 자식이 없으니 이를 슬퍼한다고 하여 모두 한바탕 웃음.

74) 향랑의 나이를 정하는데, 숙손통(叔孫通)은 전신(前身)은 논하지 말고 태어나는 해부터 시작하자 하니, 노양생(魯兩生)이 꾸짖으며 말하기를 열왕을 섬긴 자가 무슨 예를 논하느냐고 하며 이치를 따져 향랑의 나이는 21세로 하는 것이 옳다고 하여 이 견해를 따름.

75) 각목성군(角木星君)이 김유신이 그 아내에게 하는 말을 듣고 혼인을 위한 출발이 내일임을 상제에게 아뢰고, 신독(愼獨)에 대해 논함.

76) 하늘과 인간이 함께 하는 이 잔치를 성대히 해야 한다는 세성신삭(歲星臣朔)의 의견에 따라 상원부인(上元夫人)이 여러 선관(仙官), 선아(仙娥)로 하여금 향랑을 호위해 보냄.

77) 후토부인이 잔치를 위해 선녀들과 여러 여성 인물을 이끌고 참석함.

78) 첩여(婕妤)로 하여금 음예(淫穢)한 자는 들어오지 못 하게 하라 하고는 앉을 자리를 정함.

79) 우미인(虞美人)의 자리를 정하는데, 양부인(陽夫人)이 자신의 아버지인 사마천의 논리를 원용하며 토론을 거친 후, 우미인의 자리는 주나라와 한나라 사이에 정해짐.

80) 잠시 후, 중국 역사상 이름을 남긴 모든 여성들과 수부(水部)의 인물들까지도 모여 들어 개벽 이래 없는 성대한 잔치가 됨.

81) 이 자리에 온 여후(呂后)가 여러 인물들의 공박을 받고 변론을 벌여 간신히 자리를 얻음.

82) 척부인(戚夫人)과 조왕(趙王) 여의(如意)의 아내, 송(宋) 백희(伯姬)와 그의 보모가 들어오자 모두 환대하며 여후의 무도함을 비난함.

83) 자신의 아버지가 옮겨 가자마자 한나라가 망해 이 잔치에 참석할 자격이 없다며 사양하는 효평황후(孝平皇后)를 첩여, 공보부인(公父夫人) 등이 찾아가 공자(孔子)의 말을 인용, 벌은 자식에게까지 미치지 않는다며 모셔 옴.

84) 측천후(則天后)가 들어 와 장손황후(長孫皇后)의 윗자리에 앉으니 황후와 조대가(曹大家)가 그 자리에 앉는 이유를 따져 묻고, 측천후와 여후가 서로 헐뜯으며 더러운 말로 비난하니, 그 자리에 모인 사람들이 귀를 막고 듣지 않음. 측천후가 자신을 여후와 비슷하다고 비기니 조대가(曹大家)가 나서 역사를 인용하며 여후를 위해 변론함.

85) 그 후, 군황후를 비롯한 여러 부인들이 회포를 풀며 담화를 즐김.

86) 이때 동섬부(東瞻部)에 사는 귀마왕(鬼魔王)은 인간의 좋은 일을 망치는 재미에 사는 존재들인데, 마왕(魔王)과 조마왕(助魔王)의 존재에 대해 중국 신화와 연결시켜 설명.

87) 마왕의 부인은 나찰녀(羅刹女) 구반다(鳩盤茶)로, 한 번에 아홉 아들을 낳아 구자마모(九子魔母)라고 불림. 이들의 세력과 판도가 대단하며, 괴이한 자연 현상이나 여우짓뿐 아니라 부패한 조정, 무도한 관리의 출현 등 세상의 부정적인 현상이나 일등은 모두 이들의 소행임을 설명.

88) 신녀(神女, 향랑을 가리킴)가 인간 세상으로 시집가서 하늘과 인간의 큰 잔치가 열린다는 소식을 듣고는 마왕과 마모가 이를 방해하고자 계획하는데, 이들이 두려워하는 대상은 유일하게 마귀를 항복시킨 여래(如來)뿐임.

89) 마왕(魔王), 마모(魔母), 마자(魔子)들이 일리천(一利川) 주변에 진을 치고 기다려 후토부인과 싸우려 하자, 후토부인이 이를 알고 수세에 몰려 명성옥녀(明星玉女)로 하여금 천제에게 보고토록 했는데, 가는 도중에 명성옥녀가 마자의 군대를 만나 물리침.

90) 다음날 마왕이 위의를 떨치고 후토부인에게 나아가 향랑을 보내 달라 함. 후토부인이 노하여 토지신, 천인장인(千仞丈人)을 명해 교전토록 하여 마왕의 큰 아들인 마독진군(魔督眞君)의 군대와 일대 접전을 벌이는데, 마모가 합세하자 포위당하고 후토부인의 진이 위태롭게 됨.

91) 향랑이 스스로 마군에게로 가려 하나 후토부인은 아직 액이 다 안 끝나서라고 하며 더욱 굳게 지킴.

92) 명성옥녀의 보고를 받은 상제가 나타태자(哪吒太子)를 보내 두 장군을 구하고 마군을 물리치니 두 진영은 물러나 진을 치고 전략을 짜고 군대

를 가다듬음.

93) 왕의 군대를 얻어 효렴의 혼인을 준비하기 위해 길을 떠난 김유신은 천병과 마군의 싸움 소식을 듣고는 곧장 일리천 가에 진을 치고 효렴을 지킴.

94) 다음날 마군이 하늘과 땅에서 포진하고 기다리니 여러 귀신들이 와서 마군을 좇음.

95) 천군도 이천왕의 아들인 나타태자를 중심으로 진을 치니 마독이 자신이 맞아 싸우겠다고 하다가 천군의 진법에 말려 곤경에 빠지고 마군은 화덕진군(火德眞君)의 협공에 모두 타서 죽음.

96) 그러자 마왕이 크게 노해 마모와 함께 총공세를 펴니 나타태자와 토지신이 간신히 포위망을 벗어나 참호에 숨고, 이 싸움은 일단 마군이 승리함.

97) 이에 이천왕이 천제에게 석고대죄하니 천제가 이는 태자의 죄가 아니라고 하며 이천왕에게 군대 십만을 주어 태자를 구하게 함.

98) 이천왕이 태자에게 가서 마왕을 벨 계략을 세움.

99) 마왕이 향랑을 쉽게 얻을 줄 알았다가 군대 십만을 잃고 고민하니, 마독이 효렴을 얻어도 효과는 마찬가지라고 하며 자신이 가서 신라 진영을 습격하여 효렴을 묶어 오겠다고 함.

100) 마왕이 김유신을 걱정하니 마독이 천장(天將), 지장(地將), 인장(人將)에 대해 설명하고 김유신은 인장일 뿐이니 신통함이 없어 걱정할 것 없다고 하며 공격.

101) 유신은 진영을 굳게 지키고, 신라 장수 심나(沈那)가 맞아 싸우는데 적군 수백 명을 베어도 바람에 따라 흩어지는 듯 목 하나도 얻을 수가 없고, 이에 마군이 공격해 오니 유신은 횃불과 요란한 소리로 세가 많게 보이도록 하여 마군을 물리침.

102) 후토부인은 토지신을, 이천왕은 나타태자를 보내 신라 진영을 보강함.

103) 다음날, 이천왕이 마왕에게 도전하여 구천현녀(九天玄女)에게 배운 검법으로 마왕의 목을 베었으나, 마왕은 몸을 날려 자신의 목을 다시 붙이고는 달아남.

104) 마모가 화가 나 남편의 목을 벤 원수를 갚고자 이천왕과 나타내자와 싸우는데 마왕과 구마자가 합세하니 천병이 포위를 당하고, 이에 토지신이 합세하여 격렬하게 싸우는데, 김유신의 군대만 동요 않음.

105) 조마귀(助魔鬼)인 공공(共工)과 환두(驩兜)가 이 틈을 타 후토부인을 협박하여 향랑을 납치해 오려다 상군(湘君) 상부인(湘夫人)의 질책에 물러 남.

106) 상군부인이 계교를 내어 마군을 물리칠 이를 찾으니 축융부인(祝融夫人)이 자원하여 마모와 싸우는데 붉은 비단 올가미를 던져 마모를 잡으려 하자 마왕과 마자가 합세하여 세가 불리해지자 태원낭자(太原娘子)와 고량심씨(高凉沈氏)의 원군으로 마군을 막음.

107) 마군이 화공(火攻)으로 공격해 오니 송 백희, 척부인 등 전(殿) 위의 부인들은 경황없이 우왕좌왕하는데, 상군부인이 바람을 일으켜 마군을 물리침.

108) 경강(敬姜)이 우미인으로 하여금 서초백왕(西楚伯王)에게 도움을 청하게 하고, 그 과정에서 항왕의 공경자애(恭敬慈愛)함과 그가 우제(虞帝)의 후손임이 밝혀져 우미인의 자리도 우제의 제이비(第二妃)이자 성모(聖母)인 상군부인 옆이 됨.

109) 항우는 오강에서 패한 후 갈 곳이 없자 자청궁에 올라가 천제에게 유방을 송사하니 천제가 항우를 서초백왕을 삼고 양(梁)과 초(楚)의 구군(九君)의 왕을 삼음. 항우가 익(翼)과 진(軫)이라는 두 별 사이에 도읍을 정하고 지냈음.

110) 항왕이 우미인의 편지를 받고 군대를 이끌어 출전하려 하니, 계포

(季布), 이기(利幾), 종리매(鍾離昧) 등이 와서 용서를 구하며 함께 출전함.

111) 자로(子路), 공량유(公良孺), 자서(子胥) 등도 항왕의 군대에 합류.

112) 계포가 마군을 맞아 싸우다 포위당하자 항왕이 자서의 진법에 대한 설명을 듣고 함께 마군을 공격하니 마군 패퇴.

113) 그리고 포위당해 있는 이천왕 부자, 후토부인, 여러 장군들을 구하기 위해 항왕이 출전하니 마왕이 이에 대비해 진치고 기다리고 있음.

114) 격돌하여 항왕이 마왕의 머리를 베고 마독의 창은 부러지니 마군이 사방으로 도망하고 항왕은 연이어 토지신과 이천왕 부자를 구함.

115) 이날 밤, 마왕이 여러 장군들과 더불어 계략을 세우는 중, 마독이 자서는 항왕 앞에서 한 번 뽐내고자 할 뿐이니 걱정할 필요가 없다고 하자, 마왕이 그렇지 않다고 하며 아들에게 이기심성(理氣心性)에 대해 강론하는데 마자들은 다 졸고 있음.

116) 마왕은 항왕이 힘으로 싸우리라고 예상하며 도전하고 항왕 역시 응전해 싸우는데, 잠시 후 마모와 여덟 조마귀들이 와서 합세했으나 항왕을 당할 수가 없음.

117) 마왕이 자기 때문에 죽은 위인들의 이름을 대며 항왕을 위협하는데, 뜻있는 사람들이 항왕에게 모여 항왕은 드디어 천하상장군이 되고, 범아부와 제갈량을 얻어 힘과 지략을 갖춘 군대가 됨.

118) 항왕이 마군은 인간의 힘으로는 제압할 수 없는 존재임을 알고 범아부를 보내 후토부인에게 신통(神通)의 도움을 청함.

119) 마침 옆에 여산(驪山) 노구(老嫗)가 있어 범아부가 유가(儒家)와 도가(道家)는 모두 도(道)라고 하며 도움을 구하니 여산 노구가 그러겠다고 함.

120) 마모가 제갈량을 걱정하니 마왕은 억지로 자위하고, 다음날 접전을 벌이는데 마군편의 저승 삼위(三危)가 괴이한 군대를 몰고 와서 초군(楚軍)

을 괴롭힘. 노군(老君)이 옥추보경(玉樞寶經)을 외우고 후토부인이 금강수화침(金剛繡花針) 한 봉을 발사해 마군을 물리침.

121) 마왕이 크게 패해 도망하는데 마모가 여섯 폭 홍금상(紅錦裳)을 던져 초군을 덮으니 항왕을 비롯하여 그 곳을 빠져 나온 이는 얼마 안 됨.

122) 항왕이 그 밑에 있는 무리들에게 빨리 나오라 하니 모두들 그 곳이 좋다며 안 나옴. 항왕이 여러 방법을 시도해 보았으나 그 망을 풀 방법이 없음.

123) 항왕이 이것이 무슨 술법이냐고 물으니, 제갈량이 자신이 여색에 욕심이 없음을 다행으로 여기고 항왕 역시 우희를 물리칠 수 있었던 내력으로 벗어날 수 있었음을 깨닫고, 순평후(順平候), 한수후(漢壽候), 자서(子胥)도 다 마찬가지라고 이야기함.

124) 치마 속의 장군들이 항왕을 비난함.

125) 마군이 안심하고 후토부인을 치고자 했으나, 후토부인이 미리 방비한 형세를 보더니 마군이 퇴각함.

126) 이에 항왕이 군대를 다시 정비하고 이천왕에게 홍금상(紅錦裳)에 대해 물으니 저들은 모두 색을 좋아하는 무리라고 하며 유불도(儒佛道) 중 이를 해결할 방법은 여래밖에는 없다고 함.

127) 항왕이 친히 자하전에 이르러 여래를 뵙고 마모의 치마 밑에 들어 있는 장수들과 군사를 구해 달라 청함.

128) 수보리(須菩提)가 관세보살(觀世菩薩)을 천거하니 보살이 자신은 벌거벗은 남자의 몸은 보고 싶지 않다고 거절하며, 남녀의 일과 신체 구조, 남녀의 성과 음양의 관계, 호색하는 남자가 빨리 죽는 이치, 수태의 이치 등에 대해 설명하고, 태음(太陰)의 치마로 소양(少陽)을 압도해서 음양이 서로 합했으니 들어갈 틈이 없다 하고는 치마의 세 종류에 대해 설명하고, 저들은 사흘이면 다 문드러져 없어질 것이라고 함.

129) 이 말을 듣고는 우파새(優婆塞), 우파이(優婆夷), 비구니(比丘尼), 비구예(比丘隸), 타라니(陀羅尼) 등이 모두 왕생극락하는 것보다 염부에 가서 함께 시주하게 되기를 바란다며 떠나 감.

130) 보살이 거절하니 여래가 무리를 거느리고 항왕과 함께 직접 가게 됨.

131) 이 소식에 마왕이 어쩔 줄 모르자 마모가 자신이 찰마공주(刹魔公主)를 만나 도움을 청할 터이니 걱정 말라 함.

132) 찰마공주는 아수라(阿修羅)의 조카딸로, 마도(魔道)를 이루고 수미산(須彌山) 꼭대기에서 유불선(儒佛仙)이 아닌 나름의 도에 따라 살면서 마도가 가장 뛰어난 도라고 여기는데, 누구도 감히 그 영역을 침범하지 않음.

133) 찰마공주가 마모를 보더니 함부로 마도라는 이름을 도용한 것과 괜히 남의 혼사를 그르치기 위해 전쟁을 치루는 그 잔학함을 꾸짖고는 빨리 돌아가라고 함.

134) 쫓겨난 마모가 우연히 '공작동남비(孔雀東南飛)'라는 싯구를 웅얼거리다가 설산(雪山)의 공작에게 생각이 미쳐 도움을 구하러 감. 이 공작은 여래를 삼켰다가 그 음호(陰戶)로 내 놓은 적이 있어 높여 불모대명왕보살(佛母大明王寶薩)이라고도 함.

135) 마모가 대공작을 찾아가서 부탁하니 공작이 쾌히 승낙함.

136) 여래가 홍금상에서 항왕의 군대를 구하려 하는데 한 마리 공작이 나타나 여래에게 불효(不孝)의 문제를 거론하며 회유하였으나 여래가 흔들리지 않고 치마칼인 홍금상에서 사람들을 구하고 돌아감.

137) 항왕과 여러 장수들 및 후토부인이 세를 합해 나오니 마군이 사방으로 도망함.

138) 마왕이 전쟁을 포기하려 하니 마모가 반대하여 대오를 가다듬어 다시 도전했으나 승산이 없자 강화를 요청함.

139) 항왕이 마군을 물리치고 후토부인의 청려진에 가서 알현하니, 부인이 항왕의 공을 치하하고 상군부인이 항왕을 자애로이 대함.

140) 김유신이 병영을 열고 혼사를 준비하는데, 백제(百濟) 윤충(允忠)의 군대가 향랑을 빼앗으려 하고, 고구려(高句麗) 고노자(高奴子), 창조리(倉助利)의 군대도 진을 쳤다는 보고를 받음.

141) 이에 비령자(丕寧子)가 대나성주(大那城主)인 죽장군(竹將軍)으로 하여금 돕게 해야 승산 있다고 함.

142) 김유신이 편지를 써서 창조리를 설득하니, 창조리는 돌아감.

143) 김유신이 백결선생에게 부탁해 장자방이 구리산에서 피리를 불어 초나라 병사를 흩었듯이 백제 군대를 물리쳐 달라 하니, 백결선생의 거문고 소리에 백제군의 사기가 떨어짐.

144) 항왕의 천군이 지상의 싸움을 걱정스레 지켜 보는 가운데, 백제군과의 싸움에서 비령자와 그의 노비 합절(合節), 아들 거진(擧眞)이 다 죽자 이에 분발한 신라군이 백제를 이기고, 천군은 흩어져 돌아감.

145) 이때, 자부대선(紫府大仙)이 효렴을 만나, 효렴과 향랑이 각각 전생에 관화동자(灌花童子)와 패향옥녀(佩香玉女)였고 서로 좋아하여 인간 세상에서 부부로 태어나기로 되어 있었는데 천 년 묵은 호정(狐精)의 시기로 말미암아 둘이 인연을 못 맺고 향랑이 불행하게 19세에 죽게 된 것임을 설명함.

146) 자부대선이 한 요물을 잡고 '사금갑(射琴匣)' 사건도 이 물건이 일으킨 것이라 하며 죽이려는데, 김유신이 보니 이는 꼬리가 아홉인 여우로, 천태신고(天台神姑)의 청방(靑尨)이라 했는데 과연 그러했음.

147) 이에 유신이 길일을 잡아 다음날 향랑과 효렴의 혼인을 성대히 치름.

148) 혼인잔치에서 하늘의 신적인 존재와 지상의 인간이 음식, 음악, 춤 등에 구분이 없이 하나가 되어 즐기고 나서 모두 떠나니 마치 일장춘몽 같음.

149) 향랑과 효렴은 행복하게 지내고, 부마도위 김흠운이 주달하여 효렴을 대아찬으로, 향랑은 부인(夫人)으로 삼고 집과 노비 등을 주게 함.

150) 이때 향랑의 나이 21세이고 효렴은 24세이니 원광법사의 예언이 맞음.

151) 효렴이 향랑의 의견을 듣고 왕께 아뢰어 벼슬에서 물러나 은둔함.

152) 이 해 백제가 대야성을 공격, 죽장군이 전사하고, 다음 해 또 쳐들어와 여섯 성을 함락시키고, 김흠운도 백제와의 싸움에서 전사하니 인심이 흉흉해지고 김유신도 백제, 고구려 사이에서 현상 유지에 급급함.

153) 향랑이 효렴에게 당(唐)에 들어가서 원병을 청해 나라를 구하라고 설득함.

154) 효렴이 표를 올려 당에 들어가겠다고 청하니 조정의 의견이 분분했으나 결국 김유신, 장보고 등이 이 의견에 찬동하여 효렴이 당나라로 감.

155) 당 황제가 신라의 신이한 부부의 일에 대해 궁금히 여기자 효렴이 사실대로 대답했는데, 황제가 이에 감탄하여 원병 보낼 것을 약속함.

156) 신라에서는 김유신을 대장군으로 삼고 정예 군사 오만으로 맞이하게 함.

157) 이 소식에 백제는 크게 놀라고 폐했던 계백을 다시 장군으로 기용, 그가 황산벌에서 있는 힘을 다해 싸워 신라의 관창, 반굴 등이 이 전쟁에서

전사했으나 중과부적으로 네 차례의 전투 끝에 전사함.

158) 의자왕은 국무사(國巫師)를 불러 강(江)의 신(神)에게 제사 지내고는 방탕한 생활을 하며 방어책 논의 안 함.

159) 강에 적룡(赤龍)이 있어, 강을 건너려던 소정방의 군대를 여러 차례 막음.

160) 효렴이 향랑에게 가서 방책을 구하니, 향랑이 용의 내력과 종류에 대해 설명하고, 적룡이 좋아하는 것은 백마(白馬)이니 그것을 미끼로 잡으라고 함.

161) 신라군이 소정방의 백마를 미끼로 용을 낚아 그 곳을 조룡대(釣龍臺)라 명하고, 삼군이 그 용을 통째로 구워 배불리 먹음.

162) 백제 백성들은 이 사실을 놓고 앞일을 걱정하나, 왕의 측근 몇 신하가 왕에게 거짓 보고하고는 이 사실을 은폐하고자 함.

163) 신라군은 용을 먹지 않았으나, 용을 먹은 소정방과 당나라의 군사들은 모두 식중독에 걸림.

164) 효렴이 향랑에게 가서 처방을 구하니, 향랑이 뱀의 독을 푸는 약으로는 지렁이 즙을 마시고 그 찌끼를 바르는 것이 좋다고 함. 그대로 하니 나았음.

165) 가을 7월에 김유신 부대가 앞서고 소장군과 설총의 군대가 뒤를 이어 강을 건너 진격하니, 밤새 잔치를 벌이고 놀던 백제의 왕족과 신하들은 혼비백산하여 흩어지고, 여러 궁인들은 높은 바위에서 떨어져 죽었음. 백제 멸망과 이를 교훈 삼지 못 한 신라의 멸망에 대한 연천 홍석주의 시가 삽입되어 있음.

166) 유신의 군대가 승리하고 돌아오고, 왕이 부인의 공을 으뜸으로 여겨 '부여국부인'에 봉하려 하니 부인이 세 번이나 사양함. 왕이 이에 비빈과 여러 부인들로 하여금 그 집에 가서 제자의 직분으로 받들게 하고 모두 모

사(母師)라 부르며 존경함.

167) 다음 해, 고구려 천개소문(연개소문과 동일인물)의 아들인 천남생이 그의 동생인 남건, 남산에게 쫓겨 아들 헌성과 가물, 남소, 창암 세 성을 가지고 당(唐)에 투항, 당이 그를 현토군공으로 삼고 우대함.

168) 부인이 아찬에게 삼한의 국경 다툼의 역사를 설명하면서 온달 설화와 당 태종의 고구려 정벌 실패 등을 예로 들고, 또 고구려의 연개소문은 죽고 남생은 망명하고 남건과 남산은 정치를 잘 못 하며, 거리상 그 땅은 신라에 복속될 것이라며 지금이 바로 당과 연합하여 고구려를 병합할 좋은 기회라고 말함.

169) 아찬이 이를 조정에 아뢰고 당병을 청하기 위해 입당하니, 당 황제는 그의 방문이 여선부인(女仙婦人, 향랑을 가리킴)의 사주로 인한 것이리라고 예상하며 고구려를 치려던 자신의 일이 이루어질 것이라고 여겨 기뻐하며 환대함.

170) 당 황제가 소정방을 평동대원수로, 이적을 정동대장군으로, 천남생을 요동대도독으로 삼아 십만 군대를 파병하고, 신라는 군량미를 대도록 함. 4월, 천남생과 이적의 연합군은 평양성을 함락시키고, 당은 그 땅을 평양부라 하고 신라에 귀속시킴.

171) 서술자가 삼한의 통일은 부인의 공이라고 하며 삼한의 역사와 뛰어난 인물들에 대한 평을 함.

172) 부인은 가야의 산수가 아름답다는 말을 듣고 아찬과 단 둘이 살았는데 자식이 없었음. 세상에서는 신선이기 때문에 임신하지 않은 것이라고 함. 그 이유를 생인지도(生人之道), 신인지도(神人之道)라는 신라 고승 원효의 말로 설명함.

173) 은거한 오십 여 년 동안 부인은 사람들에게 많은 궁금증을 유발시

켰는데, 나이가 매우 많아도 얼굴은 늙지 않았고 눈 같은 피부가 처녀같이 예뻤다고 함.

174) 하루는 병이 들었는데 꿈에 후토부인이 나타나 과거와 현재의 원한과 은혜가 모두 끝났으니 어찌 옛 정을 생각지 않느냐고 하는 말에 놀라 깨어 아찬에게 자신의 죽음을 예언함.

175) 집안사람들에게도 자신의 묘에 '의열녀향랑지묘(義烈女香娘之墓)'라고만 해 달라고 하면서 자신의 금생(今生)의 일들은 자신이 힘들게 한 것이 아니라 자연스럽게 한 것일 뿐이며 초현실적인 세계의 일이니, 봉분도 말고 나무도 심지 말며, 합장이나 합묘도 하지 않는 것은 마땅히 그 사적을 없애 후세 사람들이 괴이한 일을 찾지 않도록 하기 위함이라고 당부함.

176) 이 말을 마치고 웃으며 죽었는데 방에는 향기가 사흘이나 계속되었고 진덕여왕이 듣고는 설총에게 제문을 짓게 함.

177) 설총은 제문에서 사람에게 맺혀 풀리지 않는 것으로는 한(恨), 원(怨), 원(寃)이 있는데 부인에게는 이 세 가지가 다 있었으니 환생하여 효렴과 결연하지 못 했다면 부인의 이 마음은 쉼이 없었을 것이라고 함. 환(幻)이 지극하면 진(眞)이 되고 진(眞)이 지극하면 신(神)이 되는 것이라는 말로 향랑의 일을 설명함.

178) 몇 개월 지나 아찬이 병이 들었는데 눈을 감고 누워서 보니 부인이 들어와서 옷깃을 끌어당김. 눈을 떠 보니 보이는 것이 없어 자신의 죽음을 예감하고 81세의 나이로 죽음. 장례를 지내려는데 가벼워서 보니 빈 관이어서 사람들은 선거(仙去)해 간 것으로 여김.

179) 후세 사람들이 절기마다 정성으로 예를 갖춰 제사를 지냈고, 며느리를 맞은 집에서는 마을의 부녀자들과 함께 가서 〈산유화가〉를 부르고 며느리에게 그 묘에 절하게 함.

2. 소재 원천으로서의 향랑고사

  향랑의 이야기는 조선 숙종 28년(1702)에 경상도 선산(善山)에서 실제로 있었던 일로, 향랑이라는 여성이 남편에게서 버림받고 개가(改嫁)를 통하지 않고는 그 어디에도 의지할 곳이 없자 죽음을 선택함으로 자신의 삶을 마감한 비극적인 사건을 담고 있다. 이러한 내용의 향랑 이야기는 그가 죽으면서 불렀다는 〈산유화〉라는 곡조와 함께 민간에 널리 유포되었으며, 특히 당시 선산 지방의 부사였던 조구상(趙龜祥)에 의해 입전되어 조정으로부터 정려를 받기에 이르렀다. 이 비극적 사건은 그 뒤 계속해서 문인들의 관심을 끌었고 그리하여 전(傳)으로 입전되거나 시로 지어져서 이를 소재로 한 다수의 작품이 전해지고 있다. 이들 작품들은 대체로 향랑의 이야기 골격을 따를 뿐만 아니라 내용도 거기서 크게 벗어나지 않는 반면 『삼한습유』는 이 이야기를 근간으로 하면서 전혀 새롭게 창작되었다. 『삼한습유』는 향랑고사를 소재로 하면서도 전혀 다른 새로운 작품이 되었던 것이다.

  향랑의 이야기를 작품화한 여타의 작품들과 마찬가지로 『삼한습유』 역시 향랑을 주인공으로 한 작품이다. 그러나 『삼한습유』는 그 도입부만 향랑고사와 같을 뿐이며, 나머지 부분은 이 고사와는 전혀 무관한 별개의 이야기로, 김소행 개인의 상상력에 바탕한 독창적인 서사이다. 그러나 전체 작품에 비해 비중이 적다할지라도 그 도입부가 향랑에 대한 설화를 수용하여 소설화한 이상, 이 부분에 대한 고찰이 필요하다. 왜냐하면 설화와 소설의 차이점을 통해 이 작품을 쓴 작가의 의도가 더욱 분명해질 것이고 이것이 바로 작가 김소행의 작가의식이 적극적으로 개입된 부분이기 때문이다.

  그러므로 본 절에서는 『삼한습유』의 소재 원천이 된 향랑고사를 작품화한 한시와 전들을 대상으로 하여 과연 향랑고사가 어떻게 형상화되고 있는가를 살피고자 한다.

1) 한시(漢詩)에 수용된 향랑고사

〈산유화(山有花)〉라는 민요는 선산 일대를 중심으로 한 것뿐만 아니라 부여지방에도 널리 유포되어 있다. 그러나 부여지방에서 불리는 〈산유화〉 곡조는 향랑의 고사와는 직접적인 연관이 없는 민요이므로 본고의 논의에서는 제외하기로 한다.[1] 기존의 논의에서는 주로 향랑고사를 소재로 한 전(傳)에 대해서 상세한 논의를 거듭한 반면,[2] 향랑고사를 소재로 한 한시에 대한 논의는 상대적으로 소략한 편이다. 향랑고사를 소재로 한 한시는 다음과 같다.

　① 김창흡(金昌翕)(1653~1722) : 『망태안지주하유향낭비(望泰安砥柱下有香娘碑)』, 『산유화 삼장(山有花 三章)』

　② 이광정(李光庭)(1674~1756) : 『향랑요(薌娘謠)』

　③ 최성대(崔成大)(1691~？) : 『산유화녀가(山有花女歌)』

---

[1]　김균태(1983), 「〈산유화가〉 연구─부여군 세도면 〈산유화가〉를 중심으로」, 『새터 강한영 교수 고희 기념 논문집』, 서울 : 아세아문화사, 447~448쪽.

[2]　이에 대한 대표적 논의는 아래와 같다.
박옥빈(1982), 「향랑고사의 문학적 연변」, 성균관대 석사논문.
이춘기(1986), 「향랑설화의 소설화과정과 변이」, 『한양어문연구』 제4집.
박교선(1987), 「향랑전기의 삼한습유로의 정착」, 고려대 석사논문.
조태영(1983), 「열녀전 유형에서의 『전(傳)』 형식의 발전에 관하여」, 『새터 강한영 교수 고희 기념 논문집』, 서울 : 아세아문화사.

④ 신유한(申維翰)(1681~?) :『산유화곡(山有花曲)』

⑤ 이덕무(李德懋)(1741~1793) :『향랑시 병서(香娘詩 幷序)』

⑥ 이안중(李安中)(1752~1791) :『산유화(山有花)』, 산유화곡(山有花曲)』

⑦ 이노원(李魯元)(?~1811) :『산유화곡(山有花曲)』, 산유화후곡(山有花後曲)』

⑧ 이우신(李友信)(?~1822) :『산유화(山有花)』

⑨ 이학규(李學逵)(1770~?) :『산유화(山有花)』, 산유화가(山有花歌)』

⑩ 이유원(李裕元)(1814~1888) :『산유화(山有花)』

위 작품 중 이광정, 최성대, 이덕무의 경우는 서사시의 형태를 취하고 있어 분량이 많으며, 신유한의 경우는 서사시의 형태는 아니나 구장(九章)으로 된 연시의 형태를 갖추고 있다. 다른 작품은 향랑고사를 염두에 두면서 자신의 서정을 전달하는 데 치중한 반면, 이광정, 최성대, 이덕무의 작품은 향랑 고사를 구체적으로 원용하고 있다. 그러므로 본고는 우선 이광정, 최성대, 이덕무의 작품에 대해 고찰하기로 한다.

먼저 이광정의『향랑요(薌娘謠)』는 7언 150구의 장편 서사시로, 향랑고사를 충실하게 반영하고 있다. 농가의 딸인 향랑이 계모 슬하에서 자라 시집가나 포악한 남편을 만나 시부모에 의해 친정을 돌아오게 되었는데 계모의 구박으로 집에도 못 들어가고 개, 말과 함께 먹고 지내니 이를 불쌍히 여긴 아버지가 외가로 보낸다. 외가에서 재가시킬 뜻을 비추자 다시 시집으로 가는데 거기서도 재가를 하라고 하니, 향랑은 '삼종의 길이 끊겼으니 사람의 도리에 어그러졌다(三從道絶 人理乖)'고 하며 자살을 결심한다. 여기에서 알 수 있는 것은 향랑이 원래 정절 이데올로기를 고수하기 위해 죽음을 선택한 것으로 그려지지 않았다는 점이다. 5언 114구로 된 이덕무의『향랑시(香娘詩)』도 남편의 횡포가 좀 더 구체적으로 형상화되었다는 점을 제외하고는 이광정의 작품과 내용이 비슷하다. 다만 이덕무의 작품에서는 향랑의 죽음이 삼종지도가 끊겨서라기보다는 어디 한 곳 발 붙이고 살 곳이 없어서인 것으로 서술되어 있다. 이덕무의 경우에는 외삼촌의 언술을 통해 기부(棄婦) 모티프가 강조된다.

그런데 이 두 작품에서 보이는 삼종지도(三從之道)의 문제와 기부(棄婦) 모티프는 '기량처' 이래로 여성 화자가 등장하는 한시에 있어 중요한 소재가 되어 온 것이었다. 기부 모티프는 말 그대로 남편에게서 버림받은 여인의 기구한 운명을 소재로 한 것으로, 『시경(詩經)』이래 여성을 다루는 한시에서 많은 비중을 차지해 왔다. '기량처'의 내용은 중국의 기(杞) 땅에 사는 어떤 여자가 부모와 남편과 자식이 모두 죽자 자신은 삼종지도의 대상이 다 사라졌으므로 더 이상 살 이유를 찾지 못 하겠다고 하며 자살한다는 것으로, 이념화된 삼종지도의 논리는 여성이 하나의 독립된 인격으로 사는 것조차 부정했음을 의미한다. 그런데 그 내용을 실은 노래가 너무 처절하고 슬프며 그 여자의 행동이 아름답다고 하여 후대인들이 그 노래를 슬픈 노래 중의 절편으로 평가했다. 향랑고사가 이광정과 이덕무에 의해 한시로 수용되면서, 향랑이 부른 〈산유화가(山有花歌)〉가 한시의 전통 속에서 기부의 노래와 기량처의 모습으로 형상화되게 된 것이다.

이에 비해 최성대의 시는 다른 면모를 보여 준다. 향랑을 소재로 한 전(傳) 중에서 이안중의 전이 가장 소설화가 많이 진행된 작품이라면, 시의 경우는 최성대의 시가 실재 사건과 가장 거리가 멀게 각색된 작품이라 하겠다. 실재했던 향랑은 가난한 농민의 딸로 계모 밑에서 지내다가 결혼 후에는 포악한 남편을 만나 평생을 사랑받지 못 한 채 자살한 인물이다. 그런데 최성대의 시에 나타난 향랑의 모습은 결혼 전에는 친부모의 따뜻한 사랑 속에서 자란 것으로 미화되었고, 향랑의 비극은 남편의 포악한 성격 자체가 아니라 남편과 향랑 사이에 있어 결혼 생활에 대한 이상(理想)이 서로 달랐기 때문임을 암묵적으로 보여 준다. 남편은 형편이 넉넉한 집안의 아들로 설정되어 있다. 그런데 향랑은 부덕(婦德)을 중히 여겨 법도에 어그러지지 않게 일하고 베 짜고 나물 캐고 하는 사이에 남편과의 금슬이 나빠지고, 이로 인해 소박을 당하게 된 것으로 그려져 있다. 그리고 친정으로 돌아온 향랑은 남편이 곧 다른 여자를 얻었다는 풍문을 전해 듣는데, 아마도 남자가 자신의 이상형에 맞는 부인을 맞아들인 것으로 보인다. 이러한 설정은 향랑고사나 이광정, 이덕무의 시와 분위기가 사뭇 다른 것으로, 이는 최성대 개인의 시풍과 연관 지어 생각해 볼 수 있다. 『고염잡곡(古艷雜曲)』, 『신성염곡(新聲艷曲)』 등 최성대의 시에는 여성 화자를 등장시켜 그들의 생활과 감정을 솔직하고 대담하게 표현한 작품이 많이 있다. 향랑의 정절을 그리면서 부부 사이의 문제에 초점을 맞춘 최성대의 작품은 여성을 주인공으로 한 조선 후기 민요체 한시를 연상케 한다.

위 작품의 선후 관계를 규명할 자료는 없으나 작품 앞의 기록을 참고하면 신유한은 최성대의 작품을, 이학규는 최성대와 신유한의 작품을 다 읽고 나서 다시 창작했음을 알 수 있다.

① 그 후 서울의 최성대가 그 일을 정밀하게 기록하여 『산유화여가』를 지었는데 잘 다듬어 곱고 맵시가 있어 원망하나 노하지는 않으니 아름답도다, 문채여. 내가 그 글을 보니 실로 나물 캐고 나무하는 여자의 말을 가져다가 향랑의 일을 펼쳤으니 한나라의 '공작동남비(孔雀東南飛)'와 안팎을 견줄 만하다. 그러나 향랑이 남긴 곡조는 다만 시골 아이들의 입에만 있어 사람들이 그 싯귀를 볼 수 없으니 심히 슬프다[其後漢京崔君士集 記其事精甚爲

作山有花女歌 宛轉麗都 怨而不怒 陽陽乎美矣 余覩其辭 實藉乎采薪女口語 以敍香娘之事 與漢孔雀東南飛行相表裏 而香娘之遺曲 但在郊童齒頰間 人不得采其章句 甚慨也]

②예전에 최성대 선생이 『산유화여가』 한 편을 지었고 …… 그 후 신유한이 이어서 『산유화곡』 구편을 짓고는 스스로 한나라 악부 구장과 거의 비슷하다고 여겼다[昔崔杜機先生著有山有花女歌一篇 …… 其後申靑泉維翰 繼作山有花曲九篇 謂自幾於漢樂府九章].

①은 신유한의 글이고, ②는 이학규의 글이다. 신유한은 최성대의 작품이 원망하는 내용을 담고 있으나 노하지는 않으니 매우 아름답다고 평하였다. 이학규 역시 이 둘의 작품을 거론하고는 자신의 시를 짓는다. 이학규는 『영남악부』의 저자로, 그는 주로 신라의 역사에 관심을 나타냈으며, 여성 인물의 이야기도 작품화한 것이 많다. 시에서 여성을 소재로 다룬 작품이 많이 나타나는 때는 조선 후기로, 단지 역사적인 인물만이 아니라 여성의 운명이나 사랑, 화장하는 모습 등 여성의 심리 묘사에 뛰어난 작품들이 하나의 흐름을 이루면서 등장한다. 향랑의 이야기가 시의 소재로 부각되는 것도 이런 흐름의 하나로 이해될 수 있다. 위에서 언급한 문인만이 아니라 다산(茶山) 정약용(丁若鏞)의 경우도 소경에게 시집간 여자의 불행을 그린 『도강고가부사(道康瞽家婦詞)』라는 장편의 한시를 남기고 있다.

또 서사시의 형태는 아니나 '옥대향렴지영(玉臺香奩之詠)' 역시 조선 후기에 등장하는 시풍으로, 여성 화자를 통해 부부 사이의 사랑의 감정을 표현하거나 버림받은 여인의 원망, 홀로 낭군을 그리는 심정 등을 주로 묘사하여 여성의 세계에 대한 관심을 나타낸다. 이러한 시풍을 보여주는 작가로는 이옥, 이안중 등을 들 수 있는데, 이안중은 『산유화』와 『산유화곡』그리고 『향랑전』을 지은 인물이다. 이안중의 시는 김려(金鑢)의 「담정총서(藫庭叢書)」에 실려 있으며, 이우신(李友信), 이노원(李魯元), 김이양(金履陽), 권상신(權常愼) 등과 교유했다.[3] 이노원은 이우신의 종숙부이다. 이우신은 이노원에게서 시를 배웠는데, 이노원, 이안중은 모두 '옥대향렴지영'을 좋아했다고 기술하고 있다.[4]

이안중의 『산유화곡』, 이우신의 『산유화』, 이노원의 『산유화곡』과 『산유화후곡』은 향랑의 이야기를 직접적으로 다룬 작품은 아니다. 이안중의 작품은 주로 풀싸움하는 아이들의 모습과 낙동강 가의 봄 풍경을 그리면서 향랑의 일을 잠시 기억하는 정도이며 이노원의 경우도 비슷하다. 이 시들은 민간의 정조를 수용하여 당시의 풍속을 그리는 데 치중하고 있다. 이 세 사람의 친밀한 교우관계로 미루어, 이우신의 『산유화』역시 향랑고사에서 비롯된 작품으로 추정된다. 그러나 작품의 실상은 향랑의 비참한 생애와는 전혀 무관하며 낭군을 기다리는 여인의 모습을 묘사하고 있다.

향랑고사를 수용한 이 세 사람의 시는 향랑의 불우와 죽음 자체에 대한 관심보다는 악부시(樂府詩)가 유행하고 죽지사류(竹枝詞流)의 작품이 창작되던 조선 후기 한시의 민요 취향과 유관하다.

앞에서 고찰한 바와 같이 향랑고사는 조선 시대 문인들에 의해 한시로도 수용되고 있다. 향랑의 이야기가 양반에게 수용되어 한시화될 수 있었던 가장 큰 이유는 그녀가 열녀라는 점에 있을 것이다. 즉 향랑이라는 열녀에 대한 한시를 통해 정절을 기리고자 하는 의도에서 한시로 썼으리라는 짐작

---

3 박준원(1990), 「현동(玄同) 이안중 연구」, 『대동문화연구』 제25집, 성균관대 대동문화연구원, 94쪽.
4 박준원(1991), 「「담정총서」의 문학론 연구」, 『부산한문학연구』, 부산대학교, 90쪽.

이다. 그러나 향랑고사의 한시화는 단지 유교 이념의 교화를 위한 것만은 아니었으며, 조선 후기 한시가 민요 취향을 반영하는 흐름과도 무관하지 않다. 이러한 사정은 향랑고사의 비교적 충실한 재현을 시도하는 작품이든 혹은 단형의 시를 통해 향랑에 대한 감회를 표현하는 작품이든 간에 비슷한 것으로 보인다. 조선 후기 한시의 한 경향이 온유돈후(溫柔敦厚)의 미학을 벗어나 장편 서사시의 형식으로 여성을 비롯한 당대 민중의 모습을 형상화하거나, 악부체, 민요체 등의 구사를 통해 당시의 생활 감정과 남녀간의 사랑 등을 자유롭게 표현하고자 하는 분위기 속에서, 기존 한시 전통 속에 굳건하게 자리하고 있던 기량처의 노래, 기부 모티프를 연상시키는 향랑고사가 결합되어, 다수의 문인들에 의해 향랑을 주인공으로 한 한시들이 창작되게 된 것이다. 그 결과 한시의 경우는 열녀를 기린다는 의식은 상대적으로 약하게 드러나는 반면, 향랑의 비극과 이에 대한 작가의 감정을 술회하는 데에 더 많은 비중이 실리게 되었다.

2) 전(傳)에 수용된 향랑고사

『삼한습유』를 중심으로 한 기존 논의에서 중점적으로 다루어진 부분이 바로 작품의 소재 원천으로서의 향랑전, 향랑전의 소설화 과정이다. 본고는 기존의 논의를 바탕으로 하면서, 각 전작품이 갖는 특성에 주목하여 상세한 논의를 하고자 한다. 주인공의 이름이나 지명이 약간 다른 경우도 있으나, 이는 전문(傳聞)의 과정에서 생긴 차이일 뿐이다. 향랑고사를 수용한 한문전은 다음과 같다.

① 조구상(趙龜祥)(연도미상) : 『향랑전(香娘傳)』

② 장유(張瑠)(1649~1724) : 『열녀향랑전(烈女香娘傳)』

③ 이광정(李光庭)(1674~1756) : 『임열부향랑전(林烈婦薌娘傳)』

④ 김민탁(金民澤)(1678~1722) : 『열부상랑전(烈婦尙娘傳)』

⑤ 윤광소(尹光紹)(1708~1786) : 『열녀향랑전(烈女香娘傳)』

⑥ 이안중(李安中)(1752~1791) : 『향랑전(香娘傳)』

⑦ 이옥(李鈺)(1760~1812) : 『상랑전(尙娘傳)』

　향랑고사를 소재로 한 전 중 조구상의 전이 가장 앞선 작품으로, 그는 작품 서두에 향랑의 일을 듣게 된 경위를 밝히고 있다. 이 작품의 전개는 임오년(1702) 가을, 자신이 일선부(一善府)에 부임한 지 며칠 지나 남면(南面)의 약정(約正)이 향랑의 일을 보고한 문서를 받고, 직접 초녀(樵女)를 불러 그 일을 확인한 경위를 서술한 후, 다시 향랑의 시점으로 사건의 전모를 서술하고 있다. 이로 미루어 조구상의 전은 향랑의 실상에 가장 근접할 것으로 보인다.

　향랑은 상형곡(上荊曲) 양민(良民) 박자신(朴自信)의 딸로 어려서부터 품행이 정숙한 인물이었다. 성품이 나쁜 계모에 대해서도 언제나 공손히 대하고, 17세에 같은 마을에 사는 임천순(林天順)의 아들인 칠봉(七奉)에게 시집갔는데 성품과 행동이 어그러진 남편은 향랑을 원수같이 대해 결국 시댁에서 나올 수밖에 없었다. 그 후 향랑은 계모에게도 남편에게도 받아들여지지 않아 외삼촌댁에 의탁했는데 개가를 권하자 시부모에게 갔으나 시부모 역시 개가하라고 하니 낙동강에 투신자살을 결심하고 우연히 만난 12세 초녀에게 자신의 이야기를 해 주고 〈산유화〉를 부르고는 죽었다고 전한다. 이에 의하면, 향랑은 남편은 물론 심지어 부모에게도 버림을 받은 여자로,

도저히 살 도리가 없어 자살을 결심하게 된 것이다.

윤광소의 전에는 친정에 돌아 온 향랑에게 계모가 시집간 딸이 왜 돌아와서 자신에게 짐이 되냐고 구박하는 장면을 서술하면서, '그 해에 흉년이 들어 죽으로 연명'하는 상황이었음을 덧붙이고 있다. 그런데 향랑이 이렇듯 궁지에 몰리게 된 데에는 주변의 열악한 환경만이 아니라 자신의 성격도 문제가 된다. 향랑은 성품 자체가 해학적이고 평민적인 희극의 주인공이라기보다는 숭고하고 비장한 비극의 주인공이 될 가능성이 높아 보인다. 어려서부터 품행이 단정하고 구박이 심한 계모에게 언제나 공손한 태도로 대하고, 시부모를 비롯한 주변의 모든 인물이 '상한소녀(常漢少女)'는 개가를 해도 무방하다고 하며 살 도리를 강구하는데 향랑만은 "내 비록 평민이고 부부의 도를 행하지 않았으나 몸을 이미 다른 사람에게 허락해 놓고 어찌 남편이 불량하다고 하여 개가를 하겠습니까?(我雖常漢 且不行夫婦之道 而身 旣許人 豈可以夫不良而更適乎"라고 대답하며, 힘든 선택을 한다. 조선 성종 이후, 정절이라는 개념이 이념화하게 된 주된 원인은 과거를 통해 양반의 수를 조절하려는 조선의 정책과 밀접하다. 그러므로 이는 문과와 상관없는 하층민은 굳이 따를 필요가 없었던 제도이다. 물론 조선 후기에 이르면, 정절 이데올로기가 확산되어 평민 중에서도 향랑 같은 열녀가 나기는 하나 이는 반대급부가 전혀 전제되어 있지 않은, 어떤 의미에서는 순수한 선택인 것이다. 그러나 향랑의 경우는 사랑을 전제로 한 것도 아니어서 그 선택이 더욱 비극적으로 강조되는 것이라 하겠다.

향랑이 죽음을 선택하게 된 주된 동기는 열녀 이데올로기의 고수라기보다는 어디에도 발붙이고 살 근거가 없었다는 데에 있었다고 보인다. 조구상의 전에 서술된 그녀의 언행을 참고해 볼 때, 만약 주변의 인물 중 누구 하나라도 그녀를 받아 주었다면 향랑은 굳이 죽음을 선택하지는 않았으리라 여겨지기 때문이다. 결국 '무소귀(無所歸)'의 상황이 그녀를 죽음으로 몰고 간 것이다.

조구상은 작품 서두에서 입전 동기를 다음과 같이 밝히고 있다.[5]

"무릇 죽음이란 어려운 것이다. 장부도 오히려 어렵거든 하물며 부인네에게랴, 양반도 오히려 어렵거든 하물며 시골 여인에게랴. 옛 사람이 말하기를, 비분강개하여 죽기는 쉬워도 조용히 죽음에 나가기는 어렵다고 했다. 시골 여인의 천한 신분으로 옛 사람도 하기 어려운 일에 힘쓴 사람, 나는 향랑에게서 이것을 보았다[夫死難事也 丈夫猶難況婦人乎 士族猶難況村女乎 古人有言曰 慷慨殺身易 從容就死難 以村女之賤 辦古人之難者 吾於香娘見之矣]."

이 말을 통해 조구상은 향랑이 양반이 아닌데도 죽음을 선택한 점에 감탄하고 있음을 알 수 있다. 그리고 작품 마지막 부분은 자신이 방백(方伯)에게 향랑에게 정표를 내려 줄 것을 추천한 내용으로, 그가 향랑을 열녀로 인식했음을 보여 준다. 윤광소, 이광정, 김민탁의 전도 입전 동기는 비슷하나, 구체적인 서술 방법에는 약간의 차이가 있다.

윤광소의 경우는 작품 마지막에 적힌 '갑술 계하 찬(甲戌 季夏 撰)'이라는 내용을 통해 이것이 1728년에 쓰인 글임을 알 수 있다. 그는 '유향(劉向)'이 찬한 「열녀전」을 읽으면서 그 사적 중 뜻있는 선비나 어진 사람도 하기 어려운 일들이 있어, 이는 문인과 호사자들이 그렇게 한 것이지 본디 모습은

---

5   정출헌은 조구상이 향랑의 죽음을 열녀의 죽음으로 호명하여 조정의 정려를 받게 하는
     과정을 추적하여 조선시대 정절 이데올로기의 작동을 분석하였다. 정출헌(2001), 「『향
     낭전』을 통해 본 열녀 탄생의 메카니즘」, 『한국고전여성문학연구』 3, 한국고전여성문
     학회.

그렇지 않으리라고 여겼는데, 선산 열부의 일을 듣고는 유향의 글이 과장이 아님을 알았다'고 하면서, 향랑의 사적을 간단하게 서술한 후 평결을 붙이고 있다. 이 경우에도 작가는 평결을 통해 향랑의 정절을 칭송하나 막상 사적을 기술한 대목에서는 그녀의 열녀적 모습과 동기가 강조되기보다는 그들의 가난과 고난에 찬 삶과, 향랑이 개가하지 않으면 의탁할 곳이 없어 생계유지가 불가능한 상황의 표출이 두드러진다.

이광정의 경우는 다른 전에 비해 약간의 윤색이 가해졌으며, 향랑전 서술 뒤에 이 지방에 의로운 일이 많이 일어났음을 열거하고 있는데, 평민 중에서 열녀가 나오고 의로운 소와 말이 나온 것은 모두 길재 선생의 유풍이라는 설명이 장황하게 덧붙여 있다. 이 작품의 경우는 향랑이 마지막으로 찾아갔던 시부모에게도 용납되지 않자 "오호라, 돌아갈 곳 없음이여. 무릇 부모는 나를 자식으로 여기지 않으시고 남편은 나를 아내로 여기지 않으며 시부모는 나를 며느리로 여기지 않으시니 나는 무엇으로 이 세상에 설까嗚呼 其無歸也 夫父母不以我爲子 夫不以我爲妻 舅姑不以我爲婦 我何以立於世乎"라는 독백을 삽입한다. 작가는 향랑을 효열(孝烈)로 미화시키는 동시에, 향랑의 입을 통해 이러한 발언을 하게 함으로써 삼종지도가 끊긴 기량의 아내가 죽었던 것처럼 향랑 자신도 더 이상 이 세상에 살 가치가 없다고 판단하여 자살을 선택한 것으로 서술하여 사대부로서의 의식을 분명히 보여 준다. 이광정의 작품은 장유의 작품과 궤를 같이 하는 것으로 보인다. 장유의 작품은 『안재선생문집(安齋先生文集)』에 열녀전(烈女傳)으로 들어있는데, 이 작품에서는 향랑의 첫 번 남편 이름이 임칠봉으로 되어 있고 열녀가 두 남편을 섬기지 않는 것을 충신이 두 임금을 섬길 수 없는 것에 비하여 향랑의 선택을 역시 길재 선생의 지주비(砥柱碑)와 관련하여 의미 부여하였다.

이안중의 작품은 서두에 향랑을 열녀로 정의내리면서 시작한다. 그의 작품은 실재했던 향랑의 사적과 가장 거리가 먼 것으로, 향랑이 부모 슬하에서 잘 자라 호가자(豪家子)에게 시집을 간 것으로 되어 있다. 향랑은 8세부터 베를 짜고 치장하는 것을 좋아하지 않는 성품인데 비해, 남편은 가무미녀(歌舞美女)를 원했으니 서로 마음이 맞지 않자 삼년 후 향랑이 먼저 떠나겠다고 자청하는 것으로 되어 있다. 남편의 성격 설정이 최성대의 한시와 유사함을 알 수 있다. 또 조가자(趙家子)라는 부자가 나타나 청혼을 하는데, 그의 부귀에 대한 형용은 거의 소설에 가까울 정도로 자세한 맛이 있다. 또한 숙부는 전 남편은 이미 세 번째 부인도 도망하고 방탕한 여자들과 음주가무를 즐기고 있으니 누굴 위해 수절하느냐는 질문을 한다. 이에 향랑은 남편이 있는데도 재가하는 것은 열녀가 아니며, 자신은 가난과 괴로움을 낙으로 삼는 것이 의롭다고 생각하며 부귀를 불의하게 여긴다고 대답한다. 이를 종합해 볼 때, 이안중의 작품에서의 향랑은 거의 양반 여성의 정절 의식을 소유하고 있으며, 열녀 의식이 뚜렷한 여성으로 그 인물의 성격이 바뀌었음을 알 수 있다.

향랑을 소재로 한 열녀전은 대개 입전의식 면에서는 비슷한 양상을 보인다. 양반이 아닌 평민 출신 향랑이 죽음이라는 극단적인 방법으로 정절을 지킨 점을 칭송하는 내용인데, 이는 지극히 사대부적인 입장에서의 서술이다. 그런데 김민탁이나 이옥의 경우는 작가 의식면에서 약간 다르다. 이 둘은 하층 신분 출신이 열녀가 되었다는 사실이 감탄스럽다는 서술이 아니라 계층에 관계없이 누구라도 천품(天品)에 따라 그러한 행동도 가능하다는 데에 강조점을 둔다. 이 두 작품은 향랑의 사적이 간단하게 처리되며, 미화되지 않는다. 특히 김민탁의 작품에는 향랑이 그 남편의 불량함과 친부모와 시부모가 자신을 사랑하지 않음을 원망했다는 대목이 삽입되어 있다. 또한 초녀에게 부모와 시부모가 자신을 불쌍히 여겨 시신을 찾으면 자신은 마땅히 물에 빠졌다가 나와 자신의 원한에 찬 모습을 보이리라는 말을 한다. 이렇듯 부모를 원망하는 모습은 다른 작품에서는 보이지 않는 것이다.

김민탁은 평결에서 다음과 같이 논하고 있다.

오호라, 향랑은 궁벽한 곳의 비천한 아낙일 뿐이다. 그런데 능히 몸을 닦고 행실을 깨끗이 하여 조용히 죽음에 나아간 것이 이와 같으니, 향랑 같은 이는 어찌 하늘에서 얻었다고 하지 않을 것인가. 아, 어찌 모두 사부가 『시경』, 『서경』으로 가르친 데에서 말미암는다고 하겠는가[嗚呼 娘亦窮闔賤婦耳 能修身潔行 從容就死如此 若娘者 其非得於天者耶 噫 豈盡由師傅詩書之敎也哉].

이러한 의식은 이옥의 평결에서도 드러난다. 그는 "바탕이 순수한 사람은 꾸미기 전에 아름다운 것인가(質之純者 不待飾而美耶)"라고 하면서 『시경(詩經)』에 옥 같은 여자가 있다고 하였으니, 박씨(朴氏, 향랑의 성)가 바로 그런 여자라는 말로 끝맺고 있다. 김민탁이나 이옥의 경우도 향랑을 열녀로 칭송하기는 하나 그녀가 시서지교(詩書之敎), 즉 유교의 교화를 입어 이런 절행을 하게 된 것이 아니라 비록 천민이나 그녀의 타고난 천품이 뛰어나 귀인(貴人) 거족(鉅族)에게서도 보기 드문 행동을 할 수 있었다고 이해한다. 즉 양반 계급의 정절 이념이 확산된 것으로 이해하는 입장이라기보다는 천품의 문제를 거론한다. 이들의 평결에 의하면, 이들은 정절 이념에 따른 절사(節死)가 단지 양반 계급 여자만이 선택할 수 있는 행동이 아닌 것이며, 천한 신분이라 할지라도 그 천품이 뛰어난 사람이면 누구라도 행할 수 있는 것으로 파악한 것이다.

향랑고사를 소재로 한 한시와 전들을 고찰한 결과 이 작품들은 다소의 차이는 있으나 모두 향랑의 죽음을 아름답게 여기는 의식을 보여 준다는 점에서는 동일하다. 즉 향랑이 죽어서 열녀가 된 것 자체에 대한 문제 제기는 찾아 볼 수 없다는 점에서 여전히 보수적인 사대부 의식을 노정하고 있는 것이다. 향랑의 일이 그 당대부터 다수의 문인들에 의해 작품화되는 것도 이 일이 사대부 문인들의 취향에 호소력이 있었기 때문이다. 악부시가 아무리 미천한 여인을 대상으로 한 것이라 해도, 전문학(傳文學)이 그녀 같은 천민을 입전 대상으로 삼았다 해도 이 작품들에서 드러나는 것은 열절의식을 강조하는 것이다. 이는 중세 회귀 의식의 강화이며 사대부 의식의 강조일 뿐, 독립된 인간의 하나로 향랑을 바라보는 시선은 아니다. 이 점이 작가 의식 면에서 소설 『삼한습유』와 전 작품들을 구별 짓는 궁극적인 요소로, 소설 속의 그 많은 토론과 전쟁이 필요했던 까닭이 된다. 한시와 전에서 드러나는 것처럼 향랑의 일을 보는 사대부들의 의식이 이처럼 견고한 것이었기에 김소행은 자신의 설정을 합리화하기 위한 많은 소설적 장치들을 동원했던 것이다.

사실 향랑고사와 『삼한습유』는 소재 원천으로서의 의미를 제외한다면 서로 무관하리만큼 전혀 다른 작품이다. 마찬가지로 『삼한습유』는 향랑을 소재로 한 한시, 한문전과도 전혀 별개의 작품이다. 김소행은 향랑의 죽음을 칭송하기 위해 작품을 쓴 것이 아니라 결국은 그녀를 재가시키기 위해 『삼한습유』를 저술한 것으로, 전과 소설은 그 의식면에서 전혀 다른 양상을 보인다. 이로 볼 때, 향랑고사가 소설 창작의 원천이 된 것은 분명하나, 전은 전이고 소설은 소설일 뿐 결코 향랑고사를 소재로 한 전 작품들이 발전하여 『삼한습유』가 된 것은 아니라고 하겠다.

3. 향랑고사의 소설화 방식

김소행은 무태거사를 통해 향랑의 이야기를 듣기 이전에 이미 향랑고사에 대해 알고 있었던 것으로 보인다.[6] 그런데 향랑고사를 직접 수용한『삼한습유』의 도입부는 향랑고사 자체만이 아니라 향랑고사를 소재로 한 한시(漢詩)나 전(傳) 등 기존의 작품을 바탕으로 소설화를 시도한 것으로 추정된다. 그 중 특히 이안중의 전[7]과 최성대의 시의 분위기와도 유사한 측면이 있는데, 특히 남편과의 불화의 원인이나 조가자(趙家子)의 설정이 그러하다.『삼한습유』는 조선 숙종대의 향랑고사 부분을 소설화시키면서 또한 작품 전체를 신라를 배경으로 하여 전혀 새로운 장편(長篇)의 이야기로 소설화하고 있다. 소설화하는 과정에서 장편화가 되었으므로『삼한습유』의 경우, 소설화 과정과 장편화 방식은 서로 맞물려 있다.

그러므로 이 작품의 소설화 과정을 논하려면 우선 이 작품의 도입부가 기존의 향랑고사와 어떻게 같고 다른지를 살피는 것과, 또 작품 전체의 서사 전개가 어떠한 방식에 의해 장편화되고 있는지를 함께 살펴야 할 것으로 보인다.

---

6 김소행,『삼한습유』「지작기」참고.
7 향랑고사를 소재로 한 전(傳)과『삼한습유』를 비교한 논문으로는 이춘기(1986), 「향랑설화의 소설화 과정과 변이」,『한양어문연구』제4집; 박교선(1987), 「향랑전기(香娘傳記)의 삼한습유로의 정착」, 고려대 교육대학원 석사논문 참고.

1) 향랑고사의 소설적 수용

우선 『삼한습유』의 도입부부터 보자. 이 부분은 분량 상으로 작품 전체에 십분의 일 정도에 해당하는 비중을 지닌다. 물론 소설 속에 나타난 향랑이 죽기까지의 이야기는 기존의 향랑고사나 이를 바탕으로 한 전과는 확연히 다른 면모를 보인다.

이 도입부는 기존의 향랑전에 비해 분량이 다섯 배 이상 늘어났으며, 향랑고사를 소설로 수용하면서 고소설의 골격을 갖출 수 있도록 배려하고 있다. 우선 시공(時空)을 신라로 환치하고, 원광법사를 등장시켜 향랑의 전생(前生)을 이야기하도록 하여 이 소설이 적강소설의 관습에 따른 구성을 취하지 않으면서도 그 비슷한 유형의 전개를 가능하도록 만드는 복선의 구실을 하고 있다.

또 향랑을 제외한 다른 인물들도 하나의 개성을 지닌 등장인물로 형상화하고 있다. 이 점은 이 도입부가 더 이상 전이 아니라 소설화되었음을 보여준다. 주지하듯 전(傳)은 입전 대상 인물에게만 서술의 초점을 맞출 뿐, 그 주변 인물들은 필요에 따라 입전 인물을 위한 배경적 구실로서 등장하는 것이기 때문이다. 향랑의 주변 인물 중 특히 향랑의 친어머니와 남편, 시어머니에 대한 형상화는 물질적인 가치관에 사로잡힌 세속적인 인물의 전형을 보이고 있다.

『삼한습유』의 도입부는 향랑이 자살하게 되기까지의 과정을 그리면서, 등장인물 간의 생생한 대화를 통해 인간의 삶에서 부(富), 물질의 문제가 얼마나 실제적인 힘을 지니고 있는지를 여실히 증명하고 있다. 『삼한습유』의 도입부가 소설화하는 데에 많은 기여를 한 것이 바로 구체적이고도 생생한 묘사(描寫)와 대화(對話)의 구사이다. 이를 통해 전에서는 내재되어 있으나 분명하게 드러나지 않았던 갈등의 요인이 뚜렷하게 부각된다.[8] 인물 간의 대화를 통해, 현실을 통한 검증을 거치지 않은 향랑의 가치관은 삶의 이력에서 비롯한 가치관을 정립한 부모를 설득하는 데 실패하고, 이러한 세상에서 유교의 가르침을 이념화한 주인공은 그 중세적 인식의 한계로 말미암아 자신을 둘러 싼 세계를 극복하는 데에도 실패하게 된 것임이 드러나게 되었다.

소설화하면서 향랑이라는 인물의 성격에도 변화가 생겼다. 시집가기 전 향랑이 친부모 밑에서 사랑과 좋은 교육을 받으며 자라났다는 설정은 실재와는 다른 것으로, 향랑이 고소설의 주인공에 어울리도록 미화된 것이다. 향랑의 성격 또한 『시경』을 인용하면서 남편의 무도함을 조목조목 따지며, 정절 이데올로기를 고수하려는 요조숙녀의 모습으로 그려져 있다. 향랑의 이러한 점은 그녀와는 전혀 다른 가치관의 소유자인 남편을 질식시키기에 알맞은 것으로, 향랑과 그 남편은 도시 짝이 될 수 없는 그런 성격의 인물들로 묘사되었다. 또한 향랑을 미화시키는 작업은 그 죽음에도 이어져 거북이가 시신을 수호하도록 했으며, 그 죽음이 백제, 고구려, 일본, 탐라에까지 소문이 나 모두 향랑의 죽음을 아름답게 여겼다는 내용을 덧붙였다.

친정으로 돌아온 후 재가를 권유받은 향랑은 『자도시(自悼詩)』 2수를 읊음으로 자신의 심정을 토로하는데, 이는 『산유화가(山有花歌)』와 더불어 등장인물의 심리 묘사와도 같은 기능을 한다. 군담소설류의 고소설이 주로 등장인물의 행동이나 감정을 서술하는 데 치중한다면, 『삼한습유』의 경우처럼 등장인물이 자신의 감정을 읊는 삽입시는 등장인물의 심리를 묘사하는 효과를 낸다. 이는 김시습의 『금오신화』 이래 한문소설에서 사용해 온

---

8 이안중의 『향랑전』은 향랑의 비극이 부(富)에 대한 가치관과 이에 대한 인물들의 세계관이 서로 다른 데에서 비롯되었음을 시사한다.

심리 묘사의 기법이라고 할 수 있다. 입전 인물의 포폄에 관심을 두는 전(傳)이라면 이러한 심리 묘사는 배제된다.[9]

향랑고사가 소설화되면서 향랑을 죽음으로 몰고 간 세력에 대해서는 징계가 수반되었다. 즉 자신의 집안 세도를 배경으로 횡포하게 굴며 결혼을 강요하여 향랑의 죽음의 직접적인 요인이 되었던 조가자(趙家子)가 신부를 맞이하러 왔다가 그 자리에서 폭사당한 일, 남편 집안이 몰락하고 주위로부터 따돌림을 당하다 비참하게 생애를 마감하는 내용의 첨가 등은 고소설의 권선징악적인 끝맺음을 보여주는 것이다. 이에 대해, 작가 자신도 「지작기(誌作記)」를 통해 어찌 하늘의 보응이 이렇게 빠를 리가 있겠느냐만 인정이 원하는 바를 반영하여 도입부를 이러한 결구로 맺게 된 것이라고 설명한다.

이렇듯 향랑고사가 소설화되면서 새로운 내용이 첨가되고 동시에 고소설의 문학적 관습에 맞도록 창작되고 있음을 알 수 있다. 특히 향랑을 중심으로 그 주변 인물들까지도 하나의 등장인물로서 성격이 뚜렷한 인물로 형상화되었으며, 소설적 갈등이 분명하게 부각되었다. 이렇게 되는 데에는 사실적인 대화와 묘사의 자재로운 구사, 독백이나 삽입시 등을 통한 주인공의 심리 전달 등이 중요한 역할을 했다. 작가는 향랑고사를 원천으로 한 도입부를 소설화하면서 원광법사 등을 통해 다음의 서사 전개를 위한 복선도 마련하고 있다.

---

9 전(傳)의 장르적 속성에 대해서는 다음의 논문을 참고했다. 박희병(1991), 「조선 후기 전의 소설적 성향 연구」, 서울대 박사논문.

2) 연의소설 기법에 기댄 장편화 방식

(1) 장편화 방식에 대한 기존의 논의

고소설의 장편화 방식에 대해서는 이미 거론된 바 있다.[10] 대개 삼대의 이야기를 다루는 가문소설이 고소설의 대표적 장편소설이므로 이 연구들은 논의의 대상이 모두 장편 가문소설의 범주에 속하는 작품으로 한정되어 있다. 기존 논의에서 밝혀진 가문소설의 장편화 방식은 갈등의 복합, 이야기의 결합, 사건의 반복, 사건의 부연, 내용의 총정리, 관계 인물의 증대, 타 가문으로의 확대, 여러 대에 거친 서술 등의 방법이다. 즉 동일하거나 비슷한 갈등을 여러 인물과 누대(累代)에 걸쳐 지속시키면서 계모 화소, 개용단화소, 형제 갈등 화소 등 다양한 화소 자체의 변형을 통해 단순 반복이 주는 지루함을 덜고 재미를 추구하는 것이다. 이런 방식을 도입하면 자자손손에 이르기까지 얼마든지 이야기를 길게 늘일 수 있으며, 그 중 한 인물을 주인공으로 삼은 연작이나 파생작의 출현도 가능하다. 이러한 방식은 이야기를 장편화하는 데에는 적합하나 자칫 작품이 유형성을 띠게 될 우려도 있다.

그런데 장편화의 방식은 작품의 성격에 따라 달라질 수 있다. 예를 들어 『일락정기』의 경우처럼 기존의 소설들을 수용해 새로운 작품을 엮어 낸다든지 혹은 『육미당기』의 경우와 같이 기존 소설의 구조를 빌어 와 그 틀 위

---

10 고소설의 장편화 방식에 대한 기존 논의는 다음과 같다.
　　이상택(1986), 「보월빙 연작의 구조적 반복 원리」, 『백영 정병욱 선생 환갑기념 논총』, 서울 : 신구문화사.
　　김홍균(1990), 「복수주인공 고전 장편소설의 창작방법 연구」 중 Ⅲ장 '분량 확장 방법', 한국정신문화연구원 박사논문.
　　임치균(1992), 「연작형 삼대록 소설 연구」 중 6.2.1. '작품의 장편화와 그 원리', 서울대 박사논문.
　　박영희(1994), 「『소현성록』 연작 연구」 중 Ⅳ장의 B.2. '사건의 배열과 장편화 방식', 이화여대 박사논문.

에 이야기를 부연해서 장편화를 시도한 작품도 있다. 또 소설은 아니나『동야휘집』의 이야기들은『청구야담』이나『계서야담』에 비해 그 길이가 제법 길어져 단편소설이라고 할 정도의 구성을 갖춘 이야기도 적지 않다. 이는 『동야휘집』의 편자인 이원명(李源命)이 기존의 야담들 중에서 같은 이야기에 속할 수 있는 여러 화소들을 한 작품에 엮어 부연한 결과이다. 조선 후기에 이르면 소설만이 아니라 야담이나 가사 문학 등도 장편화하는 추세를 보인다.

　『일락정기』나『육미당기』는 작품의 성격상 가문소설과는 다른 소설들이다. 이는 소설의 성격에 따라 장편화의 기법도 달라지고 있음을 보여 준다.『삼한습유』역시 가문소설과는 그 궤를 달리 한다.『삼한습유』도 장편임에는 틀림없으며, 이 작품이 길어진 데에는 한시문(漢詩文)과 의론적(議論的) 대화(對話)의 삽입과 부연이 기여한 바가 크다고 하겠다. 그런데 의론적 대화의 삽입은 결과적으로 작품의 분량을 늘이고 있으나, 이는 오히려 작가 의식과 밀접하며 작품을 장편화하려는 의도로 선택된 것은 아니라고 하겠다. 이 작품이 장편화하는 데 기여한 것은 향랑의 사적과 삼국 통일의 역사를 결구한 설정이다. 본고의 관심은『삼한습유』가 장편소설이 되는 데 기여한 필요조건으로서의 장편화의 기법에 있으며, 이를 중심으로 논의를 전개할 것이다.

(2) 연의소설(演義小說) 기법의 수용

　『삼한습유』는 신라를 배경으로 하여 삼국 통일의 이야기를 다루고 있다. 그런데『삼한습유』는 역사 자체에 대한 관심에서 시작된 소설은 아니다. 『삼한습유』는 향랑고사를 소설화하면서 그녀를 환생시켜 효렴과의 인연을 맺어 주는 이야기라고 할 수 있다. 삼국 통일은 환생한 향랑이 그녀의 신이한 능력을 발휘하는 장으로 설정되어 있으나, 김유신은 작품의 중반부터 이미 중요한 인물의 하나로 등장하면서 후반부와의 연결을 자연스럽게 유도하고 있다.

『삼한습유』는 크게 세 부분으로 나뉜다. 첫 번째는 향랑의 비극적인 결혼과 죽음, 그리고 향랑의 환생에 대한 찬반 토론까지이며, 두 번째는 향랑의 결혼을 둘러싸고 벌어지는 천군과 마군과의 전쟁이다. 삼국 통일을 중심으로 한 역사 서술은 작품의 후반부가 되어야 비로소 시작된다. 그럼에도 불구하고 『삼한습유』가 삼국의 역사를 중요한 부분으로 다루는 데에는 이유가 있다. 작품의 후반부에서는 신라에 대한 백제, 고구려의 침공과 신라의 삼국 통일에 얽힌 역사가 전개된다. 그런데 이러한 전개는 작품의 시작에서부터 의도된 것임을 알 수 있다. 작가가 향랑의 사건을 신라 배경으로 옮기면서 작품 시작부터 단군과 기자 조선을 언급하고 원광법사를 등장시키는 등 처음부터 향랑의 일을 삼국의 역사와 관련시켜 서술하고 있기 때문이다. 뒷부분의 부연은 거의 삼국의 역사적 사실에 기반한다. 삼국 통일이라는 역사 자체를 소설의 전체 틀로 빌어 왔기에 『삼한습유』의 후반부 서사는 그 역사의 틀 위에서 자연스럽게 부연될 수 있었다. 작품 후반부에 삼국의 역사를 결구시킴으로써 향랑이라는 여성의 짧은 비극적 인생이 장편화될 소지를 마련하였다. 앞에서 이미 고찰한 바 있듯 고소설의 경우, 역사 서술을 배경으로 하여 장편화를 꾀한 경우는 드문데 이러한 설정은 작가의 창의가 돋보이는 부분이다.

김소행이 『삼한습유』를 저술한 19세기 초반은 소설이 이미 중심장르의 하나로 부상한 때이며, 중국소설의 유입을 비롯, 낙선재에 소장되어 있는 장편 가문소설들을 포함한 여러 유형의 다양한 소설들이 유통되고 있었다. 김소행은 이러한 토대 위에서 소설을 쓴 것이다. 서유영은 기존 소설의 단

점은 버리고 장점을 수용해 작가 자신의 새로운 말(작품)을 만들고자 『육미당기』를 썼다고 밝혔다. 이로 미루어 볼 때, 김소행 역시 기존 작품들의 토대 위에 서기는 하되 진부하지 않은 자신만의 작품을 만들어 보겠다는 생각을 했을 것이다. 서유영이 『적성의전』의 서사 구조를 틀로 삼아 이야기를 부연했다면, 김소행이 택한 방법은 향랑고사를 바탕으로 하면서 삼국 시대라는 역사의 틀에 기대어 장편화를 시도한 것이었다.

그렇다면 삼국 통일이라는 역사와 향랑의 일이 어떻게 결구되는지 구체적으로 살펴보기로 한다. 작품 후반에 이르기까지는 삼한의 역사적 사실은 별로 언급되지 않는다. 처음의 삼한에 대한 언급과 작품 사이사이에 김유신의 주도로 향랑과 효렴과의 혼사가 이루어지는 과정을 서술한 것 정도가 거의 전부이다. 그러다 천군과 마군의 전쟁이 마무리되는 부분에, 향랑과 효렴의 혼인을 방해하고자 하는 마지막 시련으로서 백제와 고구려의 침공이 등장한다. 김유신은 문서 외교를 통해 고구려의 군대를 설득해서 돌려보내는 데 성공하나, 백제는 윤충(允忠)이 군대를 이끌고 쳐들어온다. 김유신은 이에 백결선생을 동원, 백제 군대의 사기를 떨어뜨리고, 게다가 신라의 비령자(丕寧子), 그 아들 거진(擧眞), 종인 합절(合節)이 다 전사하자 이를 본 신라군이 결기를 다듬어 승리하고 향랑과 효렴의 혼인은 무사히 진행될 수 있게 되었다.

김유신이 고구려를 회유하여 물리친 것은 마치 여진에 대한 서희의 담판을 연상시키며, 백결선생이 가야금으로 백제군의 사기를 꺾어 놓은 것은 사면초가(四面楚歌)라는 고사성어를 낳은 초한의 역사에서 따 온 발상이라 하겠다. 초나라 군대를 물리치기 위해 한나라 장자방이 세운 계략이었던 이 내용은 『삼한습유』만이 아니라 『옥루몽』[11]에서도 사용된 점으로 미루어 고소설 작가들의 흥미를 끌었던 소재였던 것으로 보인다. 위 싸움은 647년에 있었던 것으로 백제가 무산(茂山), 감물(甘物), 동잠(桐岑)을 공격해 오니, 김유신은 그 방어를 비령자에게 부탁하였고 이 전쟁에서 비령자와 그 아들 및 종까지 다 전사했다는 기록이 『삼국사기(三國史記)』권5 진덕왕 원년 10월조와 권41 김유신전, 권47 비령자전에 보인다. 실재 역사에서는 성왕의 죽음을 갚고자 하는 백제군의 공격이 620년에서 649년에 이르기까지 12번에 걸쳐 계속된다. 이 무렵, 백제, 고구려, 신라는 세가 비슷한 나라로 성장하여 삼국이 서로 주도권을 쥐고자 하였다. 김소행은 이러한 역사를 소설 속에 수용하면서 이 전쟁들을 향랑의 혼인에 대한 장애 요소로 환골탈태하고 있다. 이러한 설정으로 말미암아 그 다음의 서사 전개는 자연스럽게 삼국의 정세와 연결되면서 서술되어 무리하지 않은 방향으로 장편화가 진행되는 것이다. 그러나 천군과 마군과의 전쟁까지의 완만한 서사 진행과 비교한다면 삼국의 형세와 연관된 이후의 서술은 그 등장인물들과 사건 자체의 형상화나 묘사 면에서 거칠어지는 경향이 있다. 이는 작가가 자신의 창의만으로 서사를 진행시키는 것이 아니라 숙지하고 있는 방대한 역사의 틀에 향랑과 효렴이라는 허구적 인물을 대입시켰기 때문에 일어난 현상이라 하겠다.

향랑과 효렴의 혼인 후에도 백제는 대야성(大倻城)을 함락시키고[12] 또 육성(六城)을 빼앗는 등 침범을 계속한다. 이러한 역사적 사실은 은둔 중이었던 향랑 부부가 다시 전면에 등장하는 계기로 탈바꿈한다.[13] 즉 향랑이 남

---

11 임명덕 편(1986), 『한국한문소설전집』 권2, 『옥루몽』, 서울 : 동서문화원, 122쪽.

12 백제가 대야성을 함락시킨 것은 서기 642년의 일로, 비령자가 전사한 죽음(647)보다 연대가 앞서는 일이다. 이 전쟁에서 김춘추는 그의 사위 품석(品釋)과 딸을 잃는다. 이는 『삼국사기』 권47 죽죽전(竹竹傳)에 나온다. 소설에서는 이 사건을 비령자의 전사보다도 나중에 서술하고 있어, 김소행이 임의로 그 선후관계를 바꿔 서사화한 것으로 보인다.

13 국사편찬위원회 편(1978), 『한국사 2』, 서울 : 탐구당, 509~510. 역사에 의거하면, 당나라에 원군을 요청하러 간 인물은 김춘추로, 그는 대야성 싸움에서 딸을 잃은 데다 외교적으로 고립된 상태에서 계속되는 백제의 침공에 대응하는 방법으로 당과의 외교를

편을 당나라에 보내 원군을 청해 삼국을 통일하려는 전쟁이 시작되는 것이다. 나당연합군에 의한 삼국 통일 과정과 백제와 고구려가 멸망하게 된 국내 여건에 대한 제반 기술은 실제 역사와 부합한다. 소정방이 백제를 정벌할 때 가장 힘들었던 적룡과의 싸움도 조룡대에 얽힌 전설로 전해 오던 것이며, 「신증 동국여지승람(新增 東國輿地勝覽)」 권18 부여(夫餘) 고적조(古跡條)에도 실려 있다.

　조선시대 역사소설은 연대기적 서술의 방법을 택했거나 아니면 일대기 서술 방법을 택해서 사실과 설화를 수용해서 변이시키기도 했다. 일대기적 서술 방법은 일종의 전기적(傳記的) 기술(記述)로, 초보적인 단계를 벗어나지는 못했다고 볼 수 있는데, 『최고운전』, 『임경업전』, 『박씨부인전』, 『한씨보응록』 등 조선시대 역사소설의 범주에 속하는 작품들은 대개 이 방법으로 기술된 것이 많다. 연대기적 서술 방법은 일종의 파노라마적 기술로 사건을 총체적으로 다루는데, 주인공만이 아니라 여러 인물들을 다양하게 묘사해서 한 시대의 흐름을 파악할 수 있도록 하는 장점을 살렸다. 여기에 속하는 작품으로는 『신미록』과 『임진록』이 있다.[14]

　그런데 『신미록』과 『임진록』은 사실 자체의 기록에 충실한 작품으로, 특히 경판본 『신미록』의 경우는 소설적인 장치를 통한 허구화는 거의 이루어지지 않았다고 해도 과언이 아니다. 홍경래난의 전개와 파국이라는 역사적 사실 자체가 소설 못지않은 이야기가 될 수 있었던 까닭에 그것을 방각본 소설화한 작가가 굳이 그러한 장치들을 필요로 하지 않았을 수도 있다. 그 결과 기록적인 성격이 강한 작품이 되었던 것이다. 고소설 작품 가운데

　　적극적으로 추진하여 648년 아들 文王을 데리고 당에 들어가 당 태종에게 구원을 청하여 나당연합군을 결성, 백제와 고구려를 치고 삼국을 통일하는 데 성공한다.
14　김장동(1985), 「조선조 역사소설 연구」, 한양대 박사논문, 172쪽.

연대기적 서술 기법을 취하면서 동시에 소설적 형상화가 성공적으로 이루어진 작품은 찾아보기 어렵다. 고소설 담당층은 연대기적 서술 기법보다 일대기적 서술 기법에 익숙했던 것 같다.

우리나라에서 많이 향유되었던 작품 중 일대기 형식을 벗어난 대표적인 작품으로는 『삼국지연의(三國志演義)』를 들 수 있다. 연의(演義)란 역사 사실에 근거하여 일부 세절들을 첨가한, 장회체로 된 소설을 말한다. 중국의 경우, 매 회마다 제목을 다는 장회체 소설은 가정(嘉靖)(1522~1566), 만력(萬曆)(1573~1615) 연간에 와서야 완전한 형태를 갖추게 되며, 이때에 와서 장회소설은 내용상에서 강사(講史)와는 커다란 연관 없이 형식상에서만 그 흔적을 보존하게 된다. 예를 들어, 1568년에서 1602년 사이에 창작되었다고 추정되는 『금병매』는 장회체로 쓰였지만 그 내용은 역사적인 것이 아니라 가정생활을 제재로 한 것이었다.[15]

『삼국지연의』, 『초한연의』, 『서주연의』, 『잔당오대사연의』 등이 건국을 중심으로 한 역사 연의소설에 속하는데, 대표적인 연의소설인 『삼국지연의』는 조선 중종(中宗) 때인 1522년부터 1569년 사이에 이미 우리나라에 유입된 것으로 보인다.[16] 『적벽가』, 『화용도실기』 같은 고소설의 방각과 『삼국지연의』에 대한 조선조 기록이 풍부하게 남아 있는 것으로 미루어, 이 작품은 양반과 서민에게 널리 수용되었을 것으로 짐작된다.

『삼국지연의』는 위, 촉, 오 삼국의 정립과 통일이라는 역사에 충실한 기술을 한다. 조선의 자제들이 과거 공부를 위해 진수의 『삼국지』가 아닌 나관중의 『삼국지연의』를 읽어서 중국사 공부를 대신하는 풍토를 개탄한 기

---

15 김영덕 외 편저(1990), 『중국문학사』 하, 서울 : 청년사, 224~225쪽.
16 유탁일(1990), 「삼국지통속연의의 전래판본과 시기」, 『벽사 이우성 선생 정년퇴임기념 국어국문학 논총』, 770쪽.

록이 나올 정도로 이 소설은 실사(實史)에 근접해 있다. 『삼국지연의』는 대개는 실재 역사 서술을 따르면서, 인물 형상화를 위해 필요한 부분에서는 허구화가 이루어진다. 예를 들어, 『삼국지연의』에서 유비, 관우, 장비의 만남의 성격을 결정짓는 인상적인 장면인 '도원결의'는 역사 기록에는 나오지 않는다. 작가가 세 인물의 형상화를 위해 허구를 가미한 부분이다.[17] 즉 『삼국지연의』는 실재 역사를 조대기적(朝代記的) 기법[18]으로 서술하면서 소설적 재미도 갖춘 작품이다.

　　『삼국지연의』는 중국의 대표적인 역사소설이라 할 수 있다. 우리나라에도 역사소설로 분류될 만한 작품은 비교적 많다. 『삼한습유』 역시 자국의 역사를 배경으로 하고 있다는 점에서 굳이 중국의 역사 연의소설과 연관시킬 필요가 없다고 생각할 수도 있다. 그러나 『삼한습유』의 경우는 고소설의 역사소설과는 분명 다른 점이 있다. 그것은 소설의 서술 방법에서 기인하는 것이다. 중국 연의소설이 우리나라에 많이 유입되고 읽혔다 할지라도 연의소설의 서술 방식까지 친숙해지지는 않은 듯하다. 왜냐하면 고소설의 경우, 중국 연의소설의 서술 기법에 따라 쓰인 작품은 『한당유사(漢唐遺事)』, 『삼한습유』 정도이기 때문이다.[19][20] 『삼한습유』보다 뒤에 나온 『한

17　이혜순(1982), 『비교문학Ⅰ』, 서울 : 중앙출판, 181~182쪽.
18　중국의 연의소설은 대개 왕조의 흥망사를 제재로 한 조대기(朝代記) 형식이다. 개인의 일생이 아니라 국가의 흥망을 대상으로 하는 조대기라는 서술 형식은 고소설에서 흔히 볼 수 있는 주인공 중심의 일대기의 서술 형식과는 다른 서술 방식이다.
19　『삼한습유』는 실제 역사를 다룬다는 점에서는 『삼국지연의』와 같은 역사 연의소설의 면모가 있음이 분명하나, 회장체로 쓰이지는 않았다. 중국소설은 회장체의 형식을 취한 작품이 많은 반면, 고소설의 경우는 그렇지 않아, 낙선재본 『재생연전(再生緣傳)』의 경우처럼 회장체로 된 중국소설을 번역할 때에도 내용은 충실한 번역을 했으나 장회의 형식은 지키지 않았다. 이는 회장체라는 형식이 고소설에 친숙한 분절 방식이 아닐 수도 있음을 의미한다. 그러므로 고소설의 경우 외래적 영향의 결과로서 회장체의 사용을 논의할 수는 있어도, 회장체의 사용 여부가 작품의 본질에 관련한다고 보기는 어려울 것이다. 본고에서 『삼한습유』를 연의소설과 관련지어 논의하는 것은 내용 분절 방식에 있어서가 아니라 연대기적 서술이라는 서술 기법의 문제에 주목하는 것이다.

당유사』는 1852년 박태석(朴泰錫)이 쓴 한문소설로, 한나라와 당나라라는 두 나라를 설정, 이야기를 진행시킨다. 그러나 그 내용은 전혀 허구이며, 작품성 면에서도 그리 잘 짜인 작품이라고 할 수 없다. 이에 비해,『삼한습유』는 작품의 후반부에 선택적으로 연대기적 서술 방식을 채택, 비교적 자연스러운 서술을 하고 있다.『삼한습유』가 연대기적 서술 방식을 취하게 된 이유는 주인공이 이미 뜻을 이룬 다음인 작품의 후반부에 이르러서 역사를 전면에 등장시킨 데에서 비롯한다. 이러한 설정으로 말미암아 향랑은 성인이 된 상태에서 삼국의 역사와 맞물리게 되었으며, 그 결과 삼국의 역사를 서술하는 과정에서 주인공의 탄생부터 시작되는 일대기적 서술 방식이 아닌 연대기적 서술 방식이 선택되었던 것이다.

『삼한습유』의 역사 기술은『삼국지연의』와 다르면서도 같다. 다른 점은 향랑이라는 주인공 자체가 허구적인 인물이라는 점과 역사가 주인공의 능력을 돋보이기 위한 장치로 결구되었다는 점이며, 같은 점은『삼한습유』의 역사 기술 방법도 연대기적 서술에 속한다는 점이다.『삼한습유』는 고소설의 역사소설로는 드물게 연대기적 서술 기법을 택하면서 소설적 장치를 튼튼히 하는데 성공한 작품이다. 이러한 서술 기법은 고소설보다는 중국의 연의소설에서 익숙하게 많이 사용되었던 서술 방법이다.『삼한습유』가 작품의 장편화를 위한 한 방편으로 취해 온 연대기적 서술 기법은 작가의 자국 역사에 대한 관심과 중국의 연의소설류의 독서에 기반해서 이루어진 결과라고 하겠다.

이 밖에도『삼한습유』의 장편화에 기여한 요소로서는 의론적 대화와 한시의 삽입 등을 들 수 있다. 물론 작가가 이 작품을 장편화하기 위한 의도로

---

20 앞에서도 언급했듯 고소설의 역사소설은 대개 일대기적 서술을 하고 있다.

의론적 대화나 한시를 의도적으로 부연한 것은 아니다. 그러나 작가는 인물의 행위에 대한 서술보다는 의론적 대화나 한시를 삽입하는 부분에 주력한 흔적이 보인다. 그 결과 작가의 철학적 사고에 바탕한 의론적 대화나 주인공들의 심리 표백이나 어떤 사건에 대한 가치 평가 등을 보여주는 한시 부분의 분량이 상당한 정도에 이르러, 자연스럽게 작품의 장편화에 기여하게 된 것이다. 의론적 대화는 이 작품의 개성을 부여하는 요소로서 뒤에서 다시 자세하게 논의될 것이므로 논의의 중복을 피하기 위해 여기에서는 다루지 않기로 한다.

제4장

『삼한습유』 서사의 보편성과 고유성

1. 고소설 서사 구조들의 수용과 유형성 극복

1) 서사 구도의 대칭성

『삼한습유』의 첫 부분은 향랑고사를 중심으로 하고 있기 때문에 주인공인 향랑은 경험 세계의 법칙에 충실할 수밖에 없는 한 인간일 뿐이며, 사건들 또한 철저히 사실적이다. 향랑과 연관된 사건들의 성격이 초현실적으로 바뀌는 것은 그녀의 자살 이후부터이다. 그녀가 죽은 후에 천상 세계로 올라가 상제에게 주달하는 일을 맡는 신선이 되면서 향랑이라는 등장인물의 성격은 초경험적인 존재로 변화한다. 그 후 향랑이 십여모(十女母)의 몸을 빌어 인간으로 환생하고 승천했다가 신라의 일리천에 하강하여 효렴과 결혼하고 다시 승천하게 되기까지의 일이 『삼한습유』의 내용이다. 작품의 서사 진행에 따르면 『삼한습유』의 서사 세계는 향랑의 출생 이후에 비롯된 이야기부터 다루며, 향랑이 경험적 세계인 지상과 초경험적 세계인 천상을 왕래하는 것도 두 번의 반복으로 보인다.

그러나 작품 후반부에 이르면 자부대선(紫府大仙)의 말에 의해 향랑과 효렴에 얽힌 진실, 즉 사건의 전모가 밝혀지면서 작품 초두에 있었던 원광법사의 예언이 무엇을 의미했었나가 분명해진다. 원광법사의 예언은 향랑의 존재 자체가 뭔가 예사롭지는 않을 것 같은 암시를 주며 궁금증을 유발시키는 기능을 한다.

　　① 이 날 저녁 원광법사가 마침 그 마을을 지나다가 기이한 향내를 맡고는 찾아가 보았다. 보고 나서 사람들에게 말하기를, "이는 패향옥녀이다. 20년이 못 되어 신라에 또 기이한 일이 생길 것이다"라고 했다. …… 그 이름을 패향옥녀라 하게 된 것이다. 패향옥녀는 대선(大仙) 문하에 있는 관화동자와 전생의 인연이 있어서 둘이 부부가 될 터인데, 그만 여러 대 묵은 업원이 있어서 혼인이 이루어지지 않다가 삼생을 지나고서야 소원을 이루게 될 것이다[是夕 適過其里 聞其異 自往視之 退謂人曰 是佩香玉女也 不出二十年 新羅又出一奇事 …… 由是名之 佩香玉女 彼與大仙門下 灌花童子 有宿世之緣 合爲夫婦 而又有屢世業寃 媾必不成 直到三生, 方遂願果].[1]

1　『삼한습유』, 7~8쪽.

② 일찍이 음력 8월 추석에 상제께 말씀드리고 밤에 월궁(月宮)에 가서 손수 계수나무 꽃을 주웠는데, 왜냐하면 그게 향을 만드는 데 쓰는 물건이기 때문이다. 자부(紫府)에 왔기에 나에게 예를 올리고 돌아갔는데 바야흐로 그 때 계림의 천 년 묵은 여우 정령이 달을 보고 기를 빨아들이다가 그 향기를 조금 맡게 되었지. 한참동안 바라보다가 옥녀가 자부에서 오는 것을 봤겠다? 그래 몸을 웅크렸다 한 번 뛰어서는 곧장 문 밖에 이르러 몸을 엎드린 채 옥녀가 오기를 기다리고 있다가 옥녀가 문을 나서는데 급히 일어나 향을 빼앗았지. 옥녀는 졸지에 당한지라, 사람인지 귀신인지도 모른 채 다만 맨 손으로 치고 싸웠으나 거의 벗어나지 못하게 되었는데, 그때 마침 동자가 막 꽃에 물을 주다가 돌아보니 여자와 괴물이 서로 치고 때리고 있었던 거지. 그래 곧바로 앞으로 와서 도와주었지. 싸움이 밤중에 이르자 여우 정령은 패하여 달아났고, 옥녀와 동자는 모두 지쳐서 기대앉아 있다가, 여자가 그를 고맙게 여겨 돌아가려 할 때 향 하나를 선물로 주었지. 그리고 가는 길에 변고가 있을까 두려워서 바라다 달라고 부탁하니 동자가 그렇게 하마고 했지. 두 사람이 손을 잡고 함께 가서 중문에 다다랐는데 둘 다 문턱을 넘도록 손을 놓지 못하였고, 그런 까닭으로 서로 간에 각각 정이 생겼지. 이는 비록 무심한 일이지만 천부(天府)의 법에는 남녀가 서로 주고받는 것이 있으면 그들을 부부가 되게 하고 선적(仙籍)에서 영원히 지워 버리느니라. 그러나 세상에 오는 날에는 반드시 그 삶을 후하게 해 주어 그 즐거움을 다하게 하지. 이에 상제가 여자와 동자를 명하여 인간 세계에 태어나 영원히 잘 살게 하니 두 사람이 기쁘게 명을 받들고 갔고, 이후로는 돌아보지 않았지. 이 때 여우 정령이 향을 훔쳐 오지 못한 것을 억울해 하며 밤낮으로 살피다가 그들이 인간 세상에 태어난다는 것을 알고는 오로지 방해하려는 마음으로 자취를 감추고 모습을 숨겨서 그 신이한 변화로 하여금 미리 못된

아들과 사나운 어머니를 구해 그들을 위해 중매를 서도록 했단다. 첫 번째
는 그 어머니에게 붙어서 울고불고해서 혼사를 못하게 하고 두 번째는 남
편과 시어머니에게 붙어 온갖 못된 짓을 번갈아 하게 만들어 그 여자를 쫓
아내게 하였던 게다. 그리고도 유감이 있어서 다시 조씨의 아들에게 붙어
서는 그녀를 욕되게 하고 반드시 천지 사이에 용납될 곳이 없게 된 뒤에야
그만두었지[嘗於中秋盛節 請告于帝 夜奔月宮 手拾桂花 盖其調香之具也
因來紫府禮我而歸 方其時也 鷄林千歲狐精向月吸氣 微聞其香 注視良久 因
見玉女之來紫府 竦身一縱 直到門外 卑身而伏 以侯女至 比女出門 急起奮香
女猝然遇之 不知是人是鬼 只以徒手相搏而鬪 幾不得脫 時 童子方灌花 而回
見女 與怪物相搏 直前助之 鬪到半夜 狐精敗走 女與童皆困倦 相偎而坐 女
德之 將歸以一香贈之 又恐於路有變 因請送還 童子許之 二人携手 同行直中
門 皆不踰閾而相捨 以故 彼此各有情意 雖是無心之事 而天府之法 男女有相
受授者 使之爲夫婦 永除仙籍 然而 到世之日 必且厚其生 使之盡其歡樂 於
是 帝命女與童 託身人世 永以爲好 二人欣然 拜命而去 伊後 遂不省此時 狐
精恨不能偸香 晝夜伺察 知其降生人世 一心要害 匿跡潛形 使其神變 預求狡
童 囑母爲之行媒 一託其母哭敗婚事 再託夫姑輪流作惡 使之驅逐 餘憾未乂
又託趙子 而逼辱之 必使無所容於天地之間 而後已].[2]

　이 부분에 이르러서야 그 때까지 진행되던 이야기에, 향랑과 관련된 또
하나의 서사 세계인 향랑과 효렴의 전생(前生) 부분이 덧붙여지게 된다. 자
부대선의 입을 빌어 과거에 있었던 일을 새롭게 서술하는 것이다. 향랑과
효렴은 원래 천상의 패향옥녀와 관화동자였다. 패향옥녀의 향을 호정(狐

2　『삼한습유』, 222~223쪽.

精)이 앗으려 하자 관화동자가 패향옥녀를 그 위기에서 벗어나게 해 준 인연으로 그 둘은 좋아하게 되었고, 서로 좋아하게 되면 인간 세상에서 부부로 태어나게 해 주는 천상 세계의 법칙에 따라 이들이 신라에 부부의 인연으로 태어났으나 호정(狐精)이 방해를 하여 향랑을 자살로 몰아갔던 것이다. 그러므로 비록 서사를 통한 형상화가 시도된 부분은 아니나 『삼한습유』의 서사 세계는 향랑과 효렴의 전생 부분까지도 포함한다고 볼 수 있다. 전생담이 드러나면 향랑은 천상 세계와 지상 세계를 두 번이 아니라 세 번이나 반복 왕래했음을 알게 되는데, 다만 그들의 전생과 관련된 부분은 구체적 형상화가 아닌 설명의 방법으로 처리되었다.

서술 상으로는 뒷부분에서 밝혀지는 전생 부분이 있은 연후에 향랑은 평범하게 신라의 양가녀로 태어나는데, 실은 이것은 패향옥녀가 관화동자와의 결연을 위해 지상 세계로 내려온 것에 해당된다. 인간의 몸으로 태어난 향랑은 그러나 불행한 결혼 생활 끝에 자살하고, 그 남편의 옥사에 관한 부분의 서술에서 첫 번째 승천이라고 할 수 있는 언급, 즉 그녀가 천상적 존재가 되었음이 밝혀진다. 자살할 때까지 효렴을 향한 향랑의 연모의 정은 나타나지 않는다. 향랑이 천상 세계에서 신선이 된 후에야 효렴에 대한 그리움이 문면에 나타나는데, 이는 단지 인간적 존재로 태어났던 향랑으로서는 전생의 일을 기억할 수 없다가 천상적 존재가 되면서 자신들의 과거 인연을 비로소 기억할 수 있게 된 것으로 보인다. 이는 효렴의 경우, 자부대선이 구체적으로 이야기해 주어도 자신의 전생에 대해 전혀 기억해 내지 못 한다는 사실에서도 확인 가능하다.

역대 역사적 인물들과 신적인 인물들이 대거 등장하여 벌이는 천상회의를 거쳐 다시 신라에 환생한 향랑은 칠일 만에 어른의 몸으로 성장하고 잠시 동안 지상에 머무르다가 과거 오태지 근처에 살던 여인이 향랑이라고 알

아본 그 날 승천해서 혼인을 준비하게 된다. 이것이 두 번째의 승천이다.

환생을 하면 전혀 다른 사람의 모습으로 태어나는 것이 일반적인데, 전에 같은 마을에 살던 사람이 알아본다는 사실은 다른 사람들에게는 그 여자가 곧 향랑으로 인식됨을 말해 준다고 하겠다. 향랑이 부모를 달리 해 다시 태어났다 할지라도 그녀는 다른 사람이 아닌 향랑의 모습으로 새 삶을 살게 된 것이며, 이는 환생인 동시에 재생이기도 한 것이다. 다시 산다는 재생이란 말은 곧 부활이라고도 볼 수 있다. 현실에서는 불가능한 부활이라는 현상을 환생이라는 설정을 통해 정당화시키고 있는 것이다. 불교라는 종교적인 배경으로 인해 동양권에서는 부활이라는 개념보다 환생이라는 개념이 더 자연스럽게 받아들여진다. 오태지 근처에 살던 여인이 등장하는 부분은 환생한 그녀의 자의식이 여전히 향랑일 뿐만 아니라 주변 인물들도 모두 그녀를 향랑으로 인지함을 보여준 대목이다.

천상 세계에서 삼시(三尸)의 상소를 통해 향랑의 이러한 행동이 예(禮)에 합당한 것인가가 다시 한 번 질문으로 던져지고, 사마천에 의해 그녀의 선택이 모든 예에 합당한 것임이 거듭 확인된 후 숙손통과 노양생의 나이 계산 토론을 거쳐 그녀는 21세의 나이로 혼인 예식을 치르기 위해 지상 세계로 내려온다. 그 과정에서 이 결혼을 방해하려는 세력과의 대결인 천군과 마군과의 전쟁, 백제와의 전쟁이 치러진 후 향랑과 효렴은 드디어 결혼하고 삼국 통일에 큰 공을 세운 후 신선이 되어 선거(仙去)한 것으로 끝나는데 이것이 세 번째의 승천인 것이다.

『삼한습유』의 전개를 도표화하면 아래와 같다.

ⓐ 구간: 전생 부분(이 부분의 내용은 앞에서는 편집되었다가 뒤에 나옴)

ⓑ 구간: 향랑고사의 소설화 부분

ⓒ 구간: 향랑이 환생하기 전까지 천상세계에 머물렀던 부분

ⓓ 구간: 십여모의 딸로 다시 환생해서 자라던 부분

ⓔ 구간: 혼인을 위해 지상세계로 내려오던 중 발생한 신마적 군담 부분

ⓕ 구간: 혼인 후 삼국 통일을 위한 군담 부분

그런데 자세히 보면, 『삼한습유』의 서사는 작품의 중반부를 중심으로 하여 그 앞뒤의 성격이 서로 바뀌게 됨을 알 수 있다. 여기에서 작품의 중반부란 ⓒ, ⓓ, ⓔ구간을 가리키는 것으로, 향랑이 천상세계로 올라가서부터 혼인을 위해 다시 지상으로 오다가 신마적 군담이 펼쳐지는 부분까지를 의미한다. 이 중반부를 중심으로 작품의 서사 세계가 대칭을 이루게 된다.

작품의 전반부에 해당하는 향랑고사의 소설화 부분에서의 향랑은 실재했던 인물 그대로인데 비해, 그녀를 둘러싼 주변은 향랑고사와 비교해 볼 때 많이 달라졌으며, 태수의 꿈이라든지 지주의 둘째 아들의 목숨을 연장해 주고 남편의 옥사를 구한 일 등 향랑의 자살 이후의 사건들은 전혀 허구의 소산이다. 즉 향랑은 사실 그대로의 인물이고 그 주변은 허구의 성격이 강하다.

그런데 향랑과 효렴의 혼인 이후에 해당하는 작품의 후반부에서는 이것이 뒤바뀌어 있다. 신라, 백제, 고구려 삼국의 형세와 삼국 통일 등 향랑과 효렴이 활동하는 배경은 역사에 입각한 서술을 해서 사실에 근접해 있는데,

향랑에 대한 서술은 완전한 허구의 소산인 것이다. 실재했던 향랑은 죽음으로 더 이상 자취가 없는데, 이 향랑을 다시 살려 이야기를 전개하자니 자연 이런 설정을 하게 된 것이다.

　작품의 전반부가 실재했던 향랑을 중심으로 향랑고사를 소설화했다면, 후반부는 향랑이라는 허구의 인물을 중심으로 하면서 삼국 역사를 소설화했다. 『삼한습유』가 고소설의 문학적 관습이 되다시피 한 서사 구조들을 그대로 답습하지 않으면서도, 주인공이 천상 세계와 지상 세계를 몇 번이나 오가고, 환생의 동반자를 찾기 위해 비현실계를 여행하며, 전체 분량의 반 정도가 신마적 군담으로 되어 있으면서도 균형 감각을 잃지 않는 것은 작품 형식상의 대칭 구도에서 힘입은 바가 있다고 하겠다.

　『삼한습유』는 기존 서사 구조를 자유롭게 수용하고 있으나 유형성을 띠고 있다기보다는 개성이 두드러진 작품이며, 고소설의 문학적 전통을 원용하면서도 전혀 새로운 면모를 보여주는 작품이다. 본 절에서는 『삼한습유』의 이러한 면모가 기존 서사 구조와 어떻게 관련되고 있는지에 대해 고찰하고자 한다.

2) 적강구조(謫降構造)[3]의 변용 - '자강(自降)/승천(昇天)'의 반복

　적강(謫降)이란 귀양살이하러 내려온다는 뜻으로, 이는 천상계의 인물이 무엇인가 잘못을 범하여서 그 대가로 천상계를 떠나 인간 세상에 태어나 인

3　본고의 적강구조라는 용어는 적강소설의 구조적 특질을 지칭하는 의미로 사용되었다. '적강소설(謫降小說)'이라는 용어는 성현경이 "적강소설연구"에서 처음 사용하였다. 성현경은 이 논문에서 적강소설이란 적강 화소를 지니고 있는 소설이라고 정의하

간으로 살게 됨을 말한다. 적강한 인물이 지상에서의 삶을 살다가 액이 다하면 다시 천상으로 복귀한다는 구조를 지닌 소설을 흔히 적강소설(謫降小說)이라고 분류하며, 고소설의 경우에는 『소대성전』, 『유충렬전』, 『숙향전』 등 적강소설에 속하는 작품들이 많다. 적강구조란 서사 전개가 '천상계－지상계로의 적강－다시 천상계로의 승천'으로 되어 있다.

적강소설은 천상계의 질서에 따라 지상계의 삶이 결정되는 이원론적인 세계관을 기반으로 하고 있다. 천상계는 완전무결한 공간으로, 옥황상제에 의해 통치되고 있는 세계이다. 천상계에서는 참소를 해도 안 되고, 세상 부귀를 흠모해도 안 되며, 비를 잘못 준다든지 시각을 잘못 아뢴다든지 악기를 잘못 다룬다든지 하는 오류를 범해도 안 된다. 이러한 행위는 천상 질서를 어지럽히는 행위로서 금기 사항에 속하는 것이며,[4] 이 금기 사항들에 저촉되는 행동은 바로 적강의 사유가 된다. 천상계가 완전무결하고 질서에 의해 운행되는 세계라면, 지상계는 혼돈스럽고 무질서한 세계로, 천상계에서 잘못을 범한 신들을 귀양 보내는 유배지인 것이다.

때로는 이러한 유배지가 『옥루몽』의 주인공에게처럼 매력적으로 다가오는 경우도 있다. 그러나 대부분의 적강소설에서 보이는 인간 세상으로의 적강은 잠정적인 낙원 추방과도 같은 것이다. 고소설 작품에는 적강구조를

면서, 적강화소와 적강소설은 『천상계－지상계－천상계』를 그 공간 배경으로 하고 『과거－현재－미래』를 시간배경으로 하고 있다고 설명하였다. 그런데 성현경은 이 논문에서 적강소설이 변질 혹은 변형된 작품의 하나로 『옥루몽』의 예를 들면서 이 작품의 주인공은 죄에 대한 벌로 적강하는 것이 아니라 공훈의 대가로 주어지는 하강(下降)을 하고 있음을 서술하여, 적강과 하강의 의미를 변별적으로 이해하고 있다. 그에 의하면 적강은 죄의식을 동반한 가치 의식인 반면 하강은 죄의식이 배제된 가치이며, 하강화소 속의 지상 세계는 적강화소 속의 지상 세계보다 더 나은 곳으로 그려지고 있다는 차이점이 있다. 성현경(1989), 「적강소설연구」, 『한국소설의 구조와 실상』, 대구 : 영남대 출판부 참고.

4   성현경(1989), 30쪽.

취하고 있는 작품들이 상당수 있으므로, 적강구조는 영웅 일대기 구조[5]와 더불어 고소설 독자에게 친숙한 구조 중의 하나이다. 대개 적강소설은 영웅 일대기 구조와도 유관하다. 왜냐하면 적강한 신들의 지상에서의 삶은 대개 영웅 일대기 구조에 의해 전개되기 때문이다.

『삼한습유』에도 천상계와 지상계가 설정되어 있으며, 죽은 후 승천한 향랑이 다시 환생했다가 승천하는 등 적강소설적인 면모가 보인다. 그러나 '적강'이라는 용어는 『삼한습유』의 경우에는 적확한 표현이라고 할 수가 없다. 그 첫 번째 이유는 『삼한습유』의 향랑이 두 번 거푸 인간으로 탄생하는 것은 귀양의 성격이 아니라는 점이다. 맨 처음 향랑이 일선군에 양가녀로 태어났을 때도 천상계의 법칙에 의한 탄생으로서 적강(謫降)의 성격이 아닌 하강(下降)이며, 두 번째 향랑의 환생은 향랑 자신이 적극적 의지로 천상계의 신들을 설득해서 획득해 낸 것이다. 후자의 경우는 단지 하강(下降)도 아닌 자강(自降)인 것이다.

적강과 자강은 그 의식면에서 상당한 차이가 예상된다. 원래 적강소설은 철저히 이원론적인 세계관을 바탕으로 한 것이어서 작품 또한 천상계와 지상계의 경계를 엄격하게 하는 것이 보통이다. 적강소설에서의 신적인 존재들은 귀양이 아닌 다음에야 인간 세계에 자진해서 내려오지는 않는다. 이에 비해 『삼한습유』의 지상계는 향랑뿐 아니라 여래 밑에서 불도를 닦던

---

5 이남미는 "삼한습유의 구조와 그 의미"에서 이 작품의 시간적 구조를 논의하면서 전양식(傳樣式)의 구조와 영웅일대기(英雄 一代記) 구조를 들고 있다. 물론 『삼한습유』에는 전문학의 형식인 평결 부분의 흔적이 많이 남아 있다. 그러나 작품 전체에 대한 비중으로 봤을 때, 『삼한습유』에 남아 있는 전 양식의 흔적은 상대적으로 미미하다고 할 수 있다. 또 영웅일대기 구조는 각 작품의 특성을 드러내 주기보다는 보편성을 드러내는 데 기여한다. 본고의 관심은 『삼한습유』의 소설적 특성과 개성적 면모를 드러내기 위한 데에 있으므로 여기에 초점을 맞춰 논의를 진행하기로 한다. 이남미(1989), 「삼한습유의 구조와 그 의미」, 고려대 석사논문 참고.

신적인 존재들도 동경하는 곳이며 누리고 싶은 생활이다. 천상계와 지상계의 경계를 분명히 하는 적강소설과는 달리 두 세계가 그 경계를 허물 수도 있음을 보여 주는 것이 『삼한습유』이다.

"오늘은 하늘과 사람이 서로 만나는 날이요, 신선과 범인이 혼인하는 때입니다. 조촐한 음식을 차려 신랑을 기다리고자 하는데, 청컨대 이렇게 서로 바꾸어 가며 인간 세상의 사람은 천상의 음식을 맛볼 수 있고, 우리들은 또한 인간의 음식을 맛보게 되었으니 이는 또한 다시 얻을 수 없는 일입니다. 앉아 계신 여러분들의 뜻은 어떠합니까?"

모두 환영이라고 하며 다들 한 마디씩 하였다.

부인이 즉시 시녀를 명하여 일제히 내오게 하고, 또 신랑 집에서 가져온 것을 여러 선인들에게 내오게 했는데, 피차 모두 이름도 모르는 채 오로지 앞에 나온 것을 기이한 것으로 여기면서, 앞다투어 배불리 먹었다. 부인이 또 선계의 음악을 섞어 연주하게 하니 피차 모두 음절은 모르나 오직 사람은 선계의 음악을 듣고, 선인은 사람의 음악을 들을 뿐이었다. 또 선녀 수십 명과 궁녀에게 명하여 예상우의를 마주보고 추게 하니 서로 매우 비슷하였으나, 다만 의복이 섬세 화려한 것과 걸음걸이가 가벼운 것이 선녀에게 미치지 못했다. 드디어 서로 웃으며 매우 즐거워하다가 마쳤다[今日是天人敎會之日 仙凡合歡之辰也 已成薄饌 欲待新郞 請以此交易 人世之人 得嘗天上之食 吾等亦嘗人間之食 亦此不可再得之事也 諸座有位之意 如何 衆皆懽然一辭 夫人卽命侍女一時齊進 又將郞家所具 進于羣仙 彼此皆不知名也 惟以所自出爲奇事 而爭前飽喫 夫人又令仙樂 相雜迭奏 彼此皆不知音節 只得人聽仙樂 仙聽人樂 又命仙娥數十與宮娥 對舞霓裳羽衣 彷彿相似 而但衣服纖麗 步履輕便 差不及於仙娥 遂相笑極歡而罷].[6]

이는 향랑과 효렴이 온갖 방해를 극복하고 결혼하게 되자 그 잔치에 참석했던 천상계의 신적인 존재들과 지상계의 인간들이 하나가 되어 함께 어우러지며 즐기는 대목이다. 대부분의 고소설에서는 어떤 장소가 초현실적인 장소이며 그 곳의 인물들이 비범한 인물들이라는 것을 알려 주는 방법으로 그들이 먹고 마시는 음식이 예사 인간들이 먹고 마시는 것과 달랐다고 기술하며, 알 수 없는 향내와 들어 본 적이 없는 곡조 등에 대해 묘사하는 방법을 쓰기도 한다. 즉 음식, 음악, 춤 등은 초현실계와 현실계, 천상계와 지상계를 나누는 기호로서의 의미를 갖게 되는 것이다. 그런데 위 예문은 천상의 신들과 지상의 인간들이 서로의 음식을 함께 먹고 즐기며, 곡조 또한 무슨 곡조인지도 모른 채 그 무지함을 문제 삼지 않고 기꺼이 듣고, 춤 또한 서로 섞여 추니 이는 잠시나마 두 세계가 그 경계를 완전히 허물고 혼연일체가 된 모습을 보여 주는 것이다. 잔치가 끝난 후, 갑자기 모두 다 떠나 그 이전까지의 일들이 마치 없었던 일인 듯한 착각을 주기도 하지만, 숭고하고 위엄 있는 천상의 신들과 왜소하고 비속한 지상의 인간이 더 이상 구별되지 않는 이 장면은 잠시나마 이원론적인 세계관을 뛰어넘었다는 점에서 의미가 있다. 이는 원래 신적인 존재이었던 향랑이 인간으로 태어날 때 적강이 아니라 자강의 성격으로 내려왔기에, 즉 자신의 의지로 원해서 천상의 신들을 설득해서 인간으로 태어났기에 가능한 일이다. 지상계가 단지 무질서와 비속함으로 가득 찬 유배지에 불과했다면 위와 같은 장면 연출은 불가능했을 것으로 보이기 때문이다.

또 향랑의 자강(自降)은 자신의 운명을 개척해 나가는 인간의 모습을 보여준다. 적강소설의 작가들이 현실 세계, 인간 세계에서의 남녀 간의 자유

---

6 『삼한습유』, 227~228쪽.

스런 만남과 교제를 천정인연으로 치부하여 이를 합리화[7]하는 기제로 사용했다 할지라도 적강소설이 지향하는 이원론적인 세계관은 인간 세상에서 벌어지는 여러 일들이 모두 천상에서 이미 선험적으로 정해진 것이며 지상에서의 삶은 이미 예정된 대로 살게 마련이라는 의식을 보여준다. 그러나 『삼한습유』의 향랑은 주어진 삶의 방향대로 따르는 것이 아니라 자신의 의지에 반하는 신들을 온갖 노력으로 설득하여 자신이 원하는 삶을 꾸려 나가는 진취적이면서도 적극적인 인물로 그려져 있다. 이렇듯 적강소설류와 『삼한습유』는 그 의식면에서 차이가 있다.

앞에서 고찰한 바와 같이 『삼한습유』는 적강소설은 아니나, 작품에서 나타나는 천상계와 지상계의 반복적 순환은 적강구조에서 응용해 온 것이라고 하겠다. 적강소설에서는 한 번만 일어나는 천상계와 지상계의 '적강 / 승천'의 구조가, 『삼한습유』에서는 세 번에 걸쳐 반복적으로 이루어지는 셈이다. '하강(下降)—자강(自降)—하강(下降)'으로 구성된 『삼한습유』의 구조는 적강구조를 그대로 답습하지 않고 작가의 창의를 살려 작품에 개성을 부여하고 있다. 『삼한습유』가 적강소설의 구조를, 반복 순환이라는 방식으로 창조적으로 수용하면서 또 하나 얻은 효과는 영웅 일대기 구조를 탈피하고 있다는 점이다.[8] 대부분의 적강소설은 지상계에서의 삶과 영웅 일대기 구조와 서로 맞물려 있다. 그런데 『삼한습유』는 이 과정을 세 번에 걸쳐 반복함으로써 영웅 일대기 구조와는 거리가 멀게 되었다. 오태지 근처의 마을에서 살던 여인이 환생한 향랑의 모습을 보고 곧바로 이전에 죽은 향랑이 살아난 것이라고 인지하는 대목을 통해서 알 수 있듯이 『삼한습유』의 이야

---

7 성현경(1989), 32쪽.
8 위의 책, 29쪽. 성현경은 이 글에서 '이른 바 '영웅의 일생'을 그 줄거리로 하고 있는 영웅소설들은 대부분이 적강화소를 지니고 있다고 하면서, 적강소설과 영웅의 일생 구조가 서로 밀접한 연관이 있음을 지적한 바 있다.

기는 향랑의 일생을 다룬 일대기임에는 분명하다. 그러나『삼한습유』의 향랑의 삶은 영웅 일대기 구조에 그대로 부합되는 것은 아니다. 영웅 일대기 구조는 고소설에서 많이 사용하는 구조로 영웅군담소설의 주인공들은 거의 이 유형에 속한다고 하겠다. 그런데『삼한습유』의 향랑의 삶은 첫 번은 향랑고사의 주인공의 삶이며, 두 번째는 십여모의 집에서의 짧은 기간 동안이고, 세 번째는 성인으로 혼인을 위해 하강하는 부분부터 승천하기까지의 삶이어서 어느 한 경우도 영웅 일대기 구조에 속하지 않는다. 또 작품 전체를 대상으로 해도 영웅 일대기 유형이라고 보기는 어렵다. 즉 적강구조를 수용한『삼한습유』는, 그러나 그 구조를 그대로 답습하지 않고, 주인공의 적강이 아닌 하강이나 자강으로 변형시켜 세 번에 걸쳐 반복, 순환하도록 설정하여 고소설에서 흔히 볼 수 있는 적강구조와 영웅 일대기 구조라는 유형성을 동시에 극복할 수 있었다.

3) 몽유록(夢遊錄) 전통의 변용 - 현실에서 초현실로, 초현실에서 다시 현실로

몽유록(夢遊錄)이란 조선조 한문 서사의 한 형태로, 김시습의『남염부주지(南炎浮洲志)』이래 조선 후기에 이르기까지『원생몽유록(元生夢遊錄)』,『달천몽유록(達川夢遊錄)』,『피생명몽록(皮生冥夢錄)』등의 많은 작품이 있다. 몽유록계 작품들은 그 내용에 따라 역사적으로 불행했던 시대의 사회적인 문제를 주제나 소재로 한 것과, 불우한 작가가 현실 세계에서 이루지 못한 것을 작품 세계에서 성취해 보려 한 작품으로 크게 나눠 볼 수 있다.[9]

---

9   차용주(1989),『한국한문소설사』, 서울 : 아세아문화사, 229~230쪽.

그러므로 몽유록 작품들은 작가의 역사에 대한 지식과 안목, 현실에 대한 비판적인 시각을 내포하고 있으며, 이러한 작가 의식이야말로 몽유록의 고유한 성격을 결정짓는 요소가 된다.

몽유록과 같은 서사 구조를 취하는 것으로 『구운몽』, 『옥선몽』 등의 몽자류소설이 있다. 몽자류소설의 꿈속에서는 『구운몽』의 성진과 양소유의 경우처럼 주인공이 꿈 이전의 인물과는 전혀 다른 인물로 태어나 영웅으로서의 삶을 살지만, 몽유록에서는 꿈 밖의 주인공과 꿈속의 주인공이 동일 인물로 설정되어 있다. 몽자류소설들도 '현실—꿈—현실'의 몽유 구조에 따라 전개되지만, 주지하다시피 이 작품들은 주제 의식면에서 몽유록과는 다른 양상을 보여 준다. 몽유록의 특징을 결정하는 데에는 몽유 구조라는 구성적 특성 외에도 대개 몽중사(夢中事) 부분에서 드러나는 역사 인식, 현실 비판 능력 등의 작가 의식이 중요한 비중을 차지하는 것이다. 즉 몽유 구조와 이 같은 작가 의식은 몽유록의 필요충분조건이다.

몽유 구조의 몽중사 장면은 그 내용이 『구운몽』의 경우처럼 한 인물의 일대기를 다루거나 혹은 『제마무전』, 『남염부주지』의 경우처럼 몇 백 년 묵은 송사를 처리하거나 두 인물이 귀신의 존재에 대해 토론을 벌이거나 간에 실제 꿈 꾼 시간은 얼마 되지 않는다. 심지어 중국의 『황량몽』의 경우에는 주인공이 잠들기 전 기장 삶는 것을 보았는데 꿈을 깨 보니 아직 그 기장이 다 익지도 않았더라는 언급을 덧붙여 무상(無常)한 느낌과 함께 실제 그 시간이 잠깐이었음을 암시한다. 또한 몽유록의 몽중사는 대개 여러 인물들이 등장하여 어떤 안건에 대해 오랜 동안 장황하게 토론을 벌이며, 그 결과 한 입장이 채택되거나 확인되거나 하는 작품이 많다. 몽유 구조, 작가 의식과 더불어 이러한 토론식 대화체 또한 몽유록의 한 특징이기도 하다.

주인공이 꿈을 꾸지 않는 한 '현실—꿈—현실'의 몽유 구조는 불가능하다. 향랑은 꿈을 꾸지 않으니『삼한습유』역시 몽유 구조에 의한 서사 전개와는 거리가 멀어 보인다. 그러나『삼한습유』는 몽유록과 유사한 점들이 있다. 천상계에서 벌어지는 장황한 토론과 대화, 역사에 대한 관심, 신적인 인물들과 역사적 인물들의 대거 등장, 이들의 의론을 통해 드러나는 방대한 양의 지식 등은 몽유록을 떠올리게 하는 데 부족함이 없다. 또한 이렇듯 문면에 드러나는 경우는 아니지만,『삼한습유』의 구조 역시 몽유 구조의 변형이라고 볼 수 있다.

『삼한습유』는 '현실 1(향랑고사)－초현실 1(천상회의)－현실 2(십여모의 집에 환생)－초현실 2(신마적 군담)－현실 3(혼인과 삼국 통일)－승천'으로 요약될 수 있다. 현세에서 벌어지는 이야기 즉 사람들의 눈으로 확인 가능한 부분은 '현실 1, 2, 3' 부분으로서, 향랑고사를 소설화한 이야기와 십여모의 딸로 태어나 지상에 머물렀던 기간, 그리고 효렴과의 혼인 후 삼국을 통일하던 이야기라고 하겠다. 그 나머지 부분은 천상계에서 진행된 일로 수많은 토론과 신마적 군담들로 구성되어 있는데, 이 부분에서 벌어진 일은 인간들에게는 가려진 부분으로 마치 없는 듯한 일이다. 인간들이 지각할 수 있는 부분은 지상계에서 생긴 일에 국한되며 초현실계에서 진행되는 일은 감지할 수 없기 때문이다. 그런데 '현실2'는 지상에서의 삶이기는 하나 그녀가 지상에 머무른 기간이 아주 짧으며 향랑이 성장하는 모습이 자연의 법칙에서 벗어나 있어 이 부분에서의 향랑은 평범한 인간이 아니라 신이한 인물로 묘사되어 있다.

이 때 향랑은 바로 달의 정기로 다듬어 만들어 낸 몸이어서 태어난 지 겨우 7일 만에 몸이 매우 커지고, 움직이는 모습과 기거동작이 예도에 맞지 않는 것이 없었다. 어머니의 옆구리는 즉시 아물었고 전혀 통증이 없었으며 튼튼하기가 평소와 같았다. 부모는 감히 (그 아이를) 자식으로 여기지 않고 마치 신처럼 받들었다. 이같이 몇 개월이 흘렀는데 배고프면 밥을 찾고 목마르면 물 마시고 누각에 거처하는 것을 좋아했으며 과일과 대추를 좋아했다. 하루하루 자라나는데 죽순이 솟아오르고 오이에 살이 오르는 듯 했다. 편안하고 단정하고 상서로운 것이 완연히 규중처녀의 아름다운 태도였다. …… 손수 문지르니, 잠깐 사이에 뼈마디가 굵어지고 살갗과 살이 튼튼하고 굳세어지면서 옷의 봉제선이 터지고 신들메끈이 저절로 풀렸다. …… 잠시 후, 한 쌍의 흰 봉황이 동쪽으로부터 날아 와서 고개를 서로 꼬고 날개를 마주 대고 자리 앞에 엎드렸다. 여러 선녀들이 향랑을 부축하고 태워 가는데[此時香娘自是太陰鍊成之身 生纔七日 形體極其壯大 動容周旋無不中禮度 母脇卽合 了無痛楚 堅如平昔 父母不敢以子視之 奉之若神明 如是數月 飢則索飯 渴則飮水 好樓居 喜果棗 日長一日 笋抽爪肥 安閑端詳 宛是閨女好態 …… 普化天尊 欲於衆中 大視神變 …… 手自按擦 須之間 骨節長大 皮肉堅剛 衣縫綻裂 綦屨自解 …… 少頃 有一雙白鳳凰 自東飛來 交頸接翼 伏於筵前 衆仙女扶香娘乘之而去][10]

태어난 지 7일 만에 규중처녀의 모습으로 자라는 것은 자연의 법칙을 벗어난 경이로운 일이다. 또 아이(향랑)가 누각에 거하기를 좋아하고 신선한 과일이나 대추를 좋아한다고 했는데, 이는 향랑이 신선적 취향을 보이는 것으로 해석할 수 있다. 그리고 어미의 옆구리를 통해 태어났다는 것은 신화적인 인물의 탄생과 같은 표현으로, 이는 향랑의 환생인 아이가 평범한 인물이 아니라 신적인 인물임을 암시하는 것이다. 위의 내용을 종합해 보

---

10 『삼한습유』, 74~76쪽.

면, 결국 향랑의 환생인 아이는 평범한 능력을 가진 인간이 아니라 신적인 능력을 지니고 지상계에 내려 온 인물임을 알 수 있다. 환생의 목적이 효렴과의 혼인이므로 빠르게 성장한 아이는 시공의 차원을 달리해서 생긴 차이를 극복하기 위해 일단 친정이라 할 수 있는 천상계로 복귀한다.

'현실 2' 부분은 지상에서의 일이지만 향랑을 둘러싼 주변의 시공은 경험적인 현실계가 아니라 초경험적인 시공으로 바뀌면서 오히려 초현실계에 속하는 듯하다. 환생한 향랑이 아직 어린 아이에 지나지 않음을 보고 효렴은 실망한다. '현실 2' 부분에서 향랑을 둘러싼 시공이 초경험적인 시공으로 설정된 것은 두 사람 사이의 연령 차이를 극복하기 위한 필연적인 장치이다. '초현실 2'의 설정도 마찬가지 이유에서라고 설명될 수 있다. 효렴은 자연의 법칙 안에 있는 인물인데, 원광법사의 예언대로 효렴 24세, 향랑 21세에 결혼을 하려면 초현실계에서 자강한 향랑이 자연의 질서를 뛰어넘을 수밖에 없는 것이다. 3차원에서의 시간과 공간은 붙어 있는 개념이다. 3차원적 삶에서는 시간이 배제된 공간이나 공간이 배제된 시간은 존재하지 않는다. 그러므로 태어난 지 얼마 안 되는 향랑이 3차원적 시간의 질서를 극복하고 21세가 되기 위해서는 차원을 달리하는 '초현실 2'의 설정이 반드시 필요했던 것이다. 이렇게 되면 '초현실 1'부터 '초현실 2'까지가 하나의 단위로 묶일 수 있게 되어 작품은 크게 '현실 1' 부분과 그 후 초현실계에 속하는 부분, 그리고 '현실 3'의 부분으로 나뉜다. 이는 '현실-초현실-현실'의 공간 구조로서, 몽유 구조인 '현실-꿈-현실'의 구조에 수렴함을 알 수 있다.

몽유 구조에서 꿈속의 시간이 얼마든지 자유로운 것처럼 『삼한습유』에서 초현실계의 시간은 얼마든지 자유롭다. 향랑은 자살할 당시 19세였던 것으로 되어 있다. 그리고 효렴과 혼인했을 때의 나이는 21세로, 향랑이 초현실계에서 보낸 시간이 지상에서의 2년의 시간에 해당하게 된다. 주지하듯 몽자류소설의 화자는 현실에서의 몽유자와 꿈에서의 주인공이 달라지지만[11] 몽유록의 화자는 현실에서나 꿈속에서나 동일한 성격의 인물로 설정된다. 『삼한습유』의 향랑도 현실계에서나 초현실계에서나 자아정체성이 동일하게 유지된다.

일견 『삼한습유』의 구조는 몽유록과는 거리가 먼 것처럼 보이기도 한다. 그러나 위에서 고찰한 대로 『삼한습유』의 구조는 몽유 구조의 변형으로 볼수 있다. 이는 김소행이 이미 기존의 문학적 관습들에 대해 익숙하며 그것들을 완전히 자기화하여 작품에 응용한 결과라 하겠다. 또한 『삼한습유』에나타난 몽유록의 문학적 관습은 작품 안에 무르녹은 형태로 존재하여, 이를 통해 작품이 구투를 벗어나도록 한 작가의 창의가 엿보인다.

4) 혼사장애주지(婚事障碍主旨)의 변용 – 신마적(神魔的) 군담(軍談)의 설정

남녀의 결연담은 소설에서 많이 다루는 소재의 하나이다. 고소설, 특히 처처 갈등이나 처첩 갈등을 많이 다루는 가정 혹은 가문소설로 분류되는 작품일수록 혼사를 두고 벌어지는 사건들이 다채롭게 전개된다. 남녀 주인공의 혼사를 방해하는 이야기의 삽입은 결국에는 남녀 주인공의 사랑을 확인시켜 주고, 그들이 성인이 되기 위해 거쳐야 하는 일종의 통과제의적인 성격을 띤다.[12] 고소설에 있어 남녀 주인공의 결연을 방해하는 요소는 『영이록』, 『소대성전』처럼 사윗감의 감춰진 능력을 간파하지 못 하는 처가댁 식구들의 구박, 상대방 집안이 몰락했거나 전쟁으로 인해 연락이 두절되는

---

11 대표적인 예로 『구운몽』에서의 '성진'과 '양소유'를 들 수 있다.
12 이상택(1981), 『한국 고전소설의 탐구』, 서울 : 중앙출판, 301쪽.

경우, 도적떼를 만나는 경우, 그리고 다른 세도 있는 가문의 청혼이나 임금의 사혼(賜婚) 등의 형태로 나타난다. 장편 가문소설의 작가는 등장인물의 경우를 바꾸어 가며 이러한 화소를 계속 삽입, 부연하는 방법으로 장편화를 꾀하기도 한다. 고소설 향유층에게 혼사 장애 주지는 영웅 일대기 구조만큼이나 친숙한 화소 중의 하나이다.

『삼한습유』는 향랑과 효렴의 혼인이 주된 이야기로서, 그 인연이 이루어질 때까지 혼인을 가로 막는 요인들이 계속 발생한다. 효렴의 가난으로 인한 어머니의 반대와 천상 회의에서의 향랑의 환생에 대한 몇몇 신들의 반대도 향랑과 효렴의 혼인에 부정적인 역할을 한다. 그런데 물질적인 가치관을 지닌 향랑의 어머니, 성품이 못 된 남편과 시어머니의 등장은 실은 호정(狐精)이 계획한 것이다. 혼사 장애의 주범은 바로 호정인데 이것이 현상으로 설명될 때는 가난으로 인한 반대로 나타난 것일 뿐이다. 이 부분은 이원론적 시각에서 보면 호정의 시기로 인한 좌절이며, 현실적인 안목에서 보면 정신보다 우월한 자리를 차지한 물질적 가치관에 의한 선택이 빚어낸 불행인 것이다. 물론 효렴의 가난으로 인한 어머니의 결혼 반대는 혼사 장애주지로 볼 수 있다. 그런데 서가자(西家子)와의 결혼은 결국 향랑의 자살로 마감되고 신녀(神女)가 된 향랑의 새로운 이야기가 전개된다. 이로써 효렴과의 결연에 부정적으로 작용했던 요인은 일단은 지상적 존재로서의 향랑과 효렴의 결연에 국한된 혼사 장애 주지이며 작품 전체를 대상으로 했을 때는 향랑과 효렴의 혼인을 위한 서주에 해당한다. 천상회의는 이 회의를 거쳐 남녀 주인공의 분리가 수반되는 것이 아니라, 오히려 토론을 거쳐 궁극적으로 향랑의 환생을 적법하게 만들어 주는 기능을 하므로 궁극적으로는 혼사 장애 주지로 보기 어렵다.

『삼한습유』의 혼사 장애 주지는 여타의 고소설의 경우와는 달리 향랑과 효렴의 혼인을 방해하는 존재가 호정과 마군으로 설정되어 새로운 면모를 보여 준다. 향랑과 효렴의 결연은 두 번의 혼사 장애를 극복한 후에야 이루어지는데 첫 번의 경우에서 향랑과 효렴이 그 장애 요인인 호정의 시기를 극복하지 못 한 채, 각각 다른 인연을 맺어, 효렴은 자식도 없이 일찍 상처하고 향랑은 불행한 삶을 살다 자살하고 만다. 이 경우는 남녀 주인공의 결연이 좌절된 채로 끝나 '장애 유발-분리와 시련-귀환과 혼사 확인'[13]으로 전개되는 혼사장애 주지의 전형을 벗어난다고 하겠다. 보다 전형적인 혼사 장애 주지는 환생한 향랑이 효렴과의 인연을 온전히 하고자 할 때 이를 방해하려는 마군의 등장으로 비롯된다. 기존 혼사 장애 요인이 전쟁이나 도적 등 불의의 재난이나 혹은 연적(戀敵)의 등장으로 인한 것이었다면 『삼한습유』의 혼사 장애 요인은 마군의 등장으로 인한 신마적 군담을 전개시킴으로써 작가는 유형성을 띨 만큼 익숙한 화소인 혼사 장애 주지를 전혀 새로운 방법으로 서술해 낸다.

천군(天軍)과 마군(魔軍)의 전쟁인 신마적 군담은, 도사(道士)가 등장해서 도술(道術)로 전쟁을 유리하게 이끄는 군담소설의 도술전과도 다른 것으로, 고소설에서 흔히 보이는 군담의 양상과는 거리가 있다. 『삼한습유』서사의 반 정도를 차지하며 전개되는 군담은 고소설의 군담소설보다는 오히려 중국 신마소설의 문학적 전통과 친연성이 있다. 노신(魯迅)에 의하면, 중국 명(明) 중엽(中葉)에 도사(道士), 방사(方士)가 다시 성행하고 또 종래의 유(儒), 불(佛), 도(道) 삼교지쟁(三敎之爭)은 모두 해결을 못 본 채 상호간에 수용되어 '동원(同源)'이라 부르게 되었고, 소위 의리(義利), 사정(邪正), 선악(善惡), 시비(是非), 진망(眞妄) 등의 제단(諸端)을 모두 혼합하고 이를 분석하여 이

---

13 위의 책, 301쪽.

원(二元)으로 통합시켰는데 이를 신마(神魔)라는 명칭으로 개괄할 수 있다고 했다.[14]

신마소설의 대표작으로『서유기(西遊記)』를 들 수 있다. 고려『박통사언해(朴通事諺解)』에 보이는『서유기』는 오승은(吳承恩)이 쓴『서유기』가 나오기 이전 형태인 원대(元代)『고본(古本) 서유기』를 가리키는 것이므로,『서유기』가 우리나라에 전래된 것은 매우 이른 시기로 추정된다.[15] 그런데 허균의『성소부부고(惺所覆瓿藁)』기록으로 미루어 볼 때 오승은(1510~1580)의『백회본(百回本) 서유기』역시 저작된 지 반세기도 안 되어 조선에 유입된 것으로 보인다.[16] 신마소설은『봉신연의(封神演義)』,『평요전(平妖傳)』등의 작품도 있으나 허균(許筠), 홍만종(洪萬宗), 심재(沈鋅), 이규경(李圭景) 등『서유기』에 대한 언급이 상대적으로 많은 사실로 미루어 조선의 독자에게 익숙한 작품은『서유기』일 것으로 추정된다. 신마적 군담의 성격과 등장하는 천군과 마군의 인물로 미루어 볼 때,『삼한습유』의 작가인 김소행은『서유기』를 읽고 일정한 영향을 받은 것으로 보인다.[17] 예를 들어,『삼한습유』에서 천군으로 활약하는 이천왕(李天王), 나타태자(哪吒太子), 화덕진군(火德眞君) 등의 인물은『서유기』에서도 천병을 대표하는 인물이었으며, 또『서유기』에는 손오공이 삼장법사를 수행하다가 힘에 부치는 요마를 만났을 때 직접 여래에게 가서 법력을 구하는 장면이 많은데『삼한습유』에서는 이 역할을 항우가 하고 있다.『서유기』와『삼한습유』에서 공히 여래는 가장 큰 법력을 가진 인물로 묘사된다. 천궁(天宮)을 어지럽힐 만큼

---

14 노신, 정범진 역(1987),『중국소설사략』, 서울 : 학연사, 172쪽.
15 김영덕 외 편저,『중국문학사』, 서울 : 청년사, 261쪽.
16 정규복(1987),『한중문학비교의 연구』, 서울 : 고려대 출판부, 137~138쪽.
17 『서유기』가 고소설에 미친 영향에 대한 연구는 다음과 같은 논문을 참고하라.
    이상익(1983),『한중소설의 비교문학적 연구』, 서울 : 삼영사.
    정규복(1972),「서유기와 한국고소설」,『아세아연구』48, 고려대 아세아문제연구소.

의 능력을 지녔던 손오공도 여래의 손바닥을 벗어나지 못 했으며, 항우의 군대를 붉은 비단 치마 밑에서 꼼짝 못 하게 만들었던 마모(魔母)도 여래 앞에서는 무력하다.

그런데 『서유기』의 신마적 요소와 『삼한습유』의 신마적 요소에서 몇 가지 유사점이 발견된다고 하여 두 작품이 비슷한 것은 결코 아니다. 취경(取經)의 과정을 다루는 『서유기』와 향랑과 효렴의 혼인 문제를 해결하고자 하는 『삼한습유』는 전혀 별개의 작품이며, 신마에 대한 태도 자체에서도 차이점이 발견되기 때문이다. 『서유기』에서는 요마(妖魔)와 신불(神佛)이 서로 자리바꿈이 가능한 존재로 나타난다. 즉 하늘의 신적인 존재들이 하계에 내려와 요마가 된 경우가 많으며, 요마도 하늘에 오르게 되면 다시 신으로 돌아가는 것이다. 그러므로 여래도 요마들을 잡아 죽이지 않고 정과를 얻게 하여 천상으로 복귀시킨다. 손오공도 원래는 천상의 질서를 어지럽혔던 인물이었음을 생각할 때, 『서유기』에서의 요마와 천신의 넘나듦은 필연적인 설정이라고 하겠다. 『서유기』에서의 마(魔)는 신(神)으로 용납될 수 있는 존재이다.

이에 비해 『삼한습유』의 신(神)과 마(魔)는 철저히 구별되는 존재로 형상화된다. 『삼한습유』에도 천태신고(天台神姑)의 청방(青尨)이 꼬리가 아홉 달린 여우로 둔갑한 화소가 있기는 하나, 이 요물이 마음을 바로 잡아 다시 신적인 존재로 돌아갔다는 언급은 보이지 않는다. 『서유기』와는 달리 『삼한습유』에서의 신(神)과 마(魔), 천군(天軍)과 마군(魔軍)은 전혀 별개의 존재인 것이다. 마왕이 향랑과 효렴의 결혼을 훼방하는 것은 오직 인간의 좋은 일을 방해하고자 해서이다. 이는 마왕의 근본 성품에서 비롯되는 문제이다. 『삼한습유』에 나타난 마(魔)의 존재에 대한 언급을 보면, 다음과 같다.

① 옛날에 마왕은 천제(天帝)와 같은 때에 태어나서 날마다 천제와 힘을 다투었다. 구려[18] 삼묘, 공공, 환두,[19] 비렴,[20] 악래,[21] 궁기,[22] 도올[23]을 '조마왕(助魔王)'이라고 불렀다. 공공이 천제와 싸우다가 화가 나서 부주산(不周山)을 들이박아서, 하늘 기둥을 부러뜨렸다. 그래서 하늘이 동남쪽으로 기울어지자 천제가 여와에게 급히 명하여 오색빛 나는 돌로 그 곳을 수리하게 하였는데, 매번 하늘에서 비가 올 때마다 흘러들어 도랑을 이루고 돌을 뚫는 일이 사철 내내 그칠 때가 없었다. 그러므로 남쪽 사람들이 '새는 하늘(漏天)'이라 불렀다. 천제는 그냥 내버려두고 불문에 부쳤으며, 그 행동거지를 듣고도 상관하지 않은 까닭으로 마왕이 위아래로 마음대로 행동하면서 방자하고 교만하게 굴었다. 하늘과 땅의 신들은 각자 스스로 단속할 뿐이었다. 마왕은 나찰의 딸 구반다를 아내로 맞았는데, 그녀는 한 번에 아홉 아들을 낳아 구자마모(九子魔母)라고도 불린다. 마왕과 마모는 함께 넓은 벌판에 거하였는데 성곽이나 집은 없었고, 신이한 변화를 스스로 이루었으며, 하늘의 비, 바람, 추위, 더위 등은 재앙이 될 수 없었다. 이에 아홉 아들로 구주(九洲)를 나누어 관리하게 하고 무리를 모았는데, 그 수가 만물의 수만큼이나 되었고 또 별들과 신들과 신선과 부처의 수를 더한 수와 맞먹었다. 사물을 대함에 있어서는 죽이기를 좋아하고 살리기를 미워했으며 일을 이루는 것을 싫어하고 허물어뜨리는 것을 좋아했다. 사람들 가운데 뛰어나서 사리에 통달한 사람은 시기하여 미워하고, 간사하고 성내고 악하

---

18 중국 상고(上古)의 소호씨(小昊氏) 때의 제후. 뒤의 삼묘씨(三苗氏).
19 요순시대의 사람. 공공(共工)과 결탁해서 나쁜 짓을 하였으므로 순임금이 그를 숭산(崇山)으로 쫓았다고 함.
20 은·주 때의 간신. 바람을 맡음.
21 은·주 때의 신하. 비렴(飛廉)의 아들.
22 공공(共工).
23 악목(惡木)의 이름. 서수(瑞獸)의 이름. 일설에는 악수(惡獸)의 이름.

고 헐뜯고 비뚤어지고 속이는 무리들은 곡진하게 비호하였으며, 천재지변, 시해를 마구 일으키고, 분열시키거나 서로 얽히게 만드는 일 등을 온갖 방법으로 하니, 여러 가지·여러 방향에서 생겨났다. 모여서는 기를 이루고 흩어지면 형체를 이루니, 혹은 여우나 이리가 되어 무덤을 파며 장난을 치고, 혹은 호랑이나 시랑이가 되어 사람과 가축을 죽이고 해하고, 혹은 도깨비가 되어 사람 사는 집에 괴상한 짓을 하고, 혹은 산의 정령이나 물 도깨비가 되어 나무하고 꼴 베는 사람을 가두고, 혹은 벌이나 도마뱀이 되어 몰래 기다렸다가 독을 내고, 혹은 사공이 되어 모래를 머금고 있다가 그림자가 나타나면 불고, 혹은 모기나 등에가 되어 사람의 피부를 물고, 혹은 모적이 되어 싹을 먹고 알곡을 상하게 하고, 혹은 서리나 우박이 되어 수많은 곡식을 다 못쓰게 만들고, 혹은 전염병이 되어 온 세상에 병을 만연시키고, 혹은 살별이 되어 천체의 현상을 침범하고, 혹은 수라 두꺼비가 되어 달과 해를 먹는데, 아름다운 풀, 무성한 수풀은 살무사가 깨물고, 큰 나무, 기이한 바위인즉 폭풍이 뽑아 버리고 벼락이 깨뜨리니, 모든 사물이 없어진 후에서야 그친다. 그 형체가 사람의 모습을 한 것으로는 혹은 포사, 달기가 되어 은나라와 주나라를 망하게 하고, 혹은 □[24]소적(□小賊)이 되어 충신과 어진 이를 죽이고, 혹은 헐뜯는 도적이나 소인배 신하가 되어 부모 형제 사이를 소원하게 하고 이간질시키고, 혹은 탐혹한 관리가 되어 백성들을 때리고 껍질을 벗기고 백성들의 기름을 빼앗고, 혹은 가렴주구하는 신하가 되어 백성들의 물건을 거두어들이는 일에 질리지 않고 아래에서 빼앗아서는 위에다가 더욱 바치며, 혹은 사나운 아내나 투기하는 부인이 되어 귀마로 첩을 참소하여 주인을 방해하고 집안의 법도를 어지럽힌다. 왜냐하면 사람

---

24 원문에서도 확인되지 않는 부분이어서 빈 칸 처리함.

의 몸에는 84,000의 양신(陽神)이 바깥에 있고, 84,000의 음신(陰神)이 안에 있는데, 매번 수행 득도하는 데 장애가 되는 나쁜 장난을 당할 때마다 음신이 번번이 돕는 까닭으로 사람이 마귀를 이기지 못하기 때문이다. 비록 성인이나 재주 있는 선비로, 정직하고 높고 밝은 인격과 세상에 뛰어난 힘이나 높은 지혜를 가진 이라 할지라도 오히려 끌려가고 쓰러지지 않는 이가 없다. 더욱 기뻐하는 것은 혼인을 방해하고 이루지 못 하게 하는 일로, 혹은 혼인 때가 되면 사이에 끼어들고, 혹은 시일이 임박했을 때 병이 나도록 하니 극에 달하지 않음이 없으며, 혹은 양가에 초상을 내서 오래 끌다가 이루어지지 않게 하고, 혹은 집을 돌다가 신부를 직접 범하기도 하며, 혹은 나쁜 말에 붙어서 신랑을 떨어뜨려 상처를 입히거나 하며 심한 경우에는 혼인날 흉한 일을 하여 그 부부를 홀아비가 되거나 과부가 되게 한다. 그 시기함과 음흉하고 교활함은 연유가 오래 되었다. 이때에 이르러 신녀(神女)가 인간 세상으로 시집가서 하늘나라와 인간의 세상이 크게 모이고 좋은 날이 곧 임한다는 소식을 듣고는 크게 놀라 말하였다. "나는 태어나서 몸소 방해하는 것을 업으로 삼은 때부터 지금까지 이미 122,400년 되었다. 무릇 혈기가 있는 사람으로 내 노련한 손아귀를 거쳐 가지 않은 사람이 없다. 오늘 이 혼인은 옛날부터 없던 것이다. 바로 이것이야말로 정말 대장부가 공을 이루고 이름을 세울 때이다先是 魔王與天帝並時而生 日與天帝尋兵 九黎 三苗 共工 驩兜 飛廉 惡來 窮奇 檮杌 名(命)之曰, "助魔王." 共工與天帝戰 怒觸不周 折天柱 於是 天傾東南 帝急命女媧 練五彩石以補 每天雨流注成溜穿石 四時不斷 故南人名之曰, "漏天帝." 於是置而不問 聽其行止不相關統 以故 魔王得以橫行 上下縱恣驕傲 天神地祇 各自斂束而已 魔王娶於羅刹女鳩盤茶 一服而生九子 名之曰, "九子魔母" 魔王與魔母同居漭洋之野 居無城郭室屋 使其神變 自成化天風雨寒暑 不能爲灾 乃令九子分管九州 收聚徒衆 其數

當萬物之數 而又添星辰神祇仙佛之數 其於物也 好殺惡生 惡成好毀 人人之
彦聖 娟嫉而惡之 奸回戁惡譖邪欺負之徒 曲全而庇護之 其興作災妖弒害離
析紏結萬端 不一不方 其爲生也. 合而成氣 散而成形 或爲狐狸 掘塚作奸 或
爲虎豹豺狼 殺害人畜 或爲魍魎 作怪人家 或爲山精水魅 呵禁樵採 或爲蜂蠆
虺蝎潛伺毒螫 或爲射工 含沙吹影 或爲蚊虻 嚌人肌膚 或爲蟊賊 蝕苗傷稼
或爲霜雹 殘傷百穀 或爲厲疫 毒痛四海 或爲慧孛 侵犯天象 或爲修羅蝦蟆
噉月蝕日 佳卉茂林 則蝮蛇而囓齒 大木奇岩 則飄風而拔之 霹靂而碎之 全物
要無而後已 其形幻人也. 或爲褒妲傾覆殷周 或爲霄小賊殺忠良 或爲譖賊小
臣 疏間骨肉 或爲貪酷之吏 椎肌剝皮 浚民膏澤 或爲聚斂之臣 徵求無厭 損
下益上 或爲捍妻妬婦 鬼馬譖妾 妨害主人 乖亂家道 盖人之一身 有八萬四千
陽身在外 八萬四千陰神再內 每當魔障之作孽 陰神輒助之故 人不勝魔 雖聖
人才士 正直高明 絶倫之力 高世之智 莫不逆曳 倒植尤喜 沮敗婚姻 或使及
期行間 或令臨時嬰疾靡不用極 或喪禍兩家遷延不成 或爲周當直犯新婦 或
憑惡馬墮傷新郎 甚者行凶婚日鰥寡其夫妻 其猜賊陰狡所從來久矣 至是 聞
神女下嫁 人天大會 吉期在卽乃大驚曰, "我自受生之初身作業障 今已十二
萬二千四百年矣 凡有血氣者 莫不經我老拳 今此之婚振古未有 此正大丈夫
功成名立之時也].[25]

② 이때에 양웅(楊雄)의 가난한 귀신, 퇴지(退之)의 궁하게 된 귀신, 자후
(子厚)의 꺾인 귀신이 모두 관을 털어 쓰고는 일어나 겹겹으로 진영 문에 와
서 절하고, 그 나머지 예언하는 사람, 운명에 대해 말하는 사람, 음양의 변
화에 대해 말하는 사람, 길일을 택해 주는 사람, 광대, 무술로 병 고치는 사

25 『삼한습유』, 132~133쪽.

람, 관상 보는 사람, 요망한 사람, 괴이한 비구와 비구니, 거사로 계율을 지
키지 않은 귀신과 더불어 무릇 무덤을 파는 강도, 간음한 남자, 초상나는 것
을 좋아하는 지관, 재앙을 즐거워하는 소인배, 무덤을 옮겨 복을 구하는 못
된 아들, 혹세무민하는 요망한 사람과 더불어 무릇 소귀신, 뱀 몸뚱이를 한
큰 악귀, 요망한 돼지 등 종류별로 의탁할 곳이 없는 귀신들이 서로 이어져
와서 그 수가 몇 천만인지를 알 수 없었다[時楊雄之貧鬼 退之之窮鬼 子厚之
拙鬼 皆彈冠而起 纍纍然 來拜軍門 其他符籙數命陰陽時日 倡優巫祝醫 相術
人 妖物 怪僧尼 居士 不守戒律之鬼 與夫撥塚强盜 奸淫男子 樂喪之地師 樂
禍之小人 遷葬求福之惡子 惑世誣民之妖人 與夫牛鬼蛇身 大厲妖豕 種種無
依求之鬼 相率而至 不知其幾千萬].[26]

　③여래가 "이는 일찍이 설산에서 나를 곤란하게 했던 자이다" 하니, 노군
(老君)은 "이는 일찍이 내가 영단(靈丹)을 아홉 번 굴려 만들어야 하는 걸 방
해해서 못 만들게 한 자이다" 하였다. 안연이 한숨지으며 탄식하면서 말하
기를, "내가 공자께 배울 때 이미 나의 재주를 다하였다. 나로 하여금 서른
에 요절케 하여 신(神)의 경지까지 이르지 못하도록 한 자로구나" 하니, 자
로가 말하였다. "위첩의 어려움을 당할 때에 내 힘이 매우 쇠한 것도 아니었
고, 내 칼이 날카롭지 않은 것도 아니었는데, 마치 나를 잡아끄는 게 있는 것
처럼 행동이 자유롭지 못하여 내가 내 능력을 다 발휘할 수 없었다. 끝내는
갓끈을 매고 단정하게 죽었는데, 이제 보니 이 물건이 한 짓이로다." 공량유
가 화를 내며 일어나더니 자로에게 말한다. "무릇 공자로 하여금 노(魯)땅
에서 두 번 쫓겨나게 하고, 위(衛)에서 흔적 없이 사라지도록 하고, 송(宋)

---

26 『삼한습유』, 142쪽.

에서 나무를 베도록 하고, 진(陳)과 채(蔡)에서 궁하게 하고, 상(商)과 주(周)에서 포위 당하시게 한 것이 모두 이놈이었구려. 예전에 내가 포(蒲) 사람들과 전쟁할 때 공자를 위해 죽고자 하였으나 다행히 이겼소. 오늘 청컨대 그대와 더불어 힘을 합해 마군을 치고자 하는데, 좋습니까?(如來曰, "是嘗困我於雪山者也. 老君曰, "是嘗沮我靈丹九轉而不成者也. 顔淵喟然歎曰, "吾學於夫子旣竭吾才矣 使我三十而夭 使不得神化者也. 子路曰, 衛輒之難 吾力不甚衰吾劍非不利 有物若挈肘者然 我不得盡其能 終以結纓而死 乃是物所爲也. 公良孺忿然而起謂子路曰, "夫使夫子再逐於魯 削迹於衛 伐樹於宋 窮於陳蔡 圍於商周者皆是也. 昔我與蒲人戰欲爲夫子死而幸能勝之 今日請與子併力於魔軍 可乎]27

　④ 마왕이 크게 웃으며 소리 질렀다. "너 백왕은 어리석어 나를 모르는구나. 무릇 천하의 성인, 지혜자, 영웅호걸도 내 손안에 들어오지 않은 이가 없다. 내 또 밝히 일러두는데 옛날 요임금은 홍수를 만나 9년 동안 치적이 없자 백성들이 근심하고 원망하여 요의 덕이 드디어 쇠해졌다. 우(禹)는 너무 일을 하여 넓적다리에 터럭이 없고 정강이에도 털이 없이 말라 죽었고, 탕(湯)은 7년 가뭄을 만나 스스로 희생 제물이 되어 뽕나무 숲 들판에서 기도를 드렸고, 서백왕은 갇혀 있었고, 좌구는 실명했고, 공자는 돌아다니느라고 그 자리가 따뜻해질 겨를이 없었고, 묵적의 굴뚝은 검어지질 않았고, 이오28는 질곡을 당했고, 악의는 조나라로 도망가고, 용봉29은 장홍30을 갈라 그 피를 빨리 묻으니, 그 피가 삼 년 만에 변하여 벽옥이 되었고, 비간은

27 『삼한습유』, 158~159쪽.
28 춘추시대(春秋時代) 진(晉) 혜공(惠公)의 이름.
29 걸(桀) 임금 때의 충신. 걸(桀)에게 간하다가 죽었음.
30 주(周) 경왕(敬王) 때의 대부(大夫).

심장을 갈라야 했고, 이사는 극형을 당하고, 순경은 난릉(蘭陵)에서 못쓰게 되어 죽고, 한비는 진나라에 갇히고, 손자는 빈각이라는 형벌을 받았고, 불위는 촉으로 옮겨가고, 이광은 멀리 떨어진 외국에 가야 했고 사마천은 잠실[31]에 내려가야 했는데, 이는 모두 내가 생각해서 한 일들이다. 그러므로 근심 많고 힘들었던 성인들도 감히 나를 원망하지 않았고, 충신과 의로운 선비도 달게 죽음을 받아들이지, 내가 한 바에 대해 감히 비방하지 않았다. 왜냐하면 두려움이 점점 더 쌓여갔기 때문이다. 무릇 한수후의 위력이 중국에 떨치게 되자 내가 맥성(麥城)에 가두었고, 강백약이 계획을 세워 이전의 상태로 돌이켜 옛 왕을 맞이하고자 하니 내가 갑자기 심장에 통증이 나서 자살하게 했다. 제갈공명도 불세출의 재략가로 자부하면서 한나라 왕실을 일으켜 회복시키는 것을 자기 임무로 삼고, 군대는 군율에 따라 출병시키니 위(魏)나라 사람들이 그를 마치 호랑이를 보듯 두려워했다. 그런즉 내가 그를 오장원에 잡아 두고 지략이 궁하고 재주가 다 마르게 하고 피를 토하고 죽게 했다. 천도(天道)는 살리기를 좋아하는데 나는 죽이기를 좋아하고, 천도는 음란한 것을 징계하는데, 나는 선한 것을 징계한다. 매사마다 상반되는데, 이것이 내가 '도'라 부르는 것이다. 하늘도 나를 못 이겼는데 하물며 인간이 나를 이기겠느냐?魔王大笑 高叫曰 爾伯王憎不知我 凡天下之聖智英豪 無不入我彀中我且明告 昔 堯遭洪水 九載不績 下民愁怨 堯德遂衰 禹於是 股無髮 脛無毛 偏枯而沒 湯遇七年之旱 身爲犧牲 而禱道于桑林之野. 西伯拘幽 左丘失明 孔席不暖 黑突不黔 夷吾桎梏 樂毅奔趙 龍逄剖 萇弘胇 藏其血三年 而化爲碧 比干剖心 李斯極刑 荀卿廢死 蘭陵韓非囚業 孫子臏脚 不韋遷蜀 李廣身到絶域 史遷下於蠶室 皆我之所安俳也. 故愁勞聖人

不敢怨我 忠臣義士甘心受戮 而不敢誹訪我所爲 何 則積威約漸也. 及夫漢
壽侯威震華夏 則吾囚之於麥城 姜伯約定計恢復以迎舊主 則吾暴令心疼而
自殺 諸葛孔明自負不世之才略 以興復漢室爲己任 師出以律 魏人猥之如虎
則吾砧之於五丈原 使之智躬才竭 嘔血而死 天道好生 而吾以好殺 天道禍淫
吾以禍善 每〃相反 此吾所謂道也 天且不勝我 而况人乎」[32]

『삼한습유』의 마(魔)는 인간의 삶을 어렵게 하는 험악한 자연계의 여러
현상을 초래하는 존재이며, 동시에 부정한 봉건 관리 및 제도적인 질곡의
원인 제공자로 그려져 있음을 알 수 있다. 김소행은 조선 사회의 구조적인
모순, 봉건 제도 자체의 문제점 등 평소 비판하고자 했던 내용을 구체적으
로 언급하면서 이 모든 것을 마(魔)의 세력에 가탁하고 있다. 『삼한습유』에
서의 마(魔)는 천성 자체가 악한 존재이므로 교화도 불가능하며, 개과천선
도 요원한 존재들이다. 그러므로 싸움이 자신들에게 불리하게 돌아가자 마
군은 즉시 강화를 요청하고는 퇴장함으로써 자신들의 세력을 보존한다. 그
런데 이 마왕과 마모 등으로 대표되는 마도는 사이비 마도로 그려져 있어
『서유기』와는 또 다른 면모를 보인다. 『삼한습유』의 마모는 궁지에 몰리자
나찰녀를 찾아가 구원을 요청하고자 하는데, 이 대목에서 진짜 마도와 사
이비 마도가 밝혀지면서 마모는 면전에서 쫓겨나고 만다.

⑤ 예전에 찰마공주는 곧 아수라의 조카딸이었다. 그 외삼촌에게 배우고
드디어 위대한 마도(魔道)를 이루고는 수미산 위에 살면서 유불선 삼교 밖
에서 홀로 서서 온 세상을 내려다 보니 사람들은 감히 놀라 서지 않을 수 없

---

32 『삼한습유』, 169~170쪽.

었고, 따르는 무리가 매우 많았으며, 신령스럽고 두루 통달한 것은 비할 데가 없었다. 찰마공주가 이를 조카딸인 만다니(曼陀尼)에게 전하니, 그 술법으로 조화를 부려 천지를 몰래 훔쳐 먼지가 되게 하였다. 여래와 노군이 모두 일찍이 윗자리를 다투었는데 낭패를 당해 설 땅을 잃고, 각기 영역을 지키면서 감히 스스로 많다고 (자부)하지 않았다. 이 때에 마모가 몸소 산꼭대기에 나아가 들어가서 온 이유를 호소하니, 찰마공주가 말하였다. "내가 구품(九品) 연화대를 차서 거꾸러뜨리고 삼청(三淸)의 단약을 다리는 부뚜막을 밟아 깨고, 홀로 수미산 꼭대기에 서서 인간 세계를 내려다보니, 유교의 성현이라도 함께 더불어 계획하고 비교할 수 없다. 큰 도를 구하고자 하면서, 나를 택하지 않는다면 그 누가 있겠는가? 저 유불선 삼교의 사람들은 식견이 높지 않고 조예가 매우 얕아 사람들이 각기 들은 바를 존중하고 그 아는 바를 행하나 내 문호에는 능히 미치지 못한다. 그러므로 지목하여 마도라 한 것이다. 마도라는 것은 사람과는 그 길이 같지 않고 우뚝하게 서서 두려워하지 않음을 이르는 말로, 여래 자식이 억지로 이름지은 것인데 이 아이는 입버릇이 깨끗지 못한 까닭이다. 그러나 나는 사물에 있어서는 다투지 않고, 그 배우기를 원하는 자에게 있어서는 오는 사람은 물리치지 않고 가는 사람은 좇아가지 않을 따름이다. 그 마음을 쏟음에 있어서는 인간 세상에서 명분과 이익을 사모하는 자인즉 반드시 곡진히 하여 그 소원하는 것을 이룬다. 오로지 은혜와 덕으로 사람을 이롭게 하고 그 하는 바가 아님이 없으니 그러므로 예전부터 제후, 왕, 장수, 재상, 왕비, 황후, 비빈, 궁녀 모두는 그 직분을 맡아 아름다움을 이룬 자들이다. 지금 네가 내 이름을 도적질하여 나의 문과 담을 무너뜨리고 어지럽게 하고 성현의 본심을 구하지 않고 다만 인간의 좋은 일을 막고 망치는 것으로 일을 삼는구나. 남녀의 혼사가 네게 무슨 해가 된다고 군대를 일으켜 멀리 출정하여 천지를 원수를 삼다니 ……. 천지의 살리기를 좋아하는 덕을 힘입어 네 목을 보존할 수 있음을 다행으로 여겨라. 너는 나의 무리가 아니다. 내 어찌 너를 도와 잔학한 일을 하리오? 先是 刹魔公主 卽阿修羅之甥女也 學於其舅 遂成大魔道 居須彌山 獨立三敎之外 低視一世 人莫敢誰立 徒衆極多 靈通莫比 刹魔公主 以是傳之甥女萬陀尼 其術以造化爲標竊 天地爲塵垢 如來老君 皆嘗爭長 狼狽失據 各守畺域 不敢自多 是時魔母躬造山頂 入訴來意 刹魔公主曰, "我踢倒九品蓮花坮 踏破三淸鍊丹竈 獨立乎須彌山頂 下視人間 儒聖儒賢 而不與之計較 欲求大道 舍我其誰 彼三敎之人見識未高 造詣甚淺 人各尊其所聞 行其所知 而不能及吾聞 故目之以魔道 魔道者 不與人同道 特立不懼之謂也 如來所兒强名之 是兒口業 不淸淨故也 然我於物無競 其於願學者 來者勿去 去者勿追而已 其於馳心人世慕名利者 則必皆曲遂其願 專以德惠利人而不非其所爲 故從古侯王將相妃后嬪嬙 皆我之所部分而成其美者也 今爾盜竊我名號 壞亂我門牆 不求聖賢本心 只以沮敗人好事爲業 男女婚嫁 何害於汝 而興兵遠出 仇怨天地 賴天地好生之德 得保爾而首領幸也 汝非吾徒也 吾豈助爾爲虐者哉][33]

마도를 부정적으로만 인식하는 것이 아니라 이렇듯 유불선 외에 노니는 하나의 독립된 영역으로서 서술하는 것은 사고에 있어 작가의 개성적인 면모가 두드러지는 부분이다. 김시습, 김만중, 허균 등 조선시대에 자유로운 태도를 보였던 학자들이 유교 외에 불교나 도교 등에 경사되었던 경우는 있으나 이처럼 마도라는 제3의 도를 언급한 이는 찾아보기 어렵다. 특히 마(魔)라는 단어는 그 자체만으로도 부정적인 어감의 것으로 조선시대 성리

---

[33] 『삼한습유』, 199~201쪽.

학자들에게서는 긍정적으로 다뤄지기 불가능한 부분이었다. 김소행이 마도를 전혀 새로운 안목으로 서술한 것은 그 어감을 극복한 것으로 현대시에 있어 '새롭게 하기' 효과에 해당한다고 하겠다.

마도도 도의 하나의 고유한 영역인데 사이비 마도가 출현, 마도를 사칭하여 진짜 마도가 부정적으로 인식되게 되었다는 김소행의 설정은 기존의 관습적인 사고와 안목을 전도시키는 발상법이다. 이를 통해 작가는 군건하게 자리한 기지(旣知)의 사실이 실상과 유리된 것일 수도 있으며, 이러한 인식은 기지에 기반한 기존의 질서 또한 회의(懷疑) 가능한 대상이 될 수 있음을, 또 도는 유교만이 아니라 혹은 불교나 도교만이 아니라 다른 것일 수도 있음을 시사한다.

고소설에서 흔히 등장하는 혼사 장애 주지는 『삼한습유』에서도 등장하고 있다. 그런데 작가는 이 화소를 고소설 독자들에게 신선한 신마적 군담이라는 서사 전개와 결구시킴으로써 작품의 창신함을 유지한다. 뿐만 아니라 마군의 성격 열거를 통해 평소 작가가 부정적으로 생각하던 요인들을 한껏 나열하고 이를 읽는 독자들도 통쾌함을 얻게 했다. 또한 마도와 사이비 마도라는 설정은 새로운 인식에의 도달까지도 가능하게 하는 부분으로, 작가의 개성적인 사고가 엿보인다.

『삼한습유』는 기존 고소설의 문학적 관습들을 수용하면서 그것들을 그대로 답습하는 것이 아니라 새로운 형태로 결합한 작품이다. 그러므로 작품 속에서 적강구조가, 몽유록의 전통이, 혼사 장애 주지가 서로 결합하면서 구투를 벗고 작가의 구도 안에서 '자강 / 승천'의 자재로운 반복으로, 몽유록이 환골탈태한 모습으로, 그리고 혼사를 방해하는 신마적 군담으로 어울리게 된 것이다. 『삼한습유』는 기존 고소설의 구조를 수용하되 유형성을 극복하고 있으며, 유형성을 극복한 만큼 그 정도에 해당하는 작가 고유의 서사 세계가 자리하고 있다. 또한 유형성의 극복은 개인 창작이라는 사실과 유관하다. 한 작품에 여러 개의 이본이 존재하고 작품에서 유형성이 강조된다는 것은 고소설이 향유되는 과정에서 어느 정도 구비문학적인 요소가 가미되었음을 의미한다. 그러므로 『삼한습유』에서 보이는 유형성의 극복은 『삼한습유』가 이러한 구비문학적인 요소를 청산한 개인 창작물로서의 소설이라는 점에서 의의를 지닌다.

2. 중세적 담론의 해체적 수용

1) 백과전서적 지식의 전개

지식의 전개는 『삼한습유』의 특징 중의 하나이다. 지식이 소설의 중요한 몫을 담당하게 된 초기의 작품은 김시습의 『남염부주지』로, 이 작품의 대부분은 주인공이 꿈속에서 사후 세계인 염부에 가서 그 곳의 왕과 함께 벌이는 토론으로 되어 있다. 토론의 내용은 귀신의 존재와 사후 세계의 유무 여부에 대한 것이다. 그 결과, 이 작품은 거의 교술적 성격에 가까운 서사의 성격을 띤다. 김시습은 소설 속에 지식의 전개와 서사를 잘 조화시켰으나 그 이후 토론적 요소는 교술로, 서사는 소설로 방향을 나누어 발전한다.[34] 소설 속에 지식 혹은 지식적 요소가 다시 삽입되면서 그것이 어느 한 작품에 국한되는 것이 아니라 하나의 현상으로 나타나는 시기가 조선 후기

이다.『옥선몽』,『옥루몽』,『삼한습유』등의 한문소설뿐만이 아니라 우화
소설인『두껍전』의 경우도 조선 후기 이본에서는 작품 속에 지식적 요소를
삽입시키고 있다.

　이러한 현상의 원인은 우선 조선 후기 사회의 성격에서 찾을 수 있다. 조
선 후기에 이르러 몰락 양반과 유랑 지식인의 증가, 위항 문인들의 탄생 등
지식 계층이 확산되고, 조선 후기의 학문적 경향 중 백과전서적 특징을 보
이는 저술 등이 간행되면서 이러한 지식이 광범위하게 확산되었던 것이
다.[35] 조선 후기 학자들에게 실학의 분위기 속에 수용되었던 이수광의『지
봉유설』, 이덕무의『청장관전서』, 이규경의『오주연문장전산고』등 17, 18
세기에 나온 저술들이 대표적인 백과전서적 저술에 속한다. 대개 소설에
관여한 사람들은 몰락 양반이거나 방각업자들이거나 혹은 김소행의 경우
처럼 위항에 속하는 경우가 많았으므로 이들은 한문 교양을 토대로 자연 당
대 지식의 세례를 받았을 확률이 높다.

　소설에서 지식을 삽입시키는 또 하나의 원인은 소설 내적인 문제에서 비
롯된다고 보인다. 고소설 중 다수를 차지하는 군담소설, 가정소설 및 가문
소설 등 폭넓은 향유층을 확보했던 대부분의 고소설은 등장인물에 의한 사
건 중심의 서술이 주를 이뤄 왔다.[36] 주지하듯『금오신화』및 판소리계 소

---

34 이혜순(1993),「전기소설(傳奇小說)의 전개」,『고소설사의 제문제』, 서울 : 집문당,
　　227, 232쪽.
35 김경미(1993),「『옥선몽』의 성격과 작가의 소설 인식」,『국어국문학』제109집, 서울 :
　　태학사, 295~297쪽.
36 이 중 가문소설과 같은 국문장편소설의 경우는 예외적으로 말하기(telling) 방식의 서
　　술 외에 대화 장면의 삽입, 편지나 상소문 등의 전문(全文) 인용, 묘사의 확대 등 보여
　　주기(showing)의 서술도 풍부하다. 이는 해당 장르의 작품들이 장편 대하에 해당하므
　　로 서사 분량이 충분한 데서 비롯하는 서술적 특징이라 하겠다. 그 밖의 하위 장르에
　　해당하는 고소설 작품들의 서술은 대개 사건 및 행위 중심의 설명하기 방식, 말하기 방
　　식이 주를 이룬다.

설 등을 제외하고는 다종다양한 대부분의 고소설이 주로 행위 위주로 서술되었다. 그러므로 이야기는 달라도 소설의 전개에서 배어나는 작품의 분위기는 그리 많이 다르지 않다. 『구운몽』, 『사씨남정기』, 『창선감의록』 등의 출현과 더불어 소설이 중심장르로 이동하던 17세기 이래 근 이삼 백년 동안 등장인물의 행위의 서술을 통해 서사를 전개시켜 왔던 고소설은 새로운 소설을 모색해야 할 단계에 들어섰던 것으로 보인다. 실제적으로 소설이 중심 장르로 자리를 잡아갔다 할지라도 조선의 유학자들은 소설에 대해 지속적으로 부정적인 태도를 견지했으며, 서유영의 『육미당기』 서문에서도 볼 수 있듯 소설 창작에 임하는 사람들도 기존 소설에 대해 문제의식을 지니고 있었다. 그 결과, 한문 교양을 갖춘 지식인들이 기존의 소설과 다른 면모를 지닌 소설을 창작하고자 하는 과정에서 작품 속에 광범위한 범주에 걸친 그들의 지식을 활용하여 작품의 서사를 짜 나간 것으로 보인다. 예를 들어, 『옥선몽』의 경우는 문답식으로 작가의 백과전서적인 지식이 나열되며, 『옥루몽』의 경우는 전쟁에 대한 작가의 지식이 작품에 필요한 국면 국면마다 적절하게 배치되고 있다. 즉 작품 속에 지식이 삽입되는 현상은 소설 내적인 요구에서 비롯된 현상이기도 한 것이다. 지식적 요소가 단편적으로 나열되거나 필요한 경우에 잠시 활용되는 경우가 아니라 지식 그 자체가 심화되고 진지하게 개진된 작품이 바로 『삼한습유』이다. 이렇듯 작품 속에 작가의 사변이 전개되는 경우는 현대소설에서도 사용되는 것으로 이는 작가가 자신의 생각을 작품을 통해 전달하고자 하는 경우에 나타나는 현상이다.[37] 김소행 역시 이러한 지식의 전개를 통해 해당 문제 자체에 대한 자신

---

37 현대소설에서 작가의 사변이 서사의 중간 중간 상당한 분량으로 삽입되는 경우는 최인훈을 대표적으로 들 수 있다. 그의 작품에는 작중 화자나 주인공의 사고의 흐름을 통해 작가 자신이 관심을 가졌던 문제를 제기하고 그것을 논리적으로 서술하는 데에 많은 지면을 할애하는 경우가 있으며, 이로써 그의 작품이 사변적이고 철학적인 성격을

의 지식을 활용할 뿐만 아니라 자신이 전개하고 있는 그 내용이 결국 자신의 태도와도 유관한 것이어서 작품의 주제 의식과도 유기적으로 연관된다. 『삼한습유』는 유교 경전에 바탕한 한문 교양을 기본으로 하면서 몇몇 분야에 대해 심도 있는 관심을 보인다. 본 절에서는 『삼한습유』에 나타난 김소행의 백과전서적인 지식이 구체적으로 어떤 내용인가에 대해 고찰하고자 한다. 본 절은 그 내용을 심성론 및 귀신론, 천지도수, 남녀 음양의 이치, 역사적 인물에 대한 평가 등 크게 네 항목으로 정리할 것이다.[38]

2) 의론(議論)의 형식으로 수용된 중세 지식들

(1) 심성론(心性論), 귀신론(鬼神論)

심성론이나 귀신론의 경우는 대표적인 유교 교양으로 조선시대 유학자들의 주된 관심 분야의 하나이다. 김소행은 작품에서 이 기본 교양을 활용하고 있다. 『삼한습유』에서 심성론의 경우는 천군과 마군의 싸움이 한창일 때, 마군이 항왕의 군대를 맞아 싸울 준비를 하는 과정에서 상대방을 알고 승리를 거두기 위해 마왕이 그의 아들들에게 이기심성(理氣心性)에 대해 가르치는 것으로 설정되며, 귀신에 대한 논의는 향랑이 환생하기 전, 효렴을 찾아 와서 자신의 혼인 의사를 전달하는 과정에서 전개된다. 우선 작품에 나타난 예문을 들어 보기로 한다.

띠게 된다는 평가를 받고 있는 데서도 알 수 있다.
38 이 외에도 병법(兵法)이나 화랑(花郞) 등에 대한 대화가 전개되기도 하나 전체 분량 상 독립된 항목으로 다루기에는 미흡하여, 서술을 위해 필요한 부분에서 인용하도록 한다.

① 마왕이 말하였다. "어린 아이의 소견이로구나. 네가 못 배웠으니 심성이기(心性理氣)가 어떻게 생겨 먹은 물건인지 모르는 게다. 내 장차 너를 위해 두 사람의 심사(心事)를 분별해서 말해 주마. 대개 인간은 이 심(心)이란 것을 가지지 않은 이가 없고, 또한 이 성(性)이란 것을 가지지 않은 이도 없다. 심(心)은 기(氣)이고, 성(性)은 이(理)이지. 이(理)는 기(氣)를 타고 발하는 까닭으로 사람의 성(性)은 서로 비슷하고, 심(心)은 성정(性情)을 거느리는 까닭으로 사람의 심(心)은 서로 같지. 심(心)에는 미발(未發) 상태와 이발(已發) 상태가 있단다. 무릇 고요하게 움직이지 않고, 비고 고요하게 한결 같은 것은 미발(未發) 때를 가리키는 말이고, 길이 보이는데 평평하지 않으니, 칼을 뽑아 서로 돕는다는 것은 已發(이발) 때에 해당되는 말이지. 심(心)의 덕이 성(性)이 되고, 그것이 발(發)해서 정(情)이 되는 것이니, 정(情)은 성(性)이 갖추고 있는 것이다. 기(氣)에는 치우침과 온전함이 있고 이(理)에는 선하지 않은 것이 없다. 이것이 인심(人心), 도심(道心)의 나뉘는 까닭이니, 기질지성이면 군자 중에도 불성(不性)한 사람이 있는 것이지. 이(理)는 희미하고 기(氣)는 현저한데, 현저한 것은 보기 쉽고 희미한 것은 알기 어렵지. 그러므로 정(情)은 일을 따라 발(發)하고, 느낌(感)을 따라 나타나는 것이다. 끝(端末)이 보이지 않은즉 천지는 능히 볼 수도 없고 알 수도 없단다. 그러므로 드러난 것을 인하여 희미한 것을 살핌은 성현의 극히 공교로운 것이다. 그래서 일찍이 유학자들은 성(性)을 아는 자가 없다고 말한 것은 그 희미한 것을 살펴서 드러난 것을 남기려 했기 때문이지. 그 성(性)을 아는 자는 오로지 맹자뿐인가! 그가 사람의 본성이 선하다고 말한 것은 성(性)이 선하다면 그 정(情)도 선할 것이라는 게지. 요순의 순수한 가르침은 맹자에게 전해졌는데, 맹자는 그것을 전하지 못 했다고 하겠지." 이때 구마자들이 꾸벅꾸벅 졸다가 머리를 병풍에 부딪히니, 마왕이 크게 화

를 내며 마구 때리며 꾸짖었다. "못된 자식들이 아비의 가르침을 받지 않다니! 어찌 먼저 그 마음도 다스리지 않고서 능히 사람을 다스릴 자가 있겠는가?[魔王曰 兒童之見也. 小兒不學 不知心性理氣之爲何物 吾將爲汝 分別言 兩人心事 盖人莫不有是心 亦莫不有是性 心卽氣也. 性卽理也. 理乘氣發 故人之性相近也. 心統性情 故人之心相同也. 心有未發已發 夫寂然不動虛靜心一 以未發時言也. 路見不平 拔劍相助 以已發時言也. 心之德爲性 其發爲情 情者性之具也. 氣有偏全 理無不善 此人心道心之所以分 而氣質之性 君子有不性者焉 理微而氣著 著者易見 微者難知 故情隨事發 隨感而現 端末未見 則天地莫能見 莫能知 故因著而察微 聖賢之極工也. 故嘗謂儒者未嘗知性 以其察微而遺著也. 知其性者 其惟有孟子乎 其言性善曰, "乃若其情 則可以爲善 由堯舜精一之訓 傳至孟子 而孟子沒不得其傳焉 九魔子方睡 以頭觸屛 魔王大怒 以如意擊之曰, 辱子不受父敎 安有不先治其心 而能治人者也]**39**

마왕의 입을 통해 전개되는 이기심성의 수준은 '심(心)은 기(氣)이고 성(性)은 이(理)'라는 정도에 머무르는 것으로, 이기심성론의 기본적이고도 일반적인 내용으로 되어 있다. 이는 작가가 이기심성론 자체에 대해 관심을 갖고 이 부분을 삽입한 것이 아님을 의미한다. 왜냐하면 짧고 간단하게 언급되는 이기심성론에 비해 천지도수(天地度數)나 음양(陰陽)과 남녀(男女)의 이치(理致) 등의 경우는 상대적으로 상당한 분량에 걸쳐 자세하게 서술되기 때문이다. 이기심성론은 조선 성리학의 중요한 쟁점으로 소설 속에서 언급될 때면 긍정적인 인물이 권위를 가지고 이기심성 그 자체에 의미를 부여하

---

39 『삼한습유』, 165~166쪽.

면서 진지하게 서술되어 마땅한 부분이다. 그런데 『삼한습유』는 이 부분이 부정적 인물의 대표격인 마왕의 입을 통해 그 뼈대만 구술되며, 마왕의 아들들이 꾸벅꾸벅 조는 가운데 그것도 도(道)로서 설명되는 것이 아니라 상대방을 이기기 위한 방법의 하나로 설명된다. 김소행은 평소 그가 숙지했을 이기심성론의 기본적인 내용을 작품 속에 그대로 삽입했다. 그런데 그 지식을 활용함에 있어 그 내용이 작품의 서사 안에서 마왕과 그 아들과의 대화라는 전혀 예상 밖의 상황에서 발화되는 것으로 설정하였고, 그 결과 이기심성론의 지위 자체에 전도가 일어난 것이라고 하겠다.

다음의 예문은 효렴이 향랑을 위한 조문을 지은 후, 향랑이 그에게 찾아와서 둘이 주고받은 대화의 일부분이다. 그녀를 귀(鬼)라고 판단한 효렴은 향랑에게 음양(陰陽)의 길이 달라 잠시 동안 만남의 즐거움을 누린 후 곧 이별하여 슬플 것을 생각하니 만나지 못함만 못하다고 말한다. 이에 향랑이 그렇지 않으며 상제께서 둘의 혼인에 대해 승낙하셨다고 하자 효렴은 향랑에게 당신은 어떤 존재냐고 묻는다. 이에 향랑은 귀신에 대해 설명하게 된다. 좀 길지만 작품의 이해를 위해 그대로 인용하기로 한다.

② 효렴이 오늘 여기에 온 것은 어떤 몸이냐고 물으니, 그녀가 매우 조심스러운 태도로 말하였다. "말하기 어렵군요. 사람이 죽은즉 귀신은 없습니다. 귀(鬼)란 돌아가는 것(歸)입니다. 귀(鬼)는 본래 형체가 없는 것인데 경우에 따라서는 혹 언뜻 있기도 하고 언뜻 없기도 합니다. 대개 영험한 자는 평소에 먹는 것들의 이름으로 족히 정령을 모으고, 그 무리의 강함으로 족히 의지하여 붙습니다. 그러므로 귀신이 안다고 해도 겨우 일 년 정도의 일이나 아는 것이지요. 귀신 중에 백 년이 넘도록 오래 된 그런 귀신은 없습니다." 효렴이 말하였다. "학자들은 귀신이 없다고 많이 말합니다. 지금 낭자

의 말을 들으니 없다는 말이 믿을 만하군요. 그러나 때때로 귀신이 있는 것은 그 까닭이 무엇입니까? 황석공이 기상에서 책을 주었다거나[40] 양숙자가 뽕나무 밭에서 반지를 찾은 일 같은 것을 어찌 믿지 않을 수 있습니까?" 그녀가 웃으며 말했다. "천하의 이치는 없는 곳이 없습니다. 윤회왕복은 본디 그 일이 있는 것이므로 여러 부처들은 이것을 가지고 백성들을 유혹하지만 한 번 알게 된다면 사람마다 이렇게 믿도록 만드는 것은 불가합니다. '책을 주고, 돌로 변한 일'에 대해 말하자면 한고조에게는 난리를 평정할 자질은 있었으나 독서를 통해 대략을 통달하지 못하였기에 그가 볼 수 있고 들을 수 있는 것에 대해서는 대수롭지 않게 여겨 함부로 대하고 욕하지 않음이 없었으며, 그가 볼 수도, 들을 수도 없는 것에 대해서는 존경하고 중히 여기고 받들어 믿지 않음이 없어서였습니다. 그러므로 그런 소문이 들리면 좇아가서 경청하며, 떠오르는 기운이라고 자부했던 것입니다.[41] 장자방은 그 낌새를 눈치 채고 있던 터라 책략을 아뢰고 싶어도 벼슬이 날아가는 수모를 당하지는 않을까, 또 자기 말이 안 받아들여지는 것은 아닐까 두려웠습니다. 그래서 황제의 선생이 된 지 십 년이 되면 제북으로 갈 것이라는 괴이한 말로 황제를 미혹케 하였는데, 이는 단지 자방이 그 운수를 미리 추측해서, 황제로 하여금 친히 보게 하여 그 말을 사실이라고 믿게 한 것입니다. 왜냐하면 장자방이 이곳에서 괴이하게 생긴 돌을 본 적이 있고, 마침 그 빛깔이 누런색이기에 그렇게 이름한 것이기 때문입니다. 무릇 자방은 지혜롭고 꾀가 있는 선비입니다. 권모술수가 있는 사람이 속이는 걸 어찌 족히 믿겠습니까? 그러므로 책 또한 자방이 꾸민 일이고 돌 또한 자방이 한 일입니

---

40 황석공(黃石公)이 이교(圯橋)에서 장량(張良)에게 태공(太公)의 병법을 전해준 일.
41 한고조 유방이 천자가 되기 전 진시황의 군사를 피해 숨어 다녔으나 여후는 늘 그를 찾아냈는데 그가 있는 곳 위에 항상 구름 기운이 있었기 때문이다.

다. 잠깐은 속일 수 있어도 만세를 속일 수는 없습니다. 그러므로 함께 묻어서 (훗날 빌미가 될 수 있는) 그 근본을 끊어 버리라고 말한 것입니다. 장자방이 마음속으로는 어찌 '내 말을 가지고 오래된 책에 쓰여 있던 말인 것처럼 하고, 내 욕심을 가지고 진짜 신의 뜻이라고 했으니 참 교활하고 더럽구나'라고 말하지 않았겠습니까? 그러므로 지혜 있는 자로 하여금 스스로 판단하게 했는데도 사람들이 알아서 살피지 못하는 것은 어쩐 일입니까? 그것은 바로 귀(鬼)가 있기 때문인 것입니다. 죽어서 신(神)이 있는 자는 성인이 낸 재주 있는 선비, 영웅호걸로, 문장은 박식하고 판단력과 지혜가 특별하여, 자기 당대에 출세하고 만세토록 이름을 날리는 자입니다. 이런 사람은 모두 하늘에서는 별자리의 정령이었고, 내려가서는 물과 산의 영(靈)으로, 기운이 왕래하는 것이 천지와 더불어 시작하고 끝맺는 자입니다. 당대의 뛰어난 아름다운 용모나 경국지색 또한 지하에 혼이 묻혀도 오히려 영험함이 있는 자들로, 그 받은 기운이 보통 사람과는 다른 것입니다." 효렴이 환히 깨달으며 말하였다. "예전에 공자께서 신(神)에 대해서 말씀하지 않으셨기 때문에 후세에도 증명(할 방법)이 없어 사람마다 그 견해가 각기 다릅니다. 가생(賈生)의 앞에 앉아 들으면 반드시 탁월한 견해가 있을 것이나 역사에는 그 전하는 것이 없으니, 저는 항상 그것을 한스럽게 여기고 있었습니다. 지금 하늘이 주신 모처럼의 기회를 만났으니, 그 이야기를 다 해 주시길 바랍니다. 감히 묻습니다. 낭자가 신(神)이 된 까닭은 무슨 방법에 의한 것입니까?" 향랑이 말하였다. "사람이 죽어 겨우 삼관을 지나면 이미 바람처럼 흩어집니다. 마치 짚이 타서 없어지는 것과 같지요. 그런데 오로지 원통한 사람만은 처음에 태음을 지나 삼관을 거치게 됩니다. (이 때 원통히 죽은 사람은) 태일이 시신을 지키고, 삼혼이 뼈를 관리하고, 칠백이 살을 지키고, 태령(胎靈)이 기운을 맡으니, 심령(心靈), 정영(精英)이 솟아올라 흘러 넘쳐 능히 영험한 것을 보고, 위엄이 혁혁하고, 천상과 지상을 마음대로 다닙니다. 제가 죽은 지 얼마 안 되어 인간 세상에 모습을 드러낼 수 있었던 것은 이 때문이지 무가화월(武家花月)의 요망함이 감히 적량공(狄梁公)에게 나타나지 못한 것과 같은 것은 아닙니다. 이 몸이 장차 인간과 짝짓게 되자 상제께서 윤회대성(輪回大聖)에게 몸을 돌려주라고 명하시니, 대성이 생명과 혼을 돌려주는 일을 담당하신 것입니다. 정신을 단련하고 호흡을 이끄는 방법은 원래 없는 것입니다. 그리고 신령한 물로 닦고, 바람으로 불게 하니, 피부가 매끄럽게 되었으며, 모르는 사이에 살풋 잠든 사람처럼 되었습니다. 이에 대성이 다 끝냈다고 아뢰니 태미천군(太微天君)으로 하여금 신통한 비방을 섞어 보도록 하였습니다. 이에 오장(五臟)이 생겨나고 뼈가 옥같이 되었습니다. 칠백이 모시고, 삼혼이 무덤을 지키니, 삼원이 기뻐 숨쉬고, 대신이 안으로 닫고, 태일이 정신을 단속하고, 사명이 마디를 잡고, 오로가 아름답게 해 주시고, 상제와 천군이 자질을 보배롭게 하셨습니다. 그러자 곧 또 피를 모으고 살을 키우며 진액을 내고 굳게 해서 바탕을 회복시켜 태에 돌리니, 지난 날 살아 있었던 때보다 훨씬 나았으며, 말하는 것과 몸놀림도 예전에 비해 민첩해졌습니다. 이 몸은 진정 물에 들어가도 젖지 않고, 불에 들어가도 타지 않으며, 구름을 타고 안개 속에 놀며, 가마를 타고 세상의 끝에까지 다니며, 하늘보다 뒤에 늙고 해, 달, 별을 시들게 할 수 있습니다. …… 효렴은 본래 강직하고 바른 성품이라 귀신을 믿지 않았으나 이 말을 듣고는 취한 듯 바보가 된 듯 속으로 생각하기를 '천하에 본디 이런 이치가 있구나. 무릇 범상치 않은 사람이 있은 연후에야 범상치 않은 일이 있는 법이니, 양세(兩世)의 옥피리라도 또 무엇이 의심스러우리오?'[孝廉 問曰 今之來此 敢問何身也 女深蹙曰 難言也 人死 則無鬼 鬼者歸也 鬼本無形 其或乍有乍無 略有靈識者 以其平日 食物之名 足以聚精英 而族類之强

足以自依附也 此也 故鬼之所知 至於一年之事 而天下無百歲之鬼焉 孝廉曰
學者多言 無鬼神 今聞娘言信乎 其無也 然而往往有鬼神 其故何也 如黃石公
之授書圯上 羊叔子之索環桑中 豈不信然乎 女笑曰 天下之理 無所不在 輪廻
往復 固有其事 故諸佛執此以誘下民 不可執一認 作人人如是也 若夫授書化
石之事 高帝有撥亂之姿 而未能讀書 通達大體 故其可見可聞者 無不輕易慢
罵 其不可見聞者 無不敬重奉神故 聞父老而追相聽 雲氣而自負 子房得其機
欲以策干之 而恐遭洩冠之辱也 又恐其言之不可聽也 乃惑之以詭異之說之
身爲帝師 十年後濟北之行 子房預推其數 使帝親見而宪其言 盖子房 曾見怪
石於此 而其色適黃 故名之云爾 夫子房智謀之士也 權數家譎詐之 何足信也
故書亦子房也 石亦子房也 可以瞞一時而不可以欺萬歲也 故遺教竝葬以絶
其根 子房之心 豈不曰, 以己說 爲故書則 僭矣 以頑爲眞神則 瀆矣乎 故欲使
智者自卞之人自不察若之何 其有鬼也 其死而有神 聖人之才士 英雄豪傑 文
章博識 辨智特達 可以立身於當世而揚名於萬世者也 此人皆上而星辰之精
下而河嶽之靈 一氣來往 與天地相終始者也 至絶世之容 傾國之色 亦皆埋魂
地下 猶有靈識者 以其受氣異於人也 孝廉釋然曰 昔夫子 不言神故 後世無徵
人各其見 賈生前席之對 必有高見 而史無其傳 僕常恨之 今遇天難 願畢其說
敢問娘子 所以爲神者 何方之依 女曰 人之死也 纔過三官已爲飄散 恰如薪盡
火滅 惟冤之人 初逝太陰 將過三官也 太一守尸 三魂管骨七魄 衛肉胎靈 錄
氣心靈 精靈飛越 周流能觀靈驗示威赫 上下縱姿故 妾之始死 能現相人世者
此也 非如武家花月之妖 不敢見狄梁公也 及以此身 將配人間 則帝命輪回 大
聖使之反形 大聖祇主往生還魂 本無鍊精 導息之方 乃以神水洒之 業風吹之
肥膚堅凝隱然 成假寐之人 於是大聖告以技盡 乃令太微天君 雜試神方 於是
五臟自生 白骨如玉 七魄營侍 三魂守宅 三元歡息 大神乃閉 太一錄神 司命
秉節 五老扶華帝君寶質 於是卽又收血育肉生津結 液復質反 胎還勝於昔日

未死之容 而言語動作 比前如敏 此身眞能入水不況 入火不焦 乘雲游霧 騰駕

八荒 後天而老 凋三光矣 …… 孝廉本剛 方不信鬼神 反聞此言 如醉如癡 暗

自忖度曰, "天下固有是理矣 夫有非常之人 然後 有非常之事 兩世玉簫 又何

疑焉]**42**

위 예문에 의하면 향랑은 '사람이 죽으면 귀(鬼)는 없다'고 하며, 또 장자
방의 고사를 예로 들면서 신이하게 보이는 일은 다름 아닌 지모가 뛰어난
인간들이 꾸미는 것이라고 설명하여 귀신에 대한 합리적인 해석을 펼친다.
그러나 궁극적으로 향랑은 귀신의 존재를 인정하고 있다. 처음에는 귀의
존재를 부인하는 것처럼 보이나, 곧 이어 귀는 항구히 존재할 수는 없으나
다른 사물에 의거해 잠시 동안은 머무를 수 있다고 하며, 결국에는 '사람들
이 스스로 살피지 못 하는 것은 귀(鬼)가 있기 때문'이라는 향랑의 말은 귀의
존재를 전제하고 있는 것이기 때문이다.

그렇다면 김소행은 귀신의 존재를 인정하기 위해 많은 이야기를 하며 우
회해 간 것이다. 김소행은 왜 처음부터 그 존재에 대해 분명하게 말하지 않은
것일까? 그 이유는 '공자께서는 괴이한 것, 완력을 쓰는 것, 어지러운 것, 신
이한 것은 말씀하시지 않으셨다[子不語怪力亂神]'라는 『논어』의 구절에서 찾
아야 할 것으로 보인다. 작품에서 대화를 통해 귀신론을 다루는 또 다른 대표
적인 경우로는 『금오신화』를 들 수 있다. 한 때 승려가 될 정도로 자유로운
정신의 편력을 보여 줬던 김시습조차도 『남염부주지』에서 염왕과 박생의
대화를 통해 주기론(主氣論)의 입장에서 귀신의 존재를 부인했고, 천당과 지
옥의 존재, 명부 시왕[十王], 부처에게 올리는 재(齋), 윤회설 등도 부정했다.

---

42 『삼한습유』, 47~51쪽.

그 결과 김시습은 염왕의 입을 통해 내세가 없음을 명확히 했음에도 불구하고 박생이 죽은 후 염부주를 통치한다는 모순을 보여주고 있다.[43] 김시습의 경우처럼 그 일생이 잘 드러나지는 않으나 당대 고문가들에게서 문장으로 인정받고 교유했던 것으로 미루어 김소행은 불도에 귀의한다든지 하는 파격을 보이지는 않은 것 같다. 당시의 기록 태도로 미루어 만일 그런 행적이 있었다면 그에 관한 일화에서 언급되었을 것으로 판단되기 때문이다. 김소행 역시 유학자적인 면모를 지니고 있었을 것이며, 그렇다면 김시습조차도 부정했던 귀신의 존재에 대해 곧바로 긍정하기는 어려웠을 것으로 보인다. 그 고민의 결과 김소행의 귀신론은 온갖 지식을 동원하여 그 존재를 부정하는 듯 하면서 예외의 경우를 마련하여 귀신의 존재를 인정하는 것이다.

뿐만 아니라 김소행은 어떻게 하면 인간이 신(神)이 될 수 있는가라는 문제를 다루면서, 평범한 사람은 죽으면 일정한 절차를 지나면서 바람처럼 흩어지나 원통한 사람만은 특별한 과정을 걸쳐 '영험한 것을 능히 보고 위엄과 혁혁함을 보이며 상하를 마음대로 다닐 수 있는' 존재가 된다고 향랑의 입을 통해 대답한다. 즉 신(神)이 될 수 있는 사람은 생전에 원통함이 있었던 사람인 것이다. 김소행은 위에서 원통하게 죽은 사람이 죽어 신이 된다고 언급하는데, 죽어 원통하게 죽은 사람이 죽어서 원귀나 원혼이 된다는 것은 남효온, 이이, 김시습의 귀신론에서도 찾아 볼 수 있다.[44] 그런데 원귀나 원혼 등의 용어를 사용하지 않고 죽어 '신'이 된다는 김소행의 표현은 그것이 다만 표현의 사소한 문제처럼 보일 수도 있으나 그 안에는 향랑

---

43 이혜순(1990), 「금오신화」, 『한국고전소설작품론』, 서울 : 집문당, 22~23쪽.
44 특히 김시습은 귀신을 기의 움직임으로 이해했으며, 조화와 감응 등 자기 행위의 주체로서의 귀신은 부정했다. 다만 김시습은 사람이 죽어 귀신이 되는 경우를 제한적으로 인정하는데, 그것이 바로 여귀나 원귀이다. 이에 대해서는 조동일(1992), 「15세기 귀신론과 귀신 이야기의 변모」, 『문학사와 철학사의 관련 양상』, 서울 : 한샘출판 참고.

의 존재를 긍정적으로 제시하려는 작가의 의도가 내재되어 있다.

그런데 김시습은 자신의 철학적 논리를 벗어나지 않게 하기 위한 장치로 꿈을 설정했다. 꿈속에서는 어떤 일도 가능하며, 그러므로 사후 세계나 신선을 등장시키는 데에도 별 어려움이 없다. 그러나 김소행은 향랑의 일을 꿈속의 일로 처리하여 깨고 나면 허무한 한바탕의 꿈으로 만들지는 않았다. 비록 이원론적인 세계를 설정하기는 했으나 향랑을 굳이 억울하게 죽은 존재의 현현인 신(神)으로, 환생한 지상계의 인물로 만드는 김소행의 허구적 설정은 바로 작품의 창작 동기와도 관련된다. 김소행은 허구의 세계에서나마 꿈이 아닌 지상에서의 삶을 통해 향랑의 원통함을 갚고 새 삶을 부여하고자 한 것이다.

실제로 숙종 대의 향랑은 한평생 불행하게 살다가 자살한 여인이므로 원통한 사람임에 틀림없다. 그러나 작품으로 재구성하는 과정에서는 신(神)이 되는 이유가 살아생전의 열(烈)이라든지 혹은 효(孝)라든지 하는 행동의 보응이었다는 식으로 얼마든지 다른 이유를 마련할 수도 있었을 것이다. 그런데 김소행은 그렇게 하지 않았다. 그가 굳이 원통함을 내세우는 것은 작가가 그 부분에 주목하기 때문이다. 살아서의 원통함에 대한 보상으로 죽은 후의 신(神)이 보장되는 것이며, 이는 원통한 이야기를 마음에 담고 살아가야 했던 모든 이들에 대한 신원이기도 하다.

『삼한습유』의 주인공 향랑은 죽었다가 남편의 형(刑)과 관련하여 태수 앞에 현현하고, 효렴과의 결혼을 위해 자신의 모습으로 다시 환생하여 기어이 그와의 혼인을 이루고야 만다. 이러한 설정은 그 당시의 다른 어떤 소설에서도 볼 수 없었던 독특한 구성으로 작가의 상상력의 규모와 개성을 보여주는 부분이다. 작가는 이러한 설정 자체에 대해 설명할 필요를 느꼈을 것이며, 그것을 귀신론으로 답하고 있다.

(2) 천지도수(天地度數)

천지도수는 천문학적 지식에 속하는 내용이다. 심성론과 귀신론이 유교 철학적인 성격의 논의인 반면 천지도수는 자연과학의 영역이다. 조선 후기에 들어서면서 천지도수는 학문의 한 분야로 중요하게 다뤄지기 시작하였다. 경세제민(經世濟民)과 관련된 조성기의 학풍에 자극을 받은 김창흡은 1677년 그의 형인 김창협에게 편지를 보내어 명물도수지학(名物度數之學)의 중요성을 강조하게 되는데, 여기에는 예악(禮樂), 율력(律曆), 병형(兵刑), 산천(山川), 관제(官制), 식화지류(食貨之類) 및 상수학적(象數學的) 관심이 포함되고 있다. 김원행(金元行)의 제자였던 홍대용(洪大容)의 지전설(地轉說), 김창흡(金昌翕)의 문인이었던 김석문(金錫文)의 '삼대환부공설(三大丸浮空說)'과 같은 18세기 천문학 이론은 바로 이러한 낙론계(洛論系) 학풍에서 비롯한다.[45] 김소행이 소설 속에서 천지도수에 대해 자세한 서술을 하는 것도 조선 후기 경화학파의 학문적 경향과 유관할 것으로 보인다.

① 옛말에 따르면 하늘에는 세 가지가 있는데, 선야천(宣夜天), 개천(盖天), 혼천(渾天)이 그것입니다. 선야천설은 증명할 길이 없고 주비(周髀) 개천설은 살펴보니 유실된 내용이 많고, 오직 혼천설만이 사실에 가깝습니다. 혼천설에 따르면 하늘은 계란 같고 땅은 계란 노른자 같으니, 하늘은 크고 땅은 작은 것입니다. 하늘의 표면 안쪽에 물이 있으니, 하늘과 땅이 각각 기운을 받아 섰으며, 물을 이고 떠 있는 것이지요. 하늘이 도는 것은 마치 수레바퀴가 도는 것과 같아요. 하늘에는 본래 도(度)가 없습니다. 하늘의 둘레를 365도 ¼라고 하는 것은 해의 하루 낮과 밤 궤도의 넓고 좁음에 따라

---

45 유봉학(1991), 73~77쪽.

부른 이름이지요. 왜냐하면 해가 운행하는데 365일 외에 또 ¼일을 더 가면 1년이고, (일년에) 하늘을 한 바퀴 도는데, 하루에 가는 것만큼을 1도(度)라고 하지요. 그러므로 나누어 보면 365와 ¼도가 됩니다. 별에서 달까지의 거리와 다섯 별의 궤도는 모두 그 도를 가지고 재는데[古之言天者 有三 曰, 宣夜天 曰, 盖天 曰, 渾天 宣夜無所徵信周髀 盖天考驗多失 獨渾天爲近 是其言曰, 天如鷄卵 地如卵黃 天大地小 天表裡有水 天地各勝氣而立 載水而浮 天轉如車轂之運 天本無度 周天三百六十五度四分度之一者 因日一晝夜 所躔濶狹而名者也 盖日之行也 三百六十五日之外 又行四分日之一 年年而一周天以一日所行爲一度 故分爲三百六十五度 四分度之一 星辰之相去月 五星之行躔 皆以其度焉焉][46]

②땅 위 땅 아래는 각각 8만 리라고 합니다. 하늘은 굉倚처럼 둥그니, 대개 반은 땅 위를 덮고, 반은 땅 밑에 숨어 있지요. 북극은 땅에서 36도 올라와 있고, 북극의 둘레는 72도이며, 남극은 땅으로 36도 들어가 있고, 남극의 둘레는 72도예요. 하늘에 붙어서 움직이는 건 바로 해와 달과 다섯 별이고, 움직이지 않는 건 28개의 별자리지요. 해는 양기의 정(精)이 되고, 달은 음기의 정이며, 오행의 정은 다섯 별로, 사방에 퍼져 있고, 28개 별자리는 하늘에 나란히 펼쳐져 있는데, 별자리의 움직임에 따라 길흉을 보여주지요. 하늘의 길은 왼쪽으로 돌고, 칠정은 오른쪽으로 돕니다. …… 어떤 이는 해와 달은 본래 동쪽으로부터 운행하다가 하늘 서쪽에서 곧 바다로 들어간다고도 해요. 서쪽으로 끌어당기는 것은 마치 개미가 맷돌 위를 가는 것과도 같지요. 맷돌은 왼쪽으로 움직이고, 개미는 오른쪽으로 움직이는데, 맷돌

---

46 『삼한습유』, 55쪽.

은 빠르고 개미는 느리지요. 달은 빠르게 가고 해는 더디게 가니, 해가 1도 갈 때 달은 13도 갑니다[地上地下各八萬里 天圓如倚 蓋半覆地上 半隱地下 北極出地 三十六度 繞極七十二度 南極入地三十六度 繞極七十二度 其麗天 而動者 日月五星 是也 其不動者 二十八宿是也 日爲陽精 月爲陰精 五行之 精 爲五星 布於四方 二十八宿 列布於天 運行躔次 用示吉凶 天道左旋 七政 右旋 …… 一云日月 本東方行天 西旋入於海 牽之以西 如蟻行磨上 磨左蟻 右 磨疾蟻遲 月行速 日行舒 日一度 月十三度].**47**

③ 해는 황도를 따라 운행하고, 칠정은 황도 좌우를 따라 운행합니다. 동
지는 태양과 북극의 거리가 제일 먼 때로, 115도 반약(半弱)이고, 하지는
태양과 북극의 거리가 제일 가까운 때로, 67도 반약(半弱) 이분(二分)이고,
극점까지의 거리는 91도 반약입니다. …… 항상 밝은 별은 124개이고, 그
이름 있는 별은 320개이며, 별이라 할 수 있는 건 2,500개, 미성의 수는
11,520개인데, 태사는 감석, 무함의 별 무릇 280개를 총괄하고, 삼관은
1464개의 별을 관장하지요[日行黃道 七政循黃道左右而行 冬至日去北極最
遠者 百十五度半弱 夏至日去北極最近者 六十七度半弱二分 去極九十一度
半弱 (…중략…) 常明之星 百二十四 其名者 三百二十 爲星 二千五百 微星
之數 万一千五百二十 太史總甘石巫咸之星 凡二百八十 三官 一千四百六十
四星].**48**

「진서(晋書)」『천문지(天文志)』가 개천설(蓋天說), 혼천설(渾天說), 선야설
(宣夜說), 안천론(安天論), 궁천론(穹天論), 흔천론(昕天論)의 여섯 가지 우주

---

47 『삼한습유』, 56~57쪽.
48 『삼한습유』, 58~59쪽.

구조론(宇宙構造論) 중 '혼천설'을 공인한 이래 혼천설이 가장 설득력 있는 설로 받아들여졌으며,[49] 조선의 경우도 그러하여서 17세기 이경창(李慶昌)의 주천설(周天說)도 혼천설의 범주 안에 머무르는 것이었다.[50][51] 혼천설의 강점은 하늘을 회전하는 고체의 구(球)로 간주하여 황도(黃道)와 적도(赤道)를 설정하고 천문 현상의 구면천문학적(球面天文學的)인 설명에 성공한 데 있으나,[52] 태양이 낮에는 하늘을 따라 지상을 가지만 밤에는 물 속을 가는 것이라고 생각할 수밖에 없는 약점을 지니고 있다.[53] 하늘과 땅을 계란에 비유한 ①의 예문 또한 혼천설을 충실히 따르고 있다. 또 ①의 예문은 '하늘이 돈다'고 하여 천동설에 머무르고 있음을 알 수 있다.

여기에서 하나 짚고 넘어 갈 점은 김소행이 『삼한습유』에서 장황하게 서술하는 천지도수의 내용이 그 당시의 선진적인 학문 경향을 반영하고 있지는 않다는 사실이다. 1814년에 창작된 『삼한습유』에서 김소행은 이보다 앞선 18세기에 나온 학문적 결과와는 무관하게 혼천설만을 서술한다. 17, 18세기 김석문의 '삼대환부공설'이나 홍대용의 이론[54]은 천동설을 벗어나

---

49 김영식 편(1986), 『중국 전통문화와 과학』, 서울 : 창작사, 139~146쪽. 이 중 선야설, 개천설, 혼천설이 대표적으로 거론되던 세 가지 설이다.
50 김병기 편(1982), 『한국과학사』, 서울 : 이우출판사, 288~289쪽.
51 이춘기는 "삼한습유 연구"에서 혼천설에 입각한 조선시대 사람들의 우주관을 도교적인 사유 체계와 관련지어 논의하고 있으며, 이를 바탕으로 『삼한습유』가 도교적인 논리와 구조를 지닌 작품이라고 설명하고 있다. 그러나 혼천설은 『진서』 이후 동양의 보편적인 우주관이었으므로, 혼천설이 특별히 도교적인 사유 체계를 설명해 주는 우주관이라고 보기는 어렵다. 그러므로 이 부분의 의론적 대화에 나온 혼천설의 내용이 도교적 사유 체계의 근거로 설명되기에는 미흡하다는 것이 필자의 입장이다. 이춘기 (1983), 「삼한습유 연구―도교적 윤리와 구조를 중심으로」, 한양대 석사논문 참고.
52 김영식 편, 143쪽.
53 김병기 편, 287쪽.
54 홍대용의 「담헌서(湛軒書)」 병집(內集), 권사(卷四)에 따르면, 이들은 태양, 달, 지구를 같은 부류라고 보고, 그것이 공중에 떠서 움직이니, 지구도 회전한다는 삼환설(三丸說)과 공통되는 이론을 전개했고, 또 하늘이 만든 것에 둥글지 않은 것이 없으니 지구도 둥글고, 또 둥근 것은 반드시 돌게 마련이라고 했고, 만일 대지가 움직이지도 않

지동설 혹은 지전설의 수준에 이른 것으로 혼천설에 비하면 훨씬 앞서 있는 논의이며, 박지원은『열하일기』에서 이 내용을 언급하고 있다. 더구나 이들의 스승인 김창흡이나 김원행은 모두 김소행과는 한 집안이므로 김소행도 '지전설'이나 '삼대환부공설'에 대해 알고 있었을 가능성도 있다. 그러나 작품에 등장한 내용은 그 당시까지 가장 보편적으로 받아들여졌던 혼천설이었다. 그 이유는 물론 작가의 과문함에 기인할 수도 있겠지만, 작가가 소설에서 어떤 지식을 그대로 원용할 경우 새로운 지식의 습득과 제시가 목적이 아니라면, 평소 자신이 잘 알고 있는 내용을 결구시킬 확률이 높다는 점을 들 수 있다. 앞에서 예로 든 심성론도 보편적인 내용이었다. 귀신론의 경우는 사정이 달라 작품 내적인 면에서 작가의 필요에 의해 삽입된 부분임으로 김소행은 유교 교양의 보편적인 귀신론의 내용에 변이를 가하면서 자기화시키고 있다. 그러나 천지도수가 삽입된 것은 향랑이 초경험적인 존재가 되어 효렴 앞에 나타난 것을 빌미로 하여 당대의 학문 경향에 맞추어 작가가 자신이 평소 잘 알고 있던 천지도수의 내용을 과시하고자 하는 의도가 컸을 것으로 추측된다. 왜냐하면 심성론이나 귀신론은 작품 전개상 필수적인 요소인데 비해 천지도수에 대한 내용은 빠져도 작품에 별 지장을 초래하지는 않기 때문이다. 그러므로 김소행은 별로 논쟁적인 태도 없이 숙지하고 있던 혼천설을 전개하는 것이다.

그가 천지도수에 대해 새로운 이론이 아닌 잘 알고 있는 지식을 전개시킨다는 점은 ②, ③의 예문을 통해서도 알 수 있다. 예문 ②, ③은『삼한습유』에서, ④, ⑤는『진서(晉書)』에서 발췌한 것이다. ②의 개미와 맷돌 비유

고, 돌지도 않는다면 물은 썩고 땅은 죽을 것임[腐水死土]이 틀림없을 것인데 지상의 수목, 하천은 생동하고 있으니 대지는 회전하고 있는 것이라는 이론이다. 김병기 편 (1982), 400쪽.

는『진서』에 있는 것을 약간 변용한 것이며, ③의 별의 수(數)는『진서』의 내용 그대로이다. 다음의 예문은『진서』에서 해당 부분을 뽑은 것이다.

④ 하늘이 둥근 것은 뚜껑 같고 땅이 모난 것은 바둑판 같다. 하늘 둘레가 도는 것은 마치 맷돌을 미는 것과 같이 왼쪽으로 움직이고 해와 달은 오른쪽으로 가는데 해를 따라 왼쪽으로 돌므로 해와 달이 실은 동쪽으로 가는 것이나 하늘이 잡아 당겨 서쪽으로 진다. 비유컨대 개미가 맷돌 위를 가는데 맷돌은 왼쪽으로 돌고 개미는 오른쪽으로 가고 맷돌은 빠르고 개미는 느린 까닭으로 별수없이 맷돌을 따라 왼쪽으로 돌게 된다[天員如張蓋 地方如棊局 天旁轉如推磨而左行 日月右行 隨天左轉 故日月實東行 而天牽之以西沒 譬之於蟻行磨石之上 磨左旋而蟻右去 磨疾而蟻遲 故不得不隨磨以左回焉][55]

⑤ 언제나 밝은 것은 124개이고 이름 부를 수 있는 것은 320개이며 별이 되는 것은 2500개이고 미성의 수는 대개 11,520개이다. 여러 물건이 어지럽게 움직이는데 모두 무성히 이름을 얻었다. 그렇지 않으면 어떻게 총괄하여 모두를 다스리겠는가. 후 무제 때 태사령 진탁이 감, 석, 무함 세 사람을 거느리고 만든 별그림은 대략 280개의 삼관과 1464개의 별로 기틀을 정했다[常明者 百有二十四 可名者 三百二十 爲星 二千五百 微星之數 蓋萬有一千五百二十 庶物蠢蠢 咸得繁命 不然 何以總而理諸 後武帝時 太史令陳卓 總甘石巫咸三家所著星圖 大凡 二百八十三官 一千四百六十四星 以爲定紀].[56]

---

55 경인문화사 편(연도 미상),『진서』,『천문』상, 서울 : 경인문화사, 84쪽.
56 위의 책, 87쪽.

앞의 『삼한습유』의 예문과 『진서』의 내용을 비교하면, ④의 맷돌 비유는 표현만 약간 다를 뿐이며, ⑤의 내용은 중간 부분의 생략을 제외하면 『삼한 습유』의 내용과 숫자까지도 정확히 일치함을 알 수 있다. 『진서』의 '천문'편 은 천지도수를 논하는 경우에는 언제나 언급되는 책인 만큼 그 내용도 보편 적인 지식에 속한다. 이같이 김소행은 「진서」를 인용, 자신의 지식을 부연 하는데 활용하고 있다. 평소 작가가 잘 알고 있던 지식들이 작품에 자연스럽 게 삽입됨으로써 향랑이 우주에 대해 통달한 신인(神人)임을 부각시킴과 동 시에 자연과학에 대한 작가 자신의 박식도 드러나는 계기를 얻게 되었다.

(3) 남녀음양(男女陰陽)의 이치

남녀음양의 이치는 남녀의 성(性)에 대해 다루는 부분이다. 조선의 경우 남녀의 성에 대한 세세한 언급은 암묵적으로 금기시되었다. 그런데 김소행 은 작품에서 이 문제에 대해 진지하고도 구체적인 논의를 전개하고 있다. 『삼한습유』는 남녀의 결합과 성차(性差), 그리고 신체 구조와 수태의 이치, 호색(好色)의 역기능의 원인에 이르기까지 남녀의 성을 소재로 한 다양한 지식에 대한 관심을 보여 준다. 이 내용은 의학적인 관심과도 연관이 되나 이 부분이 단지 폭넓은 지식의 과시를 위해서 서술된 것만은 아니라고 사려 된다. 문집은 물론 소설에서조차 남녀의 사랑에 대한 구체적인 묘사를 찾 기 어려운 것이 조선 시대의 일반적인 분위기였다. 이 점을 감안한다면, 이 문제에 대해 집중적인 서술을 한 김소행의 태도는 단순한 지식욕의 표현이 라기보다는 인간성 자체에 대한 성찰의 결과이며 태도 표명이라고 보인다.

남녀음양의 이치에 대한 내용은 여덟 장 정도의 분량에 걸쳐 전개되는 데, 이 내용은 모두 관음보살의 입을 통해 설명되는 형식을 취한다. 다음은 발췌한 예문들이다.

①항왕이 말하였다. "마모의 치마 하나가 곧 무간지옥이 되니, 갑자기 이 일을 당하여 장량과 진평은 그 지혜를 잃고, 맹분과 하육은 그 용맹함을 잃고, 장의(張儀)와 소진(蘇秦)은 그 판단력을 잃어 빠지지 않은 사람이 없으니 다 함께 죽게 생겼습니다. 부처님의 자비가 아니라면 빠져 나올 수가 없습니다. 감히 청하옵니다. 여래께서 전쟁하는 진에 납셔서 저와 함께 병사들을 보아 주십시오." 여래가 대답하지 않았는데, 수보리가 말하였다. "관세음보살(觀世音菩薩)이 아니면 안 됩니다. 보살이 옛날에 물에 적신 버드나무 가지로 헤아릴 수 없이 많은 중생을 구제해서 함께 즐거운 피안의 세계에 오르셨거늘, 어째서 그렇게 하지 않으십니까?" 여래가 "안으로는 자비를 행하고 밖으로는 위엄을 드러내 보이는 것이 보살의 도이니라. 적절하게 사용하여 싸움에서 풀어 주도록 하라." 하니, 관음보살이 "나는 천하에 벗은 남자의 몸을 보고 싶지 않습니다." 하였다. 여래가 놀라 묻기를, "어째서 나체라고 말하는 거요?" 하니, 보살이 말하였다. "여래께서는 늙도록 홀아비로 지내셔서, 실제의 이치를 모르십니다. 제가 마땅히 여러 사람을 위해 설명을 해 드리지요. 무릇 사물의 교감으로는 남녀의 일만한 것이 없습니다. 젊어서는 더 심한데, 느낀다는 것은 정이 얽히는 것입니다. 『주역』에 말하기를 '남녀가 정기를 얽어 만물이 생겨난다'고 하였으니, 남녀가 정기를 얽을 때가 곧 만물이 생겨나는 순간임을 말한 것입니다. 남자는 정기를 주관하고, 여자는 피를 주관합니다. 남자는 정기가 성해지면 아내를 생각하고, 여자는 피가 성해진즉 남편을 생각합니다. …… 사람의 욕구는 남녀의 일보다 더한 것은 없습니다. 남녀의 일은 인간의 큰 욕구이지요. 사람에게 이성간의 욕망이 없다면 사람의 도는 생기지 않을 것입니다項王乃曰, "魔母一裙 便成無間地獄 卒然遇之 良平失其智 賁育失其勇 儀秦失其辯 莫不淪湑 及爾同死 不有佛慈 無以解脫 敢請如來出就戰陣 同我觀兵 如來未對

須菩提曰, "非觀世菩薩不可 菩薩曾以一滴楊枝水 導濟無量衆生 共登樂岸 何不使之 如來曰, "內行慈悲 外現威猛 菩薩道也 宜用解鬪 觀音菩薩曰, 我 不欲見天下裸體男子 如來驚問曰, "何謂裸體 菩薩 曰, "如來老鰥 不知實理 吾當爲衆人開設 夫物之交感者 莫若男女 而少者又甚焉 感者 情之構也 易 曰, "男女構精 萬物化生 言男女構精之際 卽萬物化生之時也 男子主精 女子 主血 男子精盛則思妻 女子血盛則思夫 …… 人之慾莫過於男女 男女者 人 之大慾也 人而無男女之慾 人道不生焉]⁵⁷

남녀 음양에 대한 대화가 시작된 원인은 마모의 홍금상(紅錦裳) 때문이었다. 항우의 군대가 마모의 홍금상 밑에 깔려 꼼짝을 못 하게 되자, 이들을 구하기 위해 항우가 직접 여래를 찾아가고, 여래는 관음보살에게 그 일을 맡기려 했으나 보살이 거절의 이유를 말하는 과정에서 남녀 음양의 문제가 거론된다. ①의 예문에서 보살은 남녀가 서로를 생각하게 되는 이유를 자연 현상인 생리학적인 문제로 설명한다. 또 '만물의 교감 중 남녀의 일만한 것이 없다'고 하면서 남녀 간의 욕망이 없다면 인간의 도리도 생기지 않았을 것이라고 하여 욕망 자체에 대해 긍정적인 태도를 보인다. 이는 곧 김소행의 입장이기도 할 것이다. 김소행은 인간의 모든 욕망을 초극한 관음보살로 하여금 이 문제에 대해 말하도록 한다. 그런데 관음보살의 입장은 이모든 욕망을 끊어야 한다는 것이므로 남녀의 성욕 또한 부정하는 입장임이 분명하다. 그러나 아이러니하게도 관음보살이 설명을 하면 할수록 논의는 진지해지며 남녀 음양의 이치가 인간의 도리와도 연관되어 인간에게 있어 얼마나 중요한 문제인지가 드러나게 된다. 조선 시대에서 성의 문제는 개

---

⁵⁷ 『삼한습유』, 187~189쪽.

방적으로 다루기 힘든 소재였음이 분명하다. 김소행은 인간의 욕망을 부정하는 관음보살이라는 인물을 통해 논의를 전개시킨다는 설정을 하여 불필요한 혐의를 피하면서 관음보살의 설명을 듣는 과정에서 그 문제가 긍정되도록 유도하고 있다.

　②사람이 나매 머리가 둥근 것은 하늘을 본뜬 것이고, 발이 네모진 것은 땅을 본뜬 것이며, 이마와 코는 산악을 본뜬 것이고, 기와 피는 강과 바다를 본떴으며, 뼈와 마디는 도수를 본뜬 것이고, 머리털은 풀과 나무를, 네 지체는 사시(四時)를, 오장은 오행을, 눈을 일월을, 배와 등은 음양을, 기쁨과 노함은 우레와 번개를, 깨어 있고 잠 자는 것은 낮과 밤을, 털구멍은 별자리를, 호흡은 비바람을 본뜬 것이지요. 둘 사이에 처하여 천지의 온전함을 얻은 것은 오로지 사람이 그러합니다. 배꼽은 배 가운데에, 상초 아래, 방광 위에 있고, 오장이 경락에 연결된 것은 모두 등에 있는데 모두 배꼽에 묶여 있습니다. 마치 북극성이 제자리에 있고 뭇별이 받드는 것처럼 말이지요. 배꼽(臍)이라는 말은 고르게 한다(齊)는 뜻으로, 장차 배꼽으로 고르지 않은 바를 고르게 하는 것입니다. 가슴 밑으로 다섯 마디 아래에 기이한 것이 있어 배꼽이 되었지요. 배꼽으로부터 다섯 마디 밑에 기이한 것이 있어 음과 양으로 나뉘는데[人之生也 頭圓而象天 足方而象地 額鼻象山嶽 氣血象江海 骨節象度數 毛髮象草木 四體象四時 五腸象五行 眼目象日月 腹背象陰陽 喜怒象雷전 寤寐象晝夜 毛孔衆星辰 呼吸象風雨 處於兩間 得天地之全者 惟人爲然 臍中於腹 在於上焦之下 膀胱之上 五腸之繫絡 皆在於背 而總攬於臍 如北辰居其所而衆星拱之 臍之爲言齊也 將以齊其所不齊也 自乳以下五寸有奇爲臍 自臍以下五寸有奇有分陰分陽][58]

이 부분은 인간의 신체 구조를 천지 및 자연 현상과 관련시켜 설명하는 대목이다. 신체의 전반적인 구조를 설명할 때는 부분 부분을 자연에 비겨 그 유사점을 찾아 설명하는 식이지만 배꼽, 상초, 경락 등에 관한 설명에 이르러서는 의학적인 지식을 수반한다. 해부학적 지식에 대한 관심은 김소행만이 아니라 백과전서적인 지식을 추구하는 학자에게는 공히 관심의 대상이었던 것으로 보인다. 일례로 이덕무는 그의 문집에 콩팥, 심장, 허파, 상초 등의 기관에 대해 항목별로 정리하고 있는 것을 볼 수 있다.[59] 그러나 김소행의 경우는 이보다는 소략한 형태인데, 이는 그의 관심이 해부학적 지식 자체가 아니라 수태 과정을 설명하는 데에 있었기 때문이다. 의학서도 아닌 소설에서 이런 내용을 다루는 것은 매우 드문 일이었기에, 김소행은 해부학적 지식을 서술하는 것처럼 서술하여, 작가 자신은 이 문제에 대해 가치중립적인 태도를 지니고 있음을 암묵적으로 시사한다. 이는 신체 기관에 대한 소략한 설명이 '배꼽으로부터 다섯 마디 밑에 기이한 것이 있어 음과 양으로 나뉘는데 ……'에 미치면서 수태 과정에 대해서는 자세하게 설명하는 것을 통해서도 알 수 있다.

③ 사람의 기운과 피는 가슴 사이를 돌아다니다가 태 가운데에서 배어 새어 나오는데, 이를 혈해라고 합니다. …… 부인의 혈해는 언제나 차 있지요. 그렇기 때문에 그 스며들어간 기운이 김이 되어 올라가면 모유가 되니, 맛이 달고 부드럽습니다. 남자인즉 이것이 없는데, 그 피가 많지 않기 때문이지요. 물의 성질은 짠데, 정(精)이 되기는 남녀가 한가지입니다. 서로 접촉되어 감응한 정(精)은 형체가 변하여 남녀가 되는 것입니다. 아아! 업산(業山)

58 『삼한습유』, 189쪽.
59 이덕무(1980), 민족문화추진회 역, 『청장관전서』 Ⅷ, 125~129쪽.

하나가 혈해에서 일어나 향수해를 걸터앉아 누르는 것을 이름하여 수미산이라 하지요. 이렇게 되면 젖길이 끊기는데, 이를 일컬어 동생이 있으면 형이 보챈다고 하는 것이지요. 산이 곧장 무너지고 두 바다가 뒤집어지면, 어린 아이가 세차게 나오는데, 나오고 난 후에는 점차 본래의 형체를 회복합니다. 피가 모여 정(精)으로 굳어지는데[人之氣血流行於胸膈 添漏於胞中 是謂血海 …… 婦人血海常滿 故浸潤之氣 烝上爲乳 味甘而滑 男子則無是 以其血不滋多也 水性醎而爲精 則男女一也 交感之精形化而爲男女 於是乎有一座業山起於血海 跨壓香水海 名之曰, 須彌山 如是而乳道絶 是曰, 有弟而兄啼 直到山崩兩海俱倒 孩兒滾出 然後漸復本形 聚血凝精[60]

음양에 대한 관심은 인간의 보편적인 관심사이지만 유교 사상이 지배했던 조선 시대에는 이러한 문제를 공개적으로 논의하는 것을 기피하였고, 그래서 남녀 음양의 문제를 직접 거론한다는 것 자체가 파격적인 의의를 가질 수 있었다. 이러한 문제에 대한 거론은 김소행 이전의 문집에서도 종종 보인다. 그러나 이를 거론하는 정도나 의도는 각각 다르게 나타난다. 이덕무[61]도 남녀의 음양에 대해 관심을 가졌다. 그러나 그가 남녀의 음양에 대해 관심을 보인 이유는 양생(養生)을 위한 것으로 호색(好色)이 남자에게 얼마나 위험한 것인가를 경계하는 데 있었으며, 임신 과정 자체에 대한 관심이나 나아가 인간 본성에 대한 긍정 등은 아니었던 것으로 보인다.

그에 비해 수정(受精) 후의 일에 대해 쓴 위 예문은 수정(受精)의 일을 직접적으로 보이고 있으며 한의서(漢醫書) 중 부인방(婦人方)에서나 찾아볼 법한 내용이다. 여기서 김소행은 남자는 정(精)을 주관하고 여자는 혈(血)을

---

60 『삼한습유』, 191~192쪽.
61 이덕무, 101쪽.

주관하는데, '남녀가 서로 만남은 이로써 형체가 만나고 기운이 감응하여 사람의 욕구를 행하는 것이고 하늘의 이치의 흐름[男女之交會者 以此形交而 氣感 人慾之行 而天理之流也][62]이라고 하였다. 남자는 정(精)을 주관하고 여자는 혈(血)을 주관한다는 것은 한방에 있어서 보편적인 논의이다. 김소행은 이 러한 보편적인 논의를 바탕으로 남녀가 만나는 것은 하늘의 이치의 흐름이 라고 하며 자연스러운 것으로 보았던 것이다.

③의 예문은 수태의 결과를 서술한 내용이다. 김소행은 인간의 자연스러 운 감정을 중요하게 여겼던 것으로 보인다. 그러나 유교적인 질서가 엄정했 던 조선 시대에 인간의 정욕을 긍정하는 논의를 하기란 쉽지 않았을 것이며, 그러기에 작가는 지식의 서술이라는 방편으로, 인간성을 긍정하는 자신의 견해를 포장하고 있는 것이다. 남녀의 만남을 천리(天理)의 흐름으로 파악하 는 김소행의 견해는 남녀의 정욕을 하늘이 주신 것으로 긍정하며 이를 유교 윤리보다 상위(上位)에 놓는 허균의 견해와도 상통한다. 허균은 유교의 성인 (聖人)의 윤리가 천부(天賦)의 본성(本性)만 못 하다고 여겨, 성인의 윤리를 지 키며 살아가는 것보다 천부의 본성대로 사는 것이 오히려 자연스러운 삶이 라고 보았다.[63] 허균이 자유분방한 인간의 감정을 중요시하고, 김소행이 인 간의 정욕을 긍정하는 이면에는 자유로운 인간성을 억압하는 유교 윤리에 대한 저항 정신이 내재해 있는 것이라고 볼 수 있다. 김소행이 남녀 음양에 관련한 지식을 열거하는 데에는 이러한 의도가 내포되어 있다고 하겠다.

④ 절절히 사랑하고 몹시도 어여뻐 여기고 기쁜 마음으로 진심으로 감복 하지요. 하늘의 조화가 천지의 기가 서로 합하여 어리게 되는 데 이르는 것

---

62 『삼한습유』, 190쪽.
63 이문규(1986), 『허균 산문문학연구』, 서울 : 삼지원, 32쪽.

은 마치 만물이 변하여 해골을 보며 울고 시신을 놓고 애도하는 것과 같으
니, 그윽하고 어둡고 정신없고 어쩔하구나! 조화옹에게 온전하지 않은 묘
한 패가 있어 완결되지 않은 징후를 계획하니, 말하려 해도 겨를이 없고 웃
으려 해도 틈이 없이 화락하게 즐기고, 사모하여 느끼면, 드디어 능한 일이
끝나는 것입니다. 바야흐로 그 느낌이 안에서 극에 달하면 바깥으로 새어
나가는데, 그렇게 되면 혈해와 함께 흔들려 움직여서 뒤집어지면서 넘쳐
나니 마치 치고 뛰는 것과 같습니다. 그런데 이때에는 남자가 먼저 혼을 다
하고 여자는 후에 혼을 다하니, 성인, 지혜 있는 자, 현명한 자, 어리석은 자,
영웅, 열사 중에 어둑어둑하게 혼을 다하지 않은 자가 그 얼마입니까? 귀에
는 아무 소리도 들리지 않고, 눈에는 아무 것도 보이지 않으니, 그 즐거움은
'불가사의'라고 이름 할 만합니다. 이것이 남녀가 진정한 즐거움을 얻는 일
에 대해 말한 것이지요. 마모는 지금 태음(太陰)으로 치마를 삼아 소양(少
陽)을 압도하였으니, 음양이 서로 합하면 들어갈 틈이 없는지라, 누가 능히
해결하겠습니까? 切愛深憐 心悅誠服 藹然而天化至氤氳 若萬物化 泣百骸
薤五體 竊兮冥兮恍兮惚兮 造化有不全之妙 卦劃有未了之象 欲言未遑 欲笑
無暇 衍衍以樂 歆歆而感 感而逐通 能事畢矣 方其感極於內, 而發洩於外也,
竝與血海而震盪, 翻然溢出, 有若搏而躍之者. 然當此之時, 男子先消魂, 女
子後消魂, 無聖智賢愚英雄烈士, 莫不黯然消魂幾乎? 耳無聞目無覩, 其樂有
不可以思擬名稱者 是之謂男女得眞歡 彼方以太陰爲裙壓道少陽 陰陽相合
無間可入 孰能解之]**64**

⑤ 대략 이 치마에는 세 가지 명칭이 있는데, 하나는 함인갱이고, 하나는

64 『삼한습유』, 192~193쪽.

미혼진인데, 통틀어 상가라고도 합니다. 상가라는 것은 그 칼의 목덜미 부분이 사람 목에 걸려 있는 모양이 마치 곤장을 메고 있는 것 같아서입니다. …… 치마[裳]는 상하게 하는 것[傷]과 통하지요. 치마가 상하게 하는 것은 실로 많은데, 크게는 몸을 버리고 목숨을 상하게 하는 것이며, 작게는 마음을 어지러이 하고 심성을 바꾸는 것 등이 있습니다. 일체 다 끌려 다니며 부끄러움과 염치가 다시는 마음에 있지 않고, 오로지 부인의 말만 쓸모 있다고 여겨 귀기울여 듣게 되지요. 비록 충성스럽고 지혜 있는 선비라도 모두 입을 다물고 혀를 묶은 듯 아무 말도 못 하고 물러나서는 전하여 말하기를, '침실 휘장과 치마가 하는 대로 이끌렸습니다'라고 하는 것이 이를 일삼음을 말한 것입니다. 걸, 주와 포사, 달기, 그리고 진후주(陳後主)와 장여화의 관계가 바로 이런 것입니다. 지금 요지경 치마에 들어가 있는 사람들은 사람마다 각각 아름다운 여인을 데리고 비단 이불, 각진 베개에 손을 이끌고 같이 들어가서, 스스로 옷을 벗고 잠자리에 들었을 터입니다. 이 침실의 즐거움과 이부자리의 기쁨은 시에서도 증명된 것이니, 시에 말하기를 '촛불을 끄고 비단옷을 벗으니 장막 속에는 쌍쌍이 웃는 소리가 나는구나.' 하였습니다. 이에 왼쪽으로 팔베개를 하였다가 몸을 오른쪽으로 돌리니, 목은 앞에서 만나고 손은 뒤에서 엇갈려 힘을 다해 둘러 안고는 정을 다하여 두루 쓰다듬으며 위아래가 만나 한 몸이 되니, 물고기로 치면 비목어요, 나무로 말하면 연리지라, 뒷통수는 있어도 얼굴은 없고 등은 있어도 배는 없으며 네 허벅지가 보이지 않으니 두 사람이라고 말하기 어렵지요[大凡此裳有三種名色 一曰陷人坑 一曰迷魂陣 摠而名之曰裳架 裳架者 其領在項 形若荷杖也 …… 裳者傷也 其裳傷實多 大則殞身傷命 小則迷心易性 一爲牽制羞惡 廉恥不復在心 惟婦人言是用是聽 雖有忠智之士 皆緘口結舌而退 傳曰, 牽於帷裳之制者 職此之謂也 桀紂之於褒姐 陣後主之於張麗華 是已 今之入

於化裳者 人各有一美妹 錦衾角枕 携手同歸 自解衣就寢 是爲房帷之樂 衽席

之歡 有詩爲證 詩曰 滅燭解羅衣 帷中有雙笑 於是 枕卽左臂 回身右旋 頸交

於前手 又於後 極力縈抱 盡情摩周 遭上下團做一體 魚則比目 樹則連理 有

顧而無面 有背而無腹 不有四股難道二人.[65]

예문 ④, ⑤는 남녀가 사랑하는 기쁨이 얼마나 큰 것인가를 밝히고 그렇
기 때문에 마모의 붉은 치마는 벗어나기 어려운 것임을 이야기한다. 항우
의 군대뿐만 아니라 충성스럽고 지혜 있는 선비도 제대로 직무를 수행할 수
없으며, 심지어 '걸, 주와 포사, 달기' 등 왕이 여색에 미혹될 경우는 나라도
기울어졌음을 상기시킨다. 치마의 이름을 붙일 때에도 이것이 천군과 마군
과의 싸움에서 비롯된 것이므로 '함인갱, 미혼진' 등 전쟁 용어와도 같은 명
칭을 부치고 있다. 또한 상가(裳架: 치마칼)라는 명칭은 홍금상으로 상징되
는 남녀의 즐거움 자체가 형벌일 수 있음을 환기하는 것이다. 마모의 홍금
상은 성적 욕망이 인간에게 얼마나 극복하기 힘든 장애가 되는가를 보여 주
는 설정이기도 하다. ⑤에서 보이는 묘사는 당시의 어떤 고소설에서도 찾
아 볼 수 없는 사실적인 묘사이다. 흔히 사랑을 묘사하는 장면에서 '운우(雲
雨)의 정'이나 '남녀의 즐거움'이라는 추상적인 관용구를 써서 상투적으로
표현하던 당대의 문학적 관습을 따르지 않고 구체적으로 핍진하게 표현하
고자 한 것이다. 이처럼 성에 대한 사실적인 묘사를 금기시했던 당대의 문
학적 관습을 답습하지 않고[66] 새롭게 표현한 것은 당시의 문학적 관습에 대

---

65 『삼한습유』, 193~195쪽.

66 19세기 한문소설 중에는 성에 대한 보다 묘사적이고 사실적인 서술을 시도하는 작품
들이 발견된다. 남녀 간의 연애 혹은 불륜을 그리고 있는 『절화기담』이 그러하며, 『북
상루』라는 작품은 희곡의 양식을 취하고 있는데 보다 더 노골적인 묘사를 시도하고 있
다고 알려져 있다. 그런데 이들 작품들이 성에 대해 서술하는 방식과 『삼한습유』가 서
술하는 방식에는 차이가 있다. 전자가 관음증적인 시선을 감지할 수 있는 방식의 서술

한 도전이면서 동시에 당시의 고루한 의식에 대한 도전이었다고 할 수 있다. 이로써 이 작품은 부분적으로 사실적인 묘사의 폭을 넓히고 또 개성적인 작가의식을 드러내고 있는 것이다.

남녀의 정을 하늘이 부여한 품성으로 인정하고 당당한 목소리로 긍정한 허균은 인간의 자연스러운 성정을 억압하는 유교적 예법에 대해 정면으로 충돌했다. 김소행은 서출이라는 신분적 장애로 말미암아 허균과 같은 영향력을 기대하기도 어려웠으며, 혹 자신의 생각이 그렇다 할지라도 오히려 더 조심스러웠을 수도 있다. 그러나 마모의 붉은 치마를 계기로 하여 김소행이 남녀 문제에 대해 펼치고 있는 관심은, 단순히 색에 대한 경계나 혹은 색에 대한 흥미에서 비롯된 것은 아니었다. 김소행이 이렇듯 자세하게 남녀 음양의 이치에 대한 깊이 있는 지식과 자유로운 묘사를 작품 속에 결구한 것은 결국 남녀 음양의 문제를 중요하게 인식하고 인간의 자연스러운 성정으로 긍정하는 작가의 태도를 반영하고 있는 것이다.

(4) 역사적 인물에 대한 평가

『삼한습유』는 작품 서두를 단군조선에 대한 언급부터 시작한다든지 혹은 삼국 통일의 과정과 향랑을 연관 짓는다든지 하여 역사에 대한 관심이 작품 곳곳에서 드러난다. 또 중국의 역대 여성 인물들이 자신들의 역사적 정통성에 따라 서열을 정해 자리를 배정하게 하고, 우미인으로 말미암아 천군의 선봉장이 된 항우가 초한시대 및 삼국시대의 영웅호걸들을 한자리에 모아 전쟁을 치르도록 하기 위해서는 작가가 자국 및 중국 역사에 대해 해박한 지식을 갖고 있어야 함은 당연한 일이다.

이라면 『삼한습유』에서 시도하고 있는 성에 대한 사실적인 서술은 보다 객관적인 거리를 유지한 건조한 방식의 서술이라 하겠다.

그런데 작품 속에 등장한 삼한의 역사는 작품 배경으로서의 구실에 더 비중이 주어져 있으며 삼한의 역사 자체에 대한 평가를 위한 것은 아니었다. 『삼한습유』에서 작가가 역사적 사실 자체에 대한 문제의식을 가지고 새로운 평가를 시도하는 곳은 자국의 역사가 아닌 중국의 역사에 대해서였다. 김소행은 중국의 역사적 인물 중에서도 여성 인물들을 대거 등장시켜 중국 역사의 정통성을 어느 나라에 부여하는가 하는 작가의 입장을 암시하고 있다. 즉 김소행은 우리의 역사가 아닌 중국의 역사, 그것도 남성이 아닌 여성들을 대상으로 하였다. 우리나라의 역사를 가지고 문제 삼는다는 것은 아무래도 용이하지 않았을 것으로 판단된다. 그러나 모든 것이 남성 중심적으로 체계가 잡혀 있던 시대에 군이 남성이 아닌 여성 인물들을 역사 속에서 불러냈다는 점은 김소행의 작가적 특성의 한 단면을 보여준다고 하겠다.

작가가 역사적 인물에 대한 포폄을 시도하는 곳은 향랑과 효렴의 잔치에 참석하기 위해 역대 중국의 여성 인물들이 모여드는 과정에서이다. 사마천의 『사기』, 『열전』 이래, 어떤 인물에 대한 포폄은 『열전』의 전통 속에서 역사에 대한 진지한 관심과 더불어 행해졌으며, 『삼한습유』에서 보이는 인물에 대한 포폄 의식 또한 이 연장선 상에 놓여 있다고 하겠다. 이 장면은 거의 스무 장에 가까운 분량으로,[67] 여성 인물들의 대화는 몽유록 중 몽유 과정의 대화 부분을 연상시킨다. 다음은 역대 중국 여성 인물들의 대화 부분에서 이들 인물에 대한 김소행의 태도를 짐작케 하는 내용을 발췌한 예문들이다.

① 장차 누구를 속이겠습니까? 하늘을 속일 수 있겠습니까? 그러므로 주나라를 이은 것은 초나라이며, 초나라를 뒤엎은 것은 한나라입니다. 초나

---

[67] 『삼한습유』, 109~125쪽.

라가 앞서고 한나라가 그 뒤이니, 내가 주나라 다음에 앉는 것이 또한 마땅하지 않습니까? …… 조대가가 "제 오라비인 맹견이 일찍이 한나라 역사서를 지으면서, 자우(子羽)를 위해 입전하였는데 계포, 경포와 동렬로 여겨 대개 다름이 없었습니다." 하였다. 이에 양부인이 말하였다. "제 아비가 역사서를 쓰면서 항왕을 위해 본기를 썼는데, 주나라와 진나라 다음에 자리하였으며, 위로 오제로부터 한나라 무제에 이르기까지 빠뜨리거나 감한 것 없습니다. …… 이에 우씨가 드디어 주나라의 끝이자 한나라의 처음 자리에 앉았다(將誰欺欺天乎 由是言之 繼周者 楚也 革楚者 漢也 楚先而漢後 我繼周而坐 不亦宜乎 …… 曹大可曰, "臣兄孟堅嘗作漢史爲子羽立傳 與季布黥布視以一例 略無異 楊夫人曰, 妾父作史爲項王作本紀 列于周秦之下 上自五帝至漢武 無所詘貶 …… 於是 虞氏遂坐於周末漢初[68]

②여후(呂后)도 병이 났는데, 한참 생각한 뒤에 "오늘 이 자리에 모인 사람들은 모두 내 자손들이니, 내 어찌 그들을 누르지 못 하겠는가?" 하고는 …… 여고후(呂高后)가 아무 말 못하고 우미인을 돌아보며, "나는 황후이면서 황제이다. 어찌 내 위에 앉을 수 있는가?" 하였다. 경강이 말하기를, "어찌해서 황제란 말입니까?" 하자, 우미인이 말했다. "무도한 사람이 황제를 대신해서 정사를 보았기 때문에 하는 말입니다" 라고 하고는, 경강에게 "이 사람은 우리 집안의 포로인데, 어찌 감히 나와 자리를 다툰단 말입니까?" 하였다. …… 고후가 곧 일어나 읍강에게 청하여 말하기를, "덕으로 하면 실로 감히 당할 수가 없으나 지위로 하면 양보할 것이 많지 않다고 생각하네. 만약 덕이 부족해서 그렇다고 한다면 물러나겠네" 하였다. 읍강이

---

68 『삼한습유』, 111~112쪽.

말하기를 "성인의 귀중한 보배는 천자의 지위라고 하였으니, 군자가 창업하여 왕통을 물리는 것은 계승할 만합니다. 대를 이은 것이 수십 명에, 해를 넘긴 것이 사백 년이나 된 것은 진나라가 두 대만에 망한 것과 같지 않습니다. 주나라의 정통성을 이은 것은 한나라입니다. 어찌 가시려 합니까?" 하였다. 고후가 몹시 좋아하며 기운을 가라앉히고 편안히 앉았는데 [呂后病之 尋思良久曰 今之在座者 皆吾子孫也 吾獨不能壓之乎 …… 呂高后默然顧謂虞美人曰 我后而帝者也 何可居吾之上乎 敬姜曰 胡然而帝也 虞美人曰 無道之人 以其稱帝而 言之也 因謂敬姜曰 是吾家俘囚也 安敢與吾爭席 …… 高后卽起請於邑姜曰 以德則固不敢當 以位則不多讓焉 如以爲德不足則 請辭而退 邑姜曰 聖人之大寶曰位 君子創業垂統 爲可繼也 歷世數十 歷年四百 非如秦之二世而亡也 繼周之正朔者 漢也 何去之爲 高后大悅因定氣安坐][69]

③ 천후(측천무후)도 몹시 노하여 말하였다. "심하도다, 사람의 부끄러움을 모름이여. 남을 책망하는 데는 밝고 바르다고 하더니, 정녕 그대를 두고 한 말이로구나. 속담에 이르기를 '돌로 친 자는 돌로 치라'고 하였습니다. 그대가 이미 지나간 일로 여러 사람들이 모인 가운데서 나를 욕보이는 것은 내가 용납될 수 없도록 하는 것이로다. 그렇다면 나도 한 마디 해야겠습니다. 고제가 살아 있을 때, 그대는 심이기와 사통하였고, 고제가 돌아가셨을 때에는 그대도 이미 늙었는데, 음란함은 여전하여 오히려 그치지 않았지요. …… 하희의 행동도 이처럼 음란하고 천박하지는 않을 겝니다. 임금의 아들을 유폐한 것이 다른 아이를 취하여 소제(少帝)라 일컫는 것과 어찌

---

69 『삼한습유』, 115~117쪽.

같으며, 형제를 도륙한 것이 어찌 조왕을 독살하고 척희를 죽인 것과 같단 말이오?" 하였다. 이때를 당하여 이의(二儀) 삼모(三母)는 귀를 막고 듣지 않았으며, 노모사와 공보부인은 얼굴을 가리고 앉았으며, 마황후는 돌아보지도 않고 침을 뱉었으며, 위(衛)의 장강과 반첩여는 마주 보며 웃었다[天后 大怒曰 甚矣 人之無恥也 責人則明正謂爲汝也 諺曰 以石擊者 擊之以石 汝 以旣往之事辱我 衆會之中 是欲使我無所容也 吾且言之 高帝在時 汝與審食 其松 及其崩也 汝亦已老矣 而淫有猶不止 (…중략…) 夏姬之行 不若是之淫 且賤也 幽君之子 何以取他兒 稱小帝 殺弟屠兄 何以鴆趙王殘戚姬 當此之時 二義三母 塞耳不聞 魯母師 公父夫人 掩面而坐 馬皇后 不顧而唾 衛莊姜 班 婕妤 相視而笑].[70]

④ 문득 보니 두 사람이 나타났다. 그들은 각각 한 부인을 앞뒤에 따르게 하였는데, 앞사람은 보모 같고 뒷사람은 옷차림새가 제후의 부인 같았다. 두 사람이 계단 아래에서 멈추자 사람들이 그들을 바라보았는데, 한 사람은 몸이 불꽃에 싸여 온 몸이 불에 데여 살이 문드러졌고, 또 한 사람은 온 몸에 오물이 묻어 냄새를 맡을 수가 없었는데, 게다가 손·발·눈·귀가 없어서 사람의 몰골이 아니었다. 깜짝 놀라 물어보니, 한 사람이 울면서 말했다. "첩은 바로 한고제의 부인 척씨요, 뒤에 있는 사람은 조왕 여의의 아내이니 곧 저의 며느리입니다. 온 몸에 불을 두르고 있는 사람은 송의 백희이고, 앞에 있는 사람은 보모입니다." 사람들이 이 말을 듣고 몹시 놀라며 마루에서 내려와 그들을 맞으며, "마루로 오르시지요"라고 권했다. …… 척부인이 "내가 여후의 질투를 입어 이런 참혹한 화를 만난 것은 감히 다른 사

---

70 『삼한습유』, 122~123쪽.

람과 비교하지 못 할 것입니다. 이제 이 모임에 참석하게 되니, 그 한이 조금 풀리는 것 같군요" 하였다[忽見二人 各使一婦人 前後之 前者如保母 後者服飾如君夫人 二人 止於階下 衆視之 一人身衣火光 滿身燋爛 一人渾身汚穢 臭不可聞 且無手足眼耳 不成人形 驚問之 一人泣而告曰 妾乃漢高帝之夫人 戚氏也 在後者 是趙王 如意之妻也 卽吾子婦也 衣火者 宋伯姬 是也 前者 是保母也 衆聞之大驚 下堂而迎曰 夫人上堂 …… 戚夫人曰 吾被呂氏之妬 遭此慘禍 不敢自比於人 今參斯會 則此恨少泄][71]

⑤그 때 한나라의 비후(妃后)와 여러 부인들 중에 그 자리에 있지 않은 사람이 없었는데 유독 효평황후(孝平皇后)만이 보이지 않았으니, 사람들이 그것을 이상하게 여겼다. 반첩여가 "황황실주(黃皇室主)께서는 분명 오려 하지 않으실 것입니다"라고 하니, 사람을 보내 오시라고 청하였다. 그러나 그녀는 사양하며 말하기를, "나는 한가(漢家)의 조상들을 뵐 낯이 없네. 게다가 불을 데어 죽었으니, 내 모습이 옛날 같지 않구나. 어떻게 사람들을 보겠나?" 하였다. 왕태후가 이에 이평, 반첩여에게 말씀을 받잡게 하고, 경강이 직접 가서 맞아오게 하였다. 효평황후는 끝내 사양하며 말하였다. "내 아비가 몸을 옮겨가자 한조가 망하여, 발걸음을 돌리기도 전에 천하의 웃음거리가 되었지요. 사람이 많이 모인 곳에 가서 망신을 당할까 두렵습니다." 그러자 첩여가 말하였다. "벌은 자식에게까지 미치지 않습니다[時漢家妃后 諸夫人 無不在座 而獨不見孝平皇后 衆怪之 班婕妤曰 黃皇室主 必不肯來矣 乃遣人 請之 辭曰 我無面目見漢家祖先 此逮火而死 吾形非昔 何以見人 王太后 乃令李平班婕妤 受辭 敬姜親往迎之 后固辭曰, "吾父身移漢祚 亡不旋踵 爲

71 『삼한습유』, 117~118쪽.

天下笑 稠人廣坐中 吾空往而受辱也 婕妤曰, "罰不及嗣故]. [72]

　　우미인(虞美人)의 대사로 시작하는 ①은 잔치에 참여한 우미인의 자리를
정하는 과정을 보여주며, ②, ③은 여후(呂后)와 측천무후(則天武后)가 잔치
에 참석하여 간신히 자리를 얻는 과정에서 벌어지는 말다툼 장면이다. ④
와 ⑤는 척희(戚姬)처럼 실제 역사에서는 권력의 횡포 속에서 불행하게 죽
어 간 인물들을 잔치에 참석하도록 하여 그들의 한을 달래 주는 내용이다.
이 예문들을 보면 알 수 있듯 작가의 관심은 역사 속에서 제대로 보상받지
못한 불우한 인물들을 다시 불러내 그들의 억울함을 풀어 주고, 권력에 기
대어 잔인하고 포악한 일을 자행한 인물들에 대해서는 마음껏 조롱하고 희
화화하여 그들의 진면모를 폭로하는 데에 있다.

　　『삼한습유』에서만 역사적 인물에 대한 재평가를 시도하는 것은 아니다.
이와 비슷한 역사적 인물에 대한 재평가는 번안소설인『제마무전』에서도
시도되었다.『제마무전』은 몽유록과 송사소설이 만난 형태의 작품으로, 초
한의 역사 속에서 불우하게 죽어 간 인물들과 그들을 불우하게 만든 인물들
을 삼국시대의 인물들로 환생시켜 전생에서의 그들의 관계에 따라 업보를
갚아 주는 방법으로 관계를 맺게 한다. [73] 송사의 과정에서 조왕 여의를 죽
이고 척희를 인체(人彘)를 만들고, 신하와 사통[74]한 여후의 죄들이 밝혀지
며, 천자가 된 후 한신, 팽월, 영포를 제거해 버리는 유방의 신의 없음에 대
한 단죄가 이루어진다. 그리고 한신, 척희, 초부, 항우, 우미인 등의 억울함

72　『삼한습유』, 119~120쪽.
73　자세한 논의는 조혜란(1993),「『제마무전』연구」,『고소설연구논총』, 서울 : 경인문화
　　사 참고.
74　여후가 진평과 사통했다는 이야기는 방각본에는 없으며, 구활자본『제마무전』에서
　　부연된 것이다.『삼한습유』에는 이보다 더 나아가 묵특과의 관계와 여후가 죽은 후 관
　　(棺)이 다시 파헤쳐진 내용이 덧붙여진다.

이 신원된다.

중국 역대 여성인물들을 대거 등장시켜 좌석 배정을 위한 토론을 벌이게 하는 『삼한습유』의 자리 매김도 이와 같이 역사 속의 불우한 인물들은 신원해 주고, 권력으로 자신들의 죄를 정당화한 인물들에 대해서는 폭로와 조롱을 의도하고 있다. 특히 여후나 측천무후 같은 인물들이 서로의 죄상을 낱낱이 열거하며 서로를 비방하게 만드는 장면은 그 극에 달하고 있다.

중세와 같은 수직적 사회에서 자리를 정한다는 것은 중요한 의미가 있다.[75] 이것은 그 인물이 좌중에서 어떠한 인물로 평가되며 얼마나 연장으로서의 대우를 받는 가와도 상통하는 것이다. 위의 등장인물들의 서열은 곧 그 여인을 둘러싼 남성들의 서열과도 마찬가지이다. 항우의 여인으로 불행하게 자살했던 우미인의 자리가 주나라 다음 한나라 앞으로 정해졌다는 것은 곧 항우가 정통성을 품부한 왕으로 인정받았음을 의미하는 것이다. 작품 속에서도 여자에 대한 인정은 그 주변의 남자에 대한 평가와 매한가지라는 언급이 있다. 대부분의 사서(史書)는 남성 중심으로 서술되어 있다. 김소행은 작품에서 남성 인물이 아닌 여성 인물을 등장시켜 서열을 정하게 하고 있으나 이는 곧 역사 속의 남성들과 연관지어져 역사 자체에 대한 평가이기도 한 것이다. 『통감』은 항우의 초나라가 아닌 유방의 한나라에 정통성을 두고, 『사기』는 항우도 본기에 수록하여 천자로 인정하고 있다. 유방보다도 항우에 우선순위를 두는 역사 인식은 사마천의 『사기』의 저술 태도이며, 이는 곧 김소행의 역사 인식이라고 하겠다. 작가는 중국 역사에 대한 박학을 토대로 기존의 역사서에서 제대로 평가받지 못 했던 인물들을 신원해 주며, 동시에 항우의 초나라에 역사적 정통성을 부여하고 있다.

---

[75] 『노섬상좌기』를 비롯한 동물 우화에서 나타나는 쟁장(爭長) 모티브도 동물들 사이의 세력 다툼을 통해 서열을 정하는 이야기이다.

3)『삼한습유』에 나타난 지식의 성격

위에서도 지적한 바 있듯이『남염부주지』를 위시하여『옥선몽』,『옥루몽』,『삼한습유』등은 작품 속에 작가의 지식을 한껏 활용하고 있는 작품들이다.『남염부주지』를 제외한 나머지 작품들은 모두 조선 후기에 창작되었거나 혹은 개화기에 가까운 시대의 창작물이라고 추정된다.[76] 이처럼 소설속에 전개되고 있는 지식은 작가의식과 긴밀하게 연관된 문제로, 여기서전개되고 있는 지식이 어떠한 범주에 속하는 것이며, 어떠한 내용으로 이루어져 있는가를 살피는 것은 그 작품의 성격을 이해하는 한 방편이 될 것이다. 여기서 조선 후기 식자층이 창작한 소설에서 볼 수 있는 지식의 전개가 조선 후기 소설사에서 지니는 의미가 새삼 부각될 수 있을 것이다. 우선『삼한습유』에서 전개되고 있는 지식의 성격을 이해하기 위해서는 비슷한시기에 나온 작품들과의 대비가 유효한 방법이 될 것이라고 보고 이들과 비교하면서 그 성격을 살펴보겠다.

먼저『옥선몽』의 경우, 이 작품의 지식적 요소는 앞서 주목된 바가 있다.[77]『옥선몽』에서 보이는 지식의 특징은 체계화되고 범주화된 지식의 전개가 아니라 단순 문답의 성격을 띠며, 그 결과 작품의 서사와 대상 지식이서로 긴밀한 관계없이 설정되었다는 점이다. 그 대표적인 예로 꿈속의 주인공인 전몽옥이 그동안 쌓은 자신의 학문을 확인받는 과정으로, 아버지의오랜 친구인 시준(柴準)의 질문에 대답하는 부분을 들 수 있다.

76　홍형숙(1990),「『옥선몽』연구」, 이화여대 석사논문 참고.
77　김경미(1993),「『옥선몽』의 성격과 작가의 소설인식」,『국어국문학』109호, 서울 : 태
　　학사 참고.

시생이 말씀하기를 크고 작음과 길고 짧음의 바탕과 네모난 것, 둥근 것, 바른 것, 그릇된 것의 형상을 낱낱이 이해했는가 하니 대답하여 말하기를 첫째 큰 것은 하늘입니다. 하늘[天]은 하늘[乾]의 바탕입니다. 둘째 작은 것은 땅의 신(神)입니다. 동(東)이라는 글자는 긴데, 해가 처음 떠 아침볕이 가장 길기 때문입니다. 서(西)라는 글자는 짧은데, 해가 지려할 때 저녁볕이 가장 짧기 때문입니다……시생이 말씀하기를 천하의 가장 큰 것은 무엇이고 가장 작은 것은 무엇인가 하니, 대답하여 말하기를 새 가운데 가장 큰 것은 天池의 붕새이고 물고기 중 가장 큰 것은 곤이며, 사람 중 가장 큰 것은 왕망씨의 키로 삼십 척이고 말의 큰 것은 문강의 '하늘 바퀴를 굴리니 해, 달, 별이 이우는구나'입니다. 새 중 가장 작은 것은 동쪽의 뱁새로, 교룡의 속눈썹에서 살고 물고기 중 가장 작은 것은 남쪽 물의 워라말의 물이끼에 기생해 사는 새우이고 사람 중 작은 이는 초요씨로 삼척이며 말의 작은 것은 송옥이 쓴 '벼룩 간을 회쳐 구족을 배불리네'입니다[柴生曰 大小長短之體 方圓邪正之象 歷歷可解否 對曰 一太曰 天 天者 乾之體也 二小曰 地之神 東字長 日初出 而朝景 最長 西字短 日將沒 而夕景最短……柴生曰 天下至大者 何物 至小者 何物 對曰 鳥之至大者 天池之鵬 魚之至大者 北溟之鯤 人之至大者 汪罔氏之長 三十尺 言之大者 文康之轉天輪而凋三光也 鳥之至小者 東之鷦鵬 捿於蛟睫 魚之至小者 南瀛之鰕 奇於石髮 人之至小者 僬僥氏之三尺 言之小者 宋玉之膾蝨肝而飽九族也].[78]

위 예문 외에도 하늘의 지름, 땅의 둘레, 사람의 골절과 터럭 개수, 알로 나는 것, 어미 태에서 나는 것 등 생물의 생식 방법, 동물의 다리 개수, 나무,

78 김기동 편(1980), 『필사본 고소설 전집』 권 삼, 『옥선몽』, 서울 : 아세아문화사, 8~9쪽.

옥돌 등등 상식백과에 해당하는 일문일답이 계속된다. 또 전몽옥이 양친상 (兩親喪)을 당한 후 만난 허진인(許眞人)과 선불(仙佛)에 대해 문답하는데, 그 내용 역시 각 종교의 요체를 거론하기보다는 신선의 종류, 도가(道家)에서 중히 여기고 노니는 곳, 먹는 것, 수련방법, 삼겁(三劫)의 종류, 불가(佛家)에 서 귀히 여기는 것, 불경 종류 등의 열거에 힘을 기울이고 있다.[79] 후에 차 [茶]로 인해 인연을 맺게 된 계소저(桂少姐)와 만나 차에 대해 문답할 때도 다 도[茶道]에 대한 논의가 아니라 차의 종류, 물 끓이는 법 등 단편적인 문답을 나열한다.[80]

『옥선몽』에서도 지식은 작품을 구성하는 데 양적으로 상당한 비중을 차 지한다. 그런데 그 지식의 내용이 작품 앞뒤의 맥락상 필연적인 내용인 것 은 아니어서 다른 내용으로 대치되었어도 큰 차이는 없을 것으로 보인다. 시생과 전몽옥과의 문답에서도 몽옥의 학문을 드러내기 위해서는 경전이 나 유명한 문장 등을 열거하거나 논의하도록 했어야 그의 지식인으로서의 면모가 더 부각될 것이다. 그러나 본문에서는 상식문답 수준의 질문과 대답 을 계속하도록 하며, 선불(仙佛)에 대한 문답에서도 역시 단편적인 교리 문 답 수준이어서 전몽옥이라는 인물을 통해 작가 탕옹의 사전적(辭典的) 지식 이 내비칠 뿐이다. 즉 지식이 작품 속에 체화되지 못 한 채 생경한 채로 삽입 되어 있다. 이는 작가가 작품의 모든 요소가 주제로 수렴되도록 구성하는 데 노력을 기울였다기보다는 작품을 통해 자신의 지식의 양을 과시하려는 어느 정도는 현학적인 태도로 지식을 다룬 데서 오는 결과라고 하겠다.

『옥루몽』의 경우는 이와 조금 다른 양상을 나타낸다. 『옥루몽』은 작가 가 지식의 과시를 위해 쓴 작품은 아니어서 『옥선몽』과 비교해 보면 작품

79 위의 책, 14~21쪽.
80 위의 책, 26~27쪽.

전체의 비중으로 볼 때 지식적 요소는 미미하다고 하겠다. 『옥루몽』은 주로 인물의 행위에 의해 서사가 전개되는 고소설의 전통적인 방법으로 쓰인 작품으로, 이 작품에서는 사건의 진행 자체를 긴박하고 긴밀하게 전개하는데에 관심을 기울이며 장황한 지식의 삽입 등은 나타나지 않는다. 그렇다고 『옥루몽』에서 지식적 요소가 전혀 나타나지 않는 것은 아니다. 군담이 많은 만큼, 진법(陣法)이나 홍랑(紅娘)의 검술(劍術) 등에 대한 상세한 설명을 하기도 하며, 특히 새로운 전쟁 무기를 등장시키는 경우에는 그 물건에 대한 설명을 자세히 함으로써 그 무기에 대한 묘사와 함께 전쟁에 대한 작가의 지식이 전문적인 것임을 암시하여 군담에 사실감을 부여한다. 다양한 진법의 구사, 단기전(單騎戰)에 대한 섬세한 묘사, 전면적인 병력전의 일부로서 삽입되는 도술 변신전 등 『옥루몽』의 군담은 이 작품에 이르러 군담이 구체화되고 발전된 양상을 보여 주는 것이다.[81] 『옥루몽』에 보이는 천창진(天槍陣),[82] 음양진(陰陽陣)[83] 등 진법에 대한 설명은 『삼한습유』에서 천군과 마군이 싸울 때 벌이는 진법 대결과도 비슷한 양상을 띤다. 또 잠수함을 연상시키는 전함인 타선(鼉船, 악어배)에 대한 묘사[84]나 땅 속에 매설하여 지하 진지를 파괴하는 폭탄인 굉천포(轟天砲)에 대한 묘사[85]는 그것이 비록 과학적인 설득력은 약하나 사물에 대한 작가의 관심을 반영한다.

　『옥루몽』의 경우, 위에서 언급한 설명은 그 내용이 본격 지식에 속하지는 않으나, 실감 나는 전쟁 장면 연출을 위한 것이므로 작품의 서사와 밀접한 관련을 가져 다른 내용으로 대치되기 어렵다는 특징을 지닌다. 이는 『옥

81　서대석(1985), 『군담소설의 구조와 배경』, 서울 : 이화여대 출판부, 244~247쪽.
82　임명덕 편(1986), 『옥루몽』, 『한국한문소설전집』 권 이, 대북 : 중국문화대학 출판부, 98쪽.
83　위의 책, 137~138쪽.
84　위의 책, 203~204쪽.
85　위의 책, 300쪽.

190　19세기 서얼 지식인의 대안적 글쓰기, 『삼한습유』

선몽』의 지식적 요소들이 사전적 성격의 단편 지식으로, 작품 전체 분량에 있어 상당량에 달하나 서사적 긴밀성이 약해 다른 내용으로 대치 가능한 것과 비교된다.

그런데 『삼한습유』에서 전개되는 지식의 성격은 지식의 수준과 작품과의 유기성 두 면에 있어 『남염부주지』 몽중사(夢中事) 부분의 지식적 토론과 가장 접근해 있다. 『남염부주지』는 주로 유교적인 소양을 기본으로 한 귀신론을 바탕으로 하면서 불교의 윤회사상이나 저승 개념에 대해 등장인물 간에 진지한 토론을 전개시키는데, 여기에서 지식인으로서의 박생의 면모가 유감없이 발휘되며 유학을 토대로 한 사상이 체계적으로 펼쳐진다. 물론 『삼한습유』에서 귀신이나 심성에 대한 지식이 드러나는 것은 일부분이다. 그러나 이 내용은 작품의 맥락과 유기적인 관련 아래 삽입되는 것이며, 단편적인 나열이 아니라 작가의 숙고를 거친 심화된 내용을 다룬다는 점에서 『옥선몽』이나 『옥루몽』보다는 『남염부주지』의 지식적 성격에 근접한다. 또한 앞에서 고찰했듯 『삼한습유』는 장편인 만큼 지식의 종류도 다양하여 가히 백과전서적이라 할 만큼 다양한 분야의 지식들이 전개되며 이것이 작품의 전후 맥락과 밀착하여, 서사의 흐름을 방해하는 것이 아니라 오히려 작가의 사상적 경향을 드러내는 역할을 한다. 김소행은 『삼한습유』를 통해 말하고자 했던 내용을 형상화하면서 평소 잘 알고 있었을 학문적 요소들을 자재롭게 취택해서 서사와 결부시켰을 것이다. 그러므로 작품에 드러난 지식은 당대 학문의 가장 선진적인 내용을 소개하는 데 목적이 있는 것이 아니라 작품의 주제를 형상화하는 한 방편으로 선택된 것이다. 이는 『옥선몽』의 탕옹이 지식의 습득과 과시 자체에 관심을 기울이는 것과 비교되는 태도이다.

『삼한습유』에 드러난 지식은 다른 소설에 비해 그 양과 질에 있어 우위를 점하며, 서사 맥락에 있어서도 대치가 불가능할 만큼 긴밀한 연관 아래 결구되었다는 특징을 지닌다. 『삼한습유』의 이러한 특징은 작가의 사상적 경향을 짐작케 해 주는 단서가 되기도 하여 작품의 주제 의식과도 연결된다는 점에서도 『남염부주지』의 지식의 성격을 이은 것으로 평가된다.

또 작품에 나타나는 지식적 요소는 그 작품의 향유층을 짐작케 해 주는 단서가 되기도 한다. 왜냐하면 작가가 자신의 작품에 이런 지식을 삽입할 경우는 읽을 독자를 미리 상정하고 그 수준에 걸맞은 지식을 전개시킬 것으로 생각되기 때문이다. 『두껍전』은 여러 이본이 있으나 조선 후기본 중 가정에서의 구급 처리법을 소개하는 이본이 있다. '이런 증상에는 이렇게 하라'는 내용의 나열은 가정의학적 지식에 속하는 것이다. 『두껍전』은 동물 우화로, 그 향유층도 대부분 서민일 것으로 추정할 수 있다. 그러므로 지식을 삽입한다 하더라도 그것을 이해하는 데 있어 학문적 토대를 필요로 하는 사변적이고 관념적인 내용보다는 실생활에 필요한 내용을 선택했던 것으로 볼 수 있다. 『삼한습유』 역시 예상 독자층을 상정할 때, 작가 김소행의 지적 수준과 비슷한 사람들을 대상으로 하여 이 작품을 썼을 것으로 보인다.

제5장
『삼한습유』의 표현적 특징

1. 실감 나는 인물 형상화

　『삼한습유』의 남녀 주인공은 귀족이 아닌 평민으로 설정되어 있으나, 이들은 원래 천상적 존재였으므로 우아한 성격의 인물로 그려지며, 이들을 둘러싼 주변 인물들인 향랑의 부모나 시어머니 등 주변 인물들은 자신들의 논리와 감정을 있는 대로 발산하는 인물로 생동감 있게 그려진다. 이러한 인물 형상화는 다른 무엇보다도 인물들의 사실적인 대화에 힘입는 바가 크다. 『삼한습유』의 인물 형상화는 주로 그 인물들의 성격을 부각시키는 데 초점을 맞추고 있고, 그 인물의 생김새나 옷치장에 대한 묘사는 많지 않다. 작가가 화려하고 세세한 묘사를 않는 것은 문(文)에 대한 작가의 태도에서 비롯된 것으로 추정되며, '얼굴은 두목지요 필법은 왕희지라' 등 고소설에서 인물을 형상화할 때 흔히 쓰는 관습적인 수식의 묘사를 하지 않은 것은 구투를 벗어나기 위한 것으로 보인다. 묘사가 많지는 않으나 인물의 성격을 또렷이 하기 위해 필요한 경우에는 사실적인 묘사를 선택한다.

또한 작가는 향랑의 주변에 많은 인물들을 설정하는데, 이들 등장인물도 각자가 고유한 성격을 지닌 인물로 표현되면서, 동시에 주인공 향랑을 부각시키는 역할도 한다. 『삼한습유』에는 중국과 우리나라의 역사적 인물들도 많이 등장한다. 그 중 여후나 측천무후의 대화는 그들의 인간성을 실감나게 잘 드러내 주는 측면이 있기도 한데, 이는 작가의 포폄의식의 발현이라 하겠다. 그러나 이 경우를 제외하고는 역사적 인물들은 대개 각기 하나의 개성 있는 인간으로 형상화되지 않고, 역사적 인물과 역사 자체에 대한 작가의 지식의 나열에 그치는 경우가 대부분이므로 인물 형상화에 주목하는 본고의 관심에서 제외된다. 이에 본 절은 개성을 획득한 인물들을 대상으로, 이들이 발화하는 실감 나는 사실적인 대화와 대비되는 등장인물들의 설정을 통해 작품의 인물 형상화를 살피고자 한다.

1) 사실적인 대화와 묘사

『삼한습유』에서 등장인물들의 대화는 작품의 성격을 형성하는 데 중요한 역할을 한다. 이 작품에서의 대화는 크게 의론적인 대화[1]와 일상적인 대화로 나눌 수 있는데, 인물 형상화에 관련되는 것은 일상적인 대화이다. 이

---

1 의론적인 대화에 대해서는 '제5장 3. 의론적 대화체의 활용'에서 다루고자 한다.

작품에서 삶의 일상성, 즉 경험적 세계의 질서가 지배하는 부분은 향랑이 오태지에 빠져 자살하기까지의 부분이며, 등장인물들의 사실적인 대화가 생동감 있게 펼쳐지는 부분도 역시 이 부분에서이다. 이 작품에서 등장인물들의 대화가 구투나 혹은 문어체를 벗어나서 사실적인 대화를 구사하는 데 성공했다는 점 외에도 이 대화를 통해 그 인물의 가치관이 드러나기도 하며, 주체성의 정도가 가늠되기도 한다. 그 중에서도 특히 사실적인 대화가 돋보이는 부분은 향랑이 시집가기 전, 배우자에 대한 향랑과 향랑 부모가 의견 대립을 보이는 부분과 시집 간 향랑이 시어머니와 남편에게 구박을 받으며 불행한 삶을 사는 부분이다. 향랑의 어머니와 시어머니에 대한 묘사와 그들의 대사는 마치 말을 옮겨 놓은 듯이 자연스럽고도 실감 나게 표현되고 있다. 먼저 향랑의 어머니에 대한 예를 들어 보기로 한다. 향랑의 어머니는 향랑에게 청혼한 빈이유재(貧而有才)한 동가자(東家子)와 부이무현(富而無顯)한 서가자(西家子) 중, 서가자와 결혼할 것을 주장하면서 자신의 견해를 피력한다.

① 동쪽 자제는 비록 행실이 좋으나, 옛사람이 말하기를 '가난하면 예를 지킬 수 없다'고 했습니다. 예는 재물이 넉넉한 데에서 생기고, 가진 것이 없으면 지킬 수 없는 것입니다. 예가 폐한즉 제수도 준비하지 못해 제사를 받들 음식이 없고, 솥과 도마가 텅 비면 상에 올릴 맛있는 음식도 없습니다. 무릇 살아서는 먹을 것이 없고 죽어서는 예를 차릴 것이 없은즉 비록 효성스러운 자식, 어진 손자라도 그 마음을 다 표현할 수가 없습니다. 심지어 아내와 자식도 천히 여겨 버리게 되는 데에까지 이르면 마을 사람들도 왕래를 끊으니 즐거움이 없으며, 오랑캐같이 되는 것이 매우 심하니, 스스로 인간 축에 끼지도 못합니다.東家之者 雖有行誼 而古人云 '貧則無禮 〃 生於有廢於無 禮廢則 粢盛不修 無以供祭祀 鼎俎有闕 無以奉甘旨 夫生無以養 死

無以禮 則雖孝子慈孫 無以盡其心 至於妻孥賤棄 鄕黨絶交 以而不樂 夷狄益
甚 不能自比於人矣」[2]

이 말은 향랑 어머니의 가치관을 잘 보여 준다. 조선시대를 지배하던 중요한 행동 지침의 하나인 예(禮)에 대한 해석을 통해 향랑의 어머니는 정신적인 가치보다는 물질적인 가치를 중시하는 인물임이 선명하게 드러난다. 향랑의 어머니는 예(禮)와 비례(非禮)를 판단하는 기준으로 '얼마나 마음을 다해 진심으로 행하는가(盡其心)'를 살피는 것이 아니라 드러난 외형을 중시한다. 또 이러한 생각에 입각한 자신의 논리를 정당화하기 위해 선택한 극단적인 예는 물질이 없으면 사귐도 끊어지는 당대의 세태를 반영하는 동시에 향랑 어머니의 입장을 반영하는 것이기도 하다. 향랑의 어머니는 이러한 가치관을 견지하고 있기 때문에 인간으로서의 최소한의 존엄을 지키기 위해서 부(富)를 선택해야 한다고 생각했던 것이다. 그러나 그렇다고 해서 향랑의 어머니가 악인형 인물로 그려지는 것은 아니다. 고소설에서는 흔히 선인과 악인의 구별이 뚜렷하여 선인형 인물을 모든 덕과 재주, 인물을 두루 겸비한 것으로 그려지고, 악인형의 경우는 빼어나지 못한 용모에, 악한 성품과 술수를 타고 나는 것으로 묘사되는 경우가 많다. 이 기준에 의하면 향랑의 어머니는 후자에 속하기 쉬우나 『삼한습유』의 작가는 이런 이분법적인 사고를 벗어나 향랑의 어머니를 악인형에 속하는 인물이 아니라 근시안적 안목으로 딸을 사랑하는 전형적인 가족 이기주의형 어머니의 모습으로 그려낸다.

②어미가 조금 화가 난 얼굴로 무슨 소리를 냈다 삼켰다 하기를 서너 번

---

2   『삼한습유』, 9쪽.

하더니 혼잣말로 입안에서 웅얼거렸다. …… 처음에는 부모가 즐거워하고 친척들이 축하하며 가난한 것은 벼슬 안 한 선비이기에 그런 것이라 여겼어도 결국에 가서는 부모를 원망하지 않음이 없으니, 그 부모가 후회하는 것을 나는 또 많이 보았다. 너를 임신하여 다니다가 너를 낳고 나서는 똥오줌을 냄새 난다 하여 싫어하지 않았고, 젖먹이는 것을 고단하다 하여 게을리 하지 않았으며, 마른 곳에는 너를 누이고 진자리에서는 내가 잤다. 얼굴 생김생김과 재주가 빼어나게 되었을 때에는 이마를 비비면서 기뻐했고, 하늘나라 선녀가 내려온 것이라 여겨 때때로 혼잣말로 내가 무슨 복으로 이런 딸을 낳았는고 하였지. 명절에 친척들이 혹 잠시라도 데려가면 마음이 칼로 도려내는 듯 아팠는데 …… 이제 네가 내 말을 듣지 않고 네 발로 물에 빠지고 불에 들어가 스스로 신세를 망칠 길로 들어서니 오늘 이후로 너는 내 딸이 아니다. 네 뜻대로 하고 나서 나를 원망하지는 말아라. 낳고 기른 은혜는 이것으로 다 끝난 거니 관계를 더 이어 뭐하겠느냐? 너는 좋은 군자를 받들고 이 에미 걱정일랑 하지 마라" 하고는 가슴을 치면서 큰 소리로 통곡하며 말하였다. "하늘도, 하늘도 무심하시지, 늙도록 자식이 없다가 다만 딸 하나 있을 뿐인데 어떤 정신 나간 귀신이 너를 이다지도 홀렸느냐?"[其母微有慍色 聲出及呑者三 私自口語曰 …… 其始也 父母樂之 親戚相賀 以爲貧者士之常 其卒也 未嘗不怨其父母 而父母悔之者也 吾見亦多矣 自汝懷妊出入腹汝 乃其生也 糞穢不壓於臭惡 乳哺不倦於辛勤 乾處兒臥 濕處母眠 及其色貌才藝之絶 則拊頂歡喜 以爲天上嫦娥下降 而有時私語 而吾以何福能生此女 歲時親隣 或暫邀去 則心如刀割然 …… 今汝不諒 沈水入火 自就滅亡 今日之後 汝非吾女也. 從女之志 無怨乎哉 然生育之恩 至此永絶矣 何忍强延已斷爛盡之腸乎 汝其奉事君子 母以我爲念." 因椎胸大哭曰, "天乎 天乎 年老無子 只有一女 有何昏神惑女至此."][3]

가난하나 덕이 있는 서가자에게 시집가기를 원한다는 향랑의 말에 '주리지 않고 추위에 떨지 않아 고생을 모른다'며 혼잣말로 넋두리를 시작하더니 급기야는 하늘을 부르면서 통곡하고야마는 향랑의 어머니는 오늘날에도 볼 수 있는 평범한 부모의 모습을 하고 있을 뿐이다. 향랑 어머니의 가치관은 다른 무엇이 아닌 자신이 평생 보아 온 경험에 근거한 것이다. 「지작기」에서 김소행은 이러한 가치관에 의한 향랑 부모의 선택이 잘못된 것임을 지적하는데, 여기서 서가자가 아닌 동가자를 선택했어야 한다는 김소행의 논리적 근거 역시 작가 자신이 경험한 현실 논리에 입각해 있다.[4] 다만 그 경험을 통찰하고 해결하는 방법이 달랐던 것이다.

자식 기르는 수고를 열거하는 대목은 마치 누군가의 이야기를 듣는 것처럼 자연스러운 구어를 구사하는 부분이기도 하다. 물론 부모 자식 관계여서 그렇기도 하지만 마왕의 세력을 제외하고는 절대적 악인이 등장하지 않는다는 점도 이 작품의 인물들이 개연성을 확보하게 된 이유 중의 하나이다.

향랑의 어머니가 이렇게 물질적인 가치를 중요시하는 인물로서 딸의 결혼을 불행으로 몰고 가는 부정적인 역할을 도맡아 하게 된 것은 자식 사랑에 대한 그녀 자신의 가치관에서 기인하기도 하지만 그 남편, 즉 향랑의 아버지가 우유부단하고 책임지기를 꺼려하는 성격의 소유자이기 때문에 그녀의 부정적 면모가 더욱 부각되기도 한다.

③ 혼인 문제를 놓고 재물을 따지는 건 오랑캐들이나 하는 일인데……. 허나 죽도록 가난하게만 사는 것 또한 감당하기 힘드니……. 그래도 나는 여공이 그 부인과 의논도 안 하고 그 딸을 유방에게 선뜻 주었던 것처럼은

---

3 『삼한습유』, 11~13쪽.
4 이 부분은 '제2장 2. 4) 「지작기」에 나타난 소설 창작 태도' 참고.

못 하겠네[婚姻而論財 夷狄之道也 然而百年蓬室 亦人所不堪之地也 吾不能 如呂公之不謀家人 而輕許劉季].[5]

　④ 그 아비는 비록 딸의 뜻을 아나 둘 중 누구 편을 들어야 좋을지 몰라서 망설이다가 짐짓 기쁜 표정을 지었다[其父雖知女意 而勢難首鼠 故意 歡然][6]

　③은 애초에 혼인말이 나왔을 때 아버지의 태도이다. 그는 '혼인에서 재물을 논하는 것은 오랑캐의 도'라고 하면서도 '평생토록 가난한 살림을 하게 된다면 또한 사람이 감당하기 어려운 바'라고 말한다. 그는 명분을 선택하는 것 같지만 궁극적으로는 현실론을 추수하면서도, 자신 혼자 가볍게 결정내리지 못 하겠다고 한다. 이는 민주적인 의사 결정 태도인 것처럼 보이기도 하나, 실은 책임을 지려 하지 않는 태도에서 비롯된 것임이 ④의 예문에서 드러난다. ④는 향랑의 선택에 부인이 통곡을 하자 딸 향랑이 어머니의 뜻을 좇겠다고 말했을 때, 이에 대한 아버지의 반응이다. 자식의 혼사에 있어서까지 소심한 아버지는 딸의 마음을 다 헤아리면서도 부인이 강력하게 나오자 아무 말도 못 하고 딸의 결심에 거짓으로 기쁜 표정을 짓는다.[7] 딸의 불행을 예감하면서도 부인의 뜻에만 맞추는 아버지는 부모로서의 권리와 의무를 저버렸을 뿐 아니라 주체적 개인이라고 보기에도 미흡하다. 부인과 딸 사이에서 어쩔 줄 몰라 하다 어물쩍 넘기는 그 모습은 자신의 주견 없이 행동하는 인물을 적절하게 그린 부분이다.

5　『삼한습유』, 8쪽.
6　『삼한습유』, 13쪽.
7　『삼한습유』는 여성 인물에 비해 남성 인물들이 수동적으로 그려진다는 특징이 있다.

향랑의 어머니가 물질적 가치관을 지닌 부모의 모습이 형상화된 것이라면 물질적 가치관을 지닌 또 하나의 인물로 시어머니가 등장한다. 향랑의 시어머니는 향랑의 옷차림과 장신구, 물건 등이 누추한 것이 부끄럽다고 하면서 얼굴에 노기를 띠고 사당 참배도 안 시키고 "우리집 같은 부자가 어디에 가면 아름다운 며느리를 얻지 못하겠느냐"고 구박한다. 또 혼수의 수준이 맞지 않아 부끄럽다고 하며 일찌감치 이런 줄 알았더라면 누가 그 모습을 취했겠느냐고 하며 며느리라고도 안 부르고 '가난한 집 딸'이라고 불렀으며 누가 아름답다고 칭찬하면 "얼굴이 밥 먹여 주냐"[8]고 대꾸하는 인물이다. 시어머니의 경우는 모든 것을 부(富)로 해결하려는 태도를 지닌 인물로서, 물질만능주의를 신봉하여 그 호칭을 '며느리' 대신 '가난한 집 딸'이라고 불러 향랑에게 인격적 모독을 안겨 준다. 시어머니의 이러한 말은 예를 차리고 살기 위해서는 인품보다는 물질을 중요시하여 딸을 서가자와 결혼시킨 향랑 부모의 기대를 배반하는 장면이다. 뿐만 아니라 낮에 친압하려는 남편에게 예가 아닌 행동이라며 거절하는 향랑을 보고 시어머니는 결혼 전 사귀던 남자가 있던 것이 분명하다며 억지를 부린다. 이 장면에서의 시어머니의 행동거지에 대한 묘사 역시 사실적이며 구체적인 표현을 획득하는데, 이 묘사는 시어머니의 부정적인 면모를 강조하면서 동시에 그녀의 다듬어지지 않은 심성을 잘 표현하고 있다.

⑤ 시어머니가 듣고 있다가 손뼉을 치면서 큰소리로 성을 내었다. "채소만 먹던 네 배가 부잣집 음식에 질렸느냐? 남들은 모두 굶어 죽는데 너는 혼자 배불러 죽겠구나. 열 손가락 까닥 않고 앉아서 평안히 누리니 이 편안함

8 『삼한습유』, 16쪽.

이 누구의 은혜냐? 옛날에 네가 친정에서 지낼 때에는 풀죽에 쌀도 못 섞어 먹었을 게다. 부끄러움을 안다면 비록 집에서 기르는 가축이나 종도 어찌 감히 고개를 쳐들까? 다행히 이런 시어미, 이런 남편 만나 내쫓기지 않은 줄로 알아라." 하고는 그 방으로 달려가며 말하기를, "자고로 미인은 애물단지라더니 …… 어렸을 때 반드시 친하게 지내던 남자가 있을 것이다. 그 자를 위해 수절하느라고 우리 집 대를 끊겠구나." 하면서 지팡이로 땅을 치고 입에는 거품을 물고 눈에는 불을 켜고 사실 여부를 추궁했다. …… 진실로 도라고 할 만한 것도 막상 말하면 추해지고, 독서한 걸 말해도 욕이 되니 죽는 길밖에는 없군요. 어찌 예가 아닌 말로 입과 입술을 더럽히겠어요?" 하였다. 시어미는 더욱 화가 나 발로 기둥을 차다 고꾸라지니 느린 소리로 '아야, 아야' 하는 것 같기도 하고, 빠른 소리로 오오거리다가 짧은 신음소리로 으으 하다가는 긴 소리로 우우거리니, 목소리가 언뜻 뒤집어지다가 헛소리가 선뜻 나오며 중언부언 이어지는데 …… "이년이, 이년이 시어미를 업수이 여기고 남편을 속이고는 예의를 거들먹거리다니! [其姑聽之 付掌大吃曰 汝以唐園之菜腹, 厭金谷之蠟爨 人皆飢死 而汝獨飽死 十指不動 坐享安 是逸 誰之惠也 昔汝在家 藜羹不참 苟能知恥 雖唱畜婢使 何敢抗顔 幸遇是姑 是夫 尙免黜斥 因趨造其室曰 自古美貌 皆是尤物 …… 兒時其必有所私者 雖爲之守節 而絶義於吾家者也 擧杖擊地 口沫瞳火 責其供實 …… 眞所謂 道可也 言之醜也 所可讀也 言之辱也 有死而已 安敢以非禮之言 自汚脣舌 姑愈觸怒 屛蹴楹顚 배跌頓 慢聲如阿 疾聲如呼 短聲若唯 長聲若皐 喉音乍滑 舌音旋澁 重言復言 …… 是女是女 蔑姑欺夫 動引禮儀][9]

9 『삼한습유』, 19~22쪽.

『삼한습유』의 등장인물들의 대화는 마치 그들의 말을 옮긴 것처럼 자연스럽다. 위에서 본 바 작품 전반부에서 향랑의 혼인을 둘러싸고 벌어지는 상황들은 실감 나는 대사로 긴장감을 고조시켜 소설의 갈등을 예각화하여 보여 준다. 특히 향랑의 어머니와 시어머니 등은 물질적 가치를 지닌 인간의 전형을 보여주는데, 이는 그들의 입을 통해 발화하는 말에 힘입은 바가 크다.

사실적인 대화와 묘사는 향랑의 성격을 부각시키는 데에도 여전히 중요하게 사용된다. 차이점이 있다면 향랑의 어머니와 시어머니의 경우는 그들의 세계관과 성품에 맞게 어느 정도는 비속하며 에너지가 넘치는 표현으로, 향랑의 경우에는 천상적 존재였던 그녀의 전생과 정신적 가치를 존중하는 그녀의 가치관에 어울리는 우아하고 차분한 분위기로 표현하고 있다는 점이다. 향랑의 어머니와 시어머니가 감정을 있는 그대로 다 표출하고 하고 싶은 말을 끝까지 다하는 인물로 묘사된 반면, 향랑에 대한 묘사는 대사나 행위가 아닌 심리 상황에 대한 것이거나 아니면 대단히 절제된 표현을 하고 있다. 작가는 주인공 향랑에 대해서는 말을 매우 절제하도록 하여 고상하면서 비극적인 인물의 전형을 획득하게 하고 있다. 향랑은 어떤 기막힌 상황이나 어려운 일을 당해서도 자신의 감정을 다 드러내거나 큰 소리를 내지 않는다.

⑥ 여자의 몸으로 외로운 처지가 되니 어디에 하소연할 데도 없는데 하는 일마다 노여움을 사니, 두렵고 겁나고 참담한 마음을 어디로 내쏟아야 할지를 몰랐다. 자살할까 결심을 했다가도 또 막상 자살할 용기가 나지 않아 한밤중에 눈물을 흘리면서 붓을 적셔 스스로를 애도하는 시 두 수를 지었다(女一身伶仃 無處控訴 隨事觸怒 惶怖惡赦 不知所出 決意自裁 而又恐傷勇 乃中夜悲泣 濡筆作自悼詩二首曰)[10]

⑦ 밤이 깊어 조용해지자 향랑은 불을 켜고 일어났다. 우러러보니 북두칠성이 하늘에 빗겨 있고 은하수는 반짝이고 달빛은 벽에 가득한데 둥지에 깃든 새가 놀라 날아가는 것이 보였다. 향랑은 맥없이 웃더니[夜深更靜 女燃燭而起仰視 北斗橫天 河漢照面月色滿壁 栖鳥驚飛 女呀然一笑曰].[11]

⑥은 향랑이 혼수로 인해 며느리 대접을 못 받는 가운데 힘을 다해 부도(婦道)를 행했지만 시어머니와 남편의 구박은 날로 심해져 드디어 부엌 출입도 못 하게 되자 자살을 생각하면서 느끼는 갈등이 묘사된 부분이다. 어디 하소연할 곳도 없이 외롭고, 거듭되는 구박에 주눅 들어 왜소해진 향랑의 모습이 잘 그려져 있다.

⑦은 부모의 삼년상을 마친 후, 조가자(趙家子)와의 재가(再嫁)를 피할 길이 없게 된 향랑이 자살하기 직전의 모습이다. 작가는 향랑의 심리를 묘사하는 대신 배경 묘사를 할 뿐이다. 그리고 자신의 죽음을 눈앞에 둔 향랑을 그리면서 다른 표현은 생략하고 '笑'라고만 할 뿐이다. 기막힌 상황에서의 '笑'라는 표현은 마지막까지 존엄을 잃지 않으려는 향랑의 성격을 잘 보여준다.

말이나 행동으로 자신을 잘 표현하지 않는 인물인 향랑은 대신 시를 많이 지어서 자신의 감정을 표현한다. 부모의 뜻에 따라 서가자에게 시집을 가게 되었다거나 위의 예문들처럼 자살하고 싶으리만큼 힘들거나 혹은 자살을 결심했을 때, 이러한 힘든 상황에서는 거의 어김없이 향랑의 자작시가 뒤따른다. 등장인물들이 사랑의 감정이나 이별 후의 그리움 등을 표출

---

10 『삼한습유』, 17쪽.
11 『삼한습유』, 30쪽.

하고자 할 때 그것을 산문적으로 서술하지 않고 이같이 서사의 중간 중간에 한시를 삽입하는 것은 전기소설(傳奇小說)의 특징이기도 하다. 전기소설과 마찬가지로 『삼한습유』에서도 등장인물의 심리를 나타내거나 극적 상황을 연출할 때 다양한 형식의 한시들이 삽입된다. 『삼한습유』에서의 한시의 삽입은 등장인물의 심리를 묘사할 뿐 아니라 향랑을 전아한 성격의 인물로 부각시키는 효과를 얻는다.

2) 대비되는 인물의 설정

김소행은 주인공인 향랑의 성격을 부각시키기 위해 여러 등장인물들을 만들어 냈다. 우선 대조적인 인물들로, 친정과 시댁 식구들을 들 수 있다. 향랑의 부모나 남편, 시어머니는 모두 삶에 있어 물질적 가치를 신봉하는 인물들로 묘사되어 있다. 이들은 배우자 선택을 할 때도 부(富)를 그 기준으로 삼는다. 향랑의 부모는 부를 결혼의 조건으로 내세우고, 시댁 식구들은 자신들의 부로 어떤 여자라도 원하는 대로 얻을 수 있다고 여기는 인물들이다. 이 두 지향이 만나 향랑과 서가자의 결혼이 성립된 것이다. 이 인물들 중 향랑만은 사람의 어질고 어질지 않은 것은 빈부에 달려 있는 것이 아니라고 하면서 가난하나 어진 배우자를 만나 행복하게 살았던 인물들의 사례를 열거한다. 그녀는 재주 없는 남편을 만나면 곧 자신이 불행해질 것[12]이라고 하며 배우자를 선택하는 기준으로 인품을 든다. 이러한 향랑의 태도는 상반된 가치관을 가진 주변 인물들로 인해 더욱 돋보인다.

---

12 『삼한습유』, 13쪽. "人之賢否不在於貧富 …… 夫之不才 乃女之不幸 ……"

향랑의 시어머니와 남편은 타당한 이유도 없이 향랑을 구박하여 결국 며느리를 내모는 인물로 그려져 있다. 혼수 문제에서 발단한 구박은 향랑에게 여성의 공간인 부엌 출입을 금하고 먹을 것조차 제대로 주지 않는 등 극단적으로 치닫는다. 어머니의 태도가 이러하자 그 아들인 남편 또한 사태를 정확히 파악하려는 의지도 없이 덩달아 향랑을 힘들게 한다. 또한 그는 결혼 첫 날부터 술이 취해 초례도 못 치르는가 하면 세숫물 떠 주는 여자 종의 손목을 잡고 희롱하는 등 타고난 난봉꾼으로 그려져 있다. 본디 강포한 인물로 묘사된 이들 모자의 존재로 인해 향랑의 도덕적 고결함은 더욱 부각되고 있는 것이다.

이처럼 향랑과 대조적인 주변 인물의 물질적인 가치관이나 혹은 패악한 인간성은 향랑의 순수함과 대조되어 향랑이 도덕적 우월성을 확보하도록 한다. 이상에서 본 바와 같은 대조되는 인물형 외에 신라 정의녀(貞義女)와 같은 인물의 설정은 그림자적인 존재를 만들어서 향랑의 성격을 강화하는 경우이다. 정의녀는 허구적 인물로, 향랑과 같은 마을의 여자이며 향랑과 비슷한 시기에 열녀가 된 인물로 설정되어 있다. 작품에서 그녀는 삽화적인 성격의 인물로 등장할 뿐이어서 서사에서의 비중은 미약하다. 환생, 재가가 결정된 향랑은 자신과 같이 불행한 삶을 살았던 인물들에게 찾아가 함께 환생하기를 청한다. 결국 그녀는 혼자 환생하게 되나 그 과정에서 열녀나 효자로 죽은 많은 여성들이 소개되며 그 중 하나가 정의녀이다. 작품에서 다른 인물들은 간단하게 처리하고 있는 반면, 비슷한 역할을 담당하는 정의녀만은 그녀의 삶과 죽음이 장황하게 설명되고 있어서 다른 인물들과 비교할 때 어딘가 균형을 잃은 듯한 느낌이 들기도 한다. 그러나 김소행이 정의녀에 대해서만은 굳이 구구하게 설명하는 데에는 이유가 있다. 바로 그녀가 또 하나의 향랑이기 때문이다.

정의녀는 달성에 사는 어떤 선비의 외거 노비의 딸로서 이미 혼약을 한 후이다. 이 과정에서도 그녀는 육례를 갖춰 정식으로 혼인하기를 원하며 상대방 남자는 그녀의 의견을 존중하여 예를 갖추고 혼인 날짜를 기다린다. 이때 불쑥 찾아와 그녀를 본 선비는 그 미모에 반해 자신의 신분을 내세워 그녀의 부모를 협박한다. 부모와 주변 사람들은 자신들의 간청에도 불구하고 그녀를 데려 가려는 선비를 죽이기로 공모한다. 이 계획을 안 그녀는 차마 부모를 죄인으로 만들 수가 없어서 선비를 따라 가겠다고 스스로 나서는데, 속사정을 모르는 주변 사람들은 '사람 마음은 정말 모르는 것'이라며 돌아가는 것으로 되어 있다. 이 부분은 향랑이 조가자의 횡포에 못 이겨 마음속으로는 자살을 결심하면서 겉으로는 선뜻 조가자와 결혼하겠다고 나서자 주변 사람들이 그녀를 보고 사람 마음은 정말 알 수 없는 것이라고 말하는 대목을 연상시킨다. 그러나 선비를 따라 나선 정의녀는 배를 타고 가다가 자신의 죽음을 노래한 시를 한 편 남기고 물에 빠져 자살하고 만다. 그녀는 향랑의 일생을 모의적으로 각색한 인물인 것이다.

정의녀의 이야기는 향랑이 죽은 후 천상적 존재가 되어 효렴과의 결혼을 원할 때 등장하는데, 지상에서의 향랑의 삶을 다른 형태로, 그러나 매우 유사하게 다시 한 번 반복해 주는 효과를 갖는다. 이는 열녀로서 정려까지 받은 인물인 향랑을 열녀에 대한 당시의 일반적인 기대를 깨고 결혼을 원하는 인물로 소설화하는 과정에서 생길 수 있는 마찰을 피하고자 향랑의 열녀로서의 면모를 강조한 것으로 이해할 수 있다. 정의녀 역시 사후 세계에서 열녀로 대접받으며 지내는 인물이 되는데, 환생이 결정된 향랑은 그녀를 찾아가서 같이 환생하여 혼약했던 남자와 결혼할 것을 권한다. 그러나 정의녀는 정중하게 거절한다. 향랑의 일생을 그림자처럼 보여 주었던 그녀는 향랑의 열녀로서의 면모는 강화시키면서 동시에 환생, 재가를 원하는 향랑과는 대조를 이루어 향랑이 얼마나 진취적이고 적극적인 의지를 지닌 인물인가를 알게 해 준다.

대화나 심리 상태, 행동에 대한 묘사 등은 소설의 인물들을 형상화하는 방법으로 일반적으로 널리 쓰이는 것들이다. 『삼한습유』의 경우도 마찬가지로 주인공 향랑의 성격을 부각시키기 위해 여러 가지 전략이 쓰였지만 정의녀라는 허구적 인물의 설정을 통해 향랑의 성격을 도드라져 보이게 하는 효과를 내는 것은 김소행 고유의 장치라 하겠다. 정의녀는 당시 열녀들의 보편적인 모습이다. 향랑과 유사하게 설정된 정의녀를 통해 볼 때 향랑은 열녀로서의 면모만이 아니라 의지가 강하고 자신의 일에 적극적인 인물임이 부각된다. 향랑의 부모나 남편, 시어머니의 경우와 마찬가지로 정의녀라는 인물의 설정[13]은 주인공 향랑과 대비를 이루면서 향랑의 인물 형상화[14]에 기여하고 있는 것이다.

2. 전기소설적(傳奇小說的) 관습의 수용

앞에서도 이미 여러 차례 이야기한 바 있듯이 『삼한습유』에는 당대의 문장가들이 서발을 쓰고 있으며, 이는 『삼한습유』의 문체를 이해하는 데 있어서도 중요한 단서를 제공한다. 『삼한습유』의 서발을 쓴 김매순, 홍석주,

---

[13] 정의녀라는 인물에 대해서는 서신혜도 주목하고 있다. 서신혜(2004), 265~292쪽.
[14] 향랑의 인물 형상화에 대한 논의로는 조혜란(1998), 「향랑 인물고」, 『고소설연구』 6, 한국고소설학회 참고.

홍길주 등은 19세기의 대표적 고문가였다. 김소행, 김경행, 이정리, 홍현주 등과 동인적 관계에 있었던 것으로 알려진 19세기 고문가 김매순, 홍석주, 홍길주 등은 정조 때의 초계문신으로 정조의 문체 정책에 다분히 동조적이었던 인물들이다. 따라서 이들은 정조 연간의 문체에 일대 변화를 가져 왔던 패사소품체에 대해 비판적이었으며, 내용 없이 화려하고 다듬기만을 추구하는 문예지향주의 역시 비판했다.[15] 본 절은『삼한습유』의 문체적 특성을 살피기 위해 당대의 다른 한문소설과 비교, 서술하기로 한다.

1) 18, 19세기 한문소설의 문체

정조대에는 패관소품체가 유행처럼 번져, 박제가, 이덕무, 박지원, 김려, 이옥 등 많은 문인들이 패관소품체를 사용하였다. 정조는 패관소설체를 유행시킨 장본인으로 연암과 그의『열하일기』를 지목하여 문책하였는데,『열하일기』의 문체에는 훌륭한 고문으로 쓰여진 글도 있으나 패관소품체의 특징이 두드러진 글도 섞여 있다. 예를 들어, 중국 명대(明代) 소설에서 볼 수 있는 유창한 백화체(白話體)를 구사하고, 조선식의 한자어와 속담을 사용하여 토속어의 맛을 살리면서 해학적인 효과를 거두고 또한 비천한 인간들이나 하잘 것 없는 사물들에 이르기까지 대상의 귀천을 가리지 않고 세밀하게 묘사하고자 하며, 가급적 사건을 극적인 장면 위주로 흥미롭게 서술하고자 한다든가 해학적 표현과 통렬한 풍자를 즐겨 구사하는 경향 등이『열하일기』에서 볼 수 있는 패관소설적 문체의 특징이다.[16]

---

15 김철범(1992), 48~49쪽.
16 김명호(1990),『열하일기 연구』, 서울 : 창작과비평사, 273쪽.

정확한 창작 연대는 알 수 없으나 대략 18, 19세기에 나왔을 것으로 추정되는 『일락정기(一樂亭記)』, 『옥선몽(玉仙夢)』, 『옥린몽(玉麟夢)』[17] 등의 소설에서도 화려한 수사와 대구를 사용한 경우가 있는가 하면, 백화체의 구사, 조선식 한자어의 사용과 같은 문체적 특징이 나타나는데, 이 중 특히 백화체의 사용이 자주 눈에 띤다. 중국에서의 백화의 사용은 구어체 운동과 관련이 있다. 중국과 언어가 다른 우리나라의 한문소설에서 보이는 백화의 사용은 우리의 구어체 운동과는 일단 무관한 것으로 볼 수 있다. 그러나 간과할 수 없는 점은 한문을 쓰되 문어적인 표현이 아니라 생생한 묘사가 가능한 구어적인 표현을 구사하고 있다는 점이며, 바로 이 점에서 조선 후기 한문 소설에서 종종 보이는 백화 사용의 긍정적 의미를 찾을 수 있다. 중국 소설의 유입은 문체뿐만이 아니라 소설의 형식에도 영향을 미쳐 『한당유사』와 같은 작품은 평비(評批)까지 가미, 중국 장회소설의 형식을 거의 완벽하게 구사하면서 그 형식대로 이야기를 진행시키기도 한다.

먼저 작품에 나타난 백화체에 대해 살펴보기로 하자. 위의 한문소설들에는 장회체 소설에서 흔히 쓰이는 '각설(却說), 화설(話說), 차설(且說), 재설(再說)' 등의 발어사는 물론이며 '～的, 這～' 정도의 백화식 표현이 종종 사용되고 있다. 백화를 즐겨 사용하는 작품은 아니나 『일락정기』에는 '哥哥'라는 호칭이 나오며, 『옥린몽』에는 '姐姐, 眞的之報, 爺爺, 底, 卽地' 등의 백화식 표현이 쓰이고 있다. 『옥선몽』에 오면 백화 구사는 좀 더 적극적이어서 '這個, 沒多時' 등 일상적인 백화의 사용과 함께 '橫七竪八, 竟天價燒, 目睛口呆, 行不更姓 坐不更名, 潑皮' 등 『수호전』이나 『아녀영웅전(兒女英雄傳)』, 『홍루몽(紅樓夢)』 등의 백화소설에서 보이는 표현을 구사하여 작

---

17 『옥린몽』의 작가는 이정작(李庭綽, 1678~1758)으로 밝혀졌다. 최호석(1999), 「옥린몽 작가 연구」, 『어문논집』 40, 민족어문학회.

품을 생동감 있게 만들고 있다. 이처럼『옥선몽』은 백화의 사용이 두드러질 뿐만 아니라 이두(吏頭)도 사용되고 있다. 이두는 조선 시대에 공문서를 작성할 때 주로 사용하던 표기 수단이다.『옥선몽』에서도 송사사건의 공문서를 작성할 때 이두를 사용하는데, '〜是如可(〜이다가), 〜是去乙(〜이거늘)' 등의 표현이 쓰이고 있다. 또『옥선몽』에는 조선식 한자 표현도 쓰이는데, '磨鍊(마련), 沙果(사과), 鬚三尺而食後令監(수염이 석 자라도 먹어야 양반)' 등이 그 예로,[18] 이러한 시도는 다산(茶山)의 조선시 선언[19]을 연상시키는 바가 있다.『옥선몽』의 작가 탕옹은 자신의 작품을 실감나게 만들고자 하는 방법의 하나로서 각각의 경우에 맞는 다양한 문체를 구사한 것으로 보이며, 그의 이러한 시도는 어느 정도 성공한 것으로 평가할 수 있겠다.

『옥선몽』이 백화체 표현과 한국식 한자어의 사용으로 패관소품체에 접근하는 작품이라면,『일락정기』나『옥린몽』은 화려한 수사나 대구를 사용하여 유려한 한문 문장을 구사하려는 흔적을 보이는 작품들이라고 하겠다. 문장을 화미부럼하게 꾸미는 것이 조선 후기 한문소설 문체의 주된 흐름은 아닐 것으로 추정된다. 그러나 이 같은 성향이 나타나는 작품들이 있으므로 함께 고찰하기로 한다.

① 차갑기는 열자가 바람을 모는 것 같고 가볍기는 마치 장건이 뗏목을 탄 것 같이 은하수 시작하는 곳으로 거슬러 가서 넓디 넓은 고향으로 들어가니 알 수 없구나. 그 거리가 얼마나 되는지 하늘까지의 거리가 거의 천 척은 되는 듯. 잠시 한 곳에 머무니 붉은 성에 해가 돋고 검은 채마밭에는 구름이 이는데, 빛깔 고운 까치는 아름다운 꽃과 풀 사이를 왔다 갔다 하고 흰 학

---

19 송재소(1986),『다산시 연구』, 서울 : 창작사, 33〜47쪽.

은 좋은 바람과 달 가운데 날아 모여드니[如冷冷然 如列子之御風 飄飄然 若 張騫之乘槎 溯河漢之源 入廣漠之鄕 不知其距地幾萬里 去天幾千尺也 須臾 歇泊於一處 赤城日出玄圃雲生 彩鵲往來於琪花瑤草之間 白鶴翔集於璇風 瓊月之中].²⁰

② 유생이 나이 어린 선비로 일찍이 청운에 올라 어진 여자를 맞으니 위엄 있는 자태가 빼어나고 기상이 빛나는 것을 말로 다 할 수 없다. 혼례를 마치고 두 사람이 마주 앉으니 흰 옥을 머금은 듯 하고 맑고 영롱한 구슬이 그빛을 찬란하게 내는 듯 신부가 아름다운 비단옷을 입고 봉황 무늬가 수놓인 머리 장식을 쓰고 노리개를 차고 옥쟁반에 대추와 밤을 담아 받쳐 들고 시어머니에게 드리니 한 쌍의 밝은 눈망울이 은근한 눈길에 샛별을 머금은 듯, 팔자 모양의 고운 눈썹은 봄산의 푸른빛을 띤 듯, 붉은 입술은 한 점 앵두를 찍어 놓은 듯 흰 이는 흰 옥을 나란히 늘어놓은 듯, 요조한 자태와 그윽한 바탕은 온갖 아름다움을 갖추어 조금도 빠진 곳이 없었다[柳生以年少才子 早躡靑雲 迎得賢女 威儀之豪盛 氣像之華麗 不可勝言 合巹已畢 兩人相對 白璧互含 淸瀅明珠 爭吐光輝 不煩玉杵之玄霜 已成藍橋之良匹 新婦以蜀羅燕衫 鳳冠月佩 奉玉盤棗栗 獻于尊姑 一雙明眸 沈曉星於秋波 八字蛾眉束翠色於春山 朱唇点一顆櫻桃 皓齒排兩行白玉 窈窕之態 幽閒之質 百美俱齊 少無參差].²¹

위 예문은 『일락정기』와 『옥린몽』에서 흔히 볼 수 있는 문장 가운데에서 각각 들어 본 것이다. 위 예문을 읽어 보면 알 수 있듯 대구를 많이 사용하

---

20 김기동 편(1980), 『일락정기』, 『필사본 고전소설전집』 권5, 서울 : 아세아문화사, 12쪽.
21 김기동 편(1980), 『옥린몽』, 『필사본 고전소설전집』 권4, 49쪽.

고 있고, 대상을 직접 설명하거나 묘사하지 않고, 다양한 비유를 써서 묘사하고 있으며, 이때 수식어가 많이 사용되고 있는 것이 단적으로 드러난다. 그런데 그 비유나 수식이 사실적 묘사를 통해 있는 그대로의 대상을 구체적으로 생동감 있게 표현하려고 노력했다기보다는, 이미 아름다운 대상을 지칭할 때면 상투적으로 쓰이던 구투화된 추상적이고 관념적인 미사여구를 많이 사용한다는 것을 알 수 있다. 이는 작가들이 대상을 잘 그려내는 것 자체를 중히 여기고 그것에 관심을 가졌다기보다는 묘사하는 문장 자체를 아름답게 꾸며서 그 문장의 분위기로 묘사하려는 대상의 분위기를 전달하고자 한 태도에서 비롯된 것으로 보인다. 조선 후기 한문소설의 작가는 대개 자신의 문재를 드러내기 위한 방편의 하나로 소설을 창작했다고 해도 과언이 아니다. 『옥선몽』의 경우도 작품 속에 다양한 종류의 과문(科文)과 한시, 상량문 등이 삽입되어 있다. 이 역시 작가가 자신의 문장을 선보인 예가 될 것이다. 그런데 『일락정기』, 『옥린몽』의 작가들은 한시도 삽입하지만 위에서 본 것처럼 문장 자체를 화려하고 아름답게 꾸밀 수 있는 자신의 재주 또한 과시하고 있다. 그렇다면 비슷한 시기에 창작된 『삼한습유』 문장의 특징은 어떤 것인지에 대해 살펴보고자 한다.

2) 『삼한습유』의 문체적 특징

『삼한습유』의 문체적 특징을 살피기 위해서는 먼저 백화체의 사용 여부를 살펴야 한다. 왜냐하면 백화를 많이 사용하는 문장이라면 결코 고문은 아닐 것이기 때문이다. 결론적으로 말해 『삼한습유』에는 백화체가 거의 쓰이지 않았다. 어쩌다 '~的'이나 '這' 같은 한자를 한두 번 사용하기는 했으나, 『삼한습유』의 길이를 생각한다면 이는 거론할 필요가 없는 것이다. 이렇게 백화를 사용하지 않았다는 점은 조선 후기에 나온 다른 한문소설과는 확연하게 다른 『삼한습유』의 문체적 특징의 하나가 될 것이다. 장편의 서사를 이끌어 가는 동안 중국소설에 나온 백화체 표현을 쓰지 않은 『삼한습유』는 형식에 있어서도 중국소설과는 무관하다. 고소설의 형식은 중국소설의 영향을 받아 '화설, 각설' 등의 문장 발어사를 흔히 사용하고, 창작할 때부터 장회체의 형식을 시도해 보거나 혹은 경우에 따라서는 본래는 장회로 구분되어 있지 않았던 작품을 장회체의 형식에 맞게 고쳐 제본하기도 했다. 장회의 구분은 조선 후기에 와서는 상당히 보편화된 현상이라고 할 수 있겠다. 『삼한습유』에 부분적으로 보이는 『서유기』나 『삼국지연의』 등의 흔적으로 미루어 김소행은 중국소설을 많이 읽었을 것으로 추정된다. 그러나 『삼한습유』는 장회의 구별은커녕 '화설, 차설, 각설' 등 일반적으로 사용하던 문장 발어사조차도 사용하지 않고 있다. 김소행 역시 장회체 형식에 대해서는 알고 있었을 것이다. 그러므로 그의 소설에서 중국 장회소설에서 쓰이던 문장 발어사가 사용되지 않는 점은 그의 과문함으로 인한 것이 아니라 그가 장회체 소설의 형식을 거절한 것으로 보인다.

또한 『삼한습유』에는 조선식 한자 조어나 속담 등도 거의 사용되지 않는다. 조선식 한문은 소설만이 아니라 조선 후기 한문 야담집에서도 사용되던 것인데, 『삼한습유』에서는 찾아보기 어렵다. 다만 한 경우 '眞是還爲阿彌陀佛也(정말 도로아미타불)'이라는 속담 표현이 나올 뿐이다. 『삼한습유』의 묘사 역시 구체적이고 생생한 묘사가 많은데, 이는 백화체나 조선식 한문을 사용한 데 힘입은 것이 아니라 대상 자체에 충실한 묘사를 하려는 작가의 의도로 인한 것이었다.[22]

『삼한습유』 역시 석 자나 넉 자로 글자 수를 맞춰 가며 문장을 구사하며,

때로는 대구를 사용하기도 한다. 그러나 앞에서 본 바와 같은 수식이 많은 문장이 아니라 간단한 수식이나 비유를 사용한 질박한 경우가 대부분을 이룬다. 다음의 예문은 향랑이 서가자(西家子)와 결혼하기 위해 신부 단장을 하는 부분과, 십여모(十女母)의 몸에서 다시 태어난 향랑을 빨리 어른으로 성장시키기 위해 공중에서 신선들이 내려오는 장면에서 발췌한 것이다. 이 부분을 고른 이유는 『삼한습유』의 여러 장면 중 가장 비유나 수식이 많이 나올 법한 장면이어서 택한 것이다.

① 여자 집에서도 대단히 기뻐하며 단장하는 것을 서둘렀다. 중당(中堂)에 초례청을 차려 놓고 신부는 붉은 연지를 고루 펴 바르고 기성의 금빛관을 쓰고 성도의 물결무늬 옥을 찼다. 시비 두 사람이 앞서 길을 인도하고, 두 사람은 소매를 받들고 서서히 나오는데, 향기로운 바람이 땅에서 일고, 비단 버선은 사뿐사뿐 물결을 타는 듯하였다[女家喜甚 促其粧嚴 酌醮於中堂 女均施朱鉛 戴箕城縷金之冠 佩成都文波之玉 侍婢二人前導 二人奉袂徐出 香風生地 羅襪凌波].[23]

② 하늘이 밝아오려 할 때에 갑자기 향기로운 안개가 공중에 어리더니 자주색 기운이 하늘을 밝혔다. 보니, 신선 노인 수십 명이 모두 황금사자를 타고 백옥 손잡이가 달린 먼지떨이를 잡았는데, 그 모습이 평범하지 않았다[比及天明 忽然香霧漫空 紫氣燭天 見仙老數十人 皆身騎黃金獅子 執白玉주尾 道貌非常][24]

---

22 『삼한습유』의 묘사에 대해서는 '제5장 1. 실감 나는 인물 형상화'에서 다룬다.
23 『삼한습유』, 12쪽.
24 『삼한습유』, 74쪽.

①의 예문은 『삼한습유』의 묘사로는 비교적 수식이 있는 편에 속하는 부분이다. 그러나 이를 『옥린몽』의 신부 묘사 부분과 대조해 보면, 『삼한습유』의 향랑 묘사가 결코 화려하지 않음을 알 수 있다. 또 ②의 예문은 훨씬 더 많은 수식을 나열할 수도 있는 부분에서 그 모습이 '평범하지 않았다(非常)'이라는 두 글자로 압축하고 있다. 이로 미루어 『삼한습유』의 작가는 화려한 수식이나 비유를 즐겨 사용하지 않음을 짐작해 볼 수 있다.

그렇다고 해서 김소행이 좋은 문장을 구사하려는 노력을 기울이지 않았다는 것은 결코 아니다. 김소행은 거의 구투가 되다시피 한 미사여구나 비유 등은 사용하지 않으면서 자신의 문장을 가다듬었다. 수식을 하기는 하되 반드시 필요한 경우가 아니라면 서술로 수식을 대체하면서 김소행은 자신의 문장을 담백하게 이어 나갔다. 그가 많은 노력을 기울인 것은 작품의 면면이 삽입되는 한시와 문장들이다. 『삼한습유』에는 많은 한시문(漢詩文)이 삽입되어 있는데, 그 중 몇 가지를 열거해 보면, 향랑의 고시(古詩) 변조(變調), 감회시(感懷詩), 산유화시(山有花詩), 한빙처(韓憑妻)와 난가여(蘭家女)를 애도한 시, 향랑의 비석을 지나다 죽계선생이 지은 글, 동가자 효렴이 죽은 향랑을 위해 지은 제문과 절구, 향랑과 효렴 부부의 화답시, 김유신, 김흠운의 시, 효렴이 대아찬 벼슬을 물러나고자 올린 상소문, 설총의 제문 등이다. 이 글들은 『삼한습유』의 질박한 문장 사이에 삽입되면서 작품에 격조를 더해 준다. 즉 김소행은 수식이 적은 문장을 구사하면서 많은 한시문을 삽입함으로써 작품의 분위기를 살리는 한편 자신의 문장도 과시하는 것이다. 『삼한습유』와는 전혀 다른 문체로 쓰인 『옥선몽』의 경우도 작품에 한시문을 삽입하여 작가 자신의 역량을 과시한 점에 있어서는 공통점을 보인다고 하겠다. 작품에 한시문을 삽입하는 것뿐 아니라 『삼한습유』의 작가는 작품 곳곳에 『시경』이나 『역경』, 『논어』 등의 경전을 인용하여 문장에

운치를 더하기도 하고, 수수께끼를 내기는 내되 한시로 정황을 암시하고 풀어가는 수수께끼를 냄으로써 작품에 흥미와 긴장을 유지하고 호기심을 유발시키면서 동시에 한문소설에 일반적인 수수께끼를 사용했을 때에 자칫 우려될 수 있는 비속한 수준으로 떨어지지 않게 된다.

　이러한 특징을 지닌 『삼한습유』의 김소행의 문체는 전기소설(傳奇小說)의 문체적 관습과 흡사함을 알 수 있다. 전기소설은 아름다운 문장과 함께 문사들의 시문(詩文) 과시의 대상이 되었고, 특히 『금오신화』 이후 전기소설의 문장은 이전 작품들이 엄정한 대구와 화려한 문체로 이루어졌던 것과는 달리 비교적 소박한 고문으로 되어 변화를 보인다고 한다.[25] 전기소설은 한문문장으로 자신들의 문장을 과시하려는 문사들이 지은 작품이 많다. 김소행 역시 「지작기」에서 어디 써볼 곳 없는 자신의 재주와 문장력을 이 작품에 쏟겠다는 의지를 밝히고 있다는 점에서 전기소설의 저작 의도와 상통하는 바가 있다. 백화체의 사용이나 조선식 한문의 시도 등 김소행 당대에는 패사소품체가 많은 호응을 받았던 문체임이 분명한데, 『삼한습유』에는 패사소품체의 기운은 거의 없다. 또한 『삼한습유』에는 대개 넉 자로 끊어지는 문장이 많고 대구도 사용되나 김소행은 화려한 수식을 즐겨 사용하지는 않았다. 『삼한습유』의 문체는 소박한 고문에 한시를 많이 삽입했다는 점에서 『금오신화』 이후의 전기소설의 문체를 따르고 있는 것으로 보인다.

25　이혜순(1993), 228~232쪽.

3. 의론적 대화체의 활용

1) 의론적 대화의 소설적 수용

의론(議論)은 한문(漢文) 문종(文種)의 하나이다. 용의주도하게 사람들과 상의하는 것을 가리켜 의(議)라 하는데, 이 의(議)는 의(宜)의 의미도 지니고 있어 사리의 의당함을 살핀다는 뜻으로 쓰인다. 의론이 한문 문종의 하나로 정비된 것은 한대(漢代)에 이르러서이다. 의론문을 쓰려면 먼저 자신의 글감에 대해 통달한 후에 시작해야 하며, 의론의 문장은 분석적이고 간결한 것을 긍정적으로 평가하고 번거롭고 아름답게 꾸민 것은 높이 평가하지 않는다[26]는 특징이 있다.

의론은 대개 묻고 대답하는 형식을 취한다. 그러므로 의론은 대화체로 진행되기 마련이다. 동양적 전통에서 볼 때 문답(問答)이란 매우 익숙한 서술 형식인데, 『대학(大學)』과 같은 유교 경전에 대한 견해를 피력할 때 '或問'으로 시작하고 답하는 형식을 취하는 등 경전 해석 방법으로 자주 사용되어 왔기 때문이다. 자신의 사상이나 생각을 전개하는 방식으로 선택되었던 의론은 자체적인 모색을 통해 서사적인 요소를 받아들이기도 한다. 홍대용의 『의산문답(毉山問答)』은 평범한 대화체로 진행되던 경전 해석에서 벗어나, 서사적 허구를 수용하면서 자신의 사상을 담아내는 수단으로 사용한다. 그런데 『의산문답』의 경우는 도입부에서만 서사적 수법을 사용했을 뿐, 대화에 비해 사건은 없는 글로서 소설이라고 볼 수는 없다.[27]

---

26 유협, 최신호 역(1975), 『문심조룡』, 서울 : 현암사, 100~103쪽.
27 조동일(1992), 245쪽.

소설은 장르의 특성상 다양한 기존 문학 형식을 소설이라는 장르 안으로 수용하는 특징이 있다. 『의산문답』의 경우는 의론이 의론의 전통 안에서 변모를 추구한 예인 반면, 김시습의 『남염부주지』의 경우는 소설이 의론의 요소를 받아들인 예이다. 의론적 요소가 소설로 수용될 때에는 등장인물들의 대화를 통해 전개된다. 본고는 이를 의론적 대화라 지칭하기로 한다. 의론적 대화는 대개 문답을 통해 전개되는데, 같은 대화체라 할지라도 의론적 대화의 문답은 일문일답식의 단순문답과는 차이가 있다. 의론적 대화의 연원이 한문 문장의 전통에서 나온 것인 반면, 단순문답의 대화체에서 보이는 지혜 겨루기와 언어유희의 문학적 전통은 설화에서 그 유래를 발견할 수 있다.[28] 이렇듯 문학적 전통이 다른 의론적 대화와 단순문답의 대화는 그 내용면에서도 상당한 차이가 있다. 단순문답은 수수께끼 혹은 일문일답 형식으로, 일회적 문답이 계속적으로 연결되는 데 비해, 의론적 대화는 어떤 주제에 대해 화자가 자신의 의견을 피력하는 것으로, 대화의 전개에 따라 그 내용이 심화된다는 특징을 지닌다. 『노섬상좌기』, 『담낭전』 등은 일문일답식의 단순문답이 작품의 주된 내용을 이루고 있으며, 그 단순문답이 작품의 사건 안에서 서사적으로 발전된 형태를 보이는 작품이 『옥선몽』의 경우이다.

의론적 대화를 수용하고 있는 소설로는 『남염부주지』를 비롯한 몽유록, 『제마무전』, 『호질』, 『민옹전』, 『삼한습유』 등을 들 수 있다. 이 작품들은 서사가 진행되는 가운데 등장인물들의 의론적 대화나 토론이 전개된다. 작품에 따라 의론적 대화가 차지하는 비중은 다르나, 어느 작품이든 의론적 대화의 내용을 간과하면 작품의 의미를 제대로 파악하기 어렵다. 조동일은

---

28 이민호(1992), 「담낭전 연구」, 이화여대 석사논문, 40쪽.

소설에 의론적 대화가 많이 삽입되면, 이 의론은 주제가 사건에 용해되어 작품 전체의 전개에 따라 발전하지 않고, 작품 외적 지식이 거듭 개입하는 교술적 소설로 만드는 속성이 있다[29]고 지적한다. 그러므로 이런 작품은 사건 중심의 서사구조 분석만을 가지고는 그 의미가 제대로 파악되지 않으며, 의론적 대화의 내용에 초점을 맞춰야만 비로소 작품의 의미가 온당하게 드러나게 된다.

위에서 열거한『남염부주지』이하의 작품들은 서사를 진행시키는 데 있어 많은 지면을 의론적 대화에 할애한다는 공통점이 있다. 그 결과 경우에 따라 의론적 대화가 많이 삽입된 소설은 서사적 긴밀성이 느슨하게 될 수도 있어, 교술적 소설이라 불리기도 한다. 소설에서 사건의 진행만을 중시한다면 장황한 의론적 대화가 삽입된 작품은 소설 문법에 익숙하지 않은 작가의 작품으로 간주될 수도 있다. 그러나 김시습, 박지원, 김소행 같은 문장가들의 작품 속에 나타난 의론적 대화가 단지 소설 문법의 미숙에서 비롯된 결과라고 볼 수만은 없다. 이들도 김만중이나 조성기처럼 소설 문법에 충실한 작품을 쓸 수 있었으리라 생각되기 때문이다.

이들은 소설 문법에 미숙해서라기보다는 전략적으로 의론적 대화를 선택, 삽입시키는 것으로 보인다. 그 이유는 고소설에서 작가가 자신의 사상이나 견해를 전달하기 위해서는 어떤 주제에 대해 심화된 내용을 주고받는 의론적 대화가 매우 적합한 방법이 될 수 있기 때문이다. 소설은 결코 논설문이 아니므로 작품 중간 중간 작가의 철학적인 견해나 역사나 사회, 경제 등에 대한 지식이 그대로 삽입된다면 읽는 흥미가 반감할 것이다. 그러므로 소설의 작가들은 그런 방법을 피하면서 자신의 저작 의도를 관철시키기

---

29 조동일(1992), 259쪽.

위해 당대 이념의 교화가 가능한 내용이나 권선징악적인 내용을 담을 수 있는 줄거리를 구상하거나 『진대방전』의 경우처럼 작품 마지막에 교훈적인 내용을 집중적으로 서술하는 등 여러 가지 방법을 모색했다. 그러나 이런 방법들은 주제 전달이나 형식면에서 한계가 있으므로 좀 더 구체적이며 심화된 내용을 전달하기에는 미흡한 감이 있다. 이것을 극복하는 방법의 하나로 선택된 것이 등장인물들의 대화를 통해 진지한 의론을 전개시킴으로써 작가가 자신이 말하고자 하는 바를 독자들에게 직접적으로 전달하고 작품의 자연스러운 진행도 함께 꾀하는 의론적 대화의 삽입인 것으로 추정된다. 그러므로 교술적 소설이라든지 의론적 대화의 삽입 등은 그 작품이 소설적으로 미숙하다는 가치 평가를 포함한 의미가 아니라, 다만 작가의 저작 의도 자체가 다른 작품으로서 다른 작품과의 변별적 의미로 사용되는 것이 더 바람직할 것으로 보인다.

의론적 대화의 비중이 큰 작품들은 토론에 비해 상대적으로 사건이 약화되고 있으며, 『제마무전』은 대화나 토론 대신 송사가 그 자리를 대신하는 경우이다. 위 작품들의 의론적 대화의 내용은 대개 당대 사회에 대한 불만이나 구체적인 역사적 사건에 대한 비판 의식을 담고 있어서 사건이 약화된 대신 작가 의식을 뚜렷하게 부각시킨다는 특징이 있다.[30] 작품의 주제 의식이 서사의 사이를 비집고 들어오는 의론적 대화에 담겨져 있으므로 이 의론적 대화를 빼놓는다면 작품의 의미는 반감되고 만다. 한편 곧 의론적 대화

---

30 『삼한습유』의 경우는 의론적 대화에 비해 서사의 양이 방대한 작품으로, 의론적 대화가 큰 비중을 차지하는 김시습이나 박지원의 작품과는 차이가 있다. 김시습이나 박지원의 작품이 사건보다는 등장 인물간의 대화에 주제 의식이 내포되어 있는 반면, 『삼한습유』는 의론적 대화만이 아니라 의론적 대화를 압도하는 사건의 전개를 통해서 작가 의식이 더 분명하게 드러나기 때문이다. 그러나 『삼한습유』는 장편소설인 만큼 사건의 전개가 방대할 수밖에 없으며, 그 사이사이에 들어 있는 등장인물들 간의 의론적 대화는 그 장면에서 작품의 주제와 관련된 의미 형성에 일익을 담당한다.

를 구사하고 있는 작품은 낭송의 형태로 향유되거나 구비로는 전승되기 어렵다는 것을 의미한다. 심도 있는 논의가 계속되는 작품이라면 남이 낭송해 주는 것을 듣고 이해하는 데에는 한계가 있을 것이기 때문이다. 또한 구비로 전승되려면 설화 구조를 원용한 것이거나 유형성을 띠는 등 쉽게 외울수 있도록 장치가 되어 있어야 하는데, 의론적 대화가 중요한 작품이라면서사 구조만 전달해서는 별 의미가 없기 때문이다. 즉 의론적 대화가 상당량 삽입된 작품은 낭송의 형태로 향유되던 소설과는 달리 듣는 소설이 아니라 읽는 소설인 본격적인 독서물로서 창작, 유통되었음을 알 수 있다.

의론적 대화의 내용은 작품마다 다를 것이다. 그 의론적 대화의 내용은작품의 주제에 수렴하는 부분이기도 하면서 동시에 작가의 지적인 면모가잘 드러나는 부분이기도 하다. 일상적인 대화와 달리 토론을 하기 위해서는 해당 문제에 대한 사전 지식이나 고찰이 필요하며, 이 지식의 내용이 의론적 대화의 전개를 통해 나타나기 때문이다. 고소설에서 작품의 분위기를전아하게 하는 방법으로는 우아한 묘사라든가 삽입시 등을 들 수 있다. 의론적 대화의 삽입 역시 작품의 분위기를 지적으로 만드는 데 기여하는 바가있다. 의론적 대화가 삽입된 소설의 독서에는 사건 전개에 의한 흥미라는소설 독서의 즐거움과 함께 의론적 대화를 통해 그 의론이 제기하는 문제에대해 반추하는 과정에서 얻는 지적인 즐거움도 수반되리라 추정된다.

의론적 대화는 등장인물들의 대화를 통해 작가가 하고 싶은 말을 직접적으로 전달할 수 있는 표현 방법이다. 그러므로 역사적 상황이 긴박하게 전개되거나 작가가 자신이 가지고 있는 문제의식만을 부각시켜 전하고자 할때에는 사건의 설정이나 정황의 묘사 등을 생략하고 해당 문제에 대한 토론만으로 작품을 구성할 수도 있다. 이것이 바로 몽유록의 창작과 애국계몽기 토론체 소설의 출현인 것이다. 애국계몽기에는 『소경과 앉은뱅이 문답』, 『차부오해』 등 흔히 문답체 혹은 토론체라고 불리는 소설들이 출현하는데, 이 소설들은 대화체로 된 단순 문답을 즐기는 형태가 아니라 개화기의 문명개화 문제를 비판적으로 반영한 작품들이다. 당시로서는 개화사상이란 어디까지나 지식의 일종이었다.[31] 이러한 애국계몽기 토론체 형식은 역사에 대한 관심과 비판이라는 의론적 대화의 성격을 자연스러운 대화체로 발전시킨 형태라 할 수 있다. 그러므로 애국계몽기 소설은 그 당시의 요구에 의해 새롭게 발견된 소설 형식이라기보다는 전대 소설의 의론적 대화를 발전적으로 수용한 형식으로 보는 것이 더 타당할 것으로 보인다.

2) 『삼한습유』에 나타난 의론적 대화

『삼한습유』는 신라 일선군의 평범한 여인인 향랑이 불행한 결혼으로 자살을 했고, 죽은 후 천상 세계의 신선이 된 향랑이 효렴과의 인연을 그리워하여 천상 세계를 설득해 다시 인간의 몸에서 태어났다가, 승천해서는 효렴과의 혼인을 준비해서 인간 세계로 내려오고, 그 과정에서 천군과 마군의 전쟁이 벌어지고 천군의 승리 후 효렴과 결혼한 향랑이 나당연합군을 통한 삼국 통일을 계획하고 승천한다는 방대한 규모의 장편소설이다. 이 간단한 요약을 통해서도 알 수 있듯이 『삼한습유』의 작품 세계는 환상과 실재, 초월적 세계와 경험적 세계를 넘나들면서 자재로운 서사 전개를 펼치며 진행된다. 남자 주인공이 죽은 여인의 귀신이나 혹은 죽었다가 재생한 여인과 인연을 맺었다는 이야기는 『삼한습유』 이전에도 있었다. 그러나 죽

---

31 김윤식・정호웅(1993), 『한국소설사』, 서울 : 예하, 21쪽.

어 장사지낸 여인을 새로운 부모를 빌어 다시 인간으로 환생시켜서 생전에 그녀와 맺어졌어야 했던 사람과 또 한 번 결혼시킨다는 작가의 허구적 상상력은 다른 어떤 작품에서도 찾아보기 힘든 것이다.

『삼한습유』는 장편소설로, 긴밀하게 연관되면서 전개되는 서사의 짜임새 또한 뛰어난 작품이라고 할 수 있다. 이 서사의 중간 중간에 등장인물들의 대화를 통한 의론적 요소의 삽입은, 빠른 서사 전개 속에서 사건 중심으로만 전개되는 작품에 긴 호흡으로 진행되는 지적이고 사변적인 내용을 첨가시켜 준다. 『삼한습유』 전체의 비중으로 봤을 때 의론적 대화가 차지하는 비중은 상대적으로 적지만, 그러나 작품의 주제를 구현하는 데에 있어 이기심성론이나 귀신론, 남녀 음양의 이치 등의 의론적 대화의 중요성은 여전하다.[32]

『삼한습유』의 의론은 작품의 서사와 밀접한 연관 아래 진행되므로 장황한 의론적 대화가 삽입되었다고 하여 서사가 느슨해지거나 하는 일은 없다. 그 장면마다의 사건과 긴밀하게 연관되면서 삽입되는 이러한 대화들은 작품에 차분한 분위기를 연출하여 작품을 전아하게 하거나 혹은 지적인 충격을 가함으로써 지식인 소설로서의 면모를 나타내 보이기도 한다. 그러므로 『삼한습유』에서의 의론적 대화는 이 작품의 특징 중의 하나로 거론될 수 있는 요소이다.

『삼한습유』의 의론적 대화는 크게 두 가지 상황에서 이루어진다. 하나는 다수의 인물들이 모여 토론을 벌여 의사 결정을 하는 상황이다. 여기에는 향랑의 환생 여부를 놓고 천상세계의 신적인 인물들이 모여 토론을 벌이는 장면과, 향랑의 환생, 재가가 결정된 후 이를 축하하기 위해 중국 역대

---

32 이 부분에 대해서는 '제4장 2. 중세적 담론의 해체적 수용'에서 고찰하였다.

여성 인물들이 모여 자신들의 서열에 따른 자리를 정하는 장면이 속한다. 다른 하나는 토론이라기보다는 한 등장인물의 주도적 대화가 앞에서 살핀 바 있는 작가의 백과전서적 지식을 담는 도구로 사용되는 경우이다. 『삼한습유』의 의론적 대화는 다수의 인물이 서로 토론을 벌이면서 이루어지는 의론의 전개보다는 어떤 한 인물이 상대방 인물이나 인물군을 대상으로 자신의 지식을 설명하는 후자의 경우가 더 빈번하게 등장한다. 한 인물이 자신의 지식을 다른 인물들에게 설명해 준다는 점에서 『삼한습유』의 의론적 대화는 몽유록이나 박지원 작품의 의론적 대화와는 구별된다.

상황에 따라 두 가지로 대별된 『삼한습유』의 의론적 대화는 작가의식을 제시하는 방법에 있어서도 차이점이 있다. 천상회의 과정이나 역사적 인물의 자리 정하기 장면에서 나타나는 의론적 대화는 유불선 삼교에 관련되는 인물들의 토론을 통한 의사 결정 과정과 역사적 인물에 대한 포폄 과정을 장면화하여 제시함으로써 유불선 삼교에 대한 작가의 태도나 역사적 인물에 대한 작가의 평가를 형상화하여 보여준다. 즉 다수 인물의 토론 과정에서 전개되는 의론적 대화는 작가의식을 형상화하여 보여주는 수단으로서 기능하였다. 이에 비해 주로 한 인물의 입을 통해 지식이 설명되는 식으로 전개되는 의론적 대화는 해당 지식을 그 인물의 입을 통해 그대로 발화하게 함으로써 어떤 형상화의 과정을 거치지 않고 작가의 지식이나 관심을 생각 그대로 독자들에게 전달하는 수단으로써 기능한다.

서술 상으로 볼 때, 지식이란 설명의 대상이다. 작가가 평소 당대의 지식의 흐름에 해박하며 소설 속에서 어떤 지식적 요소를 계몽할 필요가 있는 경우, 그것을 자유롭게 소설 속에 원용할 수 있다 하더라도 그 내용이 설명의 형식을 통해서 제시된다면 그 지식은 독자를 지루하게 만드는 결과를 초래하기 십상이다. 『삼한습유』에서 사용되는 의론적 대화는 그 설명의 요소를 등장인물들의 발랄한 대화를 통해 제시함으로써 소설로서의 생동감을 잃지 않게 한다.

일반적으로 대화란 일상성을 띠고 있다. 그런데 의론적 대화는 일상적인 내용이 아닌 지식을 전제로 한 내용을 다룸으로써 사건 중심의 전개만으로는 구현하기 힘든 주제를 소화해 낸다. 예를 들어, 삼교(三敎)에 대한 태도나 예관(禮觀)에 대한 작가의 새로운 해석[33] 등 근본 문제에 대한 탐구 과정은 등장인물들의 행위보다는 그들의 의론적 대화를 통해 더 분명하게 구현될 수 있는 성격의 문제이다. 『삼한습유』의 의론적 대화는 백과전서적 지식에 대한 작가의 관심을 싣는 도구이자 소설적 형식이며, 지식을 전제로 한 의론적 대화의 삽입은 작품에 사변적인 성격을 더함으로써 소설의 분위기를 지적으로 만드는 기능을 하기도 한다. 『삼한습유』만이 아니라 고소설에 있어 의론적 대화란 작가가 자신의 지적인 관심과 사상을 전달하기에 적합한 방법으로, 작가의식을 구현하는 한 수단으로 사용된다.

---

33 작가의식에 대해서는 '제6장 1. 『삼한습유』에 나타난 작가의식'에서 다룰 것이다.

제6장
『삼한습유』에 나타난 작가의식 및 소설사적 의의

1. 『삼한습유』에 나타난 작가의식

1) 불우(不遇)의 소설적 승화

『삼한습유』의 주인공은 향랑이라는 여성이다. 주인공뿐만 아니라 등장 인물들도 그 숫자 면에서 보면 여성이 압도적으로 많아, 향랑의 혼인 잔치에 참여하기 위해 모여서 자리를 정하는 인물들도 모두 여성이다. 남성 인물이 대거 등장하는 부분은 천군과 마군의 전쟁 부분인데, 여기에서조차 마모(魔母)의 활약이 두드러져 남성만의 군담이라고 할 수도 없다. 향랑 역시 전쟁과 관련이 있다. 그녀는 직접 전장에 나가지는 않으나 삼국 통일을 위한 전쟁담에서 신라가 나당연합군을 결성해서 승리하기까지 향랑은 그 배후에서 마치『삼국지연의』에서 제갈공명이 수행했던 것 이상의 역할을 하고 있다.

등장인물의 수만이 아니라 그 비중에 있어서도 여성이 우위를 점한다. 향랑과 효렴의 관계에서 효렴은 주체적으로 행동한 일이 없는 것처럼 묘사 되어 있다. 향랑은 천상의 신들을 설득하고, 나당연합군의 결성을 제의하 여 삼국 통일을 이루게 할 정도로 의지가 굳고 진취적인 인물로 그려지는 데 비해, 효렴은 환생한 향랑과의 결혼부터 벼슬에서 물러나는 일, 삼국 통 일을 위한 전쟁 수행 등 매사에 향랑이 주도하는 대로 따르는 순종적인 인 간형으로 그려진다. 그가 향랑의 의견에 반대하는 모습은 작품 속에 한 번 도 언급되지 않는다.

향랑과 효렴과의 관계에서만이 아니다. 마왕과 마모와의 관계에서도 문 제 해결 능력이나 사건에 대처하는 적극적인 의지는 마모에게서 나타난다. 마왕이 포기하려고 할 때마다 마모는 그를 격려하며, 천군(天軍)을 곤경에 빠뜨렸던 홍금상이라는 무기도 마모의 치마였던 것이다. 물론 마왕과 마모 는 천성이 부정적인 인물들이므로 그들의 행동과 선택은 긍정될 수 없는 성 격의 것으로 그려진다. 그러나 다른 인물이 마모의 행동 양상을 지녔다면, 그것은 적극적인 태도로서 긍정적으로 평가받았을 수도 있다. 천상적 존재 로 등장했던 수많은 중국 역대 여성인물들도 살아서는 자신 주변의 남성들 에게 가려 존재가 없었던 인물이거나 혹은 유교적인 체제 속에서 어떤 남성 의 부속물 정도의 의미로 기림을 받았던 인물들이다. 그러나『삼한습유』에 서는 역사의 그늘 속에 가려진 이들 여성들이 혼인 잔치를 위해 모인 자리 에서 그들 주변의 남성들 못지않은 판단력과 지식을 가지고서 토의를 통해 서열을 정하는 모습을 그리고 있다. 모임에서 자리를 정한다는 것이 사소한 일로 보일 수도 있으나, 여기에서의 자리 매김은 역사적 정통성을 수반한 문제이므로 결코 작은 일이 아니다. 이는 역사를 포폄할 수 있는 안목과 지식이 요구되는 일로서 사마천과 같은 역사가의 몫에 해당하는 것이다. 작품에서는 이 일을 여성들이 수행하고 있다. 이 여성들의 주장은 그들 주변의 남성들의 견해를 좇는 것이기는 하나 왕조에 정통성을 부여하는 것과 같은 일을 여성들이 결정한다는 내용은 그 설정 자체가 파격적인 일이다. 또한 부정적인 인물로 그려지기는 했으나, 여후나 측천무후가 보여주는 수단과 유연성은 부정적인 세계에 맞서 상황을 헤쳐 나가는 힘이 될 수도 있다. 실제 역사는 남성 중심적으로 진행되었으나, 소설에서의 역사는 왕조의 정통성 문제까지 여성 중심적으로 거론된다. 그러나 한 편으로는 열녀와 효부 혹은 효녀라는 이름으로 비극적인 삶을 살다가 죽어간 여성들을 다수 등장시켜, 이렇듯 주체적이고 능력을 발휘할 수도 있는 여성들이 결국은 유교라는 봉건 이념의 희생물이 되었음을 역설적(逆說的)으로 보여준다.

김소행이 『삼한습유』에서 보여 주는 여성인물들에 대한 편향은 남다른 바가 있다. 『삼한습유』에 나타난 향랑의 궤적과 여성인물에 대한 작가의 지향 의식은 당대 여장군류 소설의 영향을 배제할 수는 없으나, 더 큰 비중을 차지하는 것은 서출이라는 작가의 신분으로 인한 것으로 판단된다. 작가가 향랑을 환생시켜 궁극적으로 재가하게 하고, 여성인물들을 대거 등장시키고 있는 것은 무엇보다도 서얼이라는 신분적 한계로 말미암은 작가 자신의 경험에서 비롯된 것으로 추측된다. 김소행은 당대 고문가들에게서 문장으로 인정받고, 뛰어난 재주로 자부한 인물이지만 서얼이라는 신분적 한계로 말미암아 평생을 울울하게 보내야만 했다. 19세기 조선 사회를 주도했던 노론 문벌인 안동 김씨 집안의 서출이었기에 자신의 주변과 자신을 비교하면서 그가 감당해야 하는 고통은 더 컸을 수도 있다.

성(性)이나 신분(身分)은 선택할 수 없는 문제이다. 향랑고사의 향랑도 여성으로, 그것도 가난한 하층 여성으로 태어났기에 겪어야 했던 시련이었다. 소설에서의 향랑은 더욱더 그러하다. 재주와 덕을 갖추고도 그렇게 불행하게 자살할 수밖에 없었던 것은 향랑이 봉건시대의 여성이었기 때문이다. 소설에서의 향랑은 신라의 여자로 설정되어 있으나, 재가(再嫁)를 죽음으로 거부하는 향랑의 의식은 정절 이데올로기가 보편화된 조선 후기 여성의 의식을 노정하고 있다.[1] 향랑은 평민이었기에 재가금지법을 지킬 필요가 전혀 없었다. 재가금지법(再嫁禁止法)이란 조선 봉건사회 신분 제도의 모순을 여성에게 떠넘긴 것으로, 그 법의 비인간적인 면모로 인해 조정에서도 재가금지법의 폐지를 놓고 여러 차례 논란이 있었다.[2] 그러나 유교 윤리가 점점 경직화해 가던 조선 후기는 양반 여성만이 아니라 평민 여성들까지도 자신의 정절을 지키기 위해 자살도 불사했으며, 향랑도 정절 이데올로기를 맹목적으로 추종한 한 예인 것이다. 재가금지법과 서얼이라는 신분은 밀접한 연관성이 있다. 재가한 여인에게서 난 자식은 서얼이 되기 때문이다. 그러므로 많은 양반 여성들이 자기 가문의 체면과 자식의 앞날을 위해서는 열녀가 될 수밖에 없었던 것이다. 이는 보이지 않는 억압이며, 스스로 선택하는 강요이다.

조선시대에 서얼로 태어나는 것은 선택이 불가능하다는 점에서 여성으로 태어나는 것과 마찬가지로 천형(天刑)인 셈이다. 주지하다시피 서얼은 벼슬길에 나갈 수도, 호부호형(呼父呼兄)을 할 수도 없는 존재였다. '허통(許

---

1 조선사회의 여성에 대한 정절 관념을 교조화된 이념으로 파악하고, 이데올로기 비판의 관점에서 논의를 진행시킨 논문으로는 이옥경(1985), 「조선시대 정절 이데올로기의 형성 기반과 정착 방식에 관한 연구」, 이화여대 석사논문이 있다.
2 김상조(1986), 「조선후기 야담에 나타난 재가의 양상과 의미」, 『한문학논집』, 동국대학교 한문학회, 214~218쪽.

通'과 '서치(序齒)'로 대표되는 서얼들의 신분 상승 노력은 영조 즉위 이후 지속적으로 이어졌다. 영조대의 탕평책(蕩平策)으로부터 비롯하여 정조대의 정유절목(丁酉節目)(1777), 순조대의 계미절목(癸未節目)(1823) 등이 서얼의 등용을 원활히 하기 위해 수립된 정책이다. 그러나 이 문제에 대한 성균관 유생들과 향유(鄕儒)들의 반발 또한 매우 드셌으며 서얼에 대한 조선 사회의 벽이 완고하여 이 정책들은 실질적인 시효를 거두지는 못 하였다.[3] 1765년에 태어나 1859년까지 산 김소행의 생몰 연대는 서얼허통운동(庶蘖許通運動)이 맹렬하게 전개되던 시기와 겹친다. 그는 매번 정책이 새롭게 논의될 때마다 서얼 정책에 대한 한 자락 기대와 조선사회의 변두리에 속한 자의 좌절을 맛보았으리라 여겨진다. 서얼이라는 작가의 신분적 한계로 인해 김소행은 서얼과 마찬가지로 조선 봉건 시대의 주변에 속하는 여성들의 질곡에 대한 이해가 생겼을 수 있다. 또한 김소행이 여성의 심정을 이해하는 데에서 그치는 것이 아니라 여성들의 능력을 인정하게 되는 데에는 그의 어머니의 영향도 배제할 수 없으리라고 여겨진다. 김소행의 어머니는 시를 잘 지었다고 한다.[4] 물론 조선시대에도 허난설헌, 황진이 등 시에 능한 여성들이 있었으나 그들의 문명(文名)을 전해 듣는 것에 비해 김소행의 경우처럼 자신의 주변에서 직접 그 여성을 대할 수 있는 것은 의미가 각별하리라고 생각된다. 서얼이라는 자신의 신분으로 인한 좌절과 여성에 대한 그의 이해는 조선이라는 중세 봉건제도에 대한 비판의식으로 발전하였으며, 재가금지법에서 그 모순의 단면을 읽어 낸 작가는 『삼한습유』를 통해 향랑고사에 대해서도 문제를 제기하고 있는 것이다.

김소행의 이러한 사고가 평민으로서 나라에서 내린 정려까지 받은 열녀

---

3 정옥자(1988), 『조선 후기 문화운동사』, 서울 : 일조각, 195~204쪽.
4 『안동김씨문헌록』인, 계편 권지일, 785쪽.

향랑을 칭송받는 인물로 그냥 놓아두지 않고 굳이 환생시키면서까지 재가를 시키고 있는 것이다. 홍석주는 '서의열녀전후'라는 글에서 향랑이 불행했던 것은 그 지아비를 잘못 만난 불우(不遇)에 있으며, 그 지식과 재주로도 용렬한 남편에게 굴할 수밖에 없었던 것은 오로지 그녀가 여자였기 때문이라고 말해 김소행과 비슷한 문제의식을 보인다. 그러나 향랑에 대한 그의 결론은 김소행과는 정반대의 것이다. 홍석주는 향랑의 이름이 이미 드러났으므로 '우불우(遇不遇)'를 논할 바가 없으며, 향랑이 천고에 중요하게 여겨지는 것은 오직 열(烈)밖에 없는데, 김소행이 그런 향랑을 재가시켰으니 이는 향랑의 의(義)를 욕되게 한 것이라며 못마땅해 한다. 비록 탁태환신(托胎換身)이라는 장치를 했으나 모습과 나이와 정신과 식견과 말하는 것이 모두 예전 같으니 그 혐의를 벗기 어렵다는 것이다.[5] 문제는 비슷하게 파악했으면서도 결론이 이렇게 다른 것은 김소행과 홍석주의 신분적 차이에서 비롯된 결과라고 설명할 수 있다. 홍석주는 좌의정까지 지낸 인물로, 김소행처럼 조선의 신분제의 모순으로 인한 불우를 경험하지 않았다. 즉 홍석주는 조선 사회의 중심부에 속해 있었던 인물로, 열녀라는 유교적인 이념에 대해서도 긍정적인 입장을 지녔을 것으로 보인다. 홍석주는 『삼한습유』가 당대 정통 문학 장르가 아니었던 소설임에도 불구하고 그 문장은 칭찬했으나 앞에서 언급한 견해 차이로 인해 향랑을 재가시킨 점에 대해서는 끝까지 불만을 표시했다. 당시의 인식이 이렇듯 완고했으므로 김소행이 향랑을 재가시키기 위해서는 천상회의와 환생, 신마적 군담 등 향랑의 재가를 합리화하기 위해 수많은 문학적 장치를 해야만 했던 것이다. 이러한 그의 노력에도 불구하고 홍석주와 같은 독자는 여전히 설득당하지 않은 채 못마땅하다

---

5   홍석주, 「서의열녀전후」, 『삼한습유』, 282~285쪽.

는 의견을 제시하고 있으니, 이는 당대의 인습의 벽이 얼마나 완고하였는가를 짐작게 하는 부분이다.

조선시대에는 수많은 열녀전(烈女傳)이 지어졌다. 중국 유향의 『열녀전(列女傳)』이 우리나라에 와서는 『열녀전(烈女傳)』이라는 표기로 바뀔 만큼 조선의 경우 여성인물을 입전한 경우는 대개 열녀전(烈女傳)이었다. 본래는 재가만 하지 않으면 열녀라 칭해졌으나 그 수가 많아지자 죽음을 택하지 않으면 열녀라는 호칭을 얻을 수가 없었다. 열녀전의 입전 인물들은 대개 남편을 따라 자살한 여인들이다. 대부분의 사대부들은 열녀들의 행적을 기리고 본받자는 의미에서 이들 여성들을 입전의 대상으로 삼았다. 조선시대 문인들의 문집을 보면 열녀전이 한두 편은 있다. 이는 자기 목숨을 끊은 열녀의 숫자가 그만큼 많았다는 것을 의미한다. 그런데 같은 열녀전이라도 '열녀'나 '수절'의 비인간적 요소에 문제를 제기하는 작품이 있으니, 박지원의 『열녀함양박씨전』이 그것이다. 이 전은 함양의 열부를 위해 지은 것이나 함양 열부의 행적보다 수절의 어려움을 이야기한 어떤 과부의 일화로 더유명하다. 박지원은 이 과부의 입을 통해 수절의 어려움을 이야기하고 자살하는 것보다 수절하는 것이 더 어려울 수도 있으며, 이런 경우도 또한 열녀로 불러야 한다는 입장을 취한다. 물론 『열녀함양박씨전』은 여타의 열녀전과는 다른 시각을 보이는 것이 사실이다. 이런 측면에서 박지원이 인간의 본성을 긍정하는 인본주의적인 태도를 보여줬다는 평가도 가능하다. 그러나 박지원은 함양 과부였던 여자가 평민임에도 불구하고 남편의 삼년상을 마친 후 음독자살하자 그녀의 열을 기리기 위해 이 전을 지었다. 또한 평결에서 박지원은 그녀가 삼년 동안 죽음을 기다리다 상기가 끝나자 지아비와 같은 날, 같은 시에 죽었으니 이 어찌 열부가 아니겠느냐고 하며 그녀의 열을 기리는 것으로 끝을 맺는다. 박지원은 인간의 본성을 논하고 수절의 어려움을 이해하는 입장이었으나 열녀라는 호칭 자체는 중요하게 받아들인 것으로 보인다. 전(傳)이라는 장르가 원래 보수적인 속성을 지녔기 때문일 수도 있으나, 『열녀함양박씨전』에서 열녀를 바라보는 박지원의 의식은 참다운 열을 기리는 수준에서 머물 뿐, 교조화된 정절 이데올로기 자체에 대한 문제의식은 보이지 않는다.

이에 비해 김소행은 열녀를 바라보는 시각이 근본적으로 다르다. 함양 박씨와 마찬가지로 숙종 대의 향랑도 평민으로 열녀가 된 인물이다. 그런데 『삼한습유』에서 김소행의 관심은 그녀의 열을 기리는 것이 아니라 살아생전의 그녀의 불우함을 어떻게 보상하는가에 맞춰져 있다. 그러므로 그는 효렴이라는 허구적 인물을 설정하여 혼인하게 할 뿐만 아니라 삼국 통일이라는 중요한 역사적 국면에서 그녀가 중심에서 활약하게 한다. 홍석주의 지적대로 환생한 향랑은 전혀 다른 모습이 아니라 모든 것이 죽기 전의 향랑과 똑같은 모습이기 때문에 주위 사람들이 보기에는 재가한 것과 다를 바가 없다. 환생한 향랑은 이러한 주위의 시선을 불식시키고 당당하게 자신의 재주와 능력을 발휘하며 사는 것이다. 재가한 여자가 자식을 낳으면 서얼이 된다. 향랑의 경우는 환생한 것이고 신라가 배경인데다 후사 없이 선거(仙去)했으므로 이런 문제에는 해당하지 않는다고 하겠다. 그러나 언급이 없다는 것은 긍정도 부정도 하지 않은 것이므로 그 해석은 입장에 따라 달라질 수도 있는 것이다. 향랑을 열녀의 틀 안에서 소설화하지 않은 김소행의 생각에는 결국 열녀 제도를 부정하는 시각이 내재해 있는 것이라 하겠다. 이 점이 바로 『삼한습유』가 열녀전(烈女傳)이 될 수 없는 까닭이며, 향랑고사를 소재로 한 기존의 한문전이나 한시와는 근본적으로 다른 작품이 되는 소이(所以)이다.

「지작기」에서 밝혔듯 김소행이 열녀를 기리기 위해 『삼한습유』를 창작한 것은 아니었다. 그는 세상에 드러내어 보일 데 없는 자신의 굉변박식을 펼쳐 보이기 위해 소설을 썼다. 그런데 그가 자신의 굉변박식을 드러내기 위해 어떤 방식을 취했는가는 여전히 문제적이다. 그리고 그것은 바로 소설화에 대한 기획이자 형상화 방식에 해당한다. 김소행이 자신의 굉변박식을 드러내기 위한 매개적 소재로 향랑고사를 선택하게 되면서 거기에는 평소 그가 지니고 있었던 문제의식, 세상에 대한 태도, 문장 재주 등이 종합적으로 투영되게 된 것이다. 김소행은『삼한습유』의 여성인물들과 향랑의 환생, 재가 과정을 통해 모순 많은 중세 신분 제도와 이와 맞물려 있는 사회 제도를 간접적으로 비판했다. 서얼 출신이라는 신분적 한계를 지닌 작가는 자신의 경험으로 인해 중세 사회의 변두리에 속하고 그늘에 가린 뛰어난 여성에 대한 이해가 가능했던 것으로 보인다. 방외인적인 면모를 지닌 김소행은 '주변'의 시각으로 '중심'을 보았기 때문에 정절 이데올로기의 억압적인 면모를 직시할 수 있었고, 그 결과 작가는 작품을 통해 향랑의 열을 칭송하는 것이 아니라 오히려 그녀의 인간적 본능을 긍정할 수 있었던 것이다. 이는 곧 작가의 인본주의적인 정신의 발로라 하겠다. 서얼이라는 신분적 한계로 말미암아 평생토록 울울했던 작가의 꿈이, 죽음과 죽음과도 같은 중세 봉건의 제도를 극복한 향랑이라는 새로운 인물을 형상화하게 되었던 것이다.

2) 자국 역사에 대한 관심

『삼한습유』는 역사에 대한 관심이 많은 작품이다. 비단 작품의 배경을 신라로 설정했다는 점 외에도 작가가 중국과 우리나라 삼국시대에 대한 역사적 이해가 깊은 사람임을 알 수 있는 단서들이 작품 속에 산재해 있다. 앞에서도 언급한 바 있는 중국 역대 여성들의 자리 정하는 이야기나, 신마적 군담 부분에서 천군(天軍)의 장수로 등장하는 인물들의 관계 설정이나 활약상은 중국 역사 전반, 특히 초한(楚漢) 시대와 위(魏), 촉(蜀), 오(吳) 삼국시대에 대한 사전 지식 없이는 그 속내에 대한 이해조차 쉽지 않은 부분이다. 또 조선의 지식인들은 『자치통감』이나 『사기』 등 중국의 역사서는 기본 교양에 속한 반면, 우리나라의 역사는 오히려 등한시했다는 사실[6]에 비춰 볼 때, 우리나라 고대사에 대한 작가의 지식은 돋보이는 바가 있다.

이렇듯 『삼한습유』는 작가의 역사에 대한 관심이 많이 개입된 작품으로 볼 수 있는 바 본 절에서는 작가의 역사 인식 태도에 대해 고찰하기로 한다. 먼저 중국 역사에 대한 김소행의 지식이 어떤 동기에서 작품화되었는가 하는 것을 살펴볼 수 있겠다. 우선 작가의 중국 역사에 대한 관심은 사대주의적 역사 인식으로 인해 중국 역사 자체를 중시해서가 아니라 역사적 인물이나 왕조의 정통성과 같은 문제에 대한 관심을 표명하기 위한 것으로 보인다. 이는 대부분의 고소설이 조선 왕조를 비방하고 있다는 혐의를 벗어나기 위해 중국을 배경으로 삼은 것과 비슷한 맥락에서 이해될 수 있다. 역사적으로 긍정적인 인물과 부정적인 인물을 거론하면서 이미 역사적 평가가 끝난 우리나라의 인물들을 포폄한다는 것은 어려운 일일 것이기 때문이다. 작가는 『삼한습유』에서 부패한 관리나 절대 군주를 직접적으로 비판한 적은 없다. 그러나 절대적 악으로 그려지는 마왕의 세력을 서술하면서 백성들을 괴롭히는 관리를 마왕의 영향력 하에 있는 것으로 설명한다든지, 역사적으로 부정적인 평가를 받은 인물들을 마군에 가담하기 위해 붙좇아 가

---

6 이만열(1985), 「17 · 8세기의 사서(史書)와 고대사 인식」, 『한국의 역사인식』 하, 서울 : 창작과비평사, 323쪽.

는 추종 세력으로 그린다든지[7] 하는 방법으로 작가는 봉건 제도의 모순에 대한 간접적인 비판을 시도하고 있다. 중국의 역사적 인물들에 대한 포폄도 이와 마찬가지로 이해할 수 있다. 예를 들어 여후나 측천무후 등에 대한 풍자는 단지 그 인물들을 희화화함으로써 소설적 재미를 추구했거나, 혹은 여후나 측천무후 개인을 폄하하기 위한 것으로 보기는 어렵다. 왜냐하면 이는 자국의 인물이 아닌 중국의 인물을 대상으로 해서 절대 권력을 가지고 횡포한 정치를 한 자들을 비판한 것으로 해석할 수 있기 때문이다.

중국 역사에 대한 그의 관심이 한정적이라는 사실은 그가 작품의 어떤 부분에서 중국의 역사적 인물들을 등장시켰는가 하는 문제에서도 드러난다. 한 마디로 말해 중국 역사에 대한 그의 관심은 현재도 진행되고 있는 통시적 개념으로서의 역사가 아니라 박제화된 공시적 개념으로서의 역사, 즉 지식으로서의 역사라는 태도를 드러내고 있는 것이다. 나당연합군의 결성과 그로 인한 소정방 군대의 원군 등 예외적인 요소가 있기는 하나, 『삼한습유』에 등장하는 중국의 역사적 인물들은 대개 초경험적 질서의 세계에 속하는 인물들로서 작품의 현실 공간에서 움직이는 인물들이 아니다. 이들은 주로 천상 모임이나 신마적 군담 속에서 활약할 뿐, 지상 세계에서 실재하는 역사와 함께 움직이는 인물들은 아닌 것이다. 이 점에 대해서는 물론 꿈속에서 역사적 인물들을 공시적으로 한자리에 모이게 하는 몽유록의 전통과의 연관성을 배제할 수 없을 것이다. 그러나 비현실 세계에서의 등장인물들이 대부분 중국의 역사적 인물인 반면, 현실 세계에서 역동적으로 움직이는 인물들은 신라, 고구려, 백제의 인물들로 설정되었다는 점은 간과할 수 없는 사실이다. 작품 속에서 중국 역사에 대한 작가의 지식 양이 상

---

7 『삼한습유』, 132~133, 142쪽.

당하다 해도 이는 오히려 소설적 기법의 하나로 이해될 수 있는 것이며, 결코 사대주의적인 역사 인식 태도에서 비롯된 것은 아니라고 하겠다.

다수의 고소설 작품이 중국을 무대로 하는 것이 사실이나, 우리나라를 배경으로 삼아 진지한 문제의식을 전개시키는 작품들은 『삼한습유』 이외에도 이미 다수 존재해 왔다. 『금오신화』, 『홍길동전』, 『춘향전』 등이 그러하며, 『최척전』과 『김영철전』[8]은 임병양란의 역사 속에 휘말리는 개인의 운명을 사실적으로 다뤘다는 점에서 주목받는 작품들이다. 특히 조선 후기에 나온 것으로 추정되는 고소설에는 조선이나 신라를 배경으로 한 작품들이 많다. 위에서 열거한 작품 외에도 『옥소전(玉簫傳)』과 이를 부연한 『옥소기연(玉簫奇緣)』이 각기 신라와 고려를 배경으로 한 고소설이며, 『육미당기』는 신라를, 『옥선몽』은 조선을 배경으로 삼고 시작한다.

조선 후기에 나온 고소설에 우리나라를 배경으로 삼고 있는 작품이 증가한 이유는 조선 후기 실학파들의 역사 인식과 관계가 있는 것으로 생각할 수 있다. 조선 후기의 새로운 학문 경향을 가져온 바 있는 실학파의 역사학은 이전의 역사학과는 다른 경향을 드러낸다. 즉 실학파의 역사학은 더 이상 역사를 경학(經學)의 부수적 성격으로 보지 않으며, 이들의 역사 인식 태도는 현실 개조를 염두에 두고 남의 것이 아닌 내 것을 재발견해서 이를 자기본위로 재정리하고자 한 자아발견의 구체적이고 객관적인 의지 표현이었다.[9] 이에 17세기 홍여하(洪汝河)(1620~1674)의 「휘찬여사(彙纂麗史)」이후 18세기 이익(李瀷)(1681~1763)의 '삼한정통론(三韓正統論)'과 안정복(安鼎

---

8   박희병(1990), 「17C 동아시아의 전란과 민중의 삶─『김영철전』의 분석」, 『한국 근대
    문학사의 쟁점』, 서울 : 창작과비평사 참고.
    _____(1990), 「최척전」, 『한국고전소설작품론』, 서울 : 집문당 참고.
9   황원구(1985), 「실학파의 역사인식」, 『한국사론』 6, 국사편찬위원회 민족문화사, 186~
    187쪽.

福)(1712~1791)의 「동사강목(東史綱目)」 등은 자국 중심의 역사 서술을 시도하고, 이를 통해 정통론이 체계화되는데, 17, 18세기의 정통론은 중국 중심 세계관에 대한 주체적 역사 인식의 한 요소로 파악될 수 있다.[10] 이 같은 역사학의 흐름은 자연 우리나라 고대사에 대한 관심으로 연결되었다. 조선 후기에 이르러 제고된 우리나라 역사에 대한 관심으로 말미암아 우리나라의 역사를 다룬 저서들이 다수 출현하게 되고 이는 당시 지식인들의 관심을 끌었던 것으로 보인다. 이긍익(李肯翊)(1736~1806)의 「연려실기술(燃藜室記述)」이나 한치윤(韓致奫)(1765~1814)의 「해동역사(海東繹史)」는 백과전서적인 지식을 수록한 책으로, 특히 「연려실기술」은 이긍익 당대에도 필사본이 많이 돌아다닐 정도로 독자가 많았다.[11] 결국 조선 후기 지식인들은 이들 역사서의 독서를 통해 우리나라 역사에 대해 보다 많은 관심을 기울이게 되었을 것이며, 이것이 소설 창작에도 일정한 영향을 미쳐 신라, 고려, 조선 등 우리나라를 배경으로 한 작품들이 출현하게 되었던 것으로 추정된다.

또 『삼한습유』는 자국 역사에 대한 관심이라는 측면에서 볼 때, 같은 우리나라를 배경으로 한 작품들과도 다른 점이 있다. 『옥선몽』을 비롯, 다른 작품들은 각 작품의 배경이 되는 나라만 공간적 배경으로 등장할 뿐이며, 구체적인 시공에서의 구체적인 역사적 사건들과 소설의 내용이 연관되지 않는 경우가 많다. 그런데 『삼한습유』는 이와는 다르다. 주인공의 나라인 신라뿐만 아니라 백제, 고구려의 역사에 대해서도 비슷한 비중으로 다루며, 이들 나라에 대한 역사적 지식 또한 정확하고 구체적으로 서술된다. 그러면서 『삼국유사』 소재의 '사금갑(射琴匣)'이나 백결선생(百結先生)의 일화

---

10 이만열(1985), 341~346쪽.
11 황원구(1985), 「실학파의 사학이론」, 『한국의 역사인식』 하, 서울 : 창작과비평사, 387~
    403쪽.

등이 역사 서술과 맞물리면서 소설화되어 나타나기도 한다. 전자가 정확한 지식을 토대로 한 연대기적 기술 태도에 충실한 편이라면, 설화를 소설화하는 경우는 이야기의 흥미를 위해 허구화하면서 결구된다는 점이 다르다. 삼국 통일 과정에서 전개되는 삼국의 국내 사정에 대한 서술은 작가가 중국 역사에 대해서만이 아니라 우리나라의 고대사에 대해서도 박학함을 알게 해 주는 지표가 된다. 뿐만 아니라『옥선몽』첫 부분에는 단군신화를 비롯, 건국신화가 잠깐 언급되고,『삼한습유』역시 단군신화부터 시작하는데, 이는 고소설의 서두로는 낯선 방식에 해당한다. 특히『삼한습유』의 경우는 단군(檀君)을 비롯하여 기자조선(箕子朝鮮), 삼한(三韓) 등 우리나라 고대사에 대한 열거가 눈에 띈다. 그런데 두 작품의 경우, 고대사에 대한 간단한 언급 중에서도 위만 조선은 다 빠져 있다. 이는 17, 18세기의 사가들의 논의를 통하여 우리나라 고대사의 정통론이 '단군 → 기자 → 마한 (→ 삼한) → 통일신라(統一新羅) → 고려(高麗)'로 체계화되면서, 위만조선 대신 마한 또는 삼한이 정통성을 획득하게 되었다는 사실[12]과도 연관이 있을 것으로 추정된다.[13] 특히 김소행은『미자세가(微子世家)』의 기록을 인용하면서 주무왕(周武王)이 상(商)을 치고 천하를 차지하자 기자(箕子)는 주무왕의 신하가

---

[12] 이만열(1985), 351~352쪽.

[13] 본고는『삼한습유』와『옥선몽』두 작품에서 위만 조선이 언급되지 않은 까닭과, 위만 조선 대신 마한 또는 삼한의 정통성을 인정하는 삼한정통론과의 연관성에 대해 추정하였다. 이 부분의 논의는 이기대의 후속 연구에 의해 보다 정확해졌다. 그 논의에 의하면,『삼한습유』에는 기준(箕準)에 대한 언급이 없고 작품에 드러난 마한의 실체에 대한 인식 또한 명확하지 않다고 하면서 김소행이 삼한정통론 상에서 삼한을 인식했으리라고 추정하기는 어렵다고 하였다. 김소행의 역사 인식에 대한 이기대의 논의는 귀 기울일 만하다고 하겠다. 이기대(2010),『19세기 조선의 소설가와 한문장편소설』, 서울 : 집문당, 136~337쪽. 본고가 조선 후기 역사 인식에 대해 검토한 까닭은 조선 후기 소설 중 자국을 배경으로 한 작품들이 현상적으로 등장하는 데 대한 설명을 찾고자 조선 후기 역사 인식에 대해 검토한 것이었고 자국 역사에 대한 관심이 제고되는 흐름 속에서『삼한습유』의 설정 역시 이해할 수 있겠다는 접근이었다.

되기를 거절하고 동쪽으로 왔다는 내용을 싣고 있다.[14] 기자와 주무왕을 대립적인 관계로 이해한 작품으로는 김시습의 『취유부벽정기(醉遊浮碧亭記)』가 있다.[15] 기씨녀(箕氏女)가 등장하여 작품을 전개시키는 『취유부벽정기』와는 달리 기자조선에 대한 『삼한습유』의 언급은 이것뿐이어서 이 언급이 작품 해석에 중요한 단서가 되는 것은 아니다. 그러나 역사와 사회를 바라보는 입장은, 방외인으로서 전기소설의 작가인 김시습과 전기소설과 일정 정도의 연관성을 보이는 『삼한습유』의 작가인 김소행과 많이 다르지는 않았을 것으로 보인다.

특히 자국의 역사에 대한 관심과 자국에 대한 자부심은 『취유부벽정기』와 『삼한습유』 두 작품에서 동일하게 나타난다. 두 작품이 각각 평양 혹은 신라를 배경으로 하고 있다는 점 외에도 중국의 한문화(漢文化)에 대해 사대주의적인 태도만으로 서술하지 않는다는 공통점을 보여 준다. 이는 『취유부벽정기』의 경우는 동이족(東夷族)의 문화에 대한 자부심으로, 『삼한습유』의 경우는 당(唐)에 대한 동등한 입장에서의 허구적 사건 서술로 구체화된다. 『삼한습유』에 보면, 신라와 당나라의 연합군이 백제를 치려 하는데, 백마강을 지키는 용신(龍神)이 있어 접근이 불가능하자 향랑의 도움으로 적룡(赤龍)을 낚고 백제를 함락시키는 이야기가 있다. 그런데 신라 병사들은 큰 용이라 물신(物神)이 있을까 조심하여 아무도 안 먹었다. 반면 당나라 군사들은 장수부터 병졸에 이르기까지 모두 그 용을 통째로 구워 먹고는 식중독에 걸려 다 죽게 되었는데, 지렁이 즙과 찌끼를 바르라는 향랑의 처방을 따라 치료하고는 나았다. 김소행은 이 사건을 그리면서 향랑의 입을 통해 당나라에 대해 일침을 가하도록 하는데, 소설 속에서 향랑은 상황

14 『삼한습유』, 5쪽.
15 이상택(1981), 『한국고전소설의 탐구』, 서울 : 중앙출판인쇄주식회사, 133~137쪽.

을 수습하면서 '당나라 사람들의 욕심이 심하다[甚矣 唐人之饞也]'[16]라고 웃으며 지적하고 있다.

물론 나당연합군의 실제 역사는 이와 전혀 다르다. 역사에 해박한 김소행이 몰라서 이렇게 쓰지는 않았을 것[17]으로 판단되므로, 용으로 인한 식중독 사건은 작가의 고의적인 설정이라 하겠다. 당나라 소정방의 군대는 중국 천자의 명을 받고 신라를 도우러 온 군대이다. 그러므로 당시의 정황으로 미루어 신라의 입장에서는 사대(事大)의 예(禮)로 대해야 했을 것이다. 그런데 작가는 소정방의 군대가 별 전공도 없는 상태에서 식탐을 부리다가 다 죽게 되는 것으로 묘사해 소정방 군대의 무능함과 탐욕스러움을 부각시키고 있다. 김소행이 소정방 군대를 이렇게 탐욕스럽게 그린 것은 삼국 통일 후 당나라가 한반도에 지속적으로 주둔하려 했다는 사실에서 비롯된 것일 수도 있다. 김소행은 식중독 소식을 들은 향랑이 그들에게 감사하며 죄송해 하는 마음을 갖는 것이 아니라 오히려 우월한 입장에서 그들의 욕심을 비웃는 것으로 그리고 있다. 여기에서의 향랑의 태도는 김소행의 작가적 소망을 반영한 것으로 볼 수 있다. 김소행은 이런 허구적 사건을 설정하여 신라에 대한 당나라의 군대 파병을 시혜 차원으로 받아들이는 것이 아니라 국제적인 외교 관계의 역학이라는 동등한 입장에서 파악하고자 한 것으로 보인다. 물론 이러한 설정은 실제 역사가 아니라 지난 역사에 대한 꿈꾸기라는 형식을 취한 것이기는 하지만 말이다.

---

16 『삼한습유』, 249쪽.
17 당시 삼국과 당의 관계에 대한 김소행의 파악에 대해서는 이기대(2010), 138쪽 참고. 이기대의 논의에서 인용한 『삼한습유』 예문에서 보여주듯 김소행은 당대 삼국 정세와 관련하여 중국과의 관계를 중요하게 여겼으며 이를 삼한의 현실로 당연하게 받아들이고 있었다. 이는 너무나도 명약관화한 현실에 대한 인식인 것이다. 김소행이 『삼한습유』에서 당나라와 관련하여 상대적으로 신라의 위상을 높이는 설정으로 접근한 부분은 역사적 사건이 아닌 허구적 재구 부분에 의한 것이었다.

김소행은 역사에 대해 해박한 지식을 가지고 이를 자유롭게 구사한 작가였으며, 그의 『삼한습유』에는 이러한 면모가 유감없이 발휘되어 있다. 앞에서 살펴보았듯이 『삼한습유』에는 중국의 역사와 우리나라의 역사에 대한 관심이 함께 드러나 있다. 이것이 『삼한습유』에서 삼국 통일을 배경으로 하면서 우리나라의 역사를 이야기하고, 중국과 동등한 입장에서 소정방의 군대를 희화하는 것으로 발현된 것이다.

3) 대안적 방법론에 대한 모색

『삼한습유』는 환상적이고 신이한 이야기이다. 『삼한습유』의 천상적 존재들은 향랑이 자살한 후 효렴과 결혼할 때까지 지속적으로 작품에 등장하며, 천군과 마군의 싸움을 통해 대대적으로 현실계에 개입한다. 『삼한습유』는 마치 유불선 삼교를 동원(同源)으로 파악했던 신마소설[18]처럼 유불선 삼교가 작품 속에 동등한 비중으로 다뤄진다. 유교가 조선 사회의 지배이념이었으며, 조선 사회는 다른 사상에 대해 배타적인 태도를 취했음을 생각할 때, 김소행이 작품에서 유불선 삼교를 같은 비중으로 서술한다는 사실은 주목할 만하다.[19] 김소행은 비교적 자유로운 정신을 지녔던 인물이었을 것으로 추정된다. 그는 『삼한습유』의 환상과 신이를 통해 유교의 권위에 도전하고 있는데, 이는 그가 조선의 중심부에 속하는 인물일 수 없었기에 가능한 일일 수도 있다. 김소행은 단지 유교만 비판한 것이 아니라 불

---

18 노신, 정범진 역(1987), 『중국소설사략』, 서울 : 학연사, 172쪽.
19 이는 작품 속에 유불선 삼교적인 요소가 고루 등장한다는 소재 차원의 논의가 아니라 유불선 삼교를 대하는 작가의 태도가 어느 한 쪽으로 편향되지 않았음을 의미하는 것이다.

교나 도교에 대해서도 일정 거리를 유지한다. 이로 미루어 볼 때, 김소행은 어느 종교나 사상을 무론하고 그것의 교조화를 경계하는 비판 의식의 소유 자였던 것으로 보인다.

그는 삼교 중 특히 유교에 대해 비판적인 태도를 취하는데, 그것은 유교 자체에 대한 비판이라기보다는 조선 후기 경직화된 유교의 역기능에 대해 비판한 것으로 생각할 수 있다. 그 단적인 예(例)가 정려까지 받은 향랑을 효렴과 혼인시키는 것이며, 이러한 예는 예(禮)에 대한 견해에서도 나타난 다. 유교의 실천 규범인 예(禮)는 유교 이념을 구체적인 상황에서 실천할 때 그 행위의 타당성 여부를 가리는 판단 기준이 된다. 그러므로 예는 반드시 지켜야 하는 것으로 여겨졌다. 소설에서도 향랑의 환생, 혼인 여부를 놓고 천상의 인물들이 모여 한바탕 토론을 벌이는데, 그 쟁점은 향랑이 환생이 라는 방법을 통해 효렴과 결혼하려는 것이 과연 예에 합당한가 아닌가를 가 리는 것이다. 당시의 유교적 입장에서 볼 때 정려까지 받은 향랑이 죽은 뒤 전생에서의 인연을 그리워해서 그 남자와의 결혼을 위해 환생하려는 것은 예에 합당하지 않은 일이다. 그렇기 때문에 향랑은 천상계를 설득하는 과 정에서 어려움에 당면한다. 김소행은 여기서 천상회의를 거치고 공자의 승 인을 얻게 함으로써 향랑의 소원을 정당화했으며, 이 일을 성사시키기 위 해 예에 대해서 새로운 해석을 가하고 있는 것이다.[20] 이 과정에서 유가, 불 가, 도가, 묵자, 양자(楊子) 등 천상계의 제자백가들이 모여 예에 대한 자신 의 견해를 피력한다.[21] 양자는 향랑이 환생하는 것이 부당하다고 주장하는

---

20 예에 대한 새로운 해석은 향랑의 어머니를 통해서도 나타난다. 향랑의 어머니는 향랑 이 동가자와 혼인하기 원하자 '예도 넉넉함에서 생기는 것[禮生於有]'이라 하여 예에 대 한 새로운 해석을 보여 준다. 물론 물질에 지배받는 향랑 어미의 예관은 김소행이 주장 하고자 하는 합리적 예관과는 다른 것이나, 『삼한습유』에서 기존의 형식적 예관에 대 해 여러모로 새로운 예관을 제시한다는 점에서는 같이 거론할 만한 것으로 생각된다.
21 『삼한습유』, 62~71쪽.

데, 이때 묵자가 예라는 것은 절대불변으로 고정되어 있는 것이 아니라 구체적이고 경험적인 사실에 의해 결정된다고 하여 양자의 견해를 압도한다. 여기에 더하여 남화노선이 예는 곧 인정(人情)에서 우러나오는 것이라고 주장하고 이 견해가 공자의 승인을 얻게 되어 향랑의 환생이 정당화되는 것이다.[22] 인정(人情)과 경험(經驗)을 예의 기준으로 삼는 견해는 후토부인의 입을 통해서도 강조된다. 환생이 결정된 향랑이 혼자만 환생하기 미안해서 자신과 비슷한 처지에 있었던 다른 여인들에게 환생을 권유하는데, 뜻밖에 이들은 모두 그 권유를 거절한다. 그리고 거절의 사유 역시 예에 의한 판단이다. 이에 후토부인은 부인(婦人)과 여인(女人) 사이의 경험의 차이를 설명하면서 경험에 따라 예나 윤리도 달리 판단될 수 있다고 하여,[23] 예는 일에 따라 변할 수 있다는 입장에 선다.

김소행은 공자의 승인을 얻어 향랑의 환생을 정당화했으므로 표면적으로 공자 즉 유교 자체를 부정하는 입장에 서지 않았다. 그런데 양자, 묵자, 장자 등의 생각은 자세하게 서술된 반면 공자는 그 토론에 참석하지도 않은 채 자신의 견해에 대한 주장 없이 '이는 예에 합당하다. 아무개의 아내는 음란한 것이 아니다'[24]라는 한 마디만 하게 함으로써 그 존재가 부각되지 않는다. 그리고는 바로 그 다음에 장자가 자신의 도(道)를 설명하면서, 유가는 교(敎)이지 도(道)는 아니라고 하여 유가를 대표하는 인물인 자공을 궁지에 몰아넣고, 설령 공자가 이 자리에 온다 해도 논쟁하기 어려울 것이라고 하는데,[25] 이에 대해 자공은 불안해하기만 할 뿐, 한 마디 논박도 없이 토론은

---

22 박일용(1986), 「삼한습유를 통해서 본 김소행의 작가의식」, 『한국학보』 제42집, 서울 : 일지사, 158쪽.
23 『삼한습유』, 95~101쪽.
24 『삼한습유』, 71쪽. "是禮也 某氏之婦 不淫矣 ……"
25 『삼한습유』, 71~73쪽.

끝나 버린다. 김소행은 천상회의를 통해 유교의 형식주의를 비판하고 인정 (人情)에 입각한 새로운 예관을 제시했으며, 공자나 자공에게 장자의 유교 비판에 대해 만회할 기회를 주지 않음으로써 유교를 비판하는 효과를 얻고 있다. 이 부분만 보면 김소행이 유교에 대해서만 문제 삼는 것같이 보일 수도 있다. 혹은 도가를 지지한 것으로 이해될 수도 있겠다. 그러나 김소행은 불가나 도가에 대해서도 일정한 거리를 둔다.

　마모의 홍금상을 해결하기 위해 항우가 여래를 찾아가는 장면에서 김소행은 불가에 몸담은 인물들의 위엄 있고 웅장한 분위기를 묘사한다. 여래는 유가와 도가의 인물들이 해결할 수 없었던 문제를 해결할 수 있는 유일한 인물이라는 점에서, 작가는 궁극적으로 불가의 힘을 인정하는 것처럼 보인다. 그러나 벌거벗은 남자의 몸이 보기 싫다던 관음보살의 설명을 듣던 남녀 중들이 갑자기 수도생활을 마다하고 남녀의 즐거움이 있는 곳이면 지옥이라도 좋다며 다 떠나간다.[26] 이는 인간 욕망의 해악과 이를 벗어나기 위한 구도의 길에 대해 설명하려던 관음보살의 의도와는 전혀 다른 반응이다. 그것도 일반 백성들이 아닌 오랜 세월 불도에 정진했던 중들의 반응이니, 십년공부 도로아미타불이라는 표현이 무색해질 지경이다. 불제자가 불교의 가르침을 부정하도록 만든 이 장면을 볼 때, 김소행이 마군과의 전쟁을 해결할 수 있는 유일한 인물로 여래를 설정한 것은 그가 불교를 최상의 가치로 인정해서가 아니라는 생각이 든다. 이는 여래가 가장 능력 있는 인물로 그려지는 신마소설의 영향이라고 보는 것이 더 타당할 것으로 보인다. 『서유기』에서도 마군을 제압할 수 있는 힘을 가진 인물은 여래로서, 여래는 천군도 제압하지 못 했던 손오공을 손바닥 안에서 좌지우지할 수 있는

---

26 『삼한습유』, 195～196쪽.

인물로 묘사되었다.

『삼한습유』는 불교도, 유교도 다 희화화한다. 불교의 가르침이 불도에 의해 거절당해 그 권위가 실추되는 것처럼 유교는 성리학의 골자인 이기심성론이 마왕의 입을 통해 설명되고, 마왕의 아들들은 이 정도 내용은 다 아는 것이라며 꾸벅꾸벅 졸도록 함으로써 이기심성론의 가치가 땅에 떨어진 듯한 느낌을 준다. 작품에서의 이러한 설정은 작가가 두 종교에 대해 일정 거리를 유지하면서 객관적으로 관망하는 태도를 취함을 알 수 있게 해 준다.

김소행은 유불선 삼교 중 도교에 대해서는 비교적 우호적인 입장을 보인다. 천상회의에서의 장자의 비중을 참고해 봐도 그가 장자에 대해 관대했던 것은 사실이다. 또 작품 마지막에 김소행은 자신의 소설이 조선조에서는 받아들여지기 어려운 환상적인 내용이라는 점을 감안해서 작가의 변(辯)을 덧붙이고 있는데, 실재하지 않는 환상과 실재하는 참된 것을 호환(互換)할 수 있다는 김소행의 사고방식은, 꿈이 곧 실제이며 실제가 곧 꿈일 수 있는 장자의 호접몽(胡蝶夢)을 연상시킨다. 김시습이나 허균, 서경덕 등 조선 사회에 대해 비판적 지식인이었던 인물들은 대개 도교적인 취향을 지니고 있었다. 김소행도 이러한 맥락에서 도선적인 취향을 보이는 것이라 판단된다. 그러나 유불선 삼교 중 도가적 세계관만을 지적해서 지지한 것으로 파악하기에는 어려운 면이 있다. 유불선 삼교에 대한 그의 평가를 보면, 그는 역시 도교의 폐단도 지적하고 있다.[27] 김소행이 작품에서 도교를 특별히 지지하는 내용을 언급한 적은 없다. 다만 유교나 불교에 비해 상대적으로 비판의 횟수가 적을 뿐이다.

도가에 대한 비판을 덜 한다는 사실이 곧 김소행이 도선적 세계관을 가진

---

[27] 『삼한습유』, 185쪽.

작가임을 의미하는 것은 아니라고 본다. 옥황상제가 나오고 향랑이 선거(仙去)하고 신마적 군담이 전개되고 하는 것은 적강소설의 구조나 신마소설의 영향 등 기존 소설의 문학적 관습을 수용한 것으로 볼 수 있기에, 반드시 김소행의 세계관에 입각한 것으로 설명되어야 할 부분은 아니라고 여겨지기 때문이다. 『금오신화』의 경우처럼 신선을 추구하는 것 자체가 도선적 세계관에 입각한 현실 비판일 수도 있다.[28] 『금오신화』의 주인공들은 현실과 불화하여 선거(仙去)함으로 세상을 등졌다. 이에 비해 『삼한습유』의 향랑의 선거는 현실에서 원하는 바를 다 이루고 부귀영화를 누리다가 신선이 되어 천상 세계로 가는 것으로서, 그 성격상 『금오신화』의 선거보다는 적강소설의 승천과 더 가깝다. 그러므로 향랑의 선거 자체를 놓고 작가의 도선적 세계관에 입각한 현실 비판적인 요소로 해석하는 것은 지나친 감이 있다고 생각된다. 작가의 현실 비판적인 의도는 향랑의 선거보다는 오히려 향랑을 환생, 재가시킨 점과 서사 사이사이에 삽입되는 의론적 대화 부분을 통해서 잘 드러난다.

위에서 본 것처럼 김소행은 유불선 삼교 중 어느 한 사상이나 종교를 신봉하지는 않은 것으로 추정된다. 삼교 중 유교에 대한 비판이 많은 것은 경직된 유교 논리가 조선 사회의 지배 이념으로서, 당대 사회의 제도적 모순의 요인을 제공했기 때문이다. 김소행은 무엇이든 경직되고 교조적으로 되는 것을 경계한 것 같다. 그의 이러한 성향은 당대 사회에서 지배 이념으로, 신앙의 대상으로 권위를 인정받았던 유교나 불교에 대한 비판적인 상황 설정으로 연결되었다. 절대 권위를 인정하지 않으려는 김소행의 성향은 이원적인 세계관에 대해서도 마찬가지여서, 그는 작품에서 천상계와 지상계의 경

---

28 이상택(1981), 「취유부벽정기와 도가적 문화의식」, 『한국고전소설의 탐구』, 서울 : 중앙출판인쇄주식회사 참고.

계를 모호하게 흐리고 있다. 천군과 신라군의 승리로 향랑과 효렴의 혼인식이 있던 날, 이 결혼을 축하하기 위해 천상계의 수많은 인물들이 지상계로 내려와 한바탕 잔치를 벌이는 장면이 있다. 잔치의 흥이 무르익자 천상계의 신들과 지상계의 인간들이 서로 섞여 즐기는데, 신들은 인간의 음식을 먹고 음악과 춤을 즐기며, 인간들은 신의 음식과 음악과 춤을 즐긴다.[29]

음식이나 음악의 곡조 등은 천상계과 지상계를 구별해 주는 단서가 되기도 한다. 조선시대 소설을 보면, 이계(異界)나 천상계에서 온 존재나 그런 공간에 들어가게 된 것을 표현하기 위해서 '인간 세상에서는 보지 못 했던 음식이나 듣지 못 했던 곡조' 등의 언급을 사용하곤 한다. 그런데 이 소설에서는 일회적이나마 천(天)과 인(人)의 경계가 허물어지고, 인간과 신이 하나가 되어 서로의 음식이나 음악, 춤을 즐기는 것으로 되어 있다. 이는 작가가 잠깐이나마 천상계의 절대 권위를 인간에게도 나눠 주는 것으로, 하늘과 인간의 수직적 질서가 하나가 되는 마당에서는 신분이나 계급에 의한 인간 사회의 수직적 질서도 무의미해 지는 것이다.

또 김소행은 유불선 삼교 외에도 도(道)라 불리울 수 있는 다른 존재가 있을 수 있음을 시사한다. 그는 유불선 삼교를 공히 인정하면서,[30] 동시에 마왕과 마모의 마도가 아닌 찰마공주의 마도도 등장시킨다. 마왕의 마도가 절대적인 악의 상징이라면 찰마공주의 마도는 도(道)의 하나로 설정되었다. 찰마공주는 천제(天帝)와 맞먹는 인물로 묘사되어 있으며, 찰마공주의 마도는 작품 속에서 긍정되지도 부정되지도 않은 채 하나의 도로서 등장한다.[31] 고소설에는 한 작품 안에 유불선 삼교의 요소가 자주 등장한다. 그러

---

29 『삼한습유』, 227~228쪽.
30 『삼한습유』, 177쪽. "儒亦道 仙亦道也 ……"; 『삼한습유』, 185쪽. "天下之敎 有三曰 儒也 老也 佛也 ……"
31 『삼한습유』, 199~201쪽.

므로 유불선 삼교는 혼효되서 받아들여지기도 한다. 그러나 이 셋을 제외한 다른 종류의 도가 설정되는 것은『삼한습유』에서 보이는 특징이기도 하다. 유불선 삼교 외에 제3의 도인 마도의 설정은 김소행 자신이 조선의 유일한 도(道)라 불렸던 유교 이념으로부터 얼마나 자유로워지고자 하였는가를 알게 해 준다. 김소행은 불교나 도교 외에 얼마든지 다른 도(道)도 있을 수 있음을 인정하는 것이다. 이러한 태도는 조선 후기 상대주의적 인식 태도와 연관이 있으리라고 보인다.

김소행은 작품에서 유불선 삼교 중 어느 하나를 신봉하는 태도를 취하지 않고, 일정한 객관적 거리를 유지하면서 셋 다 공히 인정하거나 셋 다 비판하고 있으며, 심지어 이 외에 제3의 도까지 고려하고 있다. 절대적인 어떤 것 하나만이 중요한 것이 아니라 다양한 가치를 인정하면서 상대방을 존중해 주는 김소행의 사상적 취향이야말로 상대주의적 인식 태도를 지닌 조선 후기 지식인의 면모를 보여주는 것이라 하겠다.

2.『삼한습유』의 소설사적 의의

1) 개인 창작물로서의 장편소설 출현

17세기 이후 본격적인 소설 시대[32]가 열린 이래, 소설 저변의 확대를 주

---

32 김종철(1988),「서사문학사에서 본 초기소설의 성립문제」, 다곡 이수봉 선생 회갑기념
   논총『고소설연구논총』, 대전 : 제일문화사, 185쪽.

도한 작품들은 주로 한글소설들이었다. 한글 고소설은 다양한 이야기와 방각(坊刻)이라는 출판 형태를 통하여 다수의 독자와 향유층을 확보하면서 소설 독서와 향유의 저변을 넓혀 나갔다. 한글소설의 출현은 문학의 독자가 지식인 계층에 국한되지 않고 서민, 부녀자들까지 확대되었다는 점에서 긍정적으로 평가될 수 있으나, 소설이 팽창하면서 지식인 계층이 소설로부터 멀어졌다는 점이 소설 영역의 또 다른 한계가 되었다. 주지하는 바와 같이 한글소설을 즐기는 사람들은 주로 서민층과 부녀자였으며, 방각업은 대개 중인 계층이 담당했는데,[33] 방각업자들은 영리를 목적으로 출판을 했던 까닭으로 작품의 완성도나 문예성보다는 우선 영리를 보장하는 작품을 선정, 출판하여 소설을 유통시켰다. 이는 소설을 황탄한 이야기라고 여겨 기피하는 지식인 계층에게 소설을 더 멀리하도록 하는 결과를 초래했던 것이다. 다수의 서민뿐만 아니라 지식인 계층까지도 독자로 끌어들일 수 있을 때, 소설은 비로소 문학의 한 장르로서 제대로 평가받는 장르가 된 것이라고 하겠다.

고소설은 문자로 정착된 기록 문학 장르임에 분명하나, 그 유통과 전파 과정의 특징상 다소의 구비문학적인 요소가 가미되어 있다. 첫째는 작자 미상의 작품이 많다는 점이다. 둘째는 향유 방법으로, 고소설은 읽는 문학의 형태로 향유되었다기보다는 흔히 낭송을 통해 듣는 문학의 형태로 향유되었다는 점이다. 듣고 잘 기억할 수 있으려면 일정한 유형이 있는 것이 유리하였다. 고소설에서 흔히 거론되는 유형성 역시 전승과정에서 고소설이 갖는 구비문학적 요소의 흔적으로 이해할 수 있겠다. 셋째는 이본의 문제이다. 고소설은 방각본과 필사본의 형태로 유통되었는데, 방각자나 필사자

---

33 유탁일(1985), 「경판방각소설의 문헌학적 연구를 위한 모색」, 『도남학보』 제7,8집, 서울 : 금영문화사, 54쪽.

가 자신의 취향에 맞게 작품을 개작하는 것이 가능했다. 그러므로 이 과정에서 얼마든지 많은 이본이 생길 수 있었다. 이는 소설을 작가의 개성이 담긴 고유한 문예 작품으로 대하는 태도는 아니라고 하겠다.

한글소설이 소설 시대를 여는 데 중요한 견인차 역할을 했으며, 조선시대 소설의 주도적인 역할을 했음은 분명한 사실이다. 그러나 위에서 언급한 몇 가지 점으로 인해 한글소설은 개인 창작물로서, 문예물로서 인정받기 어려운 면이 있었던 것도 사실이다. 개인 창작물로서, 문예물로서의 소설이 출현하기 위해서는 먼저 자기 작품에 자부심을 가지고 작품 세계에 대해 책임을 지며, 자신의 개성을 표출하는 작가의 출현이 우선되어야 한다. 단지 지식인이 소설 창작에 참여한다는 것만으로 문예물로서의 소설이 창작된다고는 볼 수 없다. 김만중의『사씨남정기』, 조성기가 지은 것으로 추정되는『창선감의록』 등은 세교(世敎)를 위해, 즉 독자들을 유교 이념에 맞는 인간형으로 교화하고자 하는 교육적 효과를 위해 쓰인 작품들이다.[34] 이 소설들은 잘 쓰인 소설임에는 틀림없으나 이들의 창작 태도는 소설을 문예물로서 선택하는 태도는 아니라고 하겠다. 소설이 문예물이 되기 위해서는 소설 자체를 교화의 도구가 아닌 목적으로 대상화하는 태도를 지닌 작가와 독자가 있어야 한다. 김소행의『삼한습유』는 이런 점에서 중요한 의미를 지니는 소설이다.『삼한습유』는 한문장편소설로, 작가도 지식인이며, 독자도 자신과 같은 지식인 계층을 겨냥한 작품이다.

「지작기」에서 살펴본 대로『삼한습유』는 김소행이 현실에서 쓰일 곳 없는 자신의 재주를 쏟아 부어, 표현 욕구에 의해 창작한 작품으로, 소설의 작가로서 적극적인 태도로 임했으며, 그 결과 김소행은 자신의 소설에 대한

---

34 이에 대한 논의는 임형택(1988), 「17세기 규방소설의 성립과『창선감의록』」,『동방학지』 57, 연세대 국학연구원 참고.

자부심을 표명한다. 그것이 겸사나 혹은 혐의를 벗기 위한 위장술이라 해도 대부분의 고소설 서발의 내용이 그냥 심심풀이로 한 번 써 봤다는 정도의 태도를 표명하고 있음에 비추어 볼 때, 「지작기」의 내용은 근대적 의미에서의 작가의식의 천명이라고 볼 수 있는 부분이다.

작가가 지식인이었기에 김소행은 정통 한문 교양을 쌓을 수 있었으며, 한글로 된 소설 외에도 한문소설과 중국소설에 대해서도 다양한 독서 기회가 있었을 것으로 보인다. 『삼한습유』는 작가의 다양한 독서 경험이 수용된 작품으로, 형식 면에서도 기존의 서사 구조들을 적절하게 선택, 변형해서 작품화했다. 『삼한습유』 이전에도 『금오신화』나 『기재기이』, 또는 전계(傳系) 한문단편소설 등의 한문소설은 있었다. 그러나 이 작품들은 그 형식과 내용, 그리고 분량 면에서 볼 때, 본격적인 한문 소설로 내세우기에는 미흡한 점이 있는 것도 사실이다. 본격적인 한문장편소설은 『삼한습유』에 이르러 비로소 나오게 되는 것이다.

또한 『삼한습유』의 문면에는 지식인 작가로서의 면모가 잘 드러나 있다. 작품의 의론적 대화를 통해 드러나는 지식과 그 지식을 선택하여 자신의 견해를 전달하는 김소행의 창작 방식은 다양하고 정확한 지식을 전제로 하지 않는 한 불가능해 보이는 방법이다. 『남염부주지』의 의론은 주로 불우한 지식인인 박생(朴生)의 입을 빌어 전개되고, 이런 박생은 작가인 김시습이 자신의 대변자로 내세우기에 적합한 인물이었다. 이에 비해 『삼한습유』는 장편이 되면서 작가가 자신의 견해와 태도를 전달하기 위해 마련한 의론의 발화자도 어느 한 인물에 국한되는 것이 아니라 향랑, 마왕, 보살, 의론의 주제에 어울리는 다수의 여성 등으로 다양해진다. 그리고 의론의 내용이 길어지면서 그 내용의 발화자는 등장인물 중 하나로 시작하지만 실제적으로는 작가의 견해를 대변하는 서술자의 말로 대체되기도 한다. 『삼한습유』는 김소행이 작가가 동일시하기 좋은 어느 한 인물을 통해서만 자신의 생각을 전개시키는 것이 아니라 다양한 인물을 통해서 자유롭고 자연스러운 지식의 전개를 통해 자신의 의도를 전달한다.

소설을 창작해서 자신의 문재를 과시하고, 당대 사회 제도나 지배 이념에 대한 비판 등 직서적(直敍的)인 글로는 말하기 어려운 내용을 소설로 형상화해서 전달하고자 한 김소행의『삼한습유』는 한문소설과 한글소설을 통틀어 여타의 고소설에서는 보기 힘든 개성적인 표현으로 가득한 작품이다. 서사 전개 자체가 방대하고 흥미롭게 전개될 뿐 아니라 문면마다 작가의 개성이 넘치는 문장으로 짜여진『삼한습유』는 서사 경개만 전달해서는 작품적 특성이 제대로 전달되지 않으며, 유형성을 지닌 작품으로 파악되지 않는 작품이다. 줄거리 중심의 작품이 아니므로 사건 사이사이에 삽입된 요소들을 잘 음미해야만 작가가 이 소설을 통해 전달하고자 한 의도가 무엇인지가 제대로 드러나는『삼한습유』는 더 이상 낭송되는 소설이 아님은 분명하다.

또『삼한습유』의 이본 상황을 보면, 작품이 한문 장편소설임에도 불구하고 이본들 간에 오자나 탈자는 매우 적으며 필사자의 임의적인 변개는 거의 없다고 해도 과언이 아니다. 이는 필사자들이『삼한습유』작가의 개성을 존중하며, 이 소설을 문예물로서 인식하기에 함부로 변개하지 않은 것이라고 할 수 있다. 구비전승적인 요소들을 완전히 청산한『삼한습유』는 소설이 더 이상 '작가층'이나 '향유층'의 개념으로 논의되지 않는 개인 창작물이며, 문예물일 수 있음을 보여준 작품이다. 문예물로서의 소설 출현은 기존의 서민 계층과 더불어 지식인 계층까지도 소설의 작가와 독자가 되었음을 의미하는 것이며, 이는 소설이 문학의 중심장르로 자리 잡았음을 작품으로 증명하는 한다는 점에서 그 의의를 찾을 수 있다.

2) 한문소설과 국문소설 서사 전통의 융합

『삼한습유』는 1814년에 나온 한문장편소설로, 앞에서 본 바와 같이 한문소설과 국문소설의 전통을 아우르면서 창작된 작품이다. 『삼한습유』가 기존 서사 구조를 수용하고 있음은 앞에서 살핀 바 있다. 『삼한습유』는 기존의 문학적 전통을 자재롭게 선택하여 작품화하는 과정에서 작가의 창의를 발휘하여, 소설 작품으로서 유형성을 탈피했다는 강점을 지니게 되었다. 몽유록이나 적강소설, 혼사장애주지를 지닌 고소설 외에 『삼한습유』와 상당 정도 연관성을 지닌 장르로는 전기소설(傳奇小說)을 들 수 있다. 전기소설은 신라 말 고려 초에 성했던 장르로,[35] 『최치원』, 『조신전』에서 비롯되어 김시습의 『금오신화』에서 그 완성 형태를 보여 주며, 1553년에 간행된 신광한(申光漢)의 『기재기이』[36]에 이르러서는 서사적 긴장감은 결여되고 기교만 남은 작품이 나오게 된다.[37] 17세기 이후의 전기소설은 전기적 낭만성과 이에 담긴 진보적 계기를 상실하였다. 전기적 낭만성의 퇴색은 사실적인 요소에 강하게 구속되고 있는 작가 정신으로 인한 것으로서, 17세기 후반에 창작된 작품으로 추정되는 전기소설(傳奇小說)인 『최랑전(崔娘傳)』에서도 '전기(傳記)'에 '전기(傳奇)'가 접맥되는 현상을 나타낸다.[38] 『주생전』, 『최척전』, 『위경천전』, 『최랑전』 등 조선 후기의 전기소설은 국문소설과 한문학의 전(傳) 양식의 영향을 동시에 받으면서 창작된 것으로 보

35　임형택(1984), 「나말여초(羅末麗初)의 전기문학(傳奇文學)」, 『한국문학사의 시각』, 서울 : 창작과비평사 참고.
36　『기재기이』에 대해서는 소재영(1990), 『기재기이연구』, 고대 민족문화연구소 출판부 참고.
37　김종철(1988), 「서사문학사에서 본 초기소설의 성립문제」, 『고소설연구논총』 참고.
38　정학성(1988), 「전기소설 『최랑전』 연구」, 『고소설연구논총』, 대전 : 제일문화사, 400~401쪽.

인다.[39] 『삼한습유』는 이 전기소설의 요소가 극대화하면서 국문소설의 전통이 부가된 작품이라 하겠다.

『삼한습유』와 전기소설과의 유사성은 제목에서부터 드러난다. '삼한습유'라는 제목은 '삼한의 이야기 가운데에서 빠진 것을 줍는다'는 뜻으로, 작품 처음에 이 제목의 내력과 연관된 내용이 있다. 삼한에는 신이한 일이 많은데, 그 중 가장 최근의 일이고 문사 또한 볼 것이 적지 않은 것이 향랑의 일이어서 입전했다[40]는 '나'의 말에서, 이 소설을 시작하게 된 동기가 '기이(記異)를 전술(傳述)한다'는 전기소설(傳奇小說)[41]의 창작 동기와 유사함을 발견할 수 있다. 무태거사의 발문에 의하면 실제로 작가가 '전기지문(傳奇之文)은 지괴에 가까워서 나는 하지 않는다'라고 하면서 소설 창작을 사양하는 부분이 있다.[42] 즉 김소행은 향랑을 주인공으로 한 자신의 이야기가 전기소설적인 작품이 되리라는 것을 인지하고 있었음을 시사하는 내용이다. 『삼한습유』에는 전기소설적 흔적이 많이 있는데, 예를 들어 배경을 우리나라로 설정하고, 주인공 또한 우리나라 사람이며, 예에 따르지 않은 남녀의 결합을 다루고, 한시의 삽입이 많은 고문체로 쓰였으며, 합리적인 작가 정신을 바탕으로 하고 있으며 당대의 부조리한 현실이 반영되어 있다는 점 등을 들 수 있다. 또한 『삼한습유』의 환생한 향랑은 전기소설 인귀교환 모티프에 등장하는 여자 귀신의 변형태일 수 있다.

그러나 『삼한습유』는 단형 서사체가 아닌 장편소설이며, 서사적 자아가 세계를 설득하고 신이한 능력으로 문제를 해결하도록 하여 비극적인 결말

---

39 이혜순(1993), 230쪽.
40 『삼한습유』, 6쪽. "世稱 三韓多異 雜出於傳記者 多矣 歷世旣久 人各異聞 余懼其亂而無統也 於是 網羅放失 採摭舊聞 略存大槩 而其事之最近者 無如香娘 然而其文辭不少槩見 余是以爲之立傳焉 ……"
41 김종철(1988), 187쪽.
42 무태거사, 「의열녀전후발」, 『삼한습유』, 295~296쪽.

이 아닌 행복한 결말을 유도했으며,[43] 작품의 환상성과 낭만성은 인귀교환(人鬼交歡)으로 인한 것이 아니라 천상 세계와 신마적 군담의 설정에 힘입은 바 크며, 사대부의 의식 세계가 아니라 서민 지향적인 의식 세계를 나타낸다는 점에서 전기소설과는 다른 면모를 보인다. 이 점이 바로『삼한습유』가 전기소설에 머무르지 않고 본격적인 장편소설이 되게 한 요소들이다.

『삼한습유』는 전기소설과 국문소설, 전문학(傳文學) 전통의 흐름을 계승한 작품이다.『삼한습유』에서 보이는 작가의식은 지식인의 불우(不遇)의 표출이라는 점과 작가의식이 작품의 의론적 대화를 통해 노정된다는 점에서 전기소설과 같다.『삼한습유』의 의론적 대화는 몽유록의 문학적 전통을 이은 것으로, 이는『담낭전(談囊傳)』을 거쳐 애국계몽기의『소경과 앉은뱅이 문답』,『차부오해(車夫誤解)』등 이념지향적 정치소설의 토론체 형식으로 이어진다. 그리고 향랑이라는 여성 영웅을 등장시켜 아름다운 인연을 맺게 하고 군담을 통해 공을 세우게 하며 천상계와 지상계가 설정되어 있다는 점은 국문소설과의 연관성을 보여 준다. 또 상대주의적인 인식에 입각한 사고방식이나 인본주의적인 면모를 강조하는 부분은 박지원의 전문학을 연상시키는 바이다.『삼한습유』를 이 중 어느 한 전통 안에서 단선적으로 이해하려 한다면 제대로 그 의미가 부각되지 않는다. 17세기 이후 고소설은 양적인 팽창을 지속했으며, 가문소설, 판소리계 소설, 군담소설 등 다양한 성격의 소설들을 생산해 내었다. 소설이라는 문학 양식이 성립된 이후, 소설은 줄곧 어떤 이야기가 황탄한 것이 아니라 실재했던 사실임을 강조해야 문학의 말기(末技)로서 겨우 한 자리를 차지할 수 있었다. 19세기 전

---

43 전기소설로서 행복한 결말을 보이는 작품으로는『기재기이』중『하생기우록(何生奇遇錄)』과『최척전』이 있다.『하생기우록』에 대해서는 소재영(1990),「기재기이 연구」(고대 민족문화연구소 출판부)을,『최척전』에 대해서는 박희병(1990),『한국고전소설 작품론』(서울 : 집문당) 참고.

반에 이르러서는 소설이 중심적인 장르로 완전히 자리 잡았으며,[44] 그 장르의 안정성 위에서 비로소 여러 서사문학의 전통이 자연스럽게 관여하는 『삼한습유』와 같은 작품의 창작이 가능해진 것으로 이해할 수 있다. 소설이 문학 장르의 하나로서 확고한 위치를 굳히고, 더 이상 장르의 존재 자체를 위해서 구태여 사실임을 강조하지 않아도 좋을 상황에서 『삼한습유』와 같은 환상적인 소설의 배태가 가능해지는 것이리라고 여겨진다.

소설이 문학의 한 장르로 인정받게 되었음은 지식인들이 소설의 작가와 독자로 참여한다는 점에서도 알 수 있다. 문체반정을 비롯, 조선조를 관류한 꾸준한 소설 배격 정책에도 불구하고 19세기에 이르면 서민이나 부녀자만이 아니라 사대부 계층, 심지어 당대의 고문가들까지도 소설을 읽고 서발을 써 주는 등 소설 향유층에 포함된다. 이러한 예는 『삼한습유』나 『육미당기』의 서발에서 찾아볼 수 있다. 『삼한습유』는 작가인 김소행이 고문에 뛰어난 인물이었을 뿐만 아니라 김매순, 홍길주, 홍석주, 홍현주, 홍관직 등이 남긴 작품의 서발을 통해 독자들 역시 당대의 문장가들이었음을 알 수 있다. 특히 이들은 사실을 있는 그대로 기술하는 질박한 문장을 숭상하던 고문가들이었는데, 이러한 고문가들이 허구적인 상상력의 소산인 소설을 긍정하고 있다는 사실은 주목할 만하다. 김매순은 "삼한의열녀전서"에서 김소행의 재주와 그의 작품 『삼한습유』의 가치를 옹호하면서, 소설 양식 출현의 역사적 필연성과 소설 양식의 문체적, 내용적 특성을 설명해 주고 있다. 이 글에서 김매순은 세상의 도가 사라지고 세계와 개인과의 조화로움이 결렬되면서, 비록 비설(鄙褻), 탄궤(誕詭), 요려(拗戾)하기는 하지만 그 가치에 있어서는 경전에 버금가는 것으로 평가될 수 있는 소설과 희곡이 나올 수밖

---

44 19세기의 소설에 대해서는 김경미(2011), 「19세기 소설사의 쟁점과 전망」, 『한국고전연구』 23, 한국고전연구학회 참고.

에 없었다고 하여 소설 양식 출현의 역사적 필연성에 대해 설명한다.[45]

또 김매순과 홍길주는 김소행의 문학이 장주, 굴원, 사마천 문학의 연장 선 위에 있다고 하면서 『삼한습유』의 가치를 적극적으로 평가하고 있다. 『삼한습유』는 장주, 굴원, 사마천의 문학과 견주어지는 작품이므로 같은 지식인 소설이라고 해도 심능숙의 『옥수기』와는 다른 주제 의식을 드러낸 다. 심능숙은 『옥수기』를 통해 자신이 현실에서는 펼치지 못한 유자(儒子) 로서의 경륜을 펴고, 사대부 이념을 수호하려는 의도가 보이는 반면 김소 행은 『삼한습유』를 통해 유교의 형식 윤리를 비판하고 기층(基層)의 시각으 로 향랑고사를 소설화하고 있다. 향랑의 이야기는 고난에 찬 서민 여자의 이야기인데, 양반들이 자신들의 취향에 맞게 열녀전으로 입전하여 향유한 것이다. 김소행은 이 열녀전의 향랑을 다시 환생, 재가시킴으로써 이념적 분식 없이 한 인간으로 접근하여 신분을 초월한 보편적 정서를 창출하는 데 성공했다. 이는 김소행이 서출로서 심능숙보다 신분적으로 낮았다는 사실 과도 연관이 있으리라고 생각된다.

고문가들이 소설의 가치를 경전에 비겨 논의하는 것은 그들이 소설을 본 격적인 문학 장르, 문예물로서 인정했음을 의미한다고 하겠다. 이것이 가 능했던 것은 그 인정에 값하는 작품이 나왔기 때문이라고 볼 수 있다. 『삼 한습유』가 바로 그러한 작품인 것이다. 『삼한습유』의 「지작기」와 서발(序 跋)은 이 작품이 본격소설이자 개인 창작의 문예물임을 자타가 인정하는 증 거가 된다고 하겠다.

19세기 한문장편소설인 『삼한습유』의 출현은 보수화 경향을 보이는 당 대 사회의 분위기를 역류하면서, 현실 비판 의식을 기반으로 출현한 지식

---

45 장효현(1993), 「김소행, 서유영의 소설」, 『고소설사의 제문제』, 서울 : 집문당, 811∼ 112쪽.

인 소설, 본격 문예물로서의 소설이라는 데에 의의가 있다. 『삼한습유』가 소설을 통해 당대 사회의 모순을 드러내고 문제를 해결하려는 의도를 지닌 작품인 데 비해, 19세기에 나온 여타의 장편소설들은 오히려 사대부의 유교 논리가 강화되는 경향을 보이기도 하며, 전대 국문소설의 특징이었던 영웅소설적인 구성과 내용을 다분히 수용한 작품들이 대부분이다. 그런데 『육미당기』, 『옥수기』, 『옥루몽』 등 19세기 장편소설은 한문본과 국문본이 동시에 존재하는 작품들이 많아진다는 특징이 있다. 전대의 전기소설 (傳奇小說)이나 전문학(傳文學)은 위의 소설들에 비해 상대적으로 짧은 분량임에도 불구하고 국문으로 번역된 작품이 많지 않다. 그런데 위 소설들이 국문으로 번역되었다는 사실은 작품들의 내용이 한문 교양을 구비한 계층에게만 호소력이 있는 것이 아니라 계층성을 뛰어넘어 보편적인 정서를 획득하게 되었고, 한문을 모르던 독자들에게 국문소설과는 다른 취향의 작품 세계를 확대하여 나갔다는 것을 의미한다. 또 한 작품에 한문본과 국문본이 나란히 존재한다는 사실은 표기 수단에 의해 구분되었던 소설 독자가 이제는 더 이상 구분되지 않고 같은 독서 경험을 공유하게 된다는 데에서 그 의미를 찾을 수 있겠다. 소설의 독자가 된 경험을 가졌던 사대부 계층이나 이에 준하는 지식인 계층은 그 후에도 지속적으로 소설을 읽었으리라 추정된다. 『삼한습유』 이후 한문장편소설이 지속적으로 창작되고 국문으로 번역되었다는 것은 『삼한습유』나 『옥수기』 등을 통해 소설을 즐겼던 독서 계층이 다시 소설의 창작과 번역에 관여하게 된 것일 수도 있다. 19세기 이후의 장편소설들은 비록 작가의식면에서는 아쉬움이 남지만, 표기 수단에 의해 나뉘었던 소설 독자를 다 함께 아우를 수 있는 내용의 작품들을 생산했다는 점에서는 의의가 있다고 하겠다.

　　조선 후기에 오면서 한시는 희작화 현상이 나타나 정통 문학에서 이탈하려는 움직임을 보이는 반면,『삼한습유』를 비롯한 19세기 장편소설은 상대적으로 진지해지면서 고급한 문예의식을 나타낸다.『삼한습유』는 소설이 더 이상 서민의 대중적인 오락물로서만 기능하는 것이 아니라, 형상과 인식 면에서 뚜렷한 자기 개성을 지닌 문예물을 지향하면서 지식인의 독서물이 되어 갔음을 보여 주는 작품이다.

제7장

결론

19세기 서얼 지식인의 대안적 글쓰기

　　본 연구의 대상은 1814년 김소행이 쓴 한문장편소설인 『삼한습유』이다. 본 논의의 출발은 기존 연구사에서 지속적으로 주목받아 왔으며, 조선 시대 국문소설과는 확연히 다른 면모를 지닌 『삼한습유』에 대한 본격적인 작품론을 시도하고자 하는 관심에서 비롯되었다. 본 연구는 김소행과 교유했던 인물들을 중심으로 당대의 기록을 통해 작가에 대해 알아보고, 이 소설의 전모와 작가의식을 밝히는 데 주력하되 작품 자체에 대한 해명에서 그치는 것이 아니라 향랑고사와 이에 대한 한시, 한문전을 비롯하여 전기소설과 국문소설의 흐름 등 소설사와의 관련 하에서 고찰하고자 하였다. 이를 통해 지식인 소설로서의 『삼한습유』의 면모를 이해하게 되었으며, 19세기에 이르러 소설이 당대의 고문가들에게 어느 정도 인정받는 본격적인 문예물의 범주로 진입함을 알 수 있었다.

19세기에 이르러 한문장편소설이 많이 쓰이는 데에는 당대 문학적 경향의 영향이 있었다. 18, 19세기는 상층 문인에 의해 『청구야담』, 『계서야담』, 『동야휘집』 등 대표적인 한문야담집이 편찬되고, 『종옥전』의 경우처럼 설화가 한문소설화하기도 하며, 『수산광한루기』, 『만화본 춘향가』에서 보듯이 판소리가 한시나 한문소설의 형식으로 지어지는 한편, 『노처녀가』 같은 가사문학도 소설화되는 경향을 나타낸다. 즉 이 시기에는 상층이 기층의 문화에 관심을 기울이며 기층의 문화를 받아들이고, 많은 장르들이 소설로 견인되는 양상을 나타내는 시기인 것이다. 또한 소설에 대한 사대부들의 인식도 많이 달라져 홍석주, 김매순, 홍길주 등 당대의 고문가들이 김소행의 소설을 경전에 버금가는 가치를 지닌 것으로 평가하고, 『육미당기』의 서발에서 알 수 있듯 당대 상층 사대부들이 독자로서 소설의 서발을 써 주기에 이른다.

『홍길동전』을 필두로 한 17세기 소설은 대개 서민층에 의해 향유되었으며, 상층 사대부나 이에 준하는 지식인들은 소설에 대해 적극적인 태도를 취하지 않고 단지 독자에 머무는 경우가 대부분이었다. 그런데 과거제도와 신분제도의 모순으로 인해 늘어난 조선 후기의 유휴 지식인들은 자신의 지식을 펼 곳이 없자 그 지식을 바탕으로 하여 소설의 작가로 등장하게 된다. 그 중 하나가 『삼한습유』의 작가인 김소행이다. 김소행은 당대 고문가들에게서 문장을 인정받을 정도로 재주가 있는 인물이었으나, 그의 형인 김경행도 그랬던 것처럼 서출로서 불우한 일생을 보내야만 했다. 『삼한습유』에 대한 창작변(創作辨)을 쓴 「지작기」에서 김소행은 자신이 『삼한습유』를 지은 것은 향랑의 열을 기리기 위한 것이 아니며 자신을 위한 것이라고 말하고 있으며, 자신의 재주를 시험해 볼 곳이 없어 이 소설을 써서 천하를 놀래려고 했다고 한다. 『삼한습유』는 작가의 불우(不遇)함의 표출이며, 이 글에서 그는 이 소설을 모든 재주를 동원하고 심혈을 기울여 창작했다고 하며, 자신의 소설에 대해 자부심을 갖는다는 적극적인 평을 하고 있다.

향랑의 이야기는 조선 숙종 28년(1702)에 경상도 선산에서 실제로 있었던 일로, 이 일은 당시 선산 지방의 부사로 있었던 조구상에 의해 입전되고 조정에 알려져 정려를 받은 사건이다. 이후 다수의 문인들에 의해 전이나 한시로 작품화되었고, 향랑이 죽기 전 불렀다는 〈산유화가〉는 설화와 함께 민간에 널리 유포되었다. 향랑고사를 소재로 한 한시들은 그녀의 정절을 기리고자 하는 의도도 있겠으나, 악부시, 죽지사류의 유행 등 민요 취향을 반영하면서 여성 화자를 많이 등장시키는 조선 후기 한시의 경향과도 유관한 것으로 보인다. 이에 비해 향랑을 입전한 한문전들은 유교 이념에 따라 향랑의 열절을 기리고자 하는 의도가 두드러진다. 이 작품들은 향랑의 죽음을 미화했으며, 향랑이 죽어 열녀가 된 것 자체에 대한 문제의식은 전혀 찾아 볼 수 없다는 점에서 보수적인 사대부 의식을 드러낸다. 그러나『삼한습유』는 향랑의 불우한 일생과 비극적인 죽음을 신원하여 행복한 결말로 처리한다는 점에서 향랑고사에 접근하는 시각, 즉 저작 의도가 전혀 다름을 알 수 있다.

『삼한습유』에서 향랑고사를 소재로 소설화한 부분은 작품의 십분의 일 정도에 해당하는 부분에 지나지 않으며, 배경을 신라로 옮기면서 주변 인물들을 다양화하고 갈등을 첨예화시키는 등 소설적인 면모를 갖추기 위한 문학적 장치를 함으로써 한시나 전과는 전혀 별개의 소설 작품으로 창작되었다.『삼한습유』는 소설화하면서 장편화했는데, 이 작품이 장편화하는 데 기여한 것은 향랑의 사적과 삼국 통일의 역사를 결구한 설정이다. 이 설정은 처음부터 의도된 것으로, 향랑의 주도 아래 삼국의 이야기가 연대기적으로 서술되도록 하고 있다. 고소설에서는 드문『삼한습유』의 연대기적 역사 서술 방법은 『삼국지연의』 등 중국의 역사 연의소설의 독서와 밀접한 관련이 있을 것으로 추정된다.

『삼한습유』의 개성은 기존 서사 구조들을 수용하면서도 그대로 답습하지는 않는 김소행의 문학적 역량에서 비롯된다. 『삼한습유』에서 향랑이 천상계와 지상계를 반복 왕래하는 것은 적강소설의 구조를 변형, 수용하면서 영웅 일대기 구조를 벗어나게 된 것이라 할 수 있으며, 몽유 구조를 취하지는 않으나 『삼한습유』에서 보이는 진지한 역사의식과 상당량의 지식을 전제로 하는 의론적 대화의 삽입은 몽유록과의 친연성을 보이고 있으며, 혼사장애요인을 마군의 등장으로 인한 신마적 군담으로 설정하여 유형성을 띨 정도로 익숙한 화소인 혼사장애주지를 전혀 새로운 방법으로 서술해 냈다.

소설에 지식이 삽입되는 현상은 조선 후기에 와서 나타나는데, 이는 조선 후기에 이르러 몰락 양반과 유랑 지식인의 증가, 위항 문인들의 탄생 등 유휴 지식인이 확산되고 백과전서적 특징을 보이는 저술들이 간행되면서 지식이 광범위하게 확산된 점과 유관할 것으로 추정된다. 또 17세기 이래 근 이삼백 년 동안 등장인물의 행위 서술 위주로 서사를 전개시켜 왔던 고소설 역시 변화를 추구하고자 하는 내적인 요구가 있었을 것이다. 『삼한습유』에는 백과전서적인 지식이 전개되는데, 그 중 비중 있게 다뤄지는 내용을 추출한다면, 귀신론, 이기심성론, 천지도수, 남녀 음양의 이치, 역사적 인물에 대한 평가 등에 관한 것이다. 이 부분은 작가의 사상적 경향과 학문적 관심의 폭을 보여주는 내용이라고 말할 수 있다. 그러므로 『삼한습유』에 나타난 작가 의식을 살피기 위해서는 이 부분에 대한 고찰이 전제되어야 하는 것이다. 『옥선몽』, 『옥루몽』 등 19세기에 나온 다른 작품의 지식의 성격은 단순 문답이나 단편적인 내용인 데 비해, 『삼한습유』의 지식은 체계를 갖춘 서술을 하며, 작품 앞뒤의 서사적 맥락과 긴밀히 연관되어 있다는 점에서 구별된다.

19세기에 나온 대부분의 한문소설에는 어느 정도 백화(白話)가 사용되고 있다. 그런데『삼한습유』는 백화를 전혀 사용하지 않으며, 대구를 이루는 문장을 구사하기는 하나 수식이 장황하거나 미사여구를 많이 사용하지 않아 문장에 장식성이 없는 편이며, 적절한 곳에서『시경』을 인용하거나 혹은 상당량의 한시를 삽입하거나 하여 작품의 분위기를 전아하게 만든다. 이러한 특징을 보이는『삼한습유』의 문체는 전기소설의 문체와 유사한 것으로 판단된다.『삼한습유』에 나타난 인물 형상화의 방법은 사실적인 대화와 묘사, 그리고 대비되는 인물의 설정을 들 수 있다.『삼한습유』의 대화는 사실적인 대화와 의론적인 대화 두 가지가 있는데, 의론적 대화는 백과전서적 지식의 내용을 전달하는 수단으로 사용되었다.『삼한습유』의 의론적 대화는 몽유록의 전통에 맥을 대고 있으며, 이는 개화기의 이념지향적 정치소설에서 보이는 대화체의 연원이 될 것으로 생각된다.

『삼한습유』에 나타난 작가의식은 주로 제3장과 제4장의 작품 분석을 근거로 하여 추출했다.『삼한습유』는 주인공이 여성이고, 작품 속에 수많은 여성인물들을 등장시킬 뿐만 아니라 남성인물에 비해 여성인물이 의지가 강하고, 진취적이며, 문제 해결 능력이 있는 것으로 묘사한다. 그러나 열(烈)이나 효 등의 윤리를 맹목적으로 실천에 옮기면서 불행해진 여성인물들도 등장시킴으로써 이렇게 능력 있는 여성들이 봉건적 유교 이데올로기의 희생물이 되었음을 보여준다. 조선시대의 여성들은 봉건사회가 내포하고 있는 문제들을 희생적으로 감내해야만 하는 존재들이었다. 여성들은 교육의 기회를 박탈당하거나 사회적인 활동을 금지당한 것뿐만 아니라 재가 금지법이나 정절 이데올로기 등에 의해 제도적으로 억압당하였다. 성이나 신분은 선택할 수 없다는 점에서 공통점이 있다.『삼한습유』에서 보이는 여성인물들에 대한 경사는 여성영웅을 주인공으로 삼은 여장군류 소설의 영향도 배제할 수는 없을 것이다. 그러나 더 큰 요인으로는 작가의 신분적 한계를 지적할 수 있다. 서출이기 때문에 조선의 중앙에 속하지 못한 작가의 경험이 작가로 하여금 중세 봉건사회의 여성들에 대해 관심을 갖게 했으며, 그것이 소설 속에서 여성인물의 형상화를 통해 표출된 것으로 보인다.

고소설에는 중국을 배경으로 하는 작품이 많은데, 『금오신화』나 『삼한습유』를 비롯, 『육미당기』나 『옥선몽』, 『춘향전』 등은 우리나라를 배경으로 한 작품이다. 그 중 『삼한습유』와 『육미당기』는 공히 신라를 배경으로 삼고 있다. 이들 작품에서 신라가 배경으로 설정된 것은 17,18세기 실학파 학자들의 역사인식과 관련하여 생각해 볼 수 있다. 실학파의 역사학은 역사를 경학(經學)의 부수적인 성격으로 보지 않고 역사를 경학과 동등시하는 경향을 보이며, 중국의 역사만이 아니라 자국 역사에 대한 관심을 촉구하게 된다. 또한 『삼한습유』는 조선조 소설에서는 보기 드물게 신라만이 아닌 백제, 고구려의 역사에 이르기까지 우리나라 고대사에 대한 집중적인 관심을 보인다. 이는 작가가 중국 역사만이 아니라 우리나라 역사를 중시했으며, 그것이 중국을 배경으로 하는 고소설의 관습을 거절하고 삼국 역사를 자재롭게 소설화하는 결과를 낳았다고 볼 수 있다.

정절 이데올로기가 평민에게까지 보편화된 19세기에 정려까지 받은 인물을 재가시키는 내용의 소설을 쓴다는 것은 파격에 가까운 일이며, 홍석주가 발문에서 못마땅하게 생각하는 점도 바로 이것이다. 이는 연암의 『열녀함양박씨전』을 연상시키는데, 연암이 재가금지법의 비인간적 면모를 인식시키는 선에서 작품을 전개하는 것에 비하면, 김소행은 연암보다 더 진보적인 설정을 한 것이다. 김소행이 작품에서 이런 설정을 한 것은 경직된 유교 이념에 대한 비판과 그 이념에 의해 희생된 여성에 대한 신원이기도 하다. 향랑의 환생을 결정할 때 장자의 주장이 결정적 역할을 하고, 신마적 군담이 나오고, 주인공이 선거(仙去)한다는 작품의 설정은 작가의 도가적인 취향을 보여주는 것이기는 하나 그렇다고 해서 작가가 도선적인 세계관을 지녔다고 보기는 어렵다. 작가가 이런 설정을 한 것은 그가 도선적인 세계관을 가져서라기보다는 자신의 삶 역시 불우하게 만든 교조화되고 경직된 유교 이념에 대한 비판적 태도에서 비롯된 것이라고 볼 수 있다. 작가는 작품을 통해 유불선 삼교의 부정적 요소를 다 비판하고 있다. 동시에 작가는 작품을 통해 유교만이 아니라 불교, 도교, 심지어는 마도로 표현된 제3의 가치에 대해서도 긍정하려는 태도를 보인다. 이는 조선 후기 상대주의적 인식 방법에 근거한 태도라고 볼 수 있다. 작가는 또한 묵자와 후토부인의 입을 빌어 모든 예는 각각의 사정에 따라 달리 적용될 수 있는 것임을 말해 새로운 예관을 제시하고 있다.

17세기『홍길동전』이후 국문소설이 소설시대를 여는 데 견인차 역할을 했으며, 조선시대 소설에 있어 주도적인 역할을 했음은 주지의 사실이다. 그런데 국문소설의 경우는 작자 미상인 작품이 많고, 대개 낭송의 형태로 향유되었으며, 필사 과정에서 개작과 변형이 가해지는 등 구비전승적인 흔적이 보인다. 이는 국문소설이 개인 창작물로서, 문예물로서 인정받기 어려운 점이 되었다. 개인 창작물로서, 문예물로서의 소설이 출현하기 위해서는 자기 작품에 자부심을 가지고 작품 세계에 대해 책임을 지며, 자신의 개성을 표출하는 작가의 출현이 우선되어야 한다. 또 소설이 문예물이 되기 위해서는 소설 자체를 도구가 아닌 목적으로 대상화하는 태도를 지닌 작가와 독자가 있어야 한다. 김소행의『삼한습유』는 이러한 의미에서 중요한 소설이다. 이 작품은 한문장편소설로, 작가도 지식인이며, 독자도 자신과 같은 지식인 계층을 겨냥한 작품이다. 작가가 지식인이었기에 폭넓은 독서가 가능했으며, 그것이 소설 창작에 반영되었는 바, 의론적 대화를 통해 전개되는 백과전서적 지식과 어떤 지식을 선택해서 자신의 견해를 전달하는 것이 바로 지식인 소설로서의 면모이다. 소설을 창작해서 자신의 문재를 과시하고, 당대 사회 제도나 지배 이념에 대한 비판 등 직서적인 글로는 말하기 어려운 내용을 소설로 형상화해서 전달하는 김소행의 『삼한습유』는 문예물로서, 지식인 소설로서의 특성을 나타낸다.

　『삼한습유』는 전기소설과 국문소설, 전문학의 전통의 흐름을 계승한 작품으로, 『삼한습유』를 이 중 어느 한 전통 안에서 단선적으로 이해하려 한다면 작품의 실상이 잘 드러나지 않는다. 19세기 전반에 이르면 소설이 문학의 중심 장르로 완전히 자리 잡게 되고, 그 장르의 안정성 위에서 비로소 여러 서사문학의 전통이 자연스럽게 관여하는 『삼한습유』와 같은 작품의 창작이 가능해진 것으로 이해할 수 있다. 소설이 문학의 한 장르로 인정받게 되었음은 지식인들이 소설의 작가와 독자로 참여한다는 점에서도 알 수 있다. 그 이전 시대와 비교해 봤을 때, 19세기에 이르면 지식인들이 소설의 담당층에 부가되는 현상이 나타난다. 고문가들이 소설의 가치를 경전에 비겨 논의하는 것은 그들이 소설을 본격적인 문학 장르, 문예물로 인정했음을 의미한다고 하겠다. 이것이 가능했던 것은 그 인정에 값하는 작품이 나왔기 때문이라고 볼 수 있다. 『삼한습유』가 바로 그러한 작품인 것이다. 조선 후기에 오면서 한시는 희작화 현상을 나타내면서 정통문학에서 이탈하려는 움직임을 보이기도 하는 반면, 『삼한습유』를 비롯한 19세기 한문장편소설은 상대적으로 진지해지면서 고급한 문예의식을 나타낸다. 『삼한습유』는 소설이 더 이상 서민의 대중적인 오락물로서만 기능하는 것이 아니라, 형상과 인식 면에서 뚜렷한 자기 개성을 지닌 문예물을 지향하면서 지식인의 독서물로 자리 잡아 감을 보여 주는 작품이다.

본고의 관심은 『옥수기』, 『육미당기』, 『옥선몽』 등 19세기 한문장편소설의 연구사에 『삼한습유』의 작품론을 더하여, 19세기 소설사에서 한문장편소설이 지니는 위상과 의의를 살피는 데에 있었다. 서얼 지식인의 대안적 글쓰기로 선택된 『삼한습유』의 창작은 지식인 소설로서의 면모를 지니며, 개인 창작물로서의 소설, 문예물로서의 소설의 가능성을 열면서, 근대적인 소설 의식의 단초를 보여 준다는 점에서 소설사적인 의의가 있다고 하겠다. 이 논의는 19세기 장편소설에 대한 기존 연구와 더불어 조선 후기 소설사의 공백의 한 부분을 채움과 동시에 우리는 이 논의를 통해 소설이 문예 장르로 진입하는 움직임을 보이는 시기가 결코 국문소설이나 한문소설 어느 한 경향의 단선적인 흐름으로 이루어지는 것이 아니라 복합적이고 풍부한 문학 유산 속에서 진행되었음을 확인할 수 있었다. 19세기 소설의 전모가 밝혀질 때, 애국계몽기를 거쳐 근대소설로 연결되는 우리나라 소설 장르의 문학적 전통과 그 맥이 드러날 것으로 기대된다.

| 참고문헌 |

1. 자료

『삼한습유』 3권 3책, 고려대 중앙도서관본.
『삼한습유』 3권 2책, 서울대 일반도서관본.
『삼한습유』 3권 1책, 서울대 가람문고본.
『삼한열녀전』 상하 2책, 서울대 일사문고본.
『삼한습유』 2권 1책, 한국정신문화연구원본.

『옥루몽』 임명덕 편(1980), 『한국한문소설전집』 2권, 대북 : 중국문화대학출판부.
『옥린몽』 김기동 편(1980), 『필사본 고전소설전집』 4권, 서울 : 아세아문화사.
『옥선몽』 김기동 편(1980), 『필사본 고전소설전집』 3권, 서울 : 아세아문화사.
『일락정기』 김기동 편(1980), 「필사본고전소설전집」 5권, 서울 : 아세아문화사.

김매순, 『대산집』
김부식, 『삼국사기』
이덕무, 『청장관전서』
홍석주, 『학강산필』
_____, 『연천집』
『안동김씨문헌록』
『안동김씨세보』(1982), 안동김씨 대일보 간행위원회.
『진서』 (경인문화사, 연도미상)

2. 논저

국사편찬위원회 편(1978),『한국사 2』, 서울 : 탐구당.

김경미(1993), 「『옥선몽』의 성격과 작가의 소설 인식」,『국어국문학』제109집, 국어국문학회.

_____(1994), 「조선후기 소설론 연구」, 이화여대 박사논문.

_____(2011), 「19세기 소설사의 쟁점과 전망」,『한국고전연구』23, 한국고전연구학회.

김균태(1983), 「『산유화가』연구─부여군 세도면『산유화가』를 중심으로」,『새터 강한영 교수 고희 기념 논문집』, 서울 : 아세아문화사.

김기동(1981), 「삼한습유」,『한국고전소설연구』, 서울 : 교학사.

김명호(1990),『열하일기 연구』, 서울 : 창작과비평사.

김병기 편(1982),『한국과학사』, 서울 : 이우출판사.

김상조(1986), 「조선후기 야담에 나타난 재가의 양상과 의미」,『한문학논집』, 단국대 한문학회.

김영덕 외 편저(1990),『중국문학사』하, 서울 : 청년사.

김영식 편(1986),『중국전통문화와 과학』, 서울 : 창작과비평사.

김윤식 · 정호웅(1993),『한국소설사』, 서울 : 예하출판주식회사.

김장동(1985), 「조선조 역사소설 연구」, 한양대 박사논문.

김종철(1985), 「19C 중반기 장편영웅소설의 한 양상」,『한국학보』40집, 서울 : 일지사.

_____(1988), 「서사문학사에서 본 초기소설의 성립문제」, 다곡 이수봉 선생회 갑기념논총 『고소설연구논총』, 대전 : 제일문화사.

_____(1993), 「심능숙의『옥수기』」,『고소설사의 제문제』, 서울 : 집문당.

김철범(1992), 「19세기 고문가의 문학론에 대한 연구」, 성균관대 박사논문.

김태준(1939),『조선소설사』, 서울 : 학예사.

김학수(2005),『끝내 세상에 고개를 숙이지 않는다』, 서울 : 삼우반.

김홍균(1990), 「복수주인공 고전장편소설의 창작방법 연구」, 한국정신문화연구원 박사논문.

박교선(1987), 「향랑전기의 삼한습유로의 정착」, 고려대 석사논문.

박영희(1994), 「『소현성록』연작 연구」, 이화여대 박사논문.

박옥빈(1982), 「향랑고사의 문학적 연변」, 성균관대 석사논문.

박일용(1986), 「삼한습유를 통해서 본 김소행의 작가의식」,『한국학보』제42집, 서울 : 일지사.

박준원(1990), 「현동 이안중 연구」,『대동문화연구』제25집, 성균관대 대동문화연구원.

_____(1991), 「『담정총서』의 문학론 연구」, 『부산한문학연구』, 부산대학교.

박혜민(2008), 「삼한습유의 인물 형상과 서술 기법」, 고려대 석사논문.

박희병(1990), 「17C 동아시아의 전란과 민중의 삶—『김영철전』의 분석」, 『한국 근대문학 사의 쟁점』, 서울 : 창작과비평사.

_____(1990), 「최척전」, 『한국고전소설작품론』, 서울 : 집문당.

_____(1991), 「조선 후기 전의 소설적 성향 연구」, 서울대 박사논문.

_____(1992), 『한국고전인물전연구』, 서울 : 한길사.

서대석(1985), 『군담소설의 구조와 배경』, 서울 : 이화여대 출판부.

서신혜(1998), 「삼한습유 연구」, 한양대 석사논문.

_____(2003), 「삼한습유의 문헌 수용 양상과 변용 미학 연구」, 한양대 박사논문.

_____(2004), 『김소행의 글쓰기 방식과 삼한습유』, 서울 : 박이정.

성현경(1989), 『한국소설의 구조와 실상』, 대구 : 영남대 출판부.

소재영(1990), 『기재기이 연구』, 고대 민족문화연구소 출판부.

송재소(1986), 『다산시 연구』, 서울 : 창작과비평사.

원숭연(1994), 「삼한습유의 서사체계와 작자의식」, 연세대 석사논문.

유탁일(1990), 「삼국지통속연의의 전래판본과 시기」, 『벽사 이우성 선생 정년 퇴임기념 국 어국문학 논총』.

_____(1985), 「경판방각소설의 문헌학적 연구를 위한 모색」, 『도남학보』 제7,8집, 서울 : 금영문화사.

이기대(2002), 「삼한습유에 나타난 김소행의 삼한 인식」, 『동방한문학』22, 동방한문 학회.

_____(2010), 『19세기 조선의 소설가와 한문장편소설』, 서울 : 집문당.

이남미(1989), 「삼한습유의 구조와 그 의미」, 고려대 석사논문.

이만열(1985), 「17,8세기의 사서와 고대사 인식」, 『한국의 역사인식』 하, 서울 : 창작과비 평사.

이문규(1986), 『허균산문문학 연구』, 서울 : 삼지원.

이민호(1992), 「담낭전 연구」, 이화여대 석사논문.

이승수(2003), 「삼한습유의 기술 방식 세 가지」, 『고소설연구』 15, 한국고소설학회.

이병직(1992), 「삼한습유 연구」, 부산대 교육대학원 석사논문.

_____(2001), 「19세기 한문장편소설 연구」, 부산대 박사논문.

이상택(1981), 『한국 고전소설의 탐구』, 서울 : 중앙출판.

_____(1986), 「보월빙연작의 구조적 반복 원리」, 『백영 정병욱 선생 환갑기념논총』, 서울 : 신구문화사.

이옥경(1985),「조선시대 정절 이데올로기의 형성 기반과 정착방식에 관한 연구」, 이화여
　　대 석사논문.

이춘기(1983),「삼한습유 연구」, 한양대 석사논문.

_____(1986),「향랑설화의 소설화과정과 변이」,『한양어문연구』제4집.

이혜순(1982),『비교문학 Ⅰ』, 서울 : 중앙출판.

_____(1990),「금오신화」,『한국고전소설작품론』, 서울 : 집문당.

_____(1993),「전기소설의 전개」,『고소설사의 제문제』, 서울 : 집문당.

임치균(1992),「연작형 삼대록 소설 연구」, 서울대 박사논문.

임형택(1984),「나말려초의 전기문학」,『한국문학사의 시각』, 서울 : 창작과비평사.

장효현(1993),「김소행, 서유영의 소설」,『고소설사의 제문제』, 서울 : 집문당.

_____(1988),『서유영문학의 연구』, 서울 : 아세아문화사.

정규복(1972),「서유기와 한국고소설」,『아세아연구』48, 고려대 아세아문제연 구소.

정민(1989),『조선후기 고문론 연구』, 서울 : 아세아문화사.

정옥자(1988),『조선후기문화운동사』, 서울 : 일조각.

정출헌(2001),「『향랑전』을 통해 본 열녀 탄생의 메카니즘」,『한국고전여성문학연구』3,
　　한국고전여성문학회.

조동일(1992),『문학사와 철학사의 관련 양상』, 서울 : 한샘출판사.

조태영(1983),「열녀전 유형에서의『전』형식의 발전에 관하여」,『새터 강한영 교수 고희
　　기념 논문집』, 서울 : 아세아문화사.

조혜란(1993),「『제마무전』연구」,『고소설연구논총』, 서울 : 경인문화사.

_____(1998),「향랑 인물고」,『고소설연구』6, 한국고소설학회.

차용주(1989),『한국한문소설사』, 서울 : 아세아문화사.

최원식(1977),「가사의 소설화 경향과 봉건주의 해체」,『창작과비평』통권 46호, 창작과비
　　평사.

최우오(2011),「다문화주의 개념에 대한 인물학적 성찰」,『민족연구』46, 한국민족연구원.

최호석(1999),「옥린몽 작가 연구」,『어문논집』40, 민족어문학회.

황원구(1985),「실학파의 역사인식」,『한국사론』6, 국사편찬위원회 민족문화사.

_____(1985),「실학파의 사학이론」,『한국의 역사인식』하, 서울 : 창작과비평사.

홍형숙(1990),「『옥선몽』연구」, 이화여대 석사논문.

노신, 정범진 역(1987),『중국소설사략』, 서울 : 학연사.

유협, 최신호 역(1975),『문심조룡』, 서울 : 현암사.